殺意の試写状

サンドラ・ブラウン
林　啓恵 訳

殺意の試写状

主な登場人物

デリク・ミッチェル……弁護士
ジュリー・ラトレッジ……画廊オーナー
ポール・ホイーラー……ホイーラー・エンタープライズ共同経営者
ダグ・ホイーラー……同。ポールの弟
シャロン・ホイーラー……ダグの妻
クライトン・ホイーラー……ダグの息子。ポールの甥で相続人
ホーマー・サンフォード……刑事
ロバータ・キンブル……刑事
マギー（マグス）……デリクの愛犬
ドッジ・ハンリー……デリクの調査員
ケイト（キャスリン・フィールズ）……ジュリーのアシスタント
ビリー・デューク……殺人の容疑者
アリエル・ウィリアムズ……クライトンに誘われた女
キャロル・マホーニー……アリエルのルームメイト
リンジー（リンゼイ・グラビュー）……デリクの友人
ネッド・フルトン……ジュリーの弁護士
ジェイソン・コナー……デリクの弁護する少年

プロローグ

軽く小さなチャイム音がエレベーターの到着を伝えた。両開きのドアが開く。なかにいるのは三人。慣れ親しんだ友人らしい調子でおしゃべりをする中年女性がふたりと、若手のビジネスマンらしき疲れた様子の三十がらみの男性がひとり。若い男は後ろに下がって、エレベーターを待っていた男女のカップルのために場所をつくった。

カップルが愛想のいい笑みとともに乗り込み、ドアのほうを向く。エレベーターは五人の乗客の顔を真鍮のドアに映しながら、ホテルのロビーへと下りだした。

カップルは心地よい沈黙に浸って、隣りあわせに立っている。奥に乗っている女性のひとりはおしゃべりを続けつつも、あたりをはばかるひそひそ声になっている。友人のほうが手で口をおおって笑いを抑え、こそっと漏らした。「あらまあ。で、彼女はあんなひどいことをやけに自慢にしちゃってるわけね」

エレベーターの速度が落ち、チャイム音が八階への停止を告げた。若いビジネスマンは手首をちらりと見て、迷惑そうに眉をひそめたものの、遅刻を覚悟したようだ。

エレベーターのドアが開いた。

男が立っていた。ネイビーブルーのトラックスーツに身を包み、艶消しのラップアラウンドサングラスをかけ、スキーマスクをかぶっている。口の穴のまわりには、サメの歯を模して尖ったギザギザ模様が編み込まれていた。

乗客たちが驚きをあらわにする間もなく、男が手袋をはめた拳を差し入れてドアの〈開く〉のボタンを叩き、もう一方の手で拳銃を振りまわす。

「膝をつけ。ほら、さっさとしろ！」

甲高く抑揚のない声だった。開いたサメの口から吐きだされると、なおさら不気味だった。友人同士の女性ふたりはすぐに膝をつき、片方が半べそで懇願した。「殺さないで」

「うるさい！　おまえ」拳銃をビジネスマンに向けた。「膝をつけ」若いビジネスマンが両手を上げて膝をつき、立っているのはカップルだけとなった。「おい、聞こえないのか？　ひざまずけと言ってるだろう！」

女性のほうが言った。「彼は関節炎なんです」

「膝が砕けてようとなんだろうと、知ったこっちゃない。膝をつけばいいんだ！　ほら！」

奥の女性のひとりが悲痛な叫び声をあげた。「いいから、この人の言うとおりにして」

銀髪の紳士が連れの女性の手をつかんで膝を折った。見るからにつらそうだった。女のほうも、腹立たしげにそれにならった。

「こいつに時計と指輪を入れろ」襲撃者が黒いベルベットの袋を突きだすと、ビジネスマンはさっき悩みの種になった腕時計を袋に落とした。

袋が奥にまわされ、女性たちもそそくさと貴金属を入れる。「イヤリングも忘れんな」襲撃者から言われ、女性のひとりがあわてて指示に従った。

最後にベルベットの袋を手にしたのは、膝に関節炎を抱える紳士だった。紳士が袋の口を開いて持ち、連れの女性がそこに貴金属を入れた。

「急げ！」ひどく甲高い声で強盗が命じた。

紳士は自分のパテック フィリップを入れて袋を差しだし、強盗は袋をひったくると、ファスナーつきのパーカーのポケットに突っ込んだ。

「さて」紳士の声に威厳が滲んだ。「きみは望みの品を手に入れた。わたしたちへの手出しは控えてもらおう」

耳をろうさんばかりの銃声だった。

ふたりの中年女性が絶叫した。

ショックを受けた若いビジネスマンが悲鳴のように卑語を叫んだ。

紳士と連れだっていた女性は、恐怖に絶句して息を呑んだ。崩れ落ちた紳士の背後には、血の飛び散る壁があった。

1

クライトン・ホイーラーは大股でブルーストーン敷きのテラスを横切りながらサンバイザーを外し、流れ落ちる汗をひと拭いすると、湿ったタオルとサンバイザーを無造作に長椅子に投げた。「よっぽどの用じゃないと許さないぞ。あと少しで彼のサービスゲームをブレイクするところだったんだからな」

テニスコートにいたクライトンを呼びにきたハウスキーパーは、動じなかった。「わたしにそんなことをおっしゃられましても。お呼びになったのは、あなたのお父さまなんです」

ハウスキーパーは名をルビーという。クライトンが生まれる前からこの家に仕えてきた女だが、苗字は知らないし、尋ねようとも思わない。クライトンが八つ当たりするたび、彼女はクライトンのお尻や洟《はな》を拭いたことを持ちだし、やれどちらも汚らしかっただの、楽しい仕事じゃなかっただのと反撃し、そうやって自分が赤ん坊のころからそこまで身近な人間だったことを思い知らされるたび、クライトンはいらいらした。

クライトンは三百ポンドはある彼女の脇を通り抜け、レストランの厨房のようなキッチンを横切って、何台もある冷蔵庫のひとつの扉を開いた。

「すぐに来いと、言っておられましたよ」

ルビーの言葉を無視して、サブゼロ社製の冷蔵庫からコーラの缶を取りだし、タブを引き開けて、たっぷりと胃に流し込んだ。冷たい缶を額に転がす。「スコットにも一本、持ってってやれ」

「テニスコーチの脚は、折れてません」ルビーは回れ右をして調理台に向かい、ロースト用の鉄板で焼くべく下ごしらえをしていた牛肉の塊を大きな手でぴしゃりと叩いた。

この女の減らず口をなんとかしなければならない。クライトンはそう思いながら、スウィングドアを通り抜け、父の書斎のある家の表側に向かった。ドアが半開きになっている。その前で立ち止まると、コーラの缶で柱を一度ノックしてからドアを軽く押し、肩のうえでテニスラケットを回転させながら、ぶらっと室内に入った。どこからどう見ても、健康維持のための運動中に呼び出しを受けた特権階級の青年そのものであり、それこそがクライトンにどんぴしゃりの役どころだった。

ダグ・ホイーラーはデスクの奥にいた。大きさは大統領級のデスクだが、大統領執務室よりもよほど仰々しい。両側にマホガニーの旗竿が立ち、片方にジョージア州旗が、もう一方には星条旗が飾ってある。向かい側の壁には油彩の肖像画がならび、キリストの再臨までもつべくステインを塗られたイトスギの額に収められた先祖たちがにらみを利かせていた。

「スコットの時給は高いんですよ。こうしているあいだにも時間は確実に過ぎていきます」

クライトンは言った。

「待てなかった。坐りなさい」

クライトンは父親のデスクと向かいあわせに置かれたコードバンの椅子のひとつに腰をおろして、ラケットを立てかけた。「うちにいるとは思いませんでした。午後はゴルフの予定でしたよね?」身を乗りだして、磨きあげられた卓面にコーラの缶を置いた。

ダグが眉をひそめ、水滴の跡が丸く残らないようにコースターを敷く。「クラブに出かける前に、家に着替えに立ち寄った」ダグは言った。「だが、緊急の事態——」

「わかりました」クライトンはさえぎった。「会計監査で横領が発覚したんですね。秘書どもの小ずるさときたら」

「ポールが亡くなった」

クライトンの心臓が跳びはねた。笑顔が崩れる。「なんですって?」

ダグが咳払いをした。「一時間ほど前に、おまえの伯父さんが〈ホテル・モールトリー〉で射殺された」

父親を凝視しつづけていたクライトンは、ようやく息をついた。「『フォレスト・ガンプ』の永遠不滅の言葉にありましたね。実際は彼の母親の台詞ですが。〝人生はチョコレートの箱、開けてみるまでわからない〟って。人生なにが起きるか、わかったものじゃない」

父親がよろめきながら立ちあがった。「おまえにはそんなことしか言えないのか?」

「なかなかの名言だと思いますよ」

クライトンは父が泣くのを見たことがなかった。いまも泣いてはいないが、目がひどく潤んで、しきりに唾を呑み込んでいる。感情に流されるのをごまかそうと、デスクの奥から出てきて、幅広の窓へと移動した。その先には私有地が広がり、メキシコ人労働者たちが色鮮やかなホウセンカとカラジウムの花壇の草取りをしていた。

クライトンは静かに尋ねた。「ぼくの聞き間違いじゃないんですね、お父さん？　ポール伯父さんが撃たれたんですか？」

「額を。至近距離だった。状況からして強奪の最中のことだったようだ」

「強奪？　強盗に遭ったんですか？　〈モールトリー〉で？」

「前代未聞らしい」

ダグが髪をかきあげた。その豊かな銀髪は、わずか十一ヵ月上の兄――いまは亡き兄――にも通じるものだった。彼とポールは床屋も仕立屋も同じ店を使い、身長、体重ともにほとんど変わらないので、後ろ姿だけだとよく間違えられた。双子同然の強い絆で結ばれた兄弟だった。

「詳しいことはまだわからない」ダグは続けた。「ろくに話せないほどジュリーは取り乱していた」

「最初に彼女に連絡がいったんですか？」

「いや、事件が起きたとき、彼女はポールと一緒だった」

「週のなかばに、〈ホテル・モールトリー〉でですか？」

ダグがふり返って、厳しい目つきで息子を見た。「彼女は錯乱状態だったようだ。警察によると。実際は刑事から聞いたんだが。ジュリーが言葉に詰まると、替わって刑事が電話に出た。彼女がなんとしてでもみずから電話をしてわたしに伝えたいと言ったそうだ。だがふた言、三言は聞き取れたものの、その先は泣き崩れて、なにを言っているかわからなくなった」ダグは言葉を切って、咳払いをした。

「その刑事は、たしかサンフォードとか言ったが、なかなかに礼儀正しい男だった。お悔みを述べてから、死体安置所《モルグ》まで来てもいいと……ポールの遺体が見たければ。当然ながら、遺体は司法解剖にまわされる」

クライトンは顔をそむけた。「ひどいな」

「そうだ」その声には重々しさがあった。「わたしはそのことにも耐えられない」

「犯人は捕まったんですか?」

「まだだ」

「ホテルのどこで起きたんです?」

「刑事は言わなかった」

「店舗のひとつでしょうか?」

「わからない」

「誰がごう――」

「わからないと言っているだろう」ダグがさえぎった。

気詰まりな沈黙が続いた。長身のダグの肩が重そうだった。「すまんな、クライトン。いまのわたしは……ふつうじゃない」

「無理もありませんよ。青天の霹靂《へきれき》ですから」

ダグは額をこすった。「署まで出向けば、すべてを説明してくれるそうだ」開いた戸口に目をやったが、動きだす気配がない。気が進まないのだろう。

「お母さんには、もう伝えたんですか?」

「ジュリーが電話してきたとき、ここにいた。もちろん動揺はしているが、なにかと手配しなければならないことがある。いまは上階《うえ》で第一報を伝えている」ダグはバーカウンターに向かい、自分のためにバーボンを注いだ。「おまえも飲むか?」

「いえ、けっこうです」

ダグはいっきに飲み干し、ふたたびデカンターを手に取った。「この悲劇を受け入れるだけでも困難だというのに、現実的な問題に対処しなくてはならない」

クライトンは身構えた。現実的な問題と称される事柄を、ことごとく軽蔑しているからだ。

「おまえには明日の朝、社内をまわって、直接社員たちに伝えてもらいたい」

内心うめいた。できれば社員とはかかわりあいになりたくない。総勢五百人ほどの社員たちは、そのひとりひとりが伯父のポールをもっとも高く評価しており、クライトンがごくたまに本社に出社しても、さげすみの表情しか見せない。

ホイーラー・エンタープライズは建築資材の製造、販売をしている。やれやれ。なんと興味深いことか。

父が顔だけこちらに向けた。返事を待っている。

「もちろんです。で、ぼくはなんと伝えたらいいんですか?」

「今夜わたしが原稿を書いておく。十時に三階ホールに集まるよう、全社員に呼びかけるつもりだ。おまえが声明を述べたあと、一分ほど黙禱を捧げるといいだろう」

クライトンは真面目くさった顔でうなずいた。「そうですね」

ダグは二杯めを飲み干すと、決然と空のタンブラーをカウンターに置いた。「すべてが片付くまでは、足りない分をおまえに補ってもらうことになるかもしれない」

「すべてというのは?」

「まずは葬儀だ」

「はい、もちろんです。大がかりな式になりますね」

「むろんそうなる」ダグはため息交じりに言った。「品位を保つべく最善を尽くすが、おまえの伯父さんが巻き込まれたのは――」

「流血事件です。伯父さんは非公式なアトランタの王でした」

ダグがたたみかけた。「そう、その王がいま死んだ。殺人だけに、ますます事は複雑になる」その残虐さに思いを馳せたダグが、眉をひそめて顔を撫でおろした。「なんと悲惨な」

ケンタッキーバーボンの最高級品をもう一杯注ごうかどうか迷ったのか、カウンターのほうに目をくれた。だが、注がなかった。「警察に全面協力しなければならない」

「ぼくたちになにができるんです?　目撃者でもないんですよ」

「だが、ポールの殺人犯を野放しにはできない。おまえにも協力してもらう。しかも自発的な態度でな。その点を了解してくれたか？」

「もちろんです、お父さん」クライトンは迷ってから、言い足した。「できれば、一族を代表して話をするのはお父さんにお願いできませんか。マスコミは死肉に群がるハゲワシのようにぼくたちに群がるでしょう」

ダグはそっけなくうなずいた。「おまえとお母さんに矛先が向かないように気をつけよう。葬儀は公式に執りおこなわなければならないが、できるかぎり控えめなものになるようわたしから申し入れる。

わたしたちは社員に規範を示し、業務を滞りなく継続しなければならない。ポールもそれを望むだろう。おまえも、そのことを念頭に準備をしておいてもらいたい。そのための資料をいくつかおまえの部屋に置いておいた。今夜のうちに目を通して、新製品や市場におけるわが社の地位、来年度の見とおしを頭に入れておきなさい」

「わかりました」かんべんしてくれ。

父親はクライトンの心の内を見透かしたのか、厳格で杓子定規で容赦ない物言いをした。「せめてそれくらいのことはしてもらわなければな、クライトン。おまえもじき三十になる。おまえが会社に興味がないことに対して、わたしはそれを大目に見て、責任の一部を受け持ってきた。もっとおまえに責任を負わせ、事業の拡大を担わせるべきだった。ポールはそうしろと言っていた。それな
……」兄の名前を口にすると、言葉が途切れた。「ポールはそうしろと言っていた。それな

のに、わたしはおまえを甘やかした。もはやそれも許されない。おまえがマウンドに上がるときが来たのだ。ポール亡きいま、わたしが引退したとき、会社を引き継ぐのはおまえなのだから」

いったい誰に冗談を言っているのだろう？　父自身には通じるかもしれないが、クライトンには断じて通じない。クライトンが企業の大釜に喜んで飛び込むと思っているとしたら、父には妄想癖がある。クライトンは事業やその経営についてはなにも知らず、知りたくもなかった。一族の事業に求めることがあるとしたら、収入源となってくれることだけだ。愛しているのはいまのままの人生。イエスマンなら誰にでもできる仕事を背負って、その人生を変えるつもりなどもうとうなかった。

だが、いまは父とのあいだで千回はくり返してきた悶着を起こすときではない。そんなときの父は、クライトンの短所を言挙げし、優先順位のつけ方に文句を言い、なにが本来の務めで、男として、ホイーラー家の一員として、大人になるとはどういうことか、その意味を述べたてる。なんというくだらなさだろう。

話題を変えようと、クライトンは尋ねた。「事件のことはまだ広まっていないんですか？」

「いずれにせよ、時間の問題だ」ダグはデスクに戻り、一枚の書類を手にして、クライトンに渡した。「この人たちに電話をかけて、知らせてくれるか？　ここに名前のある人たちには、人づてではなく、家族から伝えなければならない」

タイプされた一覧に目を走らせると、あらかた知った名前だった。ポール個人の友人や、ホイーラー・エンタープライズの株主、市や州の役人、名だたる実業家といった面々だ。

「それと、ルビーにも伝えてくれるか？」ダグは尋ねた。「なにかが起きたことは察しているが、わたしにはつらすぎて伝えられない。状況が状況だけになおさらだ。おまえもわかっているとおり、彼女はポールを心から敬愛していた」

「わかりました、ぼくから伝えます」こんな楽しいことはないぞ、とクライトンは思った。これも自分に向かって生意気な口を利いたお返しのうちだ。「ぼくも一緒に死体安置所に行きましょうか？」

「ありがたいが、それは遠慮する」ダグは言った。「おまえにそこまで頼めない」

「助かります。それよりひどいことなど、ぼくには思いつかない」一瞬考え込むようなふりをして、ぶるっと身を震わせた。「あえて言えば、カーニバル・クルーズの安い客船に乗ることぐらいかな」

2

「ジュリー?」

彼女は虚空を見つめていた。鳴り響く電話も、気ぜわしげな作業も、行き交う人びとも、彼女に向けられる物見高い視線も、その眼中にはなかった。自分の名前が呼ばれるのを聞いてふり返ると、近づいてくる男を見て、立ちあがった。「ダグ」

ダグは兄ポールの血に染まった彼女の服を見ると立ち止まり、悲しみに表情を乱した。さっき警察署の女子トイレで、においの強い殺菌用の石鹸を使って顔と首、腕と手を洗ったけれど、自宅に戻って服を着替える機会までは与えられなかった。

ポールのことを思って、ダグとは仲良くしてきたものの、一緒にいてくつろげる関係ではなかった。だが、いまはダグに心を寄せていた。兄の血のついた服を見るのはさぞかしショックだろう。その命を奪った暴力行為の、消し去ることのできない痕跡なのだから。

ふたりの距離を詰めたのは彼女のほうだが、手を伸ばして抱きしめてくれたのはダグだった。ぎこちない抱擁。あいだには大きな隙間がある。兄の恋人に対するハグ。

「こんなことになって悲しいわ、ダグ」彼女はささやいた。「あなたたち兄弟はお互いに愛しあっていた。なのに、あなたにとって最悪の事態になってしまって」

ダグが腕をほどいた。目が涙で光っているが、きっちりと自分を律している姿は、彼女が思い描いているとおりのダグだった。「あなたはどうなんだ？」ダグは尋ねた。「怪我は？」

彼女はかぶりを振った。

ダグは彼女の全身に目を走らせ、服についた血の染みの残像を消そうとでもするように、両手で顔をこすった。

離れて彼女とダグに私的な時間を与えているのはふたり組の刑事で、ふたりはホテルの犯行現場に駆けつけたときに、すでに彼女に自己紹介をしていた。

ホーマー・サンフォード刑事は長身で肩幅の広い黒人男性。年齢の手がかりになるのは軽く突きだした腹だけで、その腹からジュリーがはじきだしたのは四十と少し。以前にフットボールをしていたのではないかという印象を受けた。

サンフォード刑事の相棒《パートナー》は、身体的にはその対極にあるロバータ・キンブル刑事だ。身長は五フィートそこそこ、腹部についた余分な二十ポンドの肉を黒のブレザーで隠そうと無駄な努力をしている。下にはいたグレイのスラックスは腿のあたりがはちきれそうだ。

最初に〈ホテル・モールトリー〉にやってきたのは、地元バックヘッド署の制服警官だった。だが、すぐに初動捜査班が呼ばれ、それと殺人課の刑事ふたりが本署から派遣された。

サンフォードとキンブルの、仕事に徹しつつも人間味のある態度は、ジュリーの印象に残った。現場での彼らは、腫れものにさわるようにジュリーに接した。すぐに捜査に取りかかり、ポールを死に至らしめた犯罪のせいでまだ動揺の激しいジュリーに質問をしなければならないことを、何度もくり返し謝ってくれた。

そしていまキンブルは、ダグにやさしく話しかけている。「お話をうかがう前に、何分かお待ちしましょうか、ミスター・ホイーラー？」

「いや、大丈夫だ」ダグはみずからの背中を押すように、きっぱりと言った。

ダグはふたりの刑事に連れられて、死体安置所からここへ直行してきた。三人には独特の臭気がまとわりついている。さっきその寒々しい場所を訪れたジュリーの魂と肉体は、いまだ凍りついているようだった。

「あなたの供述を読みあげるあいだ、ミスター・ホイーラーにもそれを聞いていただこうと思うのですが」サンフォードが彼女に話しかけた。

「どうぞ」たぶんダグもいつかは事件発生時になにがあったか、彼女の証言を聞きたいはずだ。それがいまであってもかまわない。

一同は殺人課に入り、サンフォードに導かれるまま、彼のデスクがあるらしい一画へと向かった。ジュリーの推測は正しかった。〈ブルドッグズ〉のジャージーに傷だらけのヘルメットをつけたサンフォードが、フットボールを脇に抱えてゴールラインを駆け抜ける写真が飾ってあった。ほかに、美しい女性と、三人の笑顔の子どもの写真が何枚かある。そしてサンフォードの薬指には結婚指輪。ロバータ・キンブルの指にはなかった。

サンフォードはジュリーの坐る椅子をつかんだ。「ミズ・ラトレッジ」ジュリーは坐った。

ダグのためにもう一脚椅子が運ばれ、キンブルは立ったままでいいと言った。サンフォードがデスクの席につき、リングバインダーに手を伸ばした。日付とポールの名前と事件番号を記したラベルが貼ってある。亡くなってまだ五時間しかたっていないのに、早くも統計のための資料になってしまった。

サンフォードがジュリーを見た。「ほかの目撃者からも供述を得ました。さっき録音したあなたの供述は、すでに書き起こしてあります。それに署名してもらう前に、こちらで読みあげます。なにか追加で思いだされるかもしれないし、つけ加えるなり、変更するなりしたい箇所が出てくるかもしれません」

ジュリーはうなずいた。腕を交差させて、両肘をつかんだ。

そのしぐさに目を留め、キンブルが声をかけた。「ご心中、お察しします」

「ええ、つらいのは確かです。けれど、力になりたい。わたしは犯人の逮捕を望んでいます」

「自分たちもです」サンフォードはボールペンを手に取り、何度かかちゃかちゃいわせながら、バインダーに綴じられたタイプ原稿の一枚に目を通した。「事件の前、あなたとホイーラー氏は九〇一号室におられたんでしたね？　角部屋のスイートで間違いありませんか？」

「間違いありません」

サンフォードは無言で彼女を見て、先をうながした。ダグは顔を伏せて、靴を見ている。

「ポールとわたしは一時半にその部屋で落ちあいました」

「あなたはまっすぐスイートに向かい、チェックインをされていない」

「ポールがわたしの分のチェックインもすませてくれていました。わたしは二、三分遅れたので、スイートに入ったときには、彼が待っていました」

刑事ふたりは無言で目配せし、サンフォードはふたたびバインダーを見た。ジュリーには彼がタイプされた書類を読んでいるとは思えなかった。その必要もないだろう。すでに自分とポールが毎週火曜日、雨の日だろうと晴れの日だろうと、一年五十二週、あらかじめ同じ部屋を予約していたのを知っているはずだ。それについて詳しく語るつもりはない。事件とは無関係なのだから。

「ランチをルームサービスで注文されましたね」サンフォードが言った。

キンブルが口添えした。「ホテルのスタッフから聞いたんです」

当然、刑事たちは自分とポールがなにを食べたかも知っている。今日はポールがシャンパンを注文したことも。その事実から、彼らになにが引きだせるだろう？　彼らが口にしない以上、こちらからも進んで提供する必要はない。

サンフォードが尋ねた。「ルームサービス係以外に、スイートにいるあなた方を見た人はいませんか？」

「はい」

「ずっとふたりきりだった？」

「はい」

不自然でぎこちない沈黙をはさんで、サンフォードは言った。「先ほどうかがった話だと、三時ごろスイートを出られたんでしたね」

「わたしが四時に約束があったので」

「あなたの画廊でですか？」

「はい」

「911には三時十六分に通報が入った」サンフォードは言った。

相棒の発言を補足するように、キンブルが言った。「つまり、事件はその数分前に起こったのではないかと思いまして」

「でしたら、スイートを出たのは、三時少し過ぎだったのだと思います」ジュリーは言った。

「エレベーターには部屋から直行したし、あまり待ちませんでしたから」

時間に関することまかな話にいらだっているらしいダグが、はじめて口を開いた。「殺人犯は逃げたのですか？」

「自分たちもその点を明らかにしたいわけでして、ミスター・ホイーラー」サンフォードが言った。「ホテルの宿泊客と従業員の全員が容疑者です」

「あんな気味の悪いマスクをかぶったままでは、ホテル内をうろつけません」ジュリーは言った。

「わたしたちは犯人が直後にマスクを脱いだと考えているんです」キンブルが言った。「ですが、ホテルじゅうを捜しましたが、なにも出てこない。トラックスーツもマスクも――」

「なにひとつ」サンフォードが彼女に代わって締めくくった。

「〈モールトリー〉ほどの大型ホテルなら、隠し場所には事欠かない」ダグが言った。

「捜索はまだ続いてます」サンフォードが言った。「犯人がそうした品を持って逃げたことも考えられるので、ゴミ容器にマンホール、排水溝など、あたり一帯の隠し場所になりそうなところはすべてあたります」

「犯人があっさり逃げたと言うのか?」ダグが不信感を滲ませた。

キンブルはしぶしぶながら認めた。「それもありうるかと」

ダグが小声で悪態をつく。

サンフォードはボールペンをかちゃかちゃかちゃ鳴らしながら、タイプ原稿を読んだ。「少し時間を戻しましょう」ジュリーを見る。「客室を出たとき、廊下に人はいませんでしたか?」

「はい」

「清掃係や、ルームサービス――」

「ひとりも」ジュリーはエレベーターまでの道筋を脳裏に再現した。あのときはポールに肩を抱かれていた。隣にいる彼の存在が頼もしかった。ポールは力強くて、温かくて、生気にあふれていた。死体安置所のシートの下に横たわる彼とは、あまりに違った。彼から幸せかと問われて、幸せだと答えた。

キンブルが質問した。「エレベーターに乗り込んだときに、ほかの人たちに話しかけましたか?」

「いいえ」

「ミスター・ホイーラーは?」

「いいえ」

「あなたたちのどちらかに注目した人はいませんでしたか?」

「いいえ」

「誰も話しかけてこなかった? あなたたちを見て?」

「ええ、とくには。女性ふたりはおしゃべりに夢中で、わたしたちのことなど気にしていなかったし、若い男性はわたしたちのために後ろに下がってくれましたが、なにも言いませんでした。考えごとに没頭していたようです」

「あの男性は三時半に仕事の面接を受けるためカリフォルニアから来て、時間に間に合わないのではないかと、気をもんでたんです」キンブルが説明した。「その点はすでに裏が取れました」

「女性ふたりはナッシュビルから」サンフォードが言った。「この週末にある姪の結婚式に出席するために出てきていた」

「それがこんなことになってしまうなんて」ジュリーはつぶやいた。

エレベーターに乗っていた全員がいやおうもなく精神的な傷を負う。だが、ほかの三人はジュリーと違って誰かを失ってはいない。わずかなあいだエレベーターに乗りあわせたというだけで、ポール・ホイーラーとは関係がなく、それはただの名前、不運な被害者でしかない。事件の影響からは逃れられないとしても、そしてエレベーターに乗るたびにこの一件を思いだすとしても、彼らの人生に空洞はうがたれていない。修復不能な結果にはなっていないのだ。

サンフォードはデスクにペンを落とした。「そこから先を話していただけますか？　わたしたちのためであると同時に、ミスター・ホイーラーのためだと思って」長い指を絡めあわせ、その手をベルトのバックルの部分に置いた。じっくり聞こうという姿勢だった。キンブルはサンフォードのデスクの角にもたれ、ダグは手で口元をおおって、ジュリーを見つめていた。

彼女はエレベーターが次に止まるまで、わずかな時間しかなかったと伝えた。八階に到着し、ドアが開いた。強盗がなかに手を差し入れて、ドアが閉まらないようにボタンを押した。

「最初の印象は？」キンブルが尋ねた。

「マスク。そしてサメの歯」

「犯人の目鼻立ちはまったくわからなかった？」

彼女はかぶりを振った。「肌も髪もすべて隠れていて、手首すら見えませんでした。トラックスーツの袖を手袋の上に引っぱっていたんです。マスクはフードの首まであり、フードは顎の下までファスナーが閉めてありました」

「身長と体重は？」

「わたしよりは高いけれど、あまり差はありませんでした。肉づきはふつうです」ほかの目撃証言から描きだされた犯人像に一致するのが確かめられたのだろう。刑事ふたりがうなずサンフォードが言った。「明日、明後日のうちに、あなたに録音した音声を聞いていただきます。ほかの犯罪で使われた声のなかに、聞き覚えのある声があるかどうか」

　不気味な声のことが話題に出ると、ジュリーの腕の毛が逆立った。「恐ろしい声でした」

「ご婦人のひとりは、黒板を爪で引っかくようだったと言っていた」

「それ以上です。それよりずっと恐ろしかった」

　ラップアラウンドサングラスの映像が突如よみがえり、心が乱れた。「サングラスの色がとても濃くて、まるでサメの目のように黒くて、なにも読み取れませんでした。でも、わたしを見ているのがわかりました」

　サンフォードの体がわずかに前傾する。「犯人の目が見えないのに、どうして見られているとわかったのかな？」

「とにかくわかったんです」

　沈黙がしばし続いたのち、キンブルが先をうながした。「犯人は全員にひざまずくように言った」

　ジュリーはそこからポールが犯人に呼びかけるまでの経緯を中断なしに語った。「ポールは、〝きみは望みの品を手に入れた。わたしたちへの手出しは控えてもらおう〟と言いました。その口調からは、恐怖よりも腹立ちが伝わってきました」

「そうだろうとも」ダグが言った。

「わたしはポールを見て、犯人を刺激しないでと言おうとしました。そのとき——」心ならずも喉からふいに嗚咽が湧きだし、続きを話せなくなった。顔を伏せ、両目を手で押さえて、銃撃による衝撃の映像を押しとどめようとした。

ひとりとして口を開かず、誰かの腕時計が時を刻む音だけが聞こえていた。それが催促になった。ジュリーは顔から手を離した。「どうして犯人は貴金属と腕時計だけを盗んだのでしょう？　なぜ財布を持っていかなかったの？　そのほうが手っ取り早いのに。貴金属は売るなり質に入れるなりしなければならないけれど、財布には現金やクレジットカードが入っています」

「わたしたちは身軽さを優先したんだと考えてます」キンブルが言った。「財布やハンドバッグだと、ホテルを出る前に中身をあさって、捨てなければなりません。それが煩わしかったんでしょう」

「ポールを撃ったあと、犯人はどこへ逃げたんだ？」ダグが尋ねた。

「わかりません」ジュリーは答えた。「あのとき……銃声のあとは、ほんとになにも覚えていなくて」

サンフォードが言った。「エレベーターに乗っていたほかの三人も、あまりの恐怖で、犯人がどこに逃げたかわからないんですよ、ミスター・ホイーラー。若い男性は、いくらか正気が戻ったときには犯人が消えていたと言っていた。そしてボタンを押してエレベーターで下に向かった。それが精いっぱいだったのです」

「犯人を追うこともできたろうに」

「彼を責めることはできないわ、ダグ」ジュリーは小声で言った。「怖くて当然だもの。ボールが頭を撃たれるのを見た直後だったのよ」

ふたたび全員が沈黙に陥った。サンフォードがボールペンを鳴らした。「では、あなたがこれ以上覚えていないのなら――」

「いえ」ジュリーがだしぬけに言った。「犯人は靴をはいていませんでした。ほかにそれに気づいた人は、いませんでしたか？」

「ナッシュビルから来た女性のひとりが気づいてましたよ」サンフォードが答えた。「犯人は靴下姿だったと証言しています」

「やはりこちらの憶測ですけど」キンブルが口をはさむ。「犯人は靴、とりわけ運動靴だと、証拠になりうる足跡が残るのを知ってたんでしょう」

ジュリーは尋ねた。「足跡は残っていたのですか？」

「鑑識の人間が調べましたが、残ってませんでした」

ダグがため息を漏らす。「すべて計算ずくの犯行か」

「すべてではありません、ミスター・ホイーラー」サンフォードが言った。「完全犯罪などというものは存在しない。かならず捕まると確信しています」

相棒の前向きな発言を補強すべく、キンブルが言った。「わたしたちにお任せください」

サンフォードは少し待って、誰もほかにつけ加えるべきことがないのを確かめた。「これですべて終わりました、ミズ・ラトレッジ。供述調書に署名をしてもらえますか？」

ジュリーはすぐに求めに応じ、刑事ふたりはダグと彼女を外へ誘《いざな》った。廊下を歩いてエレベーターの前まで来ると、キンブルがジュリーの腕に触れた。「階段のほうがいいですか、ミズ・ラトレッジ？」

ジュリーは心遣いに感謝した。「心配してくださってありがとう。でも、大丈夫です」

サンフォードのほうは、検死官の仕事が終わって葬儀のために遺体を戻せるようになりしだい連絡するとダグに伝えていた。

「いつごろになるか、なるべく早くわかると助かる」ダグは言った。「こちらとしても、手配しなければならないことがたくさんあるので」

「承知しています。それと、あなたのご家族からもお話をうかがいたい。奥さまと、息子さんから。できれば明日にでも」

ダグは立ち止まって刑事を見た。「なんのために？」

「通常の手続きです。被害者に敵がいた場合――」

「そんなものはいない。ポールは誰からも愛されていた」

「もちろんです。ですが、被害者に近いどなたかが、ご本人もそれと気づかずに手がかりになることを知っていることがありますからね」

「家族がなにを知っているというんだ？　行きずりの犯行だろう？」

サンフォードはキンブルに目配せしてから、ふたたびダグを見た。「現時点では、自分たちもそう考えています。しかし、万一の可能性をひとつずつ潰していかなければ」

ダグは反論しかけて、踏みとどまった。「捜査を進めるためなら、ジュリーとわたしとわたしの家族ができるだけのことをすると約束しよう」

「あなた方は悲劇にみまわれ、いまその悲しみの渦中におられます、ミスター・ホイーラー。そして自分たちはその悲しみを邪魔だてしている。申し訳ないことです」そう謝りつつ、サンフォードは会う時間を決めるために翌朝電話をするとダグに伝えた。「ミズ・ラトレッジ」ジュリーを見た。「あなたにもまた電話をさせてもらうことになるでしょう」

「ミズ・キンブルに連絡先を伝えてあります。必要なときはいつでも声をかけてください」

いい、ただし、それには今夜を生きて切り抜けなければならない。疲れがひどくて、動くのもやっとなのに、ひとりで帰宅して、ベッドにもぐり込み、明かりを消すというこれからの行為にも、そそられなかった。ポールの陰惨な死の場面が記憶に焼きついているというのに、どうしたらまた眠れるのか？

キンブルはその思いを見透かしたように、一緒にいてくれる人はいるかと尋ねた。ジュリーはかぶりを振った。「女性警官を同行させる――」

「けっこうです」ジュリーはさえぎった。「ほんとに、ひとりのほうがいいので」

キンブルはものわかりよくうなずいた。

エレベーターが到着した。心臓を締めつけられながらも、ジュリーはなかに入って、外側に顔を向けた。ダグも乗り込んでいた。サンフォードが哀惜の表情をふたりに向けた。「自分からも、深い哀悼の意を述べさせていただきます」

「わたしからもです」キンブルが言った。

　そこでドアが閉まり、ジュリーとダグだけになった。彼女は言った。「あなたの家族にご迷惑をおかけしたくないので、見苦しくない程度の距離をとろうと思います」彼が異を唱えてくれるかもしれないと、心のどこかで願っていた。だが、期待外れだった。「ひとつだけお願いがあります、ダグ。ポールの棺に飾る花を選ばせてもらえませんか？」喉が締めつけられたけれど、ダグの前で泣きたくなかった。エレベーターのドアの合わせ目に視線を固定し、背筋を伸ばして、顔を上げていた。「お願いします」

「もちろんだよ、ジュリー」

「ありがとう」

　隣から喉を詰まらせるような音がしたので、ジュリーは目の縁でそちらを見た。ダグが声をたてずに涙を流し、取り乱すまいと肩を震わせていた。手を伸ばして慰め、同情を示したい。とっさにそう思ったものの、相手がどう受け止めるかわからないので、やめておいた。

「わたしにはいまだ信じられない」ダグの声がかすれている。

「わたしもです」

「兄が死んでしまったとは」

「ええ」

「ひどい」重いため息をついたダグは、拳で目をこすった。「なんとショッキングな暴力行為だろう。しかも無鉄砲だ。失うもののない人間でなければ、およそできる犯行ではない」

「あるいは、絶対に逃げおおせると踏んでいる人間か」

顔をめぐらせて、ダグの目を真っ向から見た。エレベーターのドアが開く。ジュリーはふり返ることなく、歩きだした。

決めたのは二杯めのブラディマリーをなかばまで飲んだころだった。少なくとも、彼のほうは心を決め、彼女から送られてくる秋波から、向こうもその気があると判断した。絶好の環境とは言いがたい。手の込んだ作戦行動が必要になるものの、たまたまその手の作戦は大得意ときている。そして意志あるところに道は……。

3

そしていま彼の意志は、シートベルトをうっとうしがっている。

さいわい、ふたりはエコノミークラスでなく、ファーストクラスの乗客だった。航空会社は大西洋横断航路のファーストクラスのチケットにひと財産を請求する。革製のシートはゆったりとしてクッションが利き、乗客はボタンを操作するだけで座席をほぼどんな形にもでき、お望みとあらば平らにすることもできる。さすがにシモンズ社製のマットレスまではないが、エコノミークラスとはくらべものにならない。

彼自身はまだ利用していないけれど、乗客には銘々のビデオシステムまで備えつけられている。航空運賃からしても、食事はなかなかのものだった。体内時計によると朝食の時間なのに、出されたのはランチで、次から次へと出てくるコース料理を楽しみながら、〈ニュー

〈ヨークタイムズ〉のヨーロッパ版に目を通した。ド・ゴール空港のなかを急ぎ足で通ったときに、途中の売店で手に入れてきたのだ。

　早めに空港に来たことはなかった。必要があれば荷物を預け、保安検査を受けて、搭乗案内が流れるころに搭乗口にたどり着く。ぎりぎりの時間しか取らないのがいつもの流儀だった。間に合うかどうかに賭ける。そのリスクが退屈きわまりない手続きにおもしろみを与えてくれ、旅の耐えがたさをごまかしてくれる。

　フライトアテンダントは言葉たくみにホットファッジサンデーを薦め、彼自身にトッピングを選ばせた。おかげで、ホイップクリームを抜いて、サンデーは我慢せずにすんだ。温めたナッツからこってりしたデザートまでのランチで、フライトの最初の二時間が過ぎた。その先八時間の空の旅を残したところで、ほかの乗客の眠りの妨げにならないよう、求めに応じて窓の日除けをおろした。タスクライトのスイッチを入れ、シートにゆったりと身を落ち着けると、ベストセラーリストの一位を飾っていた推理小説の新作を読みはじめた。五章まで読み進めたとき、5Cの席にいた女性が脇を通ってトイレに向かった。

　彼女に気づいたのは、これがはじめてではなかった。

　ファーストクラスの乗客に搭乗が呼びかけられたとき、できつつある列に向かったふたりの目が、たまたま合ったのだ。赤の他人同士なのですぐに目をそむけたものの、どちらももう一度相手を見ようとふたたび目をやった。そして機内に乗り込み、それぞれが頭上の荷物入れに手荷物をしまっているとき、彼女が自分のほうを見ているのにふと気づいた。

彼はトイレに行く彼女に意識を向けた。彼女がトイレから出たのも見ていた。席に戻ろうと歩きだした彼女を目で追い、彼女がそばで立ち止まり、隣の通路側の空席に身を乗りだして小説を指さしたときは、嬉しかった。「あなたが読んでいる本にさっき気づいたの。おもしろい本よ」

「出だしからして、そうみたいだね」

「先に進むと、もっとよくなるわ」彼女がふたたびほほ笑んで歩きだそうとしたとき、彼は体を起こし、引き留めにかかった。「彼のほかの作品も読んだことがあるのかい?」

「愛読者よ」

「へえ。興味深いな」

「どうして?」

「性差別主義者と呼ばれるかもしれないが、彼の作品は男性向けだろ? 機知に富んでいて、大胆で」

「たしかに性差別主義者ね」

打てば響くような返答が嬉しくて、にこりとした。

彼女はつけ加えた。「世の中には機知と大胆さをおもしろがる女もいるのよ」

「きみは?」

「実はそうなの」

彼は空いている隣の席を指さした。「一杯、おごらせてくれないか?」

「ランチを食べたところよ」

「食後の一杯ってことで、どうかな？」

彼女は二列先の自分の席に視線をやり、それを通路に這わせてから、ふたたび彼を見た。

「ブラディマリーをもらえる？」

「ぼくもそうしよう」

彼女が席に着き、こちらに向かって脚を組んだ。美脚。ハイヒール。ストッキングははいていないし、はく必要もない。スカートの裾が膝のすぐ上まで来ている。彼の視線がそこに注がれているのに気づきつつ、臆する様子がなかった。彼が目を上げると、涼しい顔でこちらを見返した。すこぶる美しい瞳。色はグレイ。嵐の日に海上をおおう雲の色。

彼は手を伸ばして、フライトアテンダントを呼ぶボタンを押した。「ぼくはデリク・ミッチェル」

「知っているわ」

自分のことを知っていてくれたのだと、喜びに体が火照ったが、それも彼女がふたりのあいだにある肘掛け越しに手を伸ばして、シャツのポケットから突きでている搭乗券に触れるまでだった。しっかり名前が読み取れる。

無念そうな顔をすると、彼女がそれを見て小声で笑った。「アトランタに自宅があるの？」

「ああ。きみは？」

「わたしもよ。パリでなにをしていたの？　出張？　お楽しみ？　それともただの経由地？」

「まあ、楽しみ、だね。母の六十五歳の誕生日だったんだ。パリに行ったことのなかった母は、親父の腕にとりついてパリでのお祝いをおねだりし、ミッチェル家の人間が大挙してあの街に降り立った」

「大家族なの?」

「まあね。少なくともパリの人たちはそう思っただろう」

またもや例の喉を鳴らすようなやわらかな笑い声が漏れた。本人はそれがどんなにセクシーか気づいているんだろうか? たぶん気づいている、間違いなく。

「お母さまは楽しまれたの?」

「大はしゃぎだったよ」客室の前方に目をやった。フライトアテンダントはやけにのんびりしている。

その思いを読み取ったように、彼女が席を立って通路に出た。一瞬、もう行ってしまうのかと思ったら、「辛めがいいのかしら?」と、彼女から尋ねられた。

「そのとおり」

通路を遠ざかる彼女は、惚れぼれするような後ろ姿をしていた。たんにいいのではなく、すばらしい。黒の三つ揃いのスーツは男仕立てながら女らしく、たぶんブランド品なのだろう、体にフィットしている。黒っぽい髪はポニーテールにまとめ、通常はそそられない髪型なのに、なぜか彼女だと、そのありきたりの髪型が決まっている。趣味のよさと品位と、鋭い機知とセックスアピールを併せ持った女だ。しかも、結婚指輪をしていないときた。

彼女は小さなトレイを持つフライトアテンダントを連れて戻ってきた。フライトアテンダントは彼女の前に身を乗りだし、氷とブラディマリーミックスの入ったグラスと、〈ケテル・ワン〉の小さなボトルを彼の前に置いた。彼女の分はすでに混ぜてあった。

「あとで様子を見に来てくれ」彼はフライトアテンダントに告げた。

「承知しました」

彼はウォッカをグラスに注ぎ、マドラーで手早く混ぜると、グラスを掲げた。彼女も同じようにした。グラスを合わせ、そのまま手を止めて見つめあった。と、彼女が頭上のタスクライトにちらりと目をやった。

彼女に相談せず、とっさに肘掛けのボタンを押してライトを切った。「これでいいかい？」

「ええ。まぶしくて……」暗さに誘われたのか、彼女はいちだんと声を落とした。なにを言うつもりだったのかわからないが、途中でやめてブラディマリーに口をつけた。少し神経質になっているようだ。顔を伏せたまま、グラスを見つめ、浮かんでいるライムをマドラーでつついた。「なにをしているの？」彼女が尋ねた。

「なにって、なにが？」

彼女が顔を上げて、軽くにらんだ。

彼は笑顔で答えた。「弁護士」

「企業の？」

「刑事事件だよ」

彼女が興味を示し、さらに体をこちらに向けた。靴のつま先が彼のズボンをかすめた瞬間、ふくらはぎが性感帯になった。

「どちら側なの?」

「被告側」

「じゃないかと思った」

「そうかい?」

「ええ」つぶやきながら、もうひと口飲み、彼のほうを見る。「民間企業のサラリーマンにしては、身なりがよすぎるし」

「ありがとう」まだ彼女が品定めするような目でこちらを見ているので、彼は尋ねた。「それに?」

「それに、あなたは……」小首をかしげて、考えている。「検察官をするほどの正義漢には見えない」

これには笑ってしまった。大声で笑ったために、通路の向こう側の乗客がこちらに一瞥を投げて、頭につけているイヤホンの音量を調節した。雰囲気を察したデリクは彼女のほうに体を傾け、顔をすぐ近くまで寄せた。彼女は逃げなかった。「ぼくを表わすのに正義漢という単語を使う人はいないだろうね」

「じゃあ、弁護士を侮蔑する冗談を聞いても、機嫌を損ねないの?」

「まったく。だいたい、その多くはぼくにもあてはまる」

彼女は通路をはさんだ隣の男を気にし、下唇を噛んで笑いをこらえている。きれいに揃った歯。ふっくらとした下唇にはうっすらと艶がある。どこからどう見てもセクシーな口だ。

「なぜ司法なの?」彼女はブラウスのいちばん上のボタンをいじっている。彼はふとその指の動きに目を奪われた。

「司法? 悪いやつらはそこに絡んでくる」

「そしてあなたは悪いやつらの弁護をする」

こんども彼はにやりとした。「儲かるからね」

一杯めのブラディマリーを飲みながら、おしゃべりを続けた。アトランタでお気に入りのレストランや、深刻な交通渋滞などについて話し、個人的なことや重大なことは話題にしなかった。

彼女がだしぬけに言った。「あなたは結婚していないみたいね」

「ああ。してないよ。なぜそう思った?」

「演繹的に導きだしたの。もし結婚していれば、たとえそれが不幸な結婚でも、あなたは奥さんを連れているはずよ。義母の誕生日を祝うあいだ我慢を強いられるとしても、パリ旅行をパスする女はいないもの」

「妻が一緒に来て、観光のためにパリに残ったかもしれない」

彼女は黙ってその嘘をやり過ごすと、グラスをのぞき込んで、マドラーの先端で氷をつついた。「あなたをひとりで旅行させるほど、奥さんがあなたを信用できるかしら?」

「そんなに信用ならない雰囲気かな?」

「奥さんにしてみたら、ほかの女が信用ならないのよ」

デリクの自尊心はおおいにくすぐられた。これで彼女との距離がさらに縮まったかもしれない。「きみもひとり旅だ」

「そうよ」

「仕事、それとも遊び?」

彼女は残っていた酒を飲み干し、結婚指輪のないことが際立つ左手を見おろした。「わざわざパリまで出かけて、夫が愛人とベッドにいるのを見てきたわ」

デリクは内心、歓呼をあげた。宝くじを当てた。彼女の自尊心は打撃を受けている。灰色の雲の色の瞳と、キスしたくなる唇と、きれいな脚と、形のいいお尻を持った女が、ほかの女のせいで捨てられた。誘惑に屈してでも、認めてもらいたがっている。まだ自分が魅力的で、男の気を惹ける女だと確かめたくて、自暴自棄になっているのだ。

空になった彼女のグラスにうなずきかけた。「もう一杯飲まないか?」

こちらをのぞき込むような瞳を見て、彼女が岐路に立たされているのがわかった。丁寧にお礼を述べたうえで、断わって席に戻ろうか? あるいはこのまま残って、この先の展開を見守ろうか? 彼女はふたたび下唇を嚙み、やがて言った。「ええ。喜んで」

フライトアテンダントはさっきより早く呼び出しに応じ、ふたりはもう一杯ずつ注文して、届くのを待った。ほかの乗客たちはすでに眠ったか、各自に備えつけられたビデオのスクリーンに見入っている。客室の明かりは出口とトイレをのぞいて消えていた。離れたところにタスクライトで読書をする年配の女性がおり、そこだけピンポイントに明かりが差していた。

フライトアテンダントが戻り、さっきと同じように飲み物をサーブした。「なぜきみのは注いであるんだい？」

彼女は恥ずかしそうに首をすくめ、またブラウスの第一ボタンをいじった。「わたしが頼んだのよ。さっき行ったときに、わたしのはダブルにしてと言っておいたの」

「ずるいぞ！」わざとらしいささやき声で抗議した。

「大酒飲みだと思われたくなかったの」そこで彼女は髪留めを外し、頭を揺すった。黒っぽい髪が艶やかなケープとなって肩に落ちた。ため息を漏らしてヘッドレストにもたれ、目をつぶった。「緊張を解いて、あのことを……頭から追いだしたかったから」

「パリで修羅場になったのか？」

彼女が苦しげに唾を呑み込んだ。閉じたまぶたのあいだに涙が浮かび、頬を伝った。「十段階評価で？」

「十かい？」

「十二」

「気の毒に」

「ありがとう」

「そいつはアホだ」

「それもありがとう」ヘッドレストに頭をつけたまま、彼女がこちらを向いた。「彼のことは話したくないの」

「ぼくもだ」十数えてから、彼女の頰に手を伸ばし、人さし指の先で涙を拭った。「なにを話そうか?」

デリクの目を見たまま、二十秒は黙っていた。かすれ声で尋ねた。「話さなきゃだめ?」

その視線がデリクの口元に移動し、数秒間そこに留まってから、ふたたび目に戻った。それでデリクにもわかった。間違いない。この女とセックスすることになる。しかもアトランタに到着してからではなく、いまここで、すぐに。

何人かの友人から飛行機のなかで行為に及んだと聞かされたことがある。飛行中に現行犯で見つかったカップルがいるという都市伝説も耳にしているが、そういう話は眉唾だと思ってきた。

実際、あまりに危険が多い。ひとつには、航空機の大きさや乗客の数からして、見つかる可能性がひじょうに高い。行為の場所がもうひとつの問題で、どこでやろうと空間が限られている。

にもかかわらず、その可能性を考えると、全身に男性ホルモンがみなぎった。

相手候補の女が欲望もあらわに自分を見つめ、上品な外見の内側に熱い情熱が宿っているのを感じ取れる目をしているとあっては、なおさらだった。ひょっとすると、夫に裏切られたのはベッドのなかで控えめだったせいではないかと疑い、抑制などさっさと捨ててもっと早くに髪をほどき、衝動のままに行動すべきだったと考えているのかもしれない。

なんだってかまうもんか。

デリクは周囲を見まわした。読書していたご婦人は明かりを切っていた。通路をはさんだ先の男は映画を観ながら船を漕いでいる。彼女に目を戻し、その目から懐疑的な陪審員に無実を訴えるときに使う熱っぽい意欲を放った。

彼女が肘掛けにグラスを置き、冷たい指先でデリクの手に触れた。拳をかすめただけだけれど、まぎれもない誘いのしぐさだった。彼女はすぐに席を立ち、暗い通路を客室の前方にあるトイレに向かって静かに歩きだした。

客室と調理室とのあいだのカーテンは引いてある。乗客乗員を含め、誰ひとりとしてこちらを見ていない。それでも、心臓がどきどきしていた。おれはばかか？　理性が吹き飛んだのか？　本気でやるつもりなのか？

ああ、賭けてもいい、そのつもりだ。

なぜならリスクの高い状況が生きがいだから。あらゆる困難を打ち砕こうといきり立っているから。男を求めている女がそこにいるから。そしてもっとも根本的な理由は、彼女を抱きたいからだ。

シートベルトを外し、つらそうに立ちあがり、通路に出た。人目を引いたり、うたた寝している乗客を起こさないように気をつけた。

彼女がトイレのドアを半インチだけ開けてある。デリクは恐ろしく狭い個室に身をすべり込ませ、背後でドアを閉めて、確実に鍵をかけた。

彼女は便器を椅子代わりにしていた。スーツのジャケットを脱いでいる。ボタンを三つ外したブラウスの胸元から、谷間とブラジャーのカップの上についたレースがのぞいている。

十秒ほど顔を見あわせていただろうか。ふたりはシンバルのように、体を密着させた。久しく記憶にない官能的なキスに唇が燃えあがった。彼女が舌を受け入れ、そのなまめかしさに、十代のころのような性欲が湧きあがって、うめき声を漏らした。

デリクはすぐさま四つめのパールボタンに手をやり、そのボタンと次のボタンを外した。ブラウスの内側に手を差し入れ、乳房をやさしくつかんで、硬くなったいただきを愛撫した。デリクの口のなかで彼女があえぐ。

彼女は唇を重ねたままベルトと前のファスナーをまさぐり、デリクのほうは太腿の両脇に手をやり、スカートの裾を押しあげた。パンティまで達すると、それを押しさげて、ハイヒールの足を抜かせた。

脚のあいだに割って入り、腰をつかんで、ひと思いに貫いた。

事がすむと、ふたりは気恥ずかしくなって、かすれ声で笑った。

ようやく彼女が肩から顔を上げ、おずおずと体を離した。おぼつかない手つきでボタンをはめる彼女を見て、その顔と胸がまっ赤に染まっているのにデリクは気づいた。

シャツの裾をしまい、ファスナーを上げて、ベルトを締めた。その間にジャケットを着終わった彼女は、デリクが脇に放りだしていたパンティに手を伸ばしたが、はこうとはしなかった。デリクは彼女が立ちあがるのに手を貸し、スカートを元に戻した。顔を突きあわせて立っているのがやっとだった。

彼女の頬を撫でると、熱を帯びていた。唇が腫れぼったい。またキスしようか、と思った。そうしたかった。

だが、その前に彼女が言った。「先に行って。わたしは……身繕いしていかないと」

「わかった」

「行儀が悪いから、わたしは自分の席に戻るわ」

残念だった。彼女とならんでフライトを終えたかった。手をつないでたわいないおしゃべりを楽しみ、この甘美にして罪深い秘密を分けあい、顔を見あわせて自分たちの愚かさにかぶりを振ったり、笑い声をあげたりしたかった。

デリクはとっておきの笑顔で彼女を見た。「気を変えてもらうわけにはいかないかな?」

「無理よ。戻るのがいちばんだもの」

「きみは大丈夫?」

「ええ」あせり気味に返事が戻ってきた。本人もそれに気づいたのだろう。彼女はうなずいて、「ええ」とくり返した。

「後悔してる?」

行為後はじめて、彼女は真っ向からデリクの顔を見た。「ちっとも」

「地上で会おう」

「よかった」ささやいて、笑顔になった。「地上で会いましょう」

デリクはドアを細く開け、あたりに人がいないのを確認して外に出た。彼女がドアを閉める音が背後から聞こえた。ほかの乗客はまったく気づいていないようだ。調理室のカーテンは閉まったまま。ふたりのグラスはいまだ肘掛けの上だった。深い満足感とともに、自分の席にどさりと腰をおろした。

実際は、たとえようもなくいい気分だった。

それから数分すると、彼女が脇を通って席に戻った。通りすぎざま、意味深長な表情でこちらを見たものの、言葉はかけてこなかった。彼女が席に落ち着くのを確かめてから、小説を手に取り、タスクライトをつけて、読書に戻ろうとした。だが、文字が頭に入ってこない。ウォッカが心地よくまわっているせいで、眠気が襲ってきた。それに——誰をごまかすつもりなんだ? ——トイレでの数分間の興奮を鎮めたかった。

それにしても、大胆なことをしたものだ。

夢のようなセックスだった。

信じられないほどすばらしい女だった。

自分の口元に笑みが浮かぶのを感じながら、眠りに落ちた。

デリクは飲み物のワゴンがかたかた鳴る音で目を覚ました。それを押すフライトアテンダントは、乗り込んだときと同じくらい爽やかだった。どうしたらそんなことが可能なんだ？　デリクの服には皺が寄り、目のなかはざらざらしている。ウォッカのせいで頭がぼうっとし、歯を磨きたくてたまらなかった。

あくびをして、手脚を伸ばし、顔を高く持ちあげて後ろを見た。5Cの席は空だった。前のトイレに目をやると、どちらも使用中だった。

「コーヒーはいかがですか、ミスター・ミッチェル？」

「ありがたいね、お嬢さん」

フライトアテンダントは笑顔で彼の前に手を伸ばし、日除けを上げた。デリクは窓に目をやり、眼下に広がる乾いた大地を見やった。海外から戻ってきて、合衆国を最初に見るたび、感傷に駆られて喉が詰まる。

すっかり空腹になっていたので、ハムとチーズをはさんだクロワッサンをがつがつと食べ、ブラックコーヒーを飲んだ。「到着まであと四十五分ほどです」アテンダントは言いながら、コーヒーのお代わりを注いだ。「関税申告書の記入をお忘れなく」

「ありがとう」

トイレのひとつが空くと立ちあがり、与えられた洗面キットを手に取った。用を足し、顔と手を洗って、歯を磨き、口内洗浄剤で口をすすいだ。立ち去る前に内部を一瞥し、首を振りながら小さく笑った。かくも悪趣味な場所ですばらしいセックスをしたのが、いまだに信じられない。

席に戻るとき、5Cがまだ空いているのに気づいた。今後の展開を想像――しまった！　彼女はなんという名前なんだ？

大急ぎで記憶を巻き戻し、ふたりで交わした会話を逐一再生した。やはり、名前を聞かされていない。彼女が残るフライトを隣の席で過ごしたがらなかったわけだ。身勝手な男と思われたのだ。

しばらく外を眺めながら、名前の件で無礼きわまりないことをした自分を叱りつけた。あらためて前方に目をやった。トイレはどちらも空いていた。さっと背後を見やると、彼女が席に着いていた。

通路を通るのを見逃してしまった。いったいなにをしているんだ？　よりによって顔をそむけていたとは。わざと彼女を避けようとしていると思われていないといいのだが。彼女の注意を惹こうとしたが、相手はヘッドレストに頭をもたせかけて目を閉じていた。

立ちあがって話しに行こうかと思った矢先、アトランタに向けて最終下降に入ったので、乗客は全員席に坐ってこの先到着までシートベルトを外すなとアナウンスが入った。

デリクは彼女をふり返った。後ろの席にいる乗客になにを見ているかといぶかられようと、関係なかった。目を開けてくれと念じたが、彼女の目は閉じたままだった。

パイロットは教科書どおりの着陸を実現した。デリクはじりじりしながらターミナルまでの長い地上滑走に耐えた。席を離れるのを許されるや、シートを立って通路に出た。だが、通路には彼の席と5Cのあいだの乗客が詰まっていた。彼らは頭上の荷物入れから持ち物を取りだし、客室のあいだにある出口に向かいだした。そして押しあいへしあいするうちに、彼女を見失った。

乗降用の通路を出ると、乗客の流れは再入国ゲートに殺到した。前方に彼女が見えなかったので、脇に押しやられたか、踏みつけにされているのだろうと思った。

職員のひとりから、問答無用にパスポートチェックの列を指された。デリクは同じ飛行機から降りてきた乗客と、ほぼ同時刻に到着した複数の国際便の乗客からなる群衆に目を走らせた。

ついに三つ離れた列の、かなり前のほうに彼女の姿を認めた。手を振ってみたが、向こうはこちらを見ていない。いま彼女に近づくより、手荷物受取所で待ったほうがいいだろうと判断した。

永遠に続くかと思われた再入国審査がついにすんだ。手荷物受取所へ向かい、荷物引き渡し用のコンベヤへ急いだ。反対側に彼女がいて、コンベヤからスーツケースを回収しようとしている。

疲れでいらいらしながら乗客のあいだをすり抜け、彼女のほうに向かった。人込みを縫って近づいてくるデリクを見ると、彼女の足が止まった。

デリクは立ち止まることなく、彼女のすぐ近くまで行き、笑顔で見おろした。「ぼくがばかだった。救いようのない愚か者さ。いまさらどの面をさげて声をかけたらいいかもわからない。きみの名前さえ訊いていないんだからね」

「でも、わたしはあなたの名前を知っているわ」

呆気にとられた。彼女の発言にというより、その言い方のせいだった。その冷淡な口調の意味を探ろうとしているうちに、彼女の物腰そのものが一変していることに気づいた。隙もなければ愛想もなく、求めに応じる気がないのははっきりしていた。ボタンはすべて留まっている。いま彼女から送られてくる信号は、そんなことは考えることすら許さないと言っている。

彼女の声は冷たかった。昨夜は潮溜まりのように物憂げでそそるようだった目つきが、いまは険しくよそよそしかった。笑顔になった彼女からは、切り札を出す詐欺師のような自己満足が感じられた。

「まんまと騙されたわね、ミスター・ミッチェル」

4

「ひどいありさまですね」

デリクは法律事務所の受付エリアの片隅に荷物を置くと、ふり返って、自分のアシスタントにしかめっ面を向けた。十二日も留守にしていたのだから、そんな率直な意見ではなく、もっと温かな歓迎を受けたいものだ。

「ごあいさつだな、マリーン。戻ってこられて嬉しいよ。訊いてくれたから答えるが、すばらしい旅行でね。これ以上望めないほどの天候に恵まれて、飛行機はすべて時間どおり。母はプレゼントを気に入ってくれたし、父は――」

「はいはい、わかりました。ちょっと言っただけなのに」

「おれは十時間も飛行機に乗ってたんだぞ」彼はぶつくさ言った。「ほかにどうしろって言うんだ？」

「シャワーを浴びて、ひげを剃ってから、こちらにいらっしゃるとか？」

「そんなことをしに家に帰ったら、そのまま出てこなかったよ。ベッドにもぐり込みたくて、しかたがないんだから。仕事が溜まっているのはわかっていたから、ひげも剃らずシャワーも浴びず、あれやこれや気分の悪いまま、ここに来たってわけさ」

「まだマギーに会ってないんですか？」

「長いこと留守にしてたんだから、あと数時間ぐらい関係ないだろ」

マリーンの顔にわたしは警告しましたからねと書いてある。「コーヒーを淹れましょうか？」

「きみの口から聞く、はじめての嬉しい言葉だね」

部下たちのオフィスの前を通るたびに開いたドアからあいさつの声がかかるが、立ち話もせずに手を振りながら奥へ進んだ。みんなに取り囲まれることなく自分のオフィスまで来ると、ボスの帰還を歓迎してご機嫌をとろうとする部下を寄せつけないようにドアを閉めた。

広々とした角部屋は、アトランタの超高層ビルのひとつの、二十階にある。ガラス張りなので、視界を妨げられることなく街を一望できる。今日の気分からすると、陽射しが少し強くてまぶしすぎるので、リモコンを使って二重ガラスにはさまれたブラインドを一部閉めた。デリクが雇ったインテリアデザイナーはアイディアを提供してくれたが、最終的な決断はすべて自分で下した。手織りのトルコ絨毯に、本棚のステインの色、ソファや椅子の張り地、デスクチェアの革に至るまで。

さらに、たとえ内装とは相容れなくとも、愛着のある私物を組み入れることを優先した。法律関係の書籍と本棚を分けあうのは、九歳の夏に父と一緒につくった複葉機の模型であり、ハイスクールの野球部が州で優勝したとき自分がはめていたグローブであり、加入していた男子学生クラブのギリシア文字が白目《しろめ》に刻印された陶製ジョッキだった。文明の利器の揃ったオフィスだが、郷愁を誘うそうした思い出の品々がちりばめられ、それが高価なスニーカーのようにデリクには心地よくフィットしていた。

皺だらけのジャケットを脱ぎ、隠しクロゼットにかけると、デスクについて、熱を帯びた眼窩に指先を差し入れて、小声でつぶやいた。「まんまと騙されたわね、ミスター・ミッチェル」

どういう意味だろう？

知ったことか。たとえ知っていたところで、関係ない。彼女はそれだけ言うと、こちらに背を向け、スーツケースを引きながら女子トイレに向かったのだから。彼女が出てくるまで外で待っていたら、変質者に間違えられる。それに、あのレディ——なんという名前にしろ——が、ブラディマリー二杯と機内のトイレでの熱くてみだらで性急な性交以外にはなにも求めていないのは、尋ねるまでもなく明らかだった。

だからデリクはその場を立ち去り、勝手にしろと内心悪態をつきながら、記憶に残るできごとの幕切れがもっと甘いものであればよかったのにと思った。また、別れ際の彼女の台詞が頭に取りつき、困惑の種となって残った。

彼女がなにを狙っていたか知らないが、みごとにしてやられた。誘いかけるような目つき。ブラウスのボタンをいじるしぐさ。あの脚線美。そう、あの脚。スキンケア用品を使っただけの脚があれほど美しく、さわり心地よく感じられたのは、はじめてだった。あの怯えたような下唇の噛み方。そして、髪までほどいた。あの飛行機に同乗していた女という女が知っている手練手管だった。

だが、彼女はそれを完璧にやってのけた。

彼女はデリクの急所をつかみ、人のたくさんいる航空機のトイレに連れ込み、見つかって、人目にさらされたら、笑い物にされるようなまねをさせた。民間機で性的行為に及ぶのが違法なのかどうかは知らないが――助手のひとりに調べさせてみよう――お利口さんのすることでないのは間違いない。

弱々しい老婦人や子どもに見つかっていたら、どうなったことか。行為の最中にうっかり入ってきたかもしれないいたいけなスージーの叫び声や悲鳴を想像してみるといい。その先は誰も眠れなくなる。二百人を超す乗客が性的欲望を抑えきれなかったカップルに興味を持ち、情交を通じたふたりをひと目見たがるだろう。

〈ザ・ジャーナル〉紙の第一面に掲載される自分の写真が目に浮かぶようだ。ぶすっと非難がましい顔をした航空警察官に連れられて、乗降用通路を降りてくる。地方検察局はその写真をポスターにし、フルトン郡司法センターじゅうに配るだろう。その汚名は一生デリクについてまわる。

負けず嫌いのデリクは、勝つためなら努力を惜しまない。だが、最善を尽くしたという納得があれば、そして最初から勝つ見込みが実質的にはないのにそれをくつがえそうとして全力を傾けたのであれば、威厳を失うこともなく負けることもできる。そんな負けなら受け入れられる。嬉しくはないが、それなら許せる。

だが、今回あの女にやられたように、騙され、たぶらかされて、徹頭徹尾笑い物にされたとなると、とうてい我慢ができない。

それにしても、なぜだ？　やみくもに彼女を抱いただけ。ほかになにをしたというんだ？

まあ、いい。今回の一件は、人生における小さな謎のひとつとして残るだろう。

両手でひげの浮きはじめた頬を撫でおろしてから、留守にした十二日のあいだに溜まった封書と伝言メモと書類の山に手を伸ばした。

マリーンがメモ帳と湯気の立つコーヒーのカップを持って入ってきた。

「ありがとう」最初のひと口で味見をすると、好みのブレンドで、おいしかった。

秘書はデスクの向かいという、定席に腰をおろした。「で、パリはどうでした？」

「フランス風だった」

「そんなにひどかったんですか？」

デリクはほほ笑んだ。「美しい街。咲き誇る花々。料理は抜群。うまいワイン」

「あなたはワインを好まれません」

「おつきあいで、何杯か飲み干してみた」

「セーヌ川には？」

「その川の船上で母の誕生パーティをした」

「ノートルダム寺院は？」

「いまも建っているが、カジモドは見なかった」

「きれいな女性は?」

「そこらじゅうにいたよ」

マリーンは不満気に鼻を鳴らした。「みんな喫煙者だから太らずにすむんです」

デリクは非難の目を向け、マリーンは刺々《とげとげ》しい目つきで彼を見た。「あえて言うまでもないでしょうけれど、そのダイエットはわたしもまだ試したことがありません」

デリクは声をたてて笑った。彼女とは長いつきあいになるので、不愉快になることなく、お互いに相手をいじめられる。デリクがシニア・パートナーとの大喧嘩のあとに無謀にも評判の高い大手事務所を飛びだしたとき、ついてきてくれたのがマリーン・サリバンだった。デリクが自前の事務所を開業するのに手を貸してくれて以来、彼の右腕でありつづけた。門番であり、社交事務担当秘書であり、使い走りであり、相談役だった。法律に関して鋭い嗅覚を持っているので、困難な案件にぶち当たり、デリクの方針のままでは有罪にしかならないときに、マリーンのおかげで新たな道が開けることも少なくなかった。彼女なしでは仕事も人生も立ち行かず、その事実をたびたび認識させられた。

マリーンには絶対の信頼を置いている。彼女なら自分が語ったどんな秘密も墓場まで持っていってくれる。いま柔和で威厳のある彼女の顔を前にすると、飛行機での体験を語りたくなる。腰を抜かすなよ、マリーン。きみのボスが大西洋を横断する飛行機のなかでしたことを聞いても、信じられないだろうな。

やっぱりやめておこう。マリーンがいくら忠実なアシスタントで、デリクの最高のときだけでなく最低最悪のときも知っているといっても、これだけは明かせない。昨夜の性的逸脱行為は秘密にしておいたほうがいい。

外に漏れないことを切に願う。

「ジェイソン・コナーの件に関して、地方検察局から新しい情報は入ったかい?」実の母親と義理の父親を惨殺したとして、告訴されている十六歳の少年のことだった。あまりに残虐な犯行だったために、この少年は大人として裁かれようとしている。

「こちらから電話をして、証拠ファイルについてまた尋ねてみましたけど、例によってのらりくらりかわされてしまって」

「はぐらかすつもりだろう。連中におれが戻ったと電話をして、なにがなんでもファイルを手に入れたいと伝えてくれ」公判の日は目前に迫っており、有罪宣告を受けた場合、若き依頼人は死刑に処される。「最近、誰かジェイソンと話をしたのか?」

「昨日です」マリーンはこの案件を担当している助手のひとりが拘置所に面会に行ったと説明した。「会っただけで、話はしてません。あの子がだんまりを決め込んでいるんです」

「本人が投げやりになっていたら救えないと、あの子に伝えたのか?」

「伝えたそうです」

時間ができしだい少年に会いに行くこと。デリクはそう心のメモ帳に記入した。このままだと崖っぷちに追いつめられることに気づかせてやらなければならない。デリクは電話を返さなければならない相手を記したピンク色のメモ用紙の束を手に取った。最初の一枚には赤の太字で〝わたしに訊いて〟と書いてある。マリーンの筆跡だ。

それをつまみあげて、彼女に向かってひらひらさせた。「訊かせてくれ」

「あなたの留守中に、大事件があったんです。ポール・ホイーラー――」

「誰だ?」

「ホイーラー・エンタープライズです」

デリクは片方の眉を吊りあげた。「あのホイーラーか?」

「あのホイーラーです。腐るほどの大金持ちの。〈ホテル・モールトリー〉で撃たれて、亡くなったんです。マスコミの狂騒に、大がかりな葬儀。まだ犯人は特定されず、逮捕を免れています」

デリクは口笛を吹き、メモに目をやった。「それでダグというのは?」

「亡くなった被害者の弟兼ビジネスパートナーです」

「話がややこしくなってきたぞ」

「この二日間に三度電話してきました。緊急の用件なので、あなたが戻りしだい会いたいとのことです」

「どうして?」

「聞いていません」

デリクは骨の髄まで疲れていた。爽やかなにおいがするとは思えないし、機嫌もよくない。

だが、この事件はおもしろそうだ。早くも体液がふつふついいはじめている。「一時間でここへ来られるか訊いてみてくれ」

ダグ・ホイーラーは彼が演じる役割そのものの、つまり成功した実業家らしい風貌をしていた。歳のころなら五十前後。身ぎれいな男性ながら、デリクのオフィスに入ってきたのは多くを抱え込んだ印象の人物だった。それでいて、握手する手はさらりとして力強かった。

「海外旅行から戻っていらしたばかりとうかがっています」

「パリに行ってきました。ここへは空港から直行しました。こんなよれよれの恰好をしているのは、そういうわけでして。申し訳ありません」手入れも身なりも申し分ないホイーラーを目の前にすると、自分の乱雑さを意識させられる。

「謝っていただく必要はありませんよ、ミスター・ミッチェル。今日会っていただけただけで、喜んでいるのですから」

デリクはソファを勧めた。応接セットの中央にあるのはコーヒーテーブルで、そこにマリーンがトレイに用意しておいた氷の容器とグラスと水のボトルがあった。依頼人とはデスクをはさんで対面するより、ソファに坐って話をするほうが好ましい。

「よかったらどうぞ、ミスター・ホイーラー」

ホイーラーは首を振った。

「アシスタントのミズ・サリバンから、あなたのお兄さんの話をうかがいました」デリクは言いながら、自分のグラスにペリエを注いだ。「まことにお気の毒です」

「ありがとうございます。ひどい事件でした」

「そうですね。彼女からかいつまんだ説明は受けましたが、新聞記事すべてに目を通す時間はありませんでした。話していただけますか?」

それから五分間は、ダグ・ホイーラーが射殺事件について知っていることを述べるのを聞いていた。デリクは自分がフランスに旅立った日に事件が起きていたことを心に留めた。

ホイーラーはこう締めくくった。「わたしが知っていることは、ジュリーをはじめとするエレベーターの乗客が警察に供述した内容にもとづいています」

「ジュリーというのは、事件発生時にあなたのお兄さんと一緒にいた女性ですか?」

「はい」ホイーラーが水のボトルに手を伸ばし、キャップを外して、ひと口飲んだ。

マリーンはジュリー・ラトレッジのことをポール・ホイーラーの愛人だと言っていた。彼女とポール・ホイーラーの関係が家族の当惑の種になっていたかどうか気になるところだ。ダグ・ホイーラーがその件に関して口が重いことからして、なっていたのだろうと、デリクは推察した。

「犯人は特定されていないんですね?」

ホイーラーがかぶりを振った。

「ミズ・サリバンによると、警察はまだこれといった手がかりをつかんでいないとか」

「今朝の時点では、ええ、まだ」

「捜査を指揮しているのは誰ですか？」

「ホーマー・サンフォードという刑事です」

「知ってますよ。優秀な捜査官です」

「かもしれません」ホイーラーは肩をすくめた。「いまのところこの事件では期待に応えてくれていないが。今日の早い段階では、新しく聞くべきことはありませんでした」

フットボールの元花形選手が几帳面で根気のある刑事になったことをデリクは知っていた。同僚の信頼が篤く、厳しく接するのは犯罪者に対してだけだ。そのサンフォードが手こずっているとしたら、怠惰のせいではない。

デリクは言った。「サンフォードが追わなければならないのは銃弾だけで、線状検査からはなにも出てこなかった」

「そのとおりです。すべてのデータベースにあたりましたが、その拳銃はこれまで犯行に使われたことのないものでした」

わざと沈黙を引き延ばし、ホイーラーが次になにか言うのを待った。現時点ではなぜこの男が緊急に会いたがったのか、その理由がわからない。デリクはついに、この事件について聞いてからずっと心にあったことを口に出した。「強盗にしてはおかしな場所ではありませんか。ホテルの八階とは」

ホイーラーの瞳がデリクに固定された。「そう」すっと目をそらした。「たしかにおかしい」

「サンフォード刑事はそれがおかしいと指摘していましたか？」

「わたしは聞いていません」

「そうですか」

時差による疲れの影響が出てきていた。腕時計は見ていないが、太陽の位置から終業時刻が近づいているのがわかる。疲労で体に痛みが出ている。そろそろ要点に入らなければならない。「ミスター・ホイーラー、わたしとの面談を希望された理由をお聞かせ願えますか？」

「刑事事件専門の弁護士として、あなたの評判をうかがっていたからです。凄腕だと」

「ありがとうございます」

「この件全体を通じて、わたしの家族の代理人をお願いしたい」

「この件全体と言うのは――」

「警察の事情聴取です」

「あなたのお兄さんが殺された事件に関して、警察から話を聞かれているんですか？」

ホイーラーはうなずいた。「通常の手続き、形式的なものだと、聞かされました」

嘘だ。警察のやっていることが通常の手続きだとはとうてい信じられないし、ホイーラーもやはり信じられずにいるのは明らかだった。

「事情聴取のあいだ、弁護士を同席させていますか？」

「はい」ホイーラーは払いのけるようなしぐさをした。「ちょっとした訴訟や交通違反切符に関しては使える男ですが、わたしたちにはもっと根性《ビッグボール》の坐った人物が必要だと感じていました。こんな言い方をしては失礼かもしれないが」

「かまいませんよ。その根性がわたしのものなら、なおさらです」ホイーラーと顔を見あわせて、にやりとした。「〝わたしたち〟とは？」

　あとに続いたデリクの質問に、ホイーラーは虚を衝かれたようだった。「いまなんと？」

「あなたは〝わたしたち〟という言い方をされた。あなたとほかにどなたがいらっしゃるんでしょう？」

「わたしの家族です。妻と息子と」

「なるほど」デリクは詳しい説明を待った。ホイーラーがそれに応じたのは、ボトルの水をもうひと口飲んでからだった。

「兄の死によって得をする人間には、それが誰であろうと、おのずと疑いがかかります」

「あなたにも？」

「それほどではありません。わたしはポールの相続人ではないので。CEOにはわたしがなりますが、金銭的に潤うことはありません」

「奥さんはいかがでしょう？」

「シャロンといいます。古い諺にあるように、わたしはよい伴侶を得ました。シャロンの曾祖父は、まだできて間もないコカ・コーラ社の株を何万株も買っていました」

「それはめでたい」

　ホイーラーは弱々しくほほ笑んだ。「妻はポールの金を求めてはいません。それに、兄が殺されたときは家にいました」

「残るは息子のクライトンさんですね」

「息子のクライトンが——」いったん黙り、つけ加えた。「ポールの相続人です」

デリクは椅子にもたれ、しばらくホイーラーを見ていた。「わたしが警官なら、最初に目をつけるのは息子さんです、ミスター・ホイーラー。他意はありませんよ。あなたには腹蔵なく申しあげているだけです。警察はつねに金を追う」

「それは理解しています。彼らにはそうする権利がある」

「クライトンはおいくつですか？」

「二十八です」

もっと若ければよかった、とデリクは思った。まだ親がかりで、監督しやすい未成年者だったら。「警察に拘束されているのではないんですね？」

「ええ、そのようなことはまったく。警察も話を聞くにあたっては礼儀正しく、署ではなく、自宅まで来ています」

「それはよかった。弁護士はつねに同席していますか？」

「その点は気をつけています。さいわい、クライトンには鉄壁のアリバイがありましてね。強盗殺人が起きたときは、自宅のテニスコートで個人コーチからテニスのレッスンを受けていました。わたしはゴルフの前に着替えようと帰宅したときにコートにいるふたりを見ました。ジュリーがポールの死を伝える電話をかけてきたのは、それから数分後のことでした。命にかかわらないかぎり嘘をつかないうちのハウスキーパーは、少なくとも一時間はふたりがコートにいたと言っています」

「では、なにが問題なのでしょう？」

「事実上、問題はありません。あなたを雇うのは念のため。ほかに容疑者や手がかりがないという理由で、息子が刑事に脅されるのを見たくないからです」

「彼らがそんなことをする理由は？」

ホイーラーはしばしためらった。「ポールとクライトンには意見の相違がありました」

「なにについて？」

「ほぼ全面的に」ホイーラーは鼻にかかった笑い声を漏らした。「根本の問題は、クライトンがポールの意に反して仕事に本腰を入れなかったことにありました。ポールは仕事依存症です。それを言えばわたしもだが、兄ほど重症ではない。兄には仕事に没頭できない人間が理解できなかった。だが、クライトンにはほかに興味の対象がある」

デリクはもの問いたげに両方の眉を持ちあげた。「テニス？」

「テニスはほぼ毎日。車好きでもあるし、おしゃれもする。ですが、傾倒しているのは映像です」

「映画のことですか？」

「かつてつくられた映画はすべて観ているのではないだろうか。たんなる趣味の域を超えて、もはや副業です。ホイーラー・エンタープライズにかける以上の時間を映画にかけていますからね。息子のものの考え方は……芸術家的です」ため息をついた。「クライトンが商売に興味がないことを理解することも、受け入れることもできなかったポールは、父親であるわたし以上にあれにプレッシャーをかけていました。それがふたりのあいだに深刻な溝をつくっていた」

「ふたりのあいだにそうした反目があることは、よく知られていたんですか？」

「ええ、家族に近しい人たちには」眉をひそめる。「ジュリーがその点を刑事に話しました」

「なるほど。お兄さんが亡くなられたとき一緒にいた女性が、家族間の不和を警察に明かしたわけか。殺人は白昼ホテルで行なわれた」

その発言の意図を察して、ダグが言った。「兄とジュリーは……ポール自身は彼女を恋人だと言ったことはありません。ですが、兄を知る人たちはふたりの関係を知っていた。ふたりが目立たないように行動していたにしろです」

「なぜでしょう？」

「ポールは心身ともに愛してやまなかった亡き妻メアリーを尊重していたのでしょう。兄夫婦は地域社会でも目立っていました。つねに一緒で、互いに身も心も捧げあっていた」

「お子さんは？」

「いません。メアリーに問題があったのでしょう。だが、ふたりは代わりに慈善活動に打ち込んだ。メアリーが亡くなったときの兄の落ち込みようは、たいへんなものでした。二度と女性とはつきあえないのではないかと思ったものです。だが、その後ジュリーが現われ、兄は夢中になった」

「いつごろの話ですか?」

「二年になります。おおよそですが」

「一緒に暮らしたことは?」

ダグはかぶりを振った。「ですが、始終一緒にいました。少なくとも週に五、六回は会い、毎週火曜日の午後にはホテルで過ごした。兄から一度、特別な時間だから可能なかぎり最優先すると聞いたことがあります。兄はその時間を避けてスケジュールを組んでいた」

「継続的な予約があったことをホテルのスタッフから確認できますか?」

「すでに警察が確認しています。ホテル側から警察に記録が提出されました」ダグは空のボトルをふたりのあいだにあるテーブルに置いた。「あなたを弁護士としてあてにしてもいいだろうか、ミスター・ミッチェル?　わたしたちの公式な代理人としてマスコミに対応していただけるだろうか?　あなたの出番がないことを願ってはいるが、いざというとき、あなたのような方が味方についてくれるとわかっていると心強い」

「わたしのほうでも下調べがいります。事件と現在の捜査の内容を頭に入れなければなりません。それにあなたのご家族、とくに息子さんのクライトンにお目にかかりたい」

「もちろんです。いざというときのために、あなたを味方につけられると聞けば、あれも喜ぶでしょう。当然ながら、報酬ははずませてもらいます」

デリクは笑顔で立ちあがり、手を差しだした。「期待しています」

ホイーラーは笑い声をあげた。「明日、使いの人間に小切手を持たせましょう」

「詳細については、お帰りの際ミズ・サリバンがお話しいたします」デリクは言うと、これから話す内容に合わせて厳粛な表情になった。「今回、面談にいらっしゃることになった原因を思うと、胸が痛みます。あなたとあなたのご家族に、お悔やみを申しあげます」

「ありがとう」

ホイーラーが背を向けて歩きだし、あと少しで戸口だという段になって、デリクは尋ねた。「警察は彼女に注目しているんですか？　お兄さんの恋人のことです」

ホイーラーはとまどいもあらわに尋ね返した。「関与という意味ですか？　たとえば共犯とか？」

デリクは肩をすくめた。

ホイーラーが首を振る。「もし警察が疑っているとしたら、彼らは間違っている。ポールは彼女を敬愛し、逆もまたしかりだった」

相互に愛しあっていたという彼の意見に疑いをいだきつつ、デリクはそれを胸に収めた。ホイーラー家ほどの財産が問題となっているときは、愛情もおのずと後部座席に引きさがりがちになる。

5

シャロン・ホイーラーは残る五十通ほどの礼状の宛名書きをしていた。義理の兄の死に際して、家族に花を贈ってくれたり、思いやりを示してくれた人たちに、感謝を伝えるためのものだった。時間のかかる作業で、もう五日も六日も同じことを続けているため、終わりが見えてきて嬉しかった。

クライトンがノックもせずに続き部屋になった寝室に入ってきたときは、作業を中断されて嬉しかったほどだ。それも、息子が怒っているのに気づくまでだった。

「お母さん！」

「ここよ」

クライトンはデスクについていたシャロンをにらみつけた。手になにかを持っており、それを振りながら近づいてきた。

「それはなあに、クライトン？　DVD？」

「そうですよ、お母さん」そう言うと、その単語を強調しておうむ返しに言った。「DVD。ぼくのDVDです」

「あなたがここに置いていったのよ。昨日の夜、観せてもらったけれど、とくになにも考えずに――」

「そう、お母さんはなにも考えていなかった。ぼくに許可を得ずに勝手に観たんだ」

「クライトン、お願いだから、落ち着いてちょうだい。傷なんてつけていないでしょう?」

「ケースから出しっぱなしになってたんですよ。台所のカウンターに放りだしてあった。ぼくがたまたま通りかかって、見つけたんです」

「たぶんルビーが――」

「ぞんざいに扱うんなら、お母さんご自身のDVDにするんですね。いや、オンデマンド方式で観ればいいんだ。なにかに触れて、困ったことにならずにすむ」

自分のDVDに触れられたくないのなら、不注意なのは出しっぱなしにしておいたクライトンだ。だが、シャロンは反論しなかった。それでなくとも怒っている息子をこれ以上怒らせてなんになるの? 息子が怒りだしたときは、逆らわないにかぎる。

「観る前にあなたに電話をして、尋ねるべきだったわね」彼女は言った。「ごめんなさい」

息子はデスクにDVDをすべらせた。「これはもうだめになった。謝罪などクソ食らえだ」

「自分の母親になんという口の利き方だ」

ふたりがふり返ると、開いた戸口にダグが立っていた。寝室に入ってきて、スーツのジャケットをベッドに投げた。「お母さんに謝りなさい」

「冗談じゃない。お母さんがいけない――」

「へりくつを言うんじゃない！」ダグがどなった。

クライトンはぶすっと黙り込んだ。ダグはいまにも拳を振るいそうな顔をしている。シャロンはこんな騒ぎを引き起こした自分を恥じた。クライトンには腹を立てる理由がある。息子が大切にしているＤＶＤを粗末に扱うのは、許されない罪だった。

「このＤＶＤの代わりに、新しいのを買わせてもらうわ」シャロンは静かに告げた。そして、軽く笑った。「たいした映画じゃないのに、こんなに大騒ぎになって」

「そういう問題じゃないんだ、お母さん」クライトンがため息をついた。なにが問題かわからない母親の愚かさがもどかしいのだろう。「ぼくはもう行きます。さようなら《ハスタラビスタ》、ベイビー。『ターミネーター２』、アーノルド・シュワルツェネッガー」背を向けて、立ち去ろうとした。

「そこから動くな」ダグが言った。「おまえに話がある」

「なんの話ですか？」

「その前にお母さんに謝りなさい」

「よしてください。ぼくは八歳ですか？」

シャロンはいさかいが大嫌いだった。争いごとの絶えない家庭で育ったからだ。両親は愛情のないまま嵐のような結婚生活を送り、一家が住んでいた屋敷は戦場と化した。納得して離婚するには多額のお金が必要だったために、ふたりはお互いを苦しめることにのめり込み、シャロンは不幸な調停者となった。

その結果、シャロンはいまでも争いを極力避けて、自然と仲裁者の役割を担ってしまう。

「もういいのよ、ダグ。たいした意味はなかったんでしょう、クライトン？　この子は——」

「これの肩をもつな、シャロン。下階《した》にいてもこれの声が聞こえてきたんだぞ。おまえに謝るのが筋だ。謝ってもらう」

自分にとって大切な男ふたりが相手をねじ伏せようとにらみあっている。そしてこんども、折れたのはクライトンのほうだった。彼はシャロンのほうを向くと腰を折り、手を取ってキスをした。「どうかお許しください、母上。クソなどと言って、申し訳ない」

体を起こし、ダグに話しかけた。「ところで、この映画のなかでは同じ言葉が六十七回くり返されています。映画の長さは九十四分ですから、お母さんは一分半に一度はクソ、もしくはその派生語を聞いている。けれど、ぼくが言うことでお母さんをクソ悪い気持ちにさせたのなら、クソったれな自分を謝ります」

シャロンは我慢できずに忍び笑いを漏らしたが、ダグは仏頂面をしていた。

その場の緊張をやわらげるべく、シャロンは言った。「ねえ、お礼状の宛名書きがあと少しで終わるんですよ。明日には送れます。みなさんにはよくしていただいて。でも、全員にそのお礼をするのは重労働ね」

「おまえがやってくれて助かったよ」ダグは言った。そしてクライトンをふり返った。「いまデリク・ミッチェルに会ってきた」

クライトンは肩をすくめて肘掛け椅子に腰をおろした。背もたれに頭をつけ、見るからにどうでもよさそうな顔をしていた。

「どなただったかしら、ダグ？」シャロンは尋ねた。

「刑事事件専門の弁護士だ。いざというときのために頼んでおこうと話しただろう？」

「ああ、そうでしたわね」二日前の夕食の席でそんな話をしたけれど、あのときは落ち着いて話が聞ける状態ではなかった。

「その弁護士がおまえに会いたがっている」ダグはクライトンに言った。

「いいかげんうんざりだな。すっかりいやになりました。最初は刑事たち、次がお父さんの能なし弁護士たち。いちいちぼくの言葉尻をとらえて、メモを取るんですよ」クライトンはしきりにペンを動かすしぐさをした。「で、こんどはその男ですか。その男のなにが特別なんです？　それに、どうしてぼくが会わなきゃならないんです？」

ダグは質問に答えなかった。「彼のアシスタントがおまえの予約を入れてくれた。明日、面談の手筈になっている」

「明日は無理です。忘れたんですか、煉瓦と石材の業者とランチをするように指示したのは、お父さんですよ」

「三時だ」

「三時には車の点検が入ってるんで、ぼくも行きます。なかには信用できない整備工もいますからね」

「法律事務所の住所だ」

ダグが名刺を差しだした。クライトンは父親と名刺の両方を恨めしげに見ると、名刺をひったくるなり椅子を立ち、大股で部屋を出て、ドアを叩きつけた。とぎれのない一連の動作だった。

シャロンもダグも何秒か、黙ってその場を動かなかった。そのあとダグはベッドに近づいて、投げ捨ててあったジャケットをつかみ、シャロンは夫についてクロゼットに向かった。ふたり共有の衣装部屋になっているので、かなりの広さがある。ダグはネクタイを抜き取り、シャツのボタンを外しはじめた。

「わたしがいけなかったの」シャロンは言った。「許可もなくあの子のDVDを観たから」

「やめなさい、シャロン。悪いのはおまえじゃない。またあれの肩をもつ。そうやってわたしがあれに責任を教え込もうとするたびに口をはさまれたら、あれはいつまでたっても成長――」

「ポールのような口を利くのね」

言ったとたん、その発言を悔やんだ。ダグを傷つけてしまったのがわかる。夫はシャツを脱ぎ、ジャケットともども大型の籠に投げた。シャロンは夫の背後にまわり、腰に腕をまわして、肩に頬をつけた。「ごめんなさい」

ダグが小声で笑った。「わたしはポールのような口を利いた」妻をふり返り、唇に軽くキスした。「だが、ポールの言うとおりだったんだよ、シャロン。クライトンは甘やかされていて、それはわたしたちのせいだ」

「おもにわたしだわ」

「いいや」

「そうよ」

「おまえは自分が感じてきた寂しさや、愛情のなさをあの子に感じさせたくなかったんだ」

シャロンは顔を上げて、夫を見た。「こんどは精神分析医になったの?」

「セラピーを受けなくとも、そんなことはわかる。だが、わたしたちにはクライトンをだめにした責任がある。わたしもあれを甘やかした。そのほうが楽だったからだ」

シャロンは小さく笑った。「あの子を育てるのが楽だったことなんて、なかったけど」

「ああ、たしかにそうだな」陰気な笑み。

「わたしはただあの子を愛しすぎたの、ダグ。それをあの子にわかってほしい。わたしに腹を立ててほしくないの」ためらってから、言い足した。「ほかにも子どもがいたら……」

クライトンが生まれたあと、二回の流産を経て、医師から子宮摘出手術を勧められた。ほかに子どもができなかったことでダグから責められたことはないけれど、以前メアリーが、ホイーラー家の男たちは子孫繁栄の面で恵まれなかったわね、と悲しい冗談を口にしたことがある。繁殖相手に恵まれなかったと。

ダグがシャロンの腕を撫でさすった。「関係ないよ」額にキスをして、シャロンを放した。「ただし、今後わたしが鞭を振るったときは、わたしの味方をしてくれ」

シャロンはうなずいたものの、できないかもしれない約束はしなかった。

ダグがクッションつきのベンチに腰かけ、靴を脱いだ。「今回雇った弁護士が神の恐ろしさをあれに吹き込んでくれるといいんだが」

「どんな方でした？」

「わたしは気に入ったよ。目から鼻に抜けるような男だ。法廷ではそうとうのやり手だろう。彼が近づいたら、検察官も不安になる。負けるのが大嫌いで、徹底してやられないかぎり、自分からは倒れない」

「クライトンにはその人が必要な理由がわからないんです。わたしもよ」シャロンは宝石の隠し抽斗《ひきだし》を開いた。けれど、弁護士の話をしているうちに湧いてきた不安を隠すためにわざと手を動かしているだけだった。

「クライトンがどれだけ扱いにくいか、この五分間でわかったはずだ。わたしはあれが事情聴取の最中に自制心を失って、なにかを口走るのを恐れている。刑事たちに間違った印象を与えるかもしれない」

「あの子がかっとしたとしたら、悪いのは刑事さんたちのほうです」シャロンは言った。「あの子は辛抱強く刑事さんの質問に答えているんです。わたしはあの子を責める気にはなれないわ。あの子が強盗や発砲に関係しているはずがありませんもの。事件のときは、ここにいたんです。警察はなぜクライトンを放っておいて、真犯人を捜さないのかしら？」

「そうなることをわたしも願っているよ。だが、願いがかなわなくとも、わたしたちにはデリク・ミッチェルがいて、わたしたちの代わりに警察と話をし、クライトンの口を封じてくれる」

シャロンは抽斗をひと押しした。カチッと音をたてて閉まる。「それにしても、警察が確実なアリバイのあるクライトンにこだわる理由がわからないわ」

ダグが立ちあがり、ベルトを抜いて、慎重な手つきでラックにかけた。「デリク・ミッチェルが最初に知りたがるのは、その点だろう」

「ジュリーのせいかしら?」

「刑事たちがクライトンに興味をもつことがか?」

シャロンは肩をすくめた。

「いや」ダグは言い、きっぱりとかぶりを振った。ズボンを脱ぐ。

「でも考えられるでしょう?」

「彼女がクライトンを指さす理由があるか?」

「ポールが彼女にクライトンは悪いと思い込ませたかもしれないわ」

「いや、ポールが家族の誰かをジュリーに悪く言うわけがない」

シャロンは冷笑した。「ベッドをともにしていたんですよ。ポールはクライトンを毛嫌いしていた。彼なら――」

「ポールはクライトンを毛嫌いなどしていない」ダグはさえぎった。「ふたりのあいだには意見の相違があったし、ポールがいつもクライトンの行ないを認めていたわけではない。だが、毛嫌いしていたからじゃないよ。頼むから、人に聞かれるかもしれないところで二度とそんなことを言わないでおくれ、シャロン。どんな誤解を招くかわからない」バスルームに向かう。「シャワーを浴びてくるよ」

デリクの自宅の勝手口にポストイットが一枚貼ってあった。

危険！　彼女のご機嫌は最悪。幸運を祈る。

留守のあいだ、家を見てくれていた隣家の住人のサインがあった。彼には郵便物と新聞の回収と、草花への水やりに加えて、気分屋のマギーの相手をするという仕事があった。十二日間もそんな仕事をさせたいま、彼がまた口を利いてくれるかどうか、はなはだ心もとない。

デリクは鍵を使ってなかに入った。「マグス？」

返事がない。スーツケースをつかんで家に引き入れると、家じゅうに響き渡るほど大きな音をたてて勝手口のドアを閉めた。二階にいても聞こえるはずだ。「マギー？」荷ほどきはあとまわしにして、荷物をそこに置いたままキッチンを通り、ダイニングを抜けて、リビングとホームオフィスをのぞいた。どちらもがらんとしている。そこで二階に向かい、途中、落ちていた服をどけながら階段をのぼった。飛行機のなかで軽い睡眠をとったとはいえ、ほぼ三十時間起きている。今日のマギーが情け深くて、こちらに残っているエネルギーで提供できる以上のことを要求されないですむのを祈った。

空港を出たときは、事務所では郵便物のチェックをして、どうしても避けられないことだけ片付けるつもりだった。ダグ・ホイーラーとの面談などあると思っていなかったし、短時間で会う約束をしたことも後悔していなかった。

さっきまでは。

重い足を引きずって階段をのぼっていると、鎖で鞭打たれたあとのように感じる。ポール・ホイーラー殺人事件のことを調べたい気持ちは山々だった。マリーンが集めておいてくれた新聞記事の束まで持ち帰ったのは、せめてざっとでも目を通しておきたかったからだ。だが、殺人へと発展した強盗事件に関して詳しく調べるのは、眠ってからにするしかないだろう。脳のほうも、体と同じくらい、疲労が重かった。

寝室のドアを押し開けた。パリに旅立つ前に閉めていった鎧戸はいまだ閉まったまま、暗い部屋にぽつりと、読書用の革椅子の脇に置かれたフロアランプの明かりがともっている。光量を絞り、部屋のそちら側だけがぼんやりと照らされるようにしてある。旅行中も通っていたハウスキーパーが、主の帰宅に備えて塵ひとつなく掃除してくれていた。

マギーはベッドに寝そべっていた。

枕から頭も上げずにデリクを迎えたけれど、その目は怒りに潤んでいた。デリクは戸口をくぐる前から、話しはじめていた。「いいから、聞いてくれ。まず、おれが連れていかなかったんで、おまえが腹を立てているのはわかってるよ。でもな、おまえと母さんはむかしから折りあいが悪いし、今回は母さんのための旅行だったんだ」

勇気を出して部屋に入ると、椅子にジャケットをかけ、靴を脱ぎ捨てながら、シャツのボタンを外し終わった。「それと、着陸と同時におれが家に帰るのをおまえが期待していたのもわかってるが、すぐに対処しなきゃならない緊急の用件があったんだよ」

ベッドに近づき、端に腰かけた。マギーが転がってあお向けになった。「マグス」デリクはため息をついて顔をそむけ、虚空を見つめた。これまでデリクは、起訴内容が事実かどうか依頼人に尋ねたことがなかった。知ったところで、判決を下すのは自分ではない。デリクの仕事は、被告人に最大可能な弁護を与えることだった。

だが、悪事を働いた人の多くがそれを告白したがることも経験上、わかっていた。現に自分がいまそうなっている。「マグス、帰りの便でおまえに知っておいてもらいたいことがあったんだ。出会いがあってね。女性だよ」ちらっと下を見た。「そんな目で見るなよ。いつも飛行機で女性を物色してるわけじゃないんだから。こんなに短い情事ははじめてだよ。しかも、振られた。はじまりもしないうちに、終わったんだ」デリクはマギーのほうを向き、お腹を掻いてやった。「だから、いまもおれのすべてはおまえのものだよ」

チョコレート色のラブラドルは哀れっぽく鳴いて起きあがると、デリクの顔の側面を熱心に舐めはじめた。

「わかってくれてありがとな」

マギーが首筋に顔を押しつけてくるので、耳の後ろを掻いてやる。「さてと」声をかけ、ぽんとお尻を叩いて、立ちあがった。「シャワーを浴びるから、ついててくれよ」見ていると、マギーは時間をかけてベッドからおりた。「関節炎が悪くなってるのか？　明日獣医に電話してやるからな。そうそう、ベッドの上にはのっちゃいけないと言っただろ」

マギーがバスルームのマットでうたた寝しているあいだに、ゆっくりと熱いシャワーを浴びて、皮膚がひりひりするまで肩に飛沫を受けつづけた。シャワーを終えると、タオルで体を拭き、髪に六十秒間ドライヤーをかけてから、腰にタオルを巻いて寝室に戻り、ナイトテーブルの目覚まし時計をセットした。「外に出たいか?」

マギーは戸口には向かわず、ベッドの足元に置いてある専用のマットの周囲をめぐってから寝そべり、前脚に頭をのせた。「いいだろう。ただし、朝までは長いぞ。おれが出たいかと尋ねたこと、忘れないでくれよ」

タオルを外し、ベッドのカバーをめくった。感謝のため息をつきつつ、ひんやりとしたシーツのあいだに体をすべり込ませ、テレビのリモコンを手に取った。ティーボ（テレビ番組を録画して、コマーシャルなしで見えるようにする機器）のリストをスクロールして、地元のイブニングニュースにカーソルを合わせた。この番組は毎日録画するようにセットしてある。放映時間までに帰宅できない日がよくあるからだ。今夜は長く起きていられそうにない。

それでも頭に枕をあてがって、ベッドと反対側の壁に取りつけた薄型テレビに映像を映しだした。トップニュースはスクールバスを巻き込んでの大事故だった。血まみれの児童に、取り乱す親たち。地面に置かれた小さな黄色い遺体袋がふたつ。

デリクはそのニュースと、私設療養所における患者の虐待を報じる次のニュースを早送りした。そしてダグ・ホイーラーに似た顔が画面に現われると、映像を止めた。ポール・ホイーラーの名が画面下に重ね焼きされている。女性キャスターによる事件の要約部分から観はじめた。

ホーマー・サンフォードの録画ビデオが短く抜粋されていた。有力な手がかりが不足していることを嘆きつつ、犯人逮捕にかける警察の決意を強調している。「ホイーラー氏の殺人犯はいずれ裁きの場に引きだされます」そう表明する刑事の隣には、相棒のロバータ・キンブルが立っている。サンフォードの肩より背が低いが、その表情からはやはり不屈の決意が読み取れた。

個別に見れば滑稽なほどちぐはぐなふたりだが、ひと組になると強力な印象がある。疲れはてたデリクの脳裏を、もし自分が逃走中の犯罪者なら、このふたりには追われたくないという思いがかすめた。

ふたたび画面に女性キャスターが現われた。「ホイーラー氏に近しい個人的な友人であり、彼が射殺されたときその場に居あわせたジュリー・ラトレッジさんは、今日の午後、再度、刑事の呼びだしに応じました。そのあと、次のように発言しました」

警察署の外の映像に切り替わった。署から出てきたひとりの女性にレポーターたちが群がっている。全員がマイクを突きだし、口々に質問を放つなか、カメラが女性の顔を大写しにした。

デリクはベッドから飛びだした。あまりに突然だったので、マギーがさっと立ちあがり、二度鋭く吠えた。

映像を停止するや、リモコンを取り落とした。足の親指を直撃して、痛みが走った。素っ裸のまま、腰に手をあて、画面に固定された映像を茫然と見つめた。髪をかきあげながら、寝室の中央で三度小さな円を描いて歩き、片手を握りしめて、もう一方の手のひらに打ちつけた。

「あの売女め！」

6

ジュリーは蛇口を締め、髪の水気を絞ると、シャワールームを出て、タオルに手を伸ばした。シンクの上の鏡は曇っているけれど、幽霊のような自分が見えた。それでいて険しく非難がましい目つきをしている。

自分を責めたくなくて、タオルに顔をうずめた。だが恥辱を隠そうとしても、自分すらごまかせなかった。いつか鏡が見られるようになる日が来るのだろうか？

ええ、来るわ。乗り越えなければ。いまさらうじうじ悩んでもはじまらない。

急いで体を拭いてパジャマを着た。キッチンでグラスにオレンジジュースを注ぎ、寝室に運んだ。ベッドに落ち着くと、電話を手にして、画廊にかけた。

「はい、〈シェ・ジャン〉です。どういったご用件でしょうか？」

「わたしを感心させようと思って、遅くまで働いているの？」

「あら、お帰りなさい！　旅行はどうだった？　パリはよかった？」

顧客にはキャスリン・フィールズと名乗るこの女性は、ジュリーにとってはケイトだった。ケイトが画廊にかかってきた電話に出ると、相手は彼女のことをフランス人だと思い込む。

ケイトが発音する画廊の名前――ジュリーがこのビジネスを買ったとき、前オーナーから譲り受けた――が完璧だからだ。だが、ジュリーとしゃべりだすと、ケイトは本来のジョージア州訛りに逆戻りする。ケイトには自然な活力があって、それがシャンパンの泡のように痩せた長身からふつふつとはじけだしている。

歳は二十五。ジュリーより十歳近く若いケイトは、フランス語と美術史の学位を持っている。顧客から愛されるのは、センスのよさとありのままの魅力に加えて、若いにもかかわらず知識が豊富だからだ。だから当然のごとく、その意見は尊重された。

「ええ、帰ったわ」ジュリーは言った。「なぜこんな遅くまで開けているの?」

「ううん、お店は閉めてあるわ。そろそろ帰ろうと思って、奥の部屋を片付けてたの。でも、旅行の話を聞かせて。パリはどうだった?」

「例によってきれいだったけれど、たいして見ていないのよ」

「だから、滞在日数が短すぎるって言ったのに」

「目的は果たしたわ」

「絵を買ってきたの?」

それが突然旅に出る口実だった。「ええ。同じアーティストの作品をほかにも二枚。うちが合衆国で最初に彼の作品を扱う画廊になるから、彼が個人的にお礼を言うためにホテルまで来てくれたのよ。手にたっぷりキスされてしまったわ。すごく大げさで、これぞフランス人って感じね」

「かわいい?」

「ユーロ男性のなよなよした意味ではね」

「そっか。あたしの好みじゃないわね」ケイトは残念そうだった。

「作品は送るように手配したから、来週にはうちに届くわ」

「明日あたしから連絡を入れて、念を押しておく」

「そうして。明日の朝にはそっちに出るから」

「よく寝てね」ケイトは言った。「行ってすぐに戻ってきてるから、時差ボケがあるはずよ。帰りは少しは眠れたの?」

帰りの便での一件を思いだし、ジュリーの頬が熱くなった。「あんまり。少しうとうとしただけ。でも、いまから寝るから、明日にはすっかり元気になっているはずよ」

少しの迷いをはさんで、ケイトが尋ねた。「調子はどうなの?」

「元気よ」

「ポールのこと」

「わかってる」ジュリーは深々と息を吸って、ゆっくりと吐きだした。「なんとか対処してる。ほかにしようがないでしょう?」

「悲しみを吐きだすためにカウンセリングを受けるべきよ」

「考えてみる」

「ポールが亡くなっただけでも悲惨なのに、殺した犯人がまだ捕まってないなんて」

「今日の午後、家に帰る前に刑事に会ってきたの。わたしがパリに行っているあいだ、進展はなかったようよ」

「テレビドラマなら、犯人捜しもこんなにたいへんじゃないのにね」

ジュリーは陰惨な話題にもかかわらず、ふとほほ笑んだ。「じゃあ、明日」

「おやすみなさい」

携帯電話をベッドサイドテーブルに置き、テレビのリモコンをつかんだ。自分の姿を流すニュースがちょうどはじまったところだった。サンフォード刑事とキンブル刑事との非生産的な面談を終えて、署を出たところでレポーターたちに取り囲まれた。刑事たちはポールの殺人犯を逮捕できずにいることより、ジュリーが突然国外に出たことのほうに腹を立てているようだった。

「二度とこんな形で国外に出ないでください」サンフォードは厳しい口調で言った。「もはや手遅れになるまで、あなたが出かけたことを知らなかったんですよ」

「なにが手遅れだったんですか？」

「あなたの出国を止めるのにです」

「許可を求めるべきだったんですか？」

「印象が悪いのは、あなたにもおわかりのはずですよ」キンブルが口添えした。

「誰に対してでしょう？」

刑事ふたりは答えなかった。代わりにサンフォードが尋ねた。「待てないほどのどんな用事がパリにあったんですか？」

人気のアーティストのことを刑事に話した。「たしかに、不都合な時期でした。ふつうなら、喪中に行こうとは思いませんが、チャンスの窓が狭く開いている以上、飛び込まなければならなかったのです。国じゅうの画廊が競争相手ですから」

根拠のある言い訳なので、刑事たちも反論せずに受け入れ、旅の真の目的が帰りの便にあったとは想像だにしていない。

刑事に訊きたいことは山のようにあったが、詰まるところはひとつ、解決の糸口が見つかったかどうかだった。そして、持ってまわった返答はめぐりめぐって、いいえ、という簡潔なひと言になる。

「ですが」キンブルは言った。「専門家を使って、ホテルのロビーに設置されていた監視カメラの映像を確認中です。ホテルでは四秒ごとに映像を記録してます」

「銀行と同じですね」

ふたりはそうだと答えた。

「でも、それがなんになるんですか？　犯人の顔形がわかっていないのに」

「そう、わかっていない」サンフォードが言った。「ですから、絞り込みにはうんざりするほど長い時間がかかります」

「まだわたしにはわからないのですが」

サンフォードが説明した。「ホテルの宿泊客とスタッフについては収穫がありませんでした。まだ聞き取りを続けていますが、いまのところ目覚ましい情報はありません。自分たちは犯人がホテルに入ってきて、犯行に及び、出ていったと、ほぼ確信しています」

ジュリーはふたりを交互に見た。

「現時点では仮説ですけれど、その線で捜査をしてます」キンブルが言った。

サンフォードがふたたび話しはじめた。「自分たちはこう考えています。犯人はミスター・ホイーラーを撃ったあと、階段室に逃げ込んだ。そこに靴とともになんらかのバッグが置いてあった。スーツケースなり、ダッフルバッグなり、ホテルで目立たないたぐいのバッグです。

そこでサングラスを外し、マスクをはぎ取って、トラックスーツを脱いだ。その下には服を着ていて、あとは靴をはけばいい状態になっていた。変装道具一式をスーツケースかなにかにしまい、階段を使ってロビーまでおり、悠々とホテルを出た。まだ誰も事件が起きたことを知らず、足留めを食らわされる前にです」

ジュリーはエレベーターがロビーに降りたのは覚えていないが、ドアが開いてエレベーターを待っていた人たちが内部の惨状を目のあたりにしたあと何分か続いたまぎれもない大混乱は覚えていた。ポールにおおいかぶさるジュリーと、大理石にできた血溜まり、恐怖に凍りついたほかの三人の乗客。その陰惨な場面が修羅場を招いた。そんな状態を引き起こした張本人は、誰にも気づかれることなく簡単に外に出られただろう。

そのときは誰にも気づかれなかったが、監視カメラはその姿をとらえていた。

「あなた方の乗っていたエレベーターがロビーに到着して大騒動になる前後に絞って、スタッフでも宿泊客でもその友人でも会議の参加者でもない誰かがカメラに映っていないかどうかを調べています。駐車係に車を頼んだ人物や、タクシーを呼ばせた人物も省ける」

「何百人もいるわ」と、ジュリー。「それにはどのくらい時間がかかるのでしょう?」

刑事ふたりは多大な労力を要する作業であることを認めた。

「ほかにもなにか?」

マスクやサングラスやトラックスーツは見つかっていなかった。犯人の靴下の繊維が通路の絨毯についていたが、紳士用の靴下を扱っているほぼすべての小売り店で売られているであろう一般的な品物だった。犯人がじかに触れたものはなく、毛髪もいまのところ見つかっておらず、仮に犯人のDNAを採取できたとしても、犯人の正体を特定できなければ、その人物と現場にいた人物を結びつけることはできない。

「ガレージにあった車は?」

「一台ずつ調べています」サンフォードは答えた。「出口に監視カメラがありました。発砲から十分は誰も車を出しておらず、その後は封鎖された。犯人が歩いて出たと考えているのは、こういう理由からです。ホテルから何ブロックか離れたところに停めておいた車で立ち去ったのでしょう」

時差ボケがジュリーの悲観と失望をより複雑なものにした。とっさに腹をくくり、思いきった手段に出た。「あの日、ロビーを映したビデオがあるんですね?」

った。


「もう五、六度は観ました」サンフォードが答えた。

「クライトン・ホイーラーの姿はありましたか?」

「いいえ」

キンブルの返事があまりに早かったので、刑事たちがとくに彼に注目していることがわかった。


ジュリーはそれきりふたりの尽力に感謝して、立ち去った。建物の外でレポーターに襲いかかられるとは、思っていなかった。「お話しすることはありません」レポーターたちを押しのけようとしながら、ジュリーは言った。

「警察は手がかりをつかんでいるんですか、ミズ・ラトレッジ?」

「あなたから訊いてください」

「ホイーラー氏を射殺した人物の発見に近づいているんでしょうか?」

「わたしにはわかりません」

「今回の強盗は単独の犯行だと思いますか?」

この質問に足を止めたのは、こう尋ねられたのがはじめてだったからだ。いま自宅のテレビでそのときの映像を観ていると、自分が確信に満ちた表情でマイクに顔を近づけて、こう発言したのがわかる。「いいえ。わたしは強盗事件だとも思っていません」

そこでビデオは終わり、ふたたび女性キャスターが登場した。「わが局のクリス・デ・ラ・クルースはその発言についてミズ・ラトレッジに説明を求めましたが、返答は得られませんでした」

ジュリーはテレビを切り、ランプを消した。

あんな発言をしたせいで刑事たちからこっぴどく叱られるだろうが、かまうものか。事件からすでに二週間がたとうとしている。たぶんいまごろは、ポールの事件のほかに殺人事件を一ダースは抱えているだろう。刑事たちに会ったり、話をしたりするたび、事件を解決して犯人に裁きを受けさせるという決意をくり返し聞かされるが、ジュリーとて子どもではない。ほどなく新しい事件のためにポールの件が棚上げにされるのは目に見えている。

少なくとも、今回のレポーターへの発言によってあと一日、二日は興奮を長引かせることができるかもしれない。なにが起きるかわからない。一日、二日のうちに起こりうる可能性のあることは、たくさんある。

一日、二日あれば、三万七千フィート上空で自分にはとてもできそうになかったこともできたりする。

クライトンはリモコン代わりになっているビデオモニターのアイコンに触れ、ホームシアターに設置された特大テレビの音量を上げた。

女がクライトンの膝から顔を上げ、憤慨した調子で尋ねた。「あたし、あなたを退屈させてんの?」

「訊かなくても、わかるだろう?」

女の後頭部に手を添えて、頭を押しさげた。女がさっきまでの仕事に戻る。実際はひじょうにいい仕事をしてくれていた。派遣業者は常連であるクライトンの好みを考慮して、最高の女の子しか送ってよこさない。女が到着するやいなや、クライトンは、「シアターへ」と言った。そしてクライトンが椅子に落ち着くや、彼女は仕事に取りかかった。さらさらとしたまっすぐなブロンドをしている。手慰みにその髪をいじりながら、ニュース番組の冒頭を観はじめた。

凝りに凝ったシアターシステムのおかげで、平凡な映像ですらよく見える。だから、ここ以外ではテレビを観ない。映画についても、映画館よりこの私設シアターで観るほうが好ましかった。野暮ったいショッピングモールにあることが多い映画館には、ポップコーンを腹に詰め込んだり、ひそひそ話をしたり、前のシートの背を蹴ったり、なかには——いったいなにをしにきたのか?——携帯電話でメールをやりとりするばか者までいる。

クライトンは自分のDVDコレクションを国宝のように大切にしていた。シアターの温度と湿度は注意深く管理され、缶入りの古いフィルムやビデオテープを傷めないように一定に保たれている。フィルムとビデオとDVDのそれぞれは、相互に参照できるようにコンピュータの文書でカタログ化し、ほぼ毎日手を入れている。そしてすべての電子機器が念入りに手入れされていた。埃は唾棄すべき存在ながら、ハウスキーパーには絶対にこの部屋に入るなと厳命してある。掃除もみずから行なっていた。

画面に映しだされた映像は解像度がきわめて高いので、療養施設でよだれや排泄物の世話をされる老人たちのニュースが終わったとき、女性キャスターの鼻の毛穴まで確認できた。どうして老人たちの親族は文句をつけるだけで、あいつらをらくにさせてやらないのだろう？

伯父ポールの射殺事件に関する続報に興味がなければ、わざわざ時間を割いてニュースなど観ていない。ふたたび刑事たちがやってきて、最近ポールのオフィスであった口論についてなにか覚えていないかどうか尋ねられてから、一週間になる。

おそらくはホイーラー・エンタープライズのお節介焼きである、貧相な顔立ちをした伯父さんのアシスタントが警察に告げ口をしたのだろうと思いながら、クライトンは嘘をついてばれるより、認めたほうが得策だと判断した。「もちろん、覚えていますよ。伯父さんにどなりつけられましたからね」

刑事たちはその原因を知りたがった。

「ぼくに値打ちがないから」まず黒人刑事に、続いてでかいケツをした趣味の悪い服装をした女性刑事に笑いかけた。「まったくの言いがかりですよ。ぼくは値打ちがないどころじゃないと、伯父さんに指摘してやりました。母方の祖父母から受け継いだ信託財産が七千万ドル以上にふくれあがっている、誰が計算したって、かなりの額の金だとね。ぼくはなかなかうまい反論だと思ったんですが、ポール伯父さんはおもしろがってくれませんでした」

刑事ふたりはクライトンが口論を認めたことに、がっかりしているようだった。おれが驚くとでも思っていたのか？　もしそうだとしたら、彼らは完全に武器を失った。父は今後クライトンの代理人として一流の刑事事件専門の弁護士を雇い入れたが、その弁護士の出番があるとは思えない。事件は沈静化しつつある。まもなく冷たくなる。ポール伯父さんと同じように。

派遣されてきた女は敏感な部分に舌を這わせ、ペニスがそれに反応する。あと少し。期待しながら椅子に頭をもたせかけて、目を閉じた。だが、サラウンドスピーカーから聞き慣れた声が聞こえるや、目を開いた。「お話しすることはありません」

ジュリー・ラトレッジがスクリーンいっぱいに映しだされていた。彼女は疲れて身なりも乱れていたし、警察がポールの殺人犯逮捕に近づいているかどうかを尋ねられたときに少しむっとしたのを観て、クライトンは嬉しくなった。「わたしにはわかりません」と、彼女は答えた。

なんと愉快なのだろう？　テレビで亡き伯父さんの愛人を観ながら、極上のフェラチオを受けられるとは。あの女に教えてやりたいものだ。なんなら、あとで電話をして、「ジュリー、ニュースできみを観たよ。きみをまっすぐ観ながら、射精しちまった」と言ってやってもいい。

心地よい思考の列車は、売春婦が頭を上げてこう言ったとき、脱線した。「ちょっと、髪を引っぱんないでよ」

手から力を抜いたが、悦に入った笑みは消えなかった。ジュリーは自分を嫌っている。ポールからさんざん悪口を聞かされていたのだから、無理もない。ポールからなにかを聞かされたせいで、彼女は自分に対してよそよそしく冷たいのだ。クライトンは自分を楽しませるために、ジュリーの不快感を利用しておもしろがった。

彼女はカメラを直視して言った。「わたしは強盗事件だとも思っていません」

クライトンは絶頂を迎えた。

売春婦がクライトンを見あげて、横柄に尋ねた。「なにがそんなにおもしろいのよ?」

大笑いしながら射精する客には慣れていないのだろう。「べつに」ファスナーを上げ、女の腕をつかんで、床から立たせた。「もう帰れ」

「なにをそう急いでんの?」クライトンのシャツをまさぐり、甘えた声で言った。「もう少しいられんのよ」

クライトンは押しやった。「帰れ」

本気だと察した売春婦は、ハンドバッグをつかんで、ぶらっと部屋を出た。帰り際になにかを盗られないように、クライトンはペントハウスのなかをついていった。売春婦は玄関のドアを開けると、憎々しげな顔でふり返った。「みんなが言ってたとおりだわ。あんたって傲慢」

「ひどいことを言うんだな」

「ついでに言ったげる。あんたってキモイ」

鋭い反論の言葉が十は思い浮かんだが、しゃれた台詞もこんな女相手では台無しだ。黙って女を外に押しやり、乱暴にドアを閉めた。

シアターまで引き返しながら、リビングの窓の外に広がる煌めくアトランタの地平線を堪能した。通りすぎざまにしっとりとやわらかな革製のソファの背もたれに手を這わせ、みずからのシネマ王国の門扉にするため、取り壊された映画館から救出してきたアールデコ様式の両扉を惚れぼれと眺めた。

みずからデザインした特製の映画鑑賞用の豪華なシートに戻ると、ジュリーの出てくるニュースを再生した。だが、二度めを見終わったときには、愉快さよりもいらだちがまさった。刑事たちが自信を失って、おそらくは伯父の殺人事件を棚上げしようとしていた矢先に、ジュリーが新たな材料を提供してしまった。これでサンフォードとキンブルは、事件がたんなる物盗り目的でなかった可能性を探らなければならないという義務感に駆られる。

伯父が殺されて以来、クライトンは父の大きな陰に身をひそめ、家族の代表として矢面に立つ父を盾にして、マスコミの注目を避けてきた。壮大な見せ場は大好きだが、それも映画のなかに限られる。現実には、ライムライトはその人物の美しさと強さを際立たせるし、たぶんクライトンはその点で目立たないではいられないだろう。だが、ライムライトを浴びるには、プライバシーを犠牲にしなければならない。無名でいることには確たる利点がある。背後に控えていれば、より機動性が確保できるし、ひいてはそれが力につながる。

だがいまジュリーが口をすべらせたせいで、クライトンに対する刑事たちの関心にふたたび火がついたかもしれず、結局、例の一流弁護士、デリク・ミッチェルが必要になるかもしれない。

なんとも煩わしい話だ。

7

ジュリーは自分の画廊の店構えが気に入っていた。ピーチツリー・ストリートのこの界隈に適した奥ゆかしくて上品な味わいがある。このあたりのブティックやアンティークショップ、紳士服店、レストランはいずれも、バックヘッドと同じくらい高額所得者向けだった。光沢のある黒いドアの両側に置かれたオレンジの鉢植えと、歩道に張りだした房飾りのついた日除けによって、店の厳めしさに畏れをなしているかもしれない駆けだしの美術愛好家を歓迎する雰囲気がかもしだされている一方で、本格的な購入者が期待する格調の高さも保たれている。

路地に入ったジュリーは、道なりに進んで建物の裏にまわると、そこに車を停めて、裏口からなかに入った。ハンドバッグとフランスから持ち帰ったひと抱えのカタログをどさりとデスクに置いた。どんなに書類仕事に励んでも、いっこうに片付かない。数日留守にしたいまは、請求書などの郵便物が山積みになっている。目につく場所にケイトが置いておいてくれた電話の伝言メモが何枚かあった。手に取って繰ってみたが、急ぎの用件はなかった。

表にある画廊の展示室と裏にあるオフィスと倉庫を隔てているのは、三十フィートの長さのある幅広の廊下だった。その廊下が比較的安い値札がついた格の落ちる絵画の展示場になっている。いまその廊下を歩きながら、そのうちの何枚かを移動しようと記憶に留めた。ジュリーは在庫は頻繁に循環させるべきだと信じている。それまで日の目を見なかった絵画や美術品が、新しい場所に置いたとたん、冷やかし客の興味を惹いたりする。

厚みのあるカーペットと、見えないところに設置してあるスピーカーから流れるベートーベンが足音を消してくれるので、ジュリーが展示室に入るまでケイトはそれに気づかなかった。アシスタントは明るい声で言った。「あら、彼女が来ました」

ケイトと話していた男がふり返った。ジュリーは鋭く息を吸い込み、一瞬息を殺した。デリク・ミッチェル。彼はジュリーの不意をついたことを祝う笑みを顔にまとって、上機嫌で言った。「おはようございます」

ジュリーはどうにかあいさつを返すだけの声を絞りだした。

「あたしが店を開けようと思って出てきたら、ミッチェルさんがもういらしてたの」ケイトが言った。「あなたが来るのは十時半かそこらになるってお伝えしたんだけど、お待ちになるっておっしゃって。いまふたりでエスプレッソを飲んでたのよ」

ケイトはデリクの背後で眉を上下させながらにやついている。この男、最高という声が聞こえるようだった。

彼は三つ揃いのサマースーツに単色のシャツとタイを合わせ、控えめなカフリンクスをつけていた。旅行中よりもしゃれた服装。上等で体にフィットし、自信と無骨な男らしさが滲みでるようだ。遊び人が身につけているものとはなにげなく一線を画している。人からどう見られたいかに合わせて慎重にワードローブを選んでいるようだ。

ジュリーは彼から目を引きはがし、その足元に寝そべっている犬を見おろした。

「マギーです」彼は言った。

「画廊はペット禁止だってわかってるんだけど」ケイトが急いで言い訳した。「でも、ミッチェルさんがマギーは屋内育ちで、犬というより人間に近いって保証してくれたから。ね、きれいな子でしょう？」

自分が紹介されたのに気づいたように、犬は頭を起こしてジュリーを見ると、大あくびをしてから、主人のイタリア製の靴の横に頭を戻した。

見ていると、その靴が自分のほうに近づいてきて前で止まった。ジュリーは顔を上げ、デリク・ミッチェルの顔を見た。「ミズ・ラトレッジ」彼が右手を差しだした。ケイトの手前茶番を演じなければならないので、彼と握手を交わした。「ミスター・ミッチェル。〈シエ・ジャン〉へよくいらっしゃいました。うちのことはどのようにしてお知りになったのですか？」

「自分で調べました」ジュリーの手を放すまでに、通常の握手より少し時間がかかった。

「これぞという作品をお求めになりたいそうよ」ケイトは言った。

「たとえばどのような？」ジュリーは尋ね、彼に質問を投げた。

「それがまだわからなくて」

「ご自宅用ですか、オフィス用ですか?」

「ご本人の寝室用ですって」ケイトはふたたび眉を上下させたが、ジュリーは見て見ぬふりをした。

彼が言った。「ぼくが調べたところによると、あなたは客に満足感を与える名人だとか」

ジュリーの頰が熱くなった。ケイトがいるので、「そう努力しています」と答えた。

「いや、ただの努力じゃない。あなたは全力を尽くされる」何拍かおいて、続けた。「ぼくはこの画廊の前を何千回と車で行き来して、いつもウィンドウに飾ってある作品に感嘆していたんですよ。ですが、立ち寄る理由がなかった」

「その理由ができたんですか?」

「ええ、できましてね」

ジュリーは姿勢を正した。「でしたら、キャスリンがあなたにぴったりの作品をお探しします。幅広い知識の持ち主なんですよ」

「彼はあなたに会いにいらしたのよ」

「そうですよ、ミズ・ラトレッジ。ミズ・フィールズはそれはそれはチャーミングだし、もちろん、知識もたっぷりお持ちだと思います」背後のケイトに笑みを投げかけ、彼がジュリーに向きなおる前にケイトも笑みを返した。「ですが、ぼくはあなたの有能な手にこの身を委ねたい」

ジュリーにしてみれば、あまりにあからさまな二重語義《ダブル・アンタンドラ》だった。記憶に残る感覚の千変万化が脳裏によみがえった。とまどいに喉が締めつけられ、それを表に出さないためには強い自制心が必要だった。悪いことに、彼にはこちらがなにを思いだしているか、手に取るようにわかっている。

みごとに奇襲をしかけられた。あの笑顔、犬、人を油断させる物腰——ケイトは完全に丸め込まれている。アシスタントにどう説明したら、彼とお行儀のいいラブラドルを外に追いだして、ドアに鍵をかけられるだろう?

からからに渇いた口で、なんとか質問した。「とくにご希望の作品はありますか、ミスター・ミッチェル?」

「ぼくは気が多いほうで」

わかったから、性的なあてこすりはやめて。ジュリーは内心思いながら、そっけなく言った。「なんらかの希望を出していただかないと。あなたのお時間を無駄にすることになります」わたしの時間も、と暗に伝える。

「実際に見てみないことには、どんなものが欲しいかわからないな。ですが、見れば、すぐに決断できます」ひと息おいた。「何枚か見せてもらうといいかもしれないな」

ケイトが助け船を出すつもりで言った。「談話室に何枚かあります。お店はあたしが見てます。マギーも任せてください」かがんで、犬の背を撫でた。「あたしたちなら大丈夫よね、マギー」

デリク・ミッチェルがほほ笑んだ。「彼女に異論はないようだ。案内してください、ミズ・ラトレッジ」

　もはや選択の余地はなかった。ジュリーは向きを変えると、彼の先に立って廊下を歩き、談話室と呼んでいる左側の小部屋に導いた。目利きの収集家が最適な照明のもとで、彫刻や絵画を吟味するための部屋だ。あらゆる角度からゆったりと落ち着いて検討してもらうため、彼らには時間と、完全なプライバシーが与えられる。通常ここで取引を成立させるので、この小部屋は居心地のよさに主眼が置かれている。

　戸口を抜けたジュリーがスイッチプレートに触れると、淡い明かりがついた。続いてデリク・ミッチェルが入ってくる。ジュリーはドアを閉め、回れ右をして彼と向きあった。

「ここでなにをしているの?」

「なぜあんなことをした?」

　顔を突きあわせるようにして向きあったふたりは、同時に質問を発し、互いに相手をにらみつけた。

　彼は腰に手をあてて仁王立ちし、ジャケットの前は開いている。証人に反対尋問するときにとりそうなそのポーズを見て、ジュリーは不快になった。

「よくここまで来られたものね」

「おれが?　よくここまで来られただと?　高度一マイルクラブのナンパの名人の言葉とも思えない」

　ジュリーは彼に背を向けた。「そのことについて話すつもりはないわ」

「いや、話してもらう」ジュリーの前にまわって、ふたたび向きあった。「おれたちの出会いが偶然でないことを示す重要な証拠がある」

「もちろん、偶然ではないわ。やむにやまれぬ事情もないのに、わたしがまったくの赤の他人を機内のトイレに誘い込むと思う？」

「男とやる以上にやむにやまれぬ事情か？」

彼女はまずショックに絶句し、ようやく話せるようになると、怒りに声を震わせた。「ここから出ていって」

「いいや、まだだめだ」彼女が避けて通ろうとしたので、その前に立ちはだかった。「おれのファスナーに手をかけたとき、きみが恋人を亡くした直後の女らしいふるまいをしていなかったのははっきりしている」

「その話は聞きません」脇によけた彼女を、デリクは体で阻んだ。

「きみの目的は男をナンパすることじゃなく――」

「ええ、違うわ」

「そこで最初の質問に戻る。なぜだ？　きみはおれに打撃を与えた。おれはその理由を知りたい。いまはっきりわかっているのは、ポール・ホイーラーに関係があるってことだ。だが、なにがどう関係している？　パリで搭乗したときのおれは、彼のことなどひとつも知らなかった。なぜきみはおれが彼の事件をまだ聞いてもいないうちに、おれにあんなことをさせたがった？」

「お利口ね、ミスター・ミッチェル。あなたにならそのうちわかるわ」

「手間を省きたい。教えてくれ」

彼女がかぶりを振り、いま一度デリクの脇を通り抜けようとする。こんどは腕をつかんだ。

「なんなら、なぜ亡き兄の愛人が飛行機でおれを誘惑したのか、ダグ・ホイーラーに理由を尋ねてみてもいいんだぞ」

彼女は腕を振りほどいた。「訊きたければ訊けばいいでしょう。わたしは平気よ」

ジャッカルが笑ったかのような笑顔で、デリクは言い返した。「虚勢を張るなよ。平気じゃないくせに」

彼女が憎々しげにデリクを見あげた。

「お互い、体裁の悪いことは避けようじゃないか、ミズ・ラトレッジ。妥協したらどうだ?」

彼も虚勢を張っている。この男には機内でのエピソードをダグに話すつもりはない。自分が騙されたのを人に知られたくないから。だが、彼は虚勢を張るのに慣れており、彼に関する資料によると、つねにそれが功を奏し、強硬な検察官相手でも例外ではなかった。それに、ジュリーは予定していたことをすでになし遂げている。理由を教えても害にはならない。

「わたしがあんなことをしたのは、あなたをクライトンの代理人にさせないためよ」

「被害者の甥か。彼になんの関係がある?」

「すべて」

「彼の伯父の死にか?」

ジュリーはうなずいた。

「クライトンにはアリバイがある」

「だとしても、クライトンはかかわっているわ、ミスター・ミッチェル。わたしにはわかるし、いずれ警察にもそれがわかる。彼は起訴されて、裁判にかけられるけれど、あなたはその場にはいない。あなたには彼を弁護することができないから。あんなこと……あったあと――」

「へえ。実行はできても、口にはできないんだな」

長いにらみあいから先におりたのは、デリクのほうだった。顔をそむけながら、小声で悪態を漏らした。彼は小さな部屋の反対側に移動した。重苦しい沈黙のなか、しばし壁の絵を見つめた。筆づかいまで見えるようにライティングを調整してある。

ジュリーは静かに言った。「もうわかったんだから、帰って」

彼はそれを無視して尋ねた。「なぜダグがおれを雇おうとするのがわかったんだ？」

「ポールの葬儀のあと開かれた偲ぶ会で、警察からいまだに話を聞かれているとダグが友人にこぼしているのを小耳にはさんだのよ。しっかりしたアリバイがあるのに、家族全員が事情を聴取されていると。そうしたら、聞いていた友人のひとりが、それはおかしい、警察のいやがらせに近い、闘犬を――そう言ったのよ――引き入れて、そんなまねはやめさせたほうがいいんじゃないかと助言したの。

ダグは自分もそれを考えていると答えて、あなたの名前を出した。わたしはざっと調べてみた。世に知られた裁判であなたが勝っているのがわかった。あなたはめったに負けない。それでわたしは、あなたがクライトンの弁護についたら、ポールを殺した罪を免れるかもしれないと心配になった」

　長い沈黙が続くあいだ、デリクはいまだ彼女に背を向けたまま絵を見ていた。ついに彼が言った。「まともな人間のなかに、これに大金を払うやつがいるのか？」

　ジュリーは頬をゆるめずにいられなかった。「聞いたら驚くわよ」

「希望販売価格は？」

「一万五千」

「嘘だろ」

「いいえ」

「デブ男のヌード画に一万五千ドルだと？」だしぬけにふり向いた。「おれがあの飛行機に乗るのをどうやって知ったんだ？」

「なに？」ジュリーは急な話題の転換に面食らった。この男はそれも計算のうえなのだろう。「旅行の日程を知っていたのはおれのアシスタントだけだし、彼女は絶対におれの許可なくそれを人に伝えたりしない」

「ダグの奥さんのシャロンよ。先週のある日、わたしはあの人たちのことが気になって、彼らの自宅に電話をしたの」

「あの家族と親しいのか？」

「友好的にやっているわ。ポールが共通の絆になっているの」

「ダグはポールがきみを敬愛していたと言っていた。逆もしかりだと」

「そのとおりよ」

「ふむ」彼は疑わしげな目でゆっくりとジュリーを眺めてから、本題に戻った。「シャロン・ホイーラーにはおれの便名などわからないはずだ」

「彼女に会ったの？」

「まだだ」

「あの人は……そう聞こえるかもしれないけれど、べつに悪口じゃないのよ。あの人はあまり聡明でないから、簡単にあやつれる。わたしはダグからあなたを雇うつもりだと聞かされたふりをして、結果がどうなったか尋ねたの。彼女はあなたはパリにいて十八日まで戻ってこないけれど、ダグはその日にあなたと会いたがっていると教えてくれた」

「それだけで、きみはパリでおれを待ち伏せすることに決めたのか？」

「悪くない戦略だと思って」

彼は鼻で笑った。「なにに比べて？　ビーチでの猛攻撃か？」

「ええ、そうよ、大胆な作戦だった。でも、あなたがダグに会う前に、あなたを捕まえなければならなかった。シャロンからあなたが家族旅行だと聞いて、わたしは好都合だと思った。あなたはリラックスして、守りが甘くなっている。まさか――」

「めちゃくちゃにされるとは思っていなかった。あらゆる意味において」

ジュリーはその発言を受け流した。「デルタ航空はド・ゴールからアトランタまで、日に四便航行させているわ。あなたが戻った日の午後にダグが約束を取りつけようとしているなら、あなたは早めの便で帰ってくると考えるのが道理よ」

「もし違ったら?」

「ファーストクラスのチケット代を失っていたでしょうね」

「そして機会も失った」

「それがうまくいかなければ、別の場所で別の機会を探ったはずよ」

「おれと性交するために?」

ジュリーはつと目をそむけた。「かならずしもその必要はなかった。正直言って、自分でもどうするつもりだかわかっていなかったの。あなたの情けにすがったかもしれない。事情を話して、あなたの良識や正義感に訴えるとか。でも……」肩を持ちあげた。

「おれにはそんなものが欠けていると思ったんだな」

ジュリーは認めた。「あなたの資料を読んだかぎりでは、そんな戦術は通じそうになかった」しばし彼を見つめ、純粋な好奇心から尋ねた。「あなたの知っている誰かのために無罪を勝ち取ったとき、その人が凶悪犯罪を犯しているかもしれないと疑ったことはないの?」

「きみは憲法が保障している権利を尊重するか?」

「あたりまえでしょう」

「だったら、そこに答えがある。きみは話題を変えた。なぜ誘惑路線を取った?」

「あなたを傷つけるもっとも妥当かつ有効な方法に思えたからよ」

「イブの時代から女なら誰もが知っているやり口だ」

「飛行機は、地上のすべてから切り離された感覚をもたらしてくれる。規則も適用されない気分になる」

「空の恥はかき捨てってことか？」

「そんなところよ」

「それで、自分は酒抜きのバージンマリーを飲みながら、おれにはしっかりウォッカを飲ませた。ああ、そこまではわかったんだ。きみは自分のグラスにフライトアテンダントにブラディマリーミックスだけを入れるように頼んでおいて、おれだけ酔わせた」

「あなたの口に漏斗《じょうご》で酒を流し込んだわけではないわ」

「だとしても、きみは最初からおれを楽しませるつもりだったんだろう？　タイトスカートにハイヒール。哀れな身の上話。自尊心をずたずたにされた被害者。不貞を働いた夫の話は事実なのか、作り話なのか？」

「事実よ。今回の旅行ではないけど」

「へえ、それが別れた理由か？」ジュリーがしかめっ面を向けると、彼は言った。「おれのほうでも多少調べさせてもらった」

ジュリーは失敗に終わった結婚について自分からはなにも打ち明けなかった。デリクはしばらく彼女の視線を受け止めると、ゆっくりと部屋のなかをめぐって、飾ってある絵を鑑賞した。一枚の絵の前で立ち止まり、ふたたび腰に手をあてて、じっくりとその絵を見だした。キャンバスに穴が開くのではと心配になるほど熱心なまなざしだった。ついにジュリーは言った。「いつ知ったの？」

「きみの正体をか？　昨日の夜、たまたまニュースを観てね。腰が抜けるかと思った。そこにきみが、謎の女が高画質で映っていた。きみには名前があって、おれはそれがわかって嬉しかった。ジュリー・ラトレッジ。だが、待てよ。ミズ・ラトレッジは世間の注目を集める犯罪事件にどっぷり浸かっていて、その事件が——偶然というにはあまりにできすぎだが——たまたまおれの元に転がり込んできた直後だった。

彼女のあいまいな別れの言葉が、〝まんまと騙されたわね〟という言葉が、急に腑に落ちた。といっても、納得できたわけじゃない」ジュリーをふり返った彼は、明らかに答えを求めていた。それでも黙っていると、彼が尋ねた。「レポーターに対する最後の声明はなにが言いたかったんだ？」

「言ったとおりの意味よ。あれは強盗目的の事件ではないわ」

「マスクをかぶった男が複数の人間に銃を突きつけて、貴金属を寄こせと要求したんだぞ。それが強盗じゃなくてなんだ？」

「あれは殺人よ、ミスター・ミッチェル。意図的なの。ポールは殺されるべくして殺された。物盗りはあらかじめ計画された殺人であることをごまかすために行なわれただけ」

「思うに、計画者はクライトン・ホイーラーなんだろうな」

「ただの憶測ではないわ」

「背後に彼がいると確信しているような口ぶりだな」

「しているわ」

「そうか。だが、警察はきみの説を受け入れていない。でなきゃ、いまごろ彼を告発している」

「警察には証拠がないからよ」

「きみにはあるのか?」

ジュリーは黙り込んだ。もし殺人事件にクライトンを結びつける発砲直後の拳銃を持っていたとしても、デリク・ミッチェルには口が裂けても言いたくない。だが、そんなことを思ったところで証拠などまったくないのだから意味がなかった。彼女は言った。「刑事たちはクライトンがアリバイを提供しても、まだ事情聴取を続けているわ。おかしいとは思わない?」

「そうでもないさ。警官はおかしなことをするもんだ」

「わたしはサンフォードとキンブルと五、六度会って、ふたりともとても有能な刑事だと感じている」

彼の悔しそうな表情から、ジュリーの見解に賛成しつつ、頑固すぎてそれを認められないのだと判断した。「ロバータ・キンブルには会ったことがない」彼が言った。

「サンフォードには?」

「間接的に評判は聞いている」

「そのなかに、おかしなことをする傾向があるという評判は含まれていた？」

「言いたいことがあるなら、はっきり言えよ」

「わたしが言いたいのは、なぜサンフォードとキンブルがくり返しクライトンに戻ってくるかよ。少なくともある程度の関与があると思っているからでしょう？　わたしには彼が関与しているのがわかる。そしてダグも疑っている。そうでなければ、辣腕弁護士が必要になる前からあなたを雇ったりしない。基礎がためがしたかったのよ」

「きみが基礎がためをしたように。言ってみれば」

彼はわざと言葉をもてあそび、こんどもジュリーの頬は赤らんだ。それでも彼から目をそむけなかった。「そのとおりよ。わたしは先制攻撃をしかけた」

「優秀な法廷弁護士はおおぜいいるぞ、ミズ・ラトレッジ。そしてホイーラーには最高の弁護士を雇う金がある。その全員とするつもりか？」

ジュリーはつかつかと戸口まで行くと、ドアを開いた。だが同じくらい決然とした態度で、デリクはジュリーの肩の上に腕を伸ばし、手のひらでドアを閉めて、そのまま押さえた。彼とドアのあいだの狭い空間で、ジュリーは向きを変えた。

「おれを不適格者にするために、ずいぶんと無理をしたな、ミズ・ラトレッジ」

「あなたには見当もつかないほどね」

「きみからそこまで恐れられたことを、むしろ喜ぶべきなんだろうな」

「あなたは無慈悲で知られている。あなたとクライトンが組んだら、無敵のチームになるでしょうね」

「なにが言いたい?」

「要点はわかっていると思うけど」

「それがわからなくてね。おれはクライトン・ホイーラーを知らない。ついでに言えば、あのデルタ機に乗るまで、きみのことも知らなかった。あそこで起きたことは、おれがダグ・ホイーラーと会う前に、そして彼の兄が射殺されたと知る前に起きた。だから厳密に言えば、おれにはなんの罪もない。責任を逃れられる。もしどうしても受けたければ、この事件を扱える」

「いくら厚顔無恥なあなたでも、ミスター・ミッチェル、わたしが検察側の証人になると知っていてクライトンの弁護はできないはずよ。それに、もしあなたに弁護士資格剝奪の危険を冒す気があったとしても、わたしがそれを許さない」

「きみにはなにもできない。みずからの不埒な行為を認めないかぎり」

「認めるわ。本気よ」

「おれたちがトイレでしたことを世間に触れまわるつもりか?」

「そうよ」

「きみの恋人の亡骸《なきがら》がまだ冷えきってもいないうちに。近ごろはなにかとあか抜けてきたとはいえ、それでもここは南部だ。ポールのむかしからの親衛隊、つまり友人や仕事仲間は血相を変える」室内をさっと見渡した。「きみの趣味のいい得意客は二度とここの敷居をまたがないし、きみには先祖伝来の財産を一セントたりとも使わない。仮に飛行機のなかの行為は許したとしても、それが公にされて、聞くに堪えない話のなかにポール・ホイーラーと気高き彼の妻メアリーの名前が引きあいに出されたことは絶対に許さない。きみはみずからの評判を地に落とすと同時に、彼の名まで汚《けが》す」

「わたしがあんなことをしたのは彼のためよ」激しい剣幕で言い返すと、これ以上ドアとのあいだの狭い空間に閉じ込められているのがいやで、彼を脇に押しやった。「ポールは甥に殺された。きっとクライトンの犯罪をわたしに暴いてほしがる。あなたの言葉を借りれば、わたしはどんな無理をしてでも、クライトンに裁きを受けさせる」

ハシバミ色をした彼の瞳には、チョコレート色の斑点が散っていた。その瞳が、落ち着かなくなるほど長くジュリーの瞳をとらえていた。「きみはポール・ホイーラーのためにあんなことをしたのか?」

ジュリーはすっくと背筋を伸ばし、首を縦に振った。

「理由はそれだけか?」

「ええ」

「彼のため?」

「ええ」

彼はジュリーの全身に目を走らせ、手探りで知っている箇所に来ると、目を煌めかせた。

目撃者の証言の謎が解けるとわかったときはこんな笑みを浮かべるのだろう。「そうやって自分をごまかすといい、ジュリー。ごまかせるものならな。だが、おれはごまかされないぞ」

8

ケイトがオフィスの戸口から頭を突っ込み、期待に満ちた表情でジュリーを見た。「で？」

ジュリーは電話の請求書で長距離通話代を調べているふりをした。デリク・ミッチェルの見送りはしなかった。デリクは傲慢な笑みをよこすと、背後に手を伸ばしてドアのノブをまわし、そして出ていった。ジュリーはたっぷり六十秒待ってから、談話室を出た。

自分とケイト用の狭いバスルームにすべり込み、アスピリンを二錠飲んで押し寄せつつある頭痛を食い止めると、震えが止まるのを祈りながら手を洗った。小さなシンクに手をついて、深呼吸をくり返した。いい、しゃんとするのよ、ジュリー。

オフィスに引き返し、郵便物の山に立ち向かった。だが、好奇心旺盛でドラマ好きなケイトから質問攻めにされることを、うっかり忘れていた。

ジュリーは電話の請求書から目を上げなかった。「でって、なにが？」

「彼のこと、どう思った？」

「ミスター・ミッチェル？」無関心を装う。「服装の趣味がいいわね。対象が芸術品でも同じように趣味がいいかどうかわからないけれど。いくつかこちらの考えをぶつけてみて、反応を見てみたわ。彼が作品を選ぶ参考になるように」

「でも、彼のことはどう思った？　あたしは非の打ちどころのない男だと思ったけど」

ジュリーは眉をひそめた。「あなたとは年齢が離れすぎているんじゃないかしら」

「あなたとポールと同じくらいの年齢差よ」

「それは違うわ」

「なにが？」

「わたしがポールに会ったときは、あなたよりもっと歳がいっていたから、あまり年齢差を感じなかった。あなたは三十になるまでにまだ何年もある」

ケイトはじれったそうだった。「あなたたちが談話室にいるあいだに、グーグルで検索してみたの。あの人、やり手の弁護士よ。刑事事件の専門。すごくいい仕事をしてて、しかも独身だっていうんだから、言うことなし」

ジュリーは請求書を書類の山に投げ、鎮痛剤に負けじと痛みを放っている額を撫でた。

「ケイト、わたしにはやらなければならない仕事が山のようにあるんだけど」

これでようやく、年下の女の熱狂が鎮まった。「わかった。でも、あたしは彼はいけてると思う。犬からなにからひっくるめて」

電話が鳴った。ケイトがジュリーの前に手を伸ばした。「〈シェ・ジャン〉です。ご用件は？」相手の話を聞くと、お待ちくださいと言って、電話を差しだした。「サンフォード刑事から」

「こんなに早く来ていただいて恐縮です、ミズ・ラトレッジ」サンフォードは自分のデスクに近い椅子を勧め、ジュリーには悲しいことにそこがなじみの場所になっていた。

「重要な用件だとうかがったので」

「そう願ってます」ロバータ・キンブルもサンフォードとともにジュリーの到着を待っていた。「ロビーの監視カメラに映っていた男がひとり浮かびあがったんです」

サンフォードはデスクの椅子に坐るや、本題に入った。「事件発生時にホテルにいたことが確実でありながら、駐車場の監視カメラには映っておらず、駐車係も使っていない人物です」

「わたしたちは車が追跡されるのを嫌ったんじゃないかと考えてます」キンブルが言った。「男は十二時四十二分にホテルに入り、歩いて出たのが三時十五分少し過ぎ。それとほぼ同時刻にエレベーターがロビーに到着して、大混乱となりました」

「エレベーターは八階からロビーまで、途中止まりませんでした。タイミングは合いますか?」ジュリーは尋ねた。

キンブルがうなずいた。「犯人は全員がショック状態に陥るのをあてにしていたんでしょうね。犯人には、カリフォルニアから来た若い男性が正気づいて下へ向かうボタンを押すまでのあいだに、階段室に逃げ込んでトラックスーツを脱ぎ、靴をはき、八階から下まで駆けおりる時間があった。大急ぎだったでしょうけど、ここにいるサンフォードを含むふたりの警官が試してみて、可能であることがわかりました」

「犯人はスタッフではない」サンフォードが言った。「経営陣は宿泊客でもないと確信しています。フロントの担当者は誰も犯人がチェックインしたのを覚えていないし、彼らは顔と名前を記憶するよう訓練されています。フロントの担当者は宿泊客を名前で呼ぶので有名です。〈モールトリー〉はサービスの一環として、ホテルに到着した直後から宿泊客を名前で呼ぶので有名です。ドアマンはこの男を見たのは確かだけれど、代わりに荷物を持った記憶も、ベルマンなりフロントなりに取りついだ記憶もないと言っています」

「あなたと、あのエレベーターに乗っていたほかの乗客たちが言うような声で話す男のことは、誰も覚えていません」キンブルが言った。

フランスに旅立つ前、ジュリーは半日かけて特徴のある声の録音を聞いたが、時間の浪費に終わった。「ほかの人たちは？」いまジュリーは尋ねている。「あの録音を聞いて、なにか――」

「あなたと同じでしてね。いずれも犯人の声とは一致しない。つまり、行き止まりでした」

少し間をおいて、サンフォードが続けた。「いま、事件当日ホテルで会合を開いていた複数のグループに問いあわせています。この男が参加していたというグループが出てくるかもしれない。ホテルの清掃係の女性が宿泊フロアのひとつであの日、この男を見たかもしれないけれど、はっきりしないと言っています」

「彼女には空が青いこともはっきりしない」キンブルがしれっと言い放った。「たとえ同じ男だとしても、どの階で見たかもはっきりしない。ようは煮え切らない女性ですから、あてにはできません。わたしは、注目されたくて見たと証言しているんだと思っています」

「いまホテルの宿泊客にこの写真をまわしています」サンフォードが続けた。「だが、これが恐ろしく手のかかる作業でして。あれからまもなく二週間、宿泊客はそこらじゅうに散らばっています。なかには国外にいる人もいる。なのでどうしたって時間がかかるうえに、結果として誰かがホテル滞在中に訪れた問題のない来客だと証言するかもしれず、そのときは振りだしに戻ります。

　あの地区の担当警官が抱えている情報提供者に写真を見せているが、これもいまのところ成果はない。ただし、だからといって彼らが写真の男を知らないとは言いきれないのです。特定する気にならないというだけかもしれない。同じことが質屋についても言えます。そしてもし犯人が盗品を故買屋に持ち込んだのなら、誰も口を割りません。

　また、警察の顔写真ファイルとも照合させていますが、凶器を使用した強盗なり、ほかの犯罪なりで記録簿に残っていたとしても、外見は変えることができる。それにビデオから取ったひと齣ですから、写りのいい写真でもありません」

「これがまたお粗末なビデオなんです」キンブルが補足した。「照明は悪いし、角度もよくありません。染みと大差のない映像ですが、でもとりあえずは最初の一歩です」

　最後にサンフォードが、「あなたにお見せするべきだと思いまして」と締めくくった。

　彼は八インチ×十インチの写真を一枚、マニラ封筒から取りだした。手を伸ばすジュリーの心臓は、鼓動が大きくなっていた。写真を一瞥すると、刑事ふたりを見あげ、自分があからさまな反応を示したのがわかった。冗談でしょう？　「これですか？」

「申しあげたとおり、お粗末な写真です。実はその点を重く見て、〈モールトリー〉は監視カメラを新機種に替え、システム全体を一新しました」

ジュリーはしげしげと写真を見つつ、なすすべもなくかぶりを振った。「これでは特定のしようがありません」

「見覚えはないですか？」キンブルが食いさがった。

「まったく」

「写真は拡大されています」と、サンフォード。「そのせいでビデオ以上に粒子が粗くなっている。もう一度見てください。粒子をつなぎあわせるつもりで」

言われたとおりにしてみたが、どうなるものでもなかった。顔は光と影が滲み、明らかに男性であることを除いては、なにひとつ判然としなかった。ジュリーはサンフォードに写真を返した。「ほんとうに、名前をお教えできればいいのですが」

「いや、試すだけの価値はあったので」サンフォードは写真を封筒に戻した。

「ほかの人たちにも見せたのですか？　あのとき現場にいた強盗の被害者にも？」

「ファックスとeメールの両方で送りました」キンブルが答えた。「ナッシュビルの女性たちからは、すぐにわからないと返事がありました。カリフォルニアからの返事はまだです。向こうは早朝ですので」

「ダグには？　クライトンには見せたのですか？」

サンフォードがうなずいた。「社長に恨みを抱くホイーラー・エンタープライズの元社員の線もありうるので。ダグ・ホイーラーに写真を見にくるようお願いしたら、弁護士を通してくれと言われました。昨日のうちに、新しい弁護士を雇っていたんです」

嫌悪を隠さず、キンブルが鼻を鳴らした。「デリク・ミッチェルですよ。災いの元の」

ジュリーは無表情を通した。「どうしてですか？」

「彼は勝つんです」

「いえ、そうではなくて、なぜ彼らは新しい弁護士を雇ったのでしょう？」

どちらの刑事も意見を述べなかったが、一見無邪気な自分の質問がふたりの関心を惹いたことがわかる。「まるで神経質になっているようですよね？」

キンブルとサンフォードが目を見交わす。合図を受け取ったように、サンフォードが一本電話をかけてきますと席を辞した。「ご婦人方は必要なだけここを使ってください。では、失礼」

彼が遠ざかると、ジュリーはロバータ・キンブルに笑いかけた。「おふたりは言葉を使わずにやりとりできるんですね。そんな場面を何度か目にしました」

「彼と組んで二年になりますが、それよりずっと長く感じます。組まされた直後からしっくりきたんです。捜査手法が一致してるし、性格も合います」

「それでいて、おふたりは全然違うわ」

「おっしゃるとおりです」穏やかに応じた。「黒人と白人。男と女。既婚者と独身者。細身ののっぽに、太ったちび。違うからこそ、うまくいってるのかもしれません」

ジュリーはしばらく女性刑事を見てから、尋ねた。「それで、あなたはどちら?」

「太ったちびのほうです」

ジュリーはほほ笑んだ。「あなたはいい警官? それとも悪い警官?」

少しもまごつくことなく、キンブルが笑顔を返した。「いつもはどこで買い物を?」

「え?」

「どこで服を買っていらっしゃるのかなと思って。あなたはいつもとても……しっくりきてる感じがします」

「ありがとう」

「もちろん、わたしがそんな丈の短い黒いドレスを着たら、ファッション的に大失敗ですけど」キンブルは謙遜して、気立てのよい笑顔になった。ジョージア大学のマスコットであるブルドッグがかたどられたブロンズのペーパーウェイトを手に取り、それをいじりながら、じっとジュリーを見ていた。そして沈黙の果てに言った。「わたしたちはふたりともいい警官です」

ジュリーは深く息を吸い込み、それを吐きだした。「それは見方によるのではないかしら」

「ええ、だと思います」

「監視ビデオの写真についてですけれど、次のステップはどうなるのでしょう?」

「男が無関係なのかどうか特定できる人物を求めて、引きつづき写真を見せてまわります。当面は、事件の三日前にさかのぼって録画されたビデオを観ます。ホテルでは四日間だけ保管して、そのあとは上書きしてしまうので、それが精いっぱいなんです。

いま専門家を使って、同じ男がいないかどうかをひと齣ずつ確認させてます。もし見つかれば、実行可能な容疑者としてリストの筆頭に躍りでる。この犯行を首尾よくやってのけるには、自分がどこに向かっているか、階段室であれだけのことをして封鎖される前にホテルを出るにはどれくらいかかるか、わかっていなければなりません」

「ヤマミをしたかもしれませんね」

わざと下見の意味の隠語を使うとキンブルが大笑いしたので、唐突に尋ねられたときは、虚を衝かれた。「クライトン・ホイーラーのことをどう思いますか？」

「彼に対する評価の低さはもう明らかにしたと思いますが」

「あなたは今回の強盗殺人事件の背後に彼がいるとほのめかした」

ジュリーは沈黙を通した。

「ほのめかしたといっても、実際は最大規模のトルネード並みに明々白々ですけれど。それに気づかなかったら、サンフォードとわたしはよっぽどのばかです」

「あなた方がばかだとは、思っていません」

キンブルはペーパーウェイトをデスクに戻し、樽のような胴体に腕を巻きつけ、鋭い目つきでジュリーを観察した。「クライトンをよくご存じなんですか？」

「わたしの意見は、おもにポールから聞いた話にもとづいています。けれど、個人的に彼とつきあってみて、ポールに聞いたとおりだとわかりました」

「個人的なつきあい?」

「はっきり言って、なるべく避けてきました。でも、ポールは人との交際をとても大切にしていたので、彼の家族との集まりは避けて通れませんでした。祝日や誕生日のディナー。そんな席です」

「クライトンには人が殺せると思いますか?」

殺せる、と思ったけれど、断言はできない。クライトンに対する強い不信感と嫌悪以外に根拠がないからだ。ポールは甥のずば抜けて端整な容姿の奥に、暗いものが隠されていることをそれとなく口にしていた。クライトンの本性に対する疑いは強いけれど、主観的なものだけに、あてにはならない。言質を取られたくないので、質問を返した。「あなたはどう思いますか、ミズ・キンブル?」

「正直に? わたしは誰にでも人は殺せると思ってます。でも、とくにクライトン・ホイーラーをということで言えば、利口ぶったいやみな男で、慇懃無礼、どれだけお尻を叩いてやっても足りない金持ちの洟垂れ小僧だと思います」キンブルが眉をひそめる。「でも、伯父の死によって多額の財産を相続する立場にありながら、その伯父を処分したとしたら、少しわかりやすすぎます」

「クライトンをよくご存じないからかも。彼は内輪のジョークを好みます」

「内輪のジョーク？」

「誰よりも一枚上手であることが好きなんです」

「たとえば？」

「そうね……。そう、これならうってつけの例ね。数カ月前のことです。わたしは新しい画家のために内覧パーティを開きました。シャンパンとキャビアを準備して、名だたるお客さまだけをお招きしました。どんな場かおわかりになるでしょう？」

「男性はシルクのタートルネックで、みんながみんな黒ずくめ」

まさにそのとおりだったので、ジュリーはにっこりした。「そのパーティの最中に、ふと見ると、クライトンとほか五、六人のゲストがある絵を囲んでいました。どうして集まっているのだろうと思って、近づいてみました」

その一件とクライトンのうぬぼれを思いだすと、いまだに平静ではいられない。「クライトンはキャンバスを一枚持ち込んで、壁にかけていました。彼がのみの市で選んできたひどい静物画をです。そして、その日の主役である画家のサインをまねてその絵に書き入れていた。彼はその画家と、わたしの評判と、わたしの顧客をばかにして、彼らを騙されやすい似《え》非《せ》美術愛好家だと証明したんです」

「それであなたはどうされたんですか？」

「わたしは彼らをクライトンから引き離し、その絵を外しました。実害はなかったのです。画家はその件を知りませんし。けれど、あれはクライトン流の残酷な悪ふざけだった。人を笑いものにするのが好きで、彼にとっては誰もがかっこうの標的です」

「人をちくちくいたぶるわけですね。不快な性格ですけれど、犯罪ではないわ」ろくに考慮もされずに自分の説を却下されたくなかったので、ジュリーは言った。「彼には、あなた方が彼のことを最重要容疑者としてあまりに明々白々だと考えるのがわかっています。そこです、わたしが内輪のジョークと言うのは。あの男がほくそ笑んでいるのは間違いありません」

キンブルは思案顔でジュリーを見つめると、いまだ特定されていない男の写真が入ったマニラ封筒をつかんで、それを手のひらに打ちつけた。「今日のところはこれでおしまいです。ご足労いただいて、助かりました」

ドッジ・ハンリーはデリクのデスクの向かいにある椅子にどさりと腰かけ、フォルダーをすべらせてよこした。「これまでにわかったことだ」

デリクはフォルダーを開き、印字された用紙数枚に目を走らせた。「大筋を聞かせてくれ」

ドッジは饐《す》えたタバコのにおいを発している。喫煙によって命の危険があるとさんざん警告されているにもかかわらず、禁煙の試みすらせず、そんなことをする喫煙者を腰抜け呼ばわりしてさげすみに近い敵意を抱いている。いまドッジはニコチンに黄ばんだ指で椅子の肘掛けを小刻みに叩きながら、居心地のよさを求めて身じろぎしているものの、どうすることもできない。タバコを手にしていないかぎり完全にはくつろげないのだ。

「大まかに言って、彼女はきれいなもんだ。軽い罪を含め、前科はいっさいない」

「子ども時代は?」

「エイケンで育ち、両親は公立学校勤務。父親が教師、母親は教務担当だ。日曜には教会に通い、納税を怠らない、堅実な市民だった。兄弟、姉妹はおらず、両親はすでに亡い」

先に進む前に、苦しげに息をした。「利口な女だぞ。バンダービルトで全額給付の奨学生になり、四年後にはフランスで美術を学ぶ特別研究員の資格を得た。フランス男と結婚。名前は思いだせんが、そこに書いてある」

デリクは彼女に離婚歴があるのを知っていたことをドッジに言わなかった。「どんな男だ?」

「どうもこうもないさ。名声も財産も、ついでに才能もからきしだった。結婚して三年で別れて、そのころにはポール・ホイーラーが彼女の人生に登場してた。彼女にとっちゃ幸運さ」

デリクは顔を上げ、デスクをはさんでドッジを見た。長年の喫煙によって黄ばんだ顔は、それらしい見解を述べたわりには無表情だった。冷静でシニカルで、もはやたいがいのことには動じない。四十数年にわたって悪党を追いかけ、本人の弁によると、そのすべてを見てきたからだ。ドッジの頭のなかには、動物以下の人間たちがおおむね揃っている。

ドッジとは、彼が州警察の刑事をしていた時代に敵味方として法廷で出会った。ドッジは検察側として証言し、反対尋問を行なったデリクは、彼の優れた記憶力と鋭い観察眼に感心した。勝利に終わった裁判のあと、デリクはドッジを捜しだし、自分の事務所で正規の調査員として働く気はないかと尋ねた。

ドッジはあざ笑った。「で、暗黒面に踏み込むのか？　遠慮しとくよ、弁護士先生」

「これまでの給料の二倍出そう」

「いつから仕事にとりかかったらいい？」

ドッジは実際、嬉々として州警察をやめた。捜査にも取り調べにも規則厳守だったからだ。ふたりでビールを飲み交わしながら取り決めをしたとき、ドッジは尋ねた。「あんたは情報の収集方法にこだわるか？」

「いや。ただし、倫理や法律に反することをして捕まったときは、自力で切り抜けてくれ」

「問題ない」ドッジはずるずると音をたててビールを飲んだ。「おれは捕まらんよ」

彼の手法が公明正大であるという確約を得たわけではないが、知らないほうが身のためなので、デリクはドッジがいつ誰からどうやって情報を手に入れたのか尋ねたことがない。

公共の建物内では喫煙が禁じられているうえに、マリーンが灰皿のにおいをあからさまに嫌うので、ドッジの仕事場は自宅だった。それがどこにあるかデリクはまったく知らず、ドッジから携帯電話の番号と私書箱を教えられ、給与支払い小切手はそちらに送っている。それ以外には、自分がどこにいて、また任務の合間になにをしているか、ドッジはいっさい明かさない。だが、デリクが仕事を頼んだときは、すぐに反応があった。

昨夜、ニュースでジュリー・ラトレッジを観たデリクは、マリーンから持たされたファイルに目を通し、ポール・ホイーラーの〝お相手〟に関する記述を探した。彼女はたびたび登場したものの、彼女個人に関する記述は多くなく、自宅のコンピュータで検索をかけても、ほとんどが画廊がらみだった。そこでドッジに電話をかけ、内情を探るように頼んだ。

「いつ必要なんだ?」

「いまにでも」

「了解」

いつものように、ドッジは約束を果たした。デリクが〈シェ・ジャン〉で一触即発の再会を果たして事務所に戻ると、ドッジが待っていた。いまデリクは尋ねている。「ジュリー・ラトレッジの幸運は、どうやって訪れたんだ? 彼女とホイーラーのなれそめは?」

ドッジは迷子になったタバコでも探すように、シャツのポケットを叩いた。「その点はわからん。ホイーラーは裕福なアメリカ人で、フランスにいいつてがあった。彼女はもったいぶった画廊に勤めて、ふがいない旦那と自分の生活費を稼いでた。で、おれが思うに――」

「ちょっと待ってくれ。ふがいない旦那?」

「収入があったっていう記録がないのさ。飲酒と風紀紊乱《びんらん》で逮捕が二度。フランスにおけるそういう罪でだ」

「そうか」

「どこまで話したっけな?」

「で、あんたが思うに」

「そう、おれが思うに、ホイーラーは美術界の共通の知人を通じて彼女に出会ったんだろう。

だが、あくまで当て推量だから、そこんとこわかっといてくれよ」

デリクはうなずいた。

「だが、出会うが早いか、彼女はすぐに始末に負えない亭主を捨てて、ホイーラーとくっついた。ホイーラーは彼女をアメリカに連れ帰り、ここアトランタでビジネスをはじめさせた」

「おやおや。その好意をどうやって返したものやら」

ドッジの笑い声が、金属製のカップに砂利を入れて鳴らしたように響いた。「ホイーラーが彼女のパトロンだと思ってんのか？」

「違うのか？」

「ま、最初はそうだったかもしれん。だが、ジュリーは目端が利く。ホイーラーは画廊を買う金をやるんじゃなくて、貸したのさ。実際は銀行が貸して、ホイーラーはただ約束手形に連署しただけだ。初年度こそ赤字だったが、その後は黒字に転じて儲けてる。彼女はローンの支払いをすませ、自力でガーデンヒルズに家を買い、自分で請求書やクレジットカードの支払いをすませてる。つまり、金の面ではホイーラーに依存してないのさ。少なくとも、記録のうえではな」

デリクはデスクの椅子を引いて、立ちあがった。床に寝そべっていびきをかいているマギーをまたぎ、ガラスの壁に近づいた。ぼんやりと景色を眺めながらジュリー・ラトレッジの過去と現在に思いを馳せているうちに、数分が過ぎた。

まったく。

ある意味、ドッジの報告は期待外れだった。期待していたような後ろ暗いものは見つからなかった。ドッジは彼女を責めるのに使える材料、膝を打つような材料――〝後援者〟の長いリストとか――をまだ見つけだしていない。その反面、デリクは犯罪や邪悪な行為が発掘されなかったことを喜んでいた。

ジュリーは表に見えているとおりの女性だった。聡明なうえに、たしなみも教養もあり、みずから道を切り開いて、とても裕福な男性と恋に落ちる幸運に恵まれ、相手も愛を返した。

そして恋人の後頭部が吹き飛んだとき、その傍らにひざまずいていた。そして犯人が逮捕され、法律が許す最大限の罰が下されることを望んでいる。その思いが余って、妨げになりそうな男をたぶらかした。聖書に記されたもっとも古い策略に訴え、それはたまたま彼女が強調したようにもっとも手っ取り早くて効果的だった。

ひょっとするとかくも単純なことを、自分はわざわざややこしくしようとしているだけなのかもしれない。

考えごとに没頭していたせいで、ドッジが口を開くまで彼がいるのを忘れかけていた。

「なんで彼女にそんなに興味があるのか、おれに話してみるか？」

「ホイーラー殺人事件の捜査のあいだ、家族の代理人を頼まれた」

「ほおお」ドッジは語尾を伸ばした。「大枚が転がり込んでくるな。だが、彼女はホイーラーじゃない。彼女にも雇われたのか？」

「いいや、だが彼女はこの数年ホイーラーの人生の重要な要素だ——いや、だった。背景を知っておきたかったんだ」

「彼女に会ったのか?」

「テレビで観た」まったくの真実ではないが、まったくの嘘でもない。

「彼女が関与してると思うか?」

「どう考えたらいいかわからない」デリクは心のままにつぶやいた。ふり向いて席に戻った。ドッジはすでに立ちあがり、帰ろうとしている。ニコチンを補充しないかぎり、これが限界なのだ。「クライトン・ホイーラーについてはなにが発掘できた?」

「湯水のように金を使うこと、始終テニスをしてること、派手な車を乗りまわしてること。スピード違反切符を山のように受け取り、それを判事は全部目こぼしした。亡きポール伯父に関係のあることは見つからなかった」

「彼には可能だろうか?」

「アリバイがある」

「彼には可能だろうか?」デリクは声を落としてくり返した。

ドッジは有害なガスを含む息を吐きだした。「なんだって可能さ」

「そんな感触があるか?」

「おれなら娘にはあいつとデートさせせんな」

「あんたに娘はいないだろ」

「いたらの話さ」

「なんでだ？」

「あの男は売春婦好きだ。週に二、三人。街娼じゃないぞ。派遣会社から送られてくる女たちだ。それ自体はべつに悪いことじゃないが……」

「でも、自分の娘はつきあわせたくない」

「あんただってそうだろ」ドッジは口をこすり、下唇を引っぱってから、手を放した。「だがすでに数百万ドル持ってる男が、数百万ドルのために人を殺すか？　そこまでする意味があるか？　ただ伯父が消えるのを待てばいいだろ？　自然死するのを待ってれば、財産が転がり込んでくる」

「おおむね賛成だよ」デリクは言った。「それに、優秀な刑事ふたりが事件以来、熱心に話を聞いているのに、いまだ尻尾をつかめない。実際、刑事たちの新聞発表を信じるなら、警察はなにもつかめていないし、それ以外にはなにもない」

「それがいまはつかんでる」ドッジは自分が持ち込んだフォルダーを指さした。「そこに入ってる。いちばん下の束だ」

「ヒントをくれ」

「せっかくの驚きを薄めたいのか？　これだけ言えば充分だろ。そいつは最新も最新、警察の神聖なる場所から出てきたほかほかの情報だ」

デリクは驚嘆のあまり首を振った。「いつか、おれたちのどちらかが死ぬ前に、あんたの内通者が誰なのか教えてくれよ」

「あんたの葬式ではおれが踊ってやるよ。おれの秘密は墓まで持ってく」ドッジはにやりとして、ドアに向かった。「ところで、なかなかのポーカーフェイスだな、弁護士先生」

「なにが言いたい?」

ドッジがくるっと背を向け、からかい半分に言った。「おれだってテレビで彼女を観たさ」

9

「ミスター・ミッチェル、ミスター・ホイーラーがお越しです」

マリーンが脇によけ、クライトン・ホイーラーがぶらっとデリクのオフィスに入ってきた。

デリクは立ちあがり、青年を途中まで出迎えた。「デリク・ミッチェルです」

「クライトン・ホイーラーです」

デリクは手を差しだしたが、クライトンはガラスの壁の向こうに広がる景色に目を奪われて、気づかなかった。マリーンはなにかあったら内線で知らせてくださいと言い置いて、出ていった。デリクは前日、彼の父親と話をしたのと同じソファセットを手で示した。「くつろいでください」

「いつもそうしてますよ」クライトンは言いながら、ソファのひとつに腰かけた。

マギーが哀れっぽい声で鳴き、においを嗅ごうと、のそのそとクライトンに近づいた。

「マギーです」デリクは言った。

だいたいの来客は手を伸ばして、マギーの頭を撫でてくれる。女性ならくすくす笑いながらやさしく声をかけるし、男性なら猟犬として訓練を受けているかどうかを尋ねる。だがクライトンはいっさい興味を示さず、ただこう言った。「よろしくな、マギー」

それよりオフィスのほうに興味があるようだった。ゆっくりと観察を続けているが、評価しているのかいないのか、デリクにはまるで判断がつかなかった。軽い好奇心は表われているものの、なにを考えているのか、それ以外はまったく顔に出ていない。

デリクは向かいのソファに坐った。「お好きにどうぞ」ふたりのあいだのコーヒーテーブルには、マリーンが用意した氷の容器とグラス、それに水のボトルが置いてあった。

「けっこうです」

クライトンは彼と同年配の映画俳優の多くより、整った顔立ちをしていた。いや、どの年代の俳優とくらべてもだ。金髪には人為的にハイライトを入れている可能性があるけれど、もしそうだとしたら、きわめてたくみに処理してある。あまりに罪のなさそうな澄んだブルーの瞳に、デリクはかえってその腹黒さを疑った。倦怠と恩着せがましさと、自分の世界を楽しんでいる雰囲気を放っている。

この男は好きになれない、とデリクは瞬時に断じた。「三十分遅れです」

ブルーの瞳がオフィスの観察をやめて、デリクに向かった。「そうですか？　失礼。ポルシェの世話をやいてたんで。遅れた時間分もつけておいてください」

「そうします」デリクはクライトンの謝罪と同じくらい実のない笑みを返した。「伯父上を亡くされて、お気の毒です」

「どうも。でも、それで胸が張り裂けてるわけじゃないんで」

彼のあけすけさにも、デリクは驚かなかった。クライトンのように傲慢な人物は、もってまわった物言いをしない。「あなたの父上から聞きましたが、あなたと彼のあいだには意見の相違があったそうですね」

「〝われわれには……意思の疎通が欠けていたようだ〟」

デリクは顔をしかめた。「なんでしょう？」

「『暴力脱獄』。ストローザー・マーティンが刑務所長を演じてる。すばらしい性格俳優ですよ。彼は『明日に向って撃て！』にも出てます」

「そちらもポール・ニューマンの映画ですね」

クライトンははじめて心からの笑みをデリクに見せた。「やりますね。ある程度は映画史を知ってるようだ。ニューマンが疲れた弁護士を演じた映画を覚えてますか？」

デリクは笑いものにされているのを感じつつ、愛想のいい表情のまま、話につきあった。

「教えてください」

「『評決』。〝これしかないんだ〟と、ニューマンがくり返しつぶやく。ひじょうに説得力のあるシーンです。ニューマンは『ハスラー2』じゃなくて、この映画でオスカーを受賞すべきだった。彼の死によって、ぼくたちは偉大な俳優をひとり失った」

「熱烈な映画好きだと父上からうかがいましたよ」

クライトンはその表現にむっとしたようだった。「それ以上です。UCLAで映画を学んだんで」

「映画製作者になりたいのですか?」

クライトンが辟易した顔をする。「よしてください。あんな重労働。うんざりだ。このぼくがクソったれに対応したり、らりった女王さまやら、元女王さまやらの気まぐれに耐えるんですか? ぼくの仕事じゃありませんよ、ミスター・ミッチェル。ほかの人たちがつくった映画を観るほうがいい」

「評論家として?」

「いいや、ただの楽しみとして。その業界の人になろうという野心はないんだ。それを言えば、どんな業界に対してもだけれど。それもいまは亡き愛しの伯父さんと意見が一致しなかったところです。伯父さんはぼくがビジネスを専攻して、ハーバードでMBAを取り、損益計算書や集計表にぞっこん惚れ込むべきだと思ってた。ぼくはそうは思わない」最後におどけたように言い足した。

「ですが、あなたは一族経営の会社で働いている」

「本社にオフィスがあるだけで、働いてはいませんよ」

彼から完璧な笑みを向けられて、デリクはそれを拳でめちゃくちゃにしたくなった。その衝動を抑えて、マギーの頭に手を置き、彼女が好むように撫でた。「あなたの父上は、あなたには刑事事件弁護士が必要だと考えておられます」

「心配性なんです」

彼の反応をつぶさに観察しながら、デリクは尋ねた。「心配される理由があるんですか?」

「刑事たちに追いまわされているという意味では、ありますね。ぼくがなにかの罪を犯したかということなら、返事はノーだ。伯父さんが殺されたとき、ぼくはテニスをしてた」

「そう聞いています」

「それに、ぼくがポール伯父さんをやるんなら、どたばたした強盗の最中に殺したりしない」

デリクはグラスに水を注いで、ひと口飲んだ。「ほんとうに飲みませんか？」

「ええ」

「昨晩のニュースで、あなたの伯父上のお相手は今回の事件は強盗目的ではないと思うとレポーターに話していましたね」

「お相手？」クライトンはあざ笑うようにくり返した。「売女のことかな？」

「ジュリー・ラトレッジのことをそう考えていらっしゃるんですか？」

「ぼくは昨日の夜、自宅に売春婦を呼んだ」投げやりな身ぶりとともに、彼は言った。「ぼくは道徳家じゃないんです。年寄りのポール伯父さんがいまだ射精してようとかまわない。実際、伯父さんにはいいことだと思ってた。ただうわべを飾るのが気に入らなかったけどね。伯父さんはジュリーを特別な存在に祭りあげようとしてましたが、実際の彼女は得になると思えば犬とだってやる女です」

デリクはグラスをテーブルに戻し、濡れた手を拭いた。それでも体内を駆け抜ける憤怒が収まらなかったので、立ちあがってデスクに移動した。

「警官がくり返しあなたから話を聞きたがるのは、なぜでしょう？」

「さあね」クライトンは無頓着に答えた。「働いてるふりをするためじゃないかな。上司の手前、忙しくしてないとまずいんでしょう。給料の分、働いていると見せかけないと。もちろん、ジュリーの小ずるい発言がそれを後押しした部分もある」

「小ずるい発言？」

「機会あるごとに、警察をぼくのほうに押しやろうとする」

「なぜ彼女はそんなことを？」

「なぜって、ぼくたちのあいだに悪感情があるから」

「どうしてです？　なにがあったんですか？」

クライトンは喉の奥で笑った。「なにも。それが問題なんだよね」

デリクは椅子に戻って、ふたたび坐った。「なにかいきさつがありそうですね」

笑顔になったクライトンは、話したものかどうか迷っているようだった。「伯父さんはなんの前触れもなく彼女を連れてパリから戻り、彼女にぞっこんなのを隠そうともしなかった。みんなあ然としましたよ。伯父さんは伯母さんのメアリーを崇拝してたからです。だが父は、伯父さんは寂しいんだから、好きな女にめぐり会えてよかったじゃないかと言った。そして、なにはともあれポール伯父さんのために、彼女がいやな思いをしないようによくしてやるべきだと。で――」気だるげに肩をすくめた。「ぼくたちは彼女によくした。

ある日曜の夜、うちの母がふたりを屋外パーティに誘った。全員がテラスでくつろいでました。ぼくはプールハウスの冷蔵庫のコーラを取りにいった。ジュリーがついてきて、次の瞬間にはぼくにまとわりついてた。『白いドレスの女』のキャスリーン・ターナーみたいなもんです。で、しかたなしに、ぼくも一、二分ウィリアム・ハートを演じた。両親とポール伯父さんが会話をしている二十フィート先で、ぼくは伯父さんの恋人にくわえられそうになってた。見つかるかもしれないスリルが彼女にはたまらなかったんだろうね」

記憶をたどりながら、クライトンが声をたてて笑った。「クレイジーで魅惑的で、ほかの女が相手なら楽しめたかもしれない。だが、ポール伯父さんがやってきたらひと騒動起こる。そこまでしてジュリーとやりたくなかったから、彼女を押しやり、伯父さんのお古はいらないと言って、彼女をプールハウスに残してみんなのところに戻った。

五、六分して出てきた彼女は、ぷりぷりして、ぼくのほうを見ようともせず、頭が痛くなってきたから家に帰りたいとポール伯父さんに訴えた。従順な子犬よろしく――あなたの犬に恨みはないけどね――伯父さんは彼女と一緒に帰った。以来、ぼくは彼女に目の敵にされてるんです」

デリクはありとあらゆる血管が脈打つのを感じた。全身に熱が取りついていた。咳払いをしないと、話ができなかった。「彼女が腹いせにあなたを犯罪に結びつけようとしているということですか？」

クライトンがしかめっ面になった。「女ってのはどんな理由でなにをするか、わかったもんじゃないでしょう？」

ごもっとも、とデリクは思った。「彼女がどれほど警察をあなたにけしかけようと、あなたに不利な証拠が見つからなければ、問題はありません」

「そんなものはないけどね。警察もなにも手に入れてない」

「昨日までは。今日はあります」

クライトンの表情は平然としたまま変わらない。デリクはさっきから観察していたが、この若い男の態度にはなんの変化も見られない。目は泳がず、口元はこわばらず、たじろがない。なにもないのだ。

「ホテルのロビーに監視ビデオが設置されていました」デリクは言った。

「当然あるだろうね」

「警察は殺人事件の直後にホテルを立ち去る男を探りあてました」

「その男のほかに、あと何人いたの?」

「おっしゃるとおりです。ですが、ほかについては身元が特定できたのに、この男だけできなかった。いまのところは。男は宿泊客ではなかった。車をガレージに駐車せず、レストランで食事をせず、バーで飲酒していませんでした」

「なんと、あきれた! それが犯罪行為じゃなくて、なにが犯罪だろう?」

デリクは彼に目をくれると、デスクから持ってきたフォルダーから写真を取りだして、テーブルに置いた。クライトンはかがんで写真を見ると、大笑いした。

「これが事件解決の突破口かい? よしてくれよ。これが税金の使い道か」いまだ小さく笑いながら、先を続けた。「明らかなことがひとつある。ぼくの写真じゃないってことです。

ぼくならこんなシャツを着ているところを人目にさらさないね」

「見覚えは？」

クライトンはもう一度写真を見た。「そうだな、そう言われてみると、エレファント・マンに似てるね。ぼくが写真を撮られるのが嫌いな理由のひとつです。写真家にもカメラにも翻弄されたくない」

デリクはフォルダーに写真を戻し、写真の隅が折れないようにほかの用紙のあいだにはさむと、立ちあがってデスクにフォルダーを置きにいった。そしてクライトンに向きなおりながら、この青年を見た瞬間から決めていたことを告げた。「あなたを依頼人として受け入れることはできません、ミスター・ホイーラー」

これにはさすがのクライトンも反応した。「なんだって？」

「あなたの弁護――」

「聞こえてる」クライトンはつっけんどんに言った。「なぜだ？」

おまえが卑しむべき気取り屋だからさ。

それが基本、根底にある理由だった。デリクはこの数分間で、クライトン・ホイーラーのためには公正な弁護ができないと判断した。身のほど知らずのろくでなしの側には、とうてい立てないからだ。過去にはジョージアでもっとも勝つ見込みのないであろう悪党どもの弁護もしたことがあるし、不快な性格を断わる理由にしたことは一度もない。だが、この男に対する嫌悪感は強烈すぎて、どのような意味でも擁護をするのは不可能だった。

クライトン・ホイーラーの代理人を断わる理由は、嘘偽りなくジュリー・ラトレッジには関係がない。たとえ彼女に会っていなくとも、同じ決断を下していただろう。

だが、いくらなんでも、若き億万長者にそこまであからさまなことは言えない。それに気づいたデリクは、にこにこしながら椅子に戻り、席についた。「お断わりする主たる理由は、わたしの出る幕ではないからです。なにもしないのに、あなたの、あるいはあなたの父上のお金をちょうだいするわけにはいかない。世の中には、悔しまぎれにわたしのことを節操がないと非難する負け犬もいる。わたしが法廷で器用に立ちまわっているのは認めます。ですが、依頼人からお金を騙し取ったことはないんです。

あなたにはポール・ホイーラーの死を望む立派な動機がふたつある。伯父上と敵対する関係にあったことと、あなたが彼の遺産相続人であることとです。そのどちらかひとつでも警察はあなたに襲いかかったでしょう。それが重なったとなれば、かなり不利になる。

ですが、警察にはあなたにその機会がなかったという事実をくつがえすことができない。あなたにはアリバイがあり、それを証明してくれる人が複数いる。発砲事件が起きたときにホテルにいることはできなかった。もちろん、人を雇って殺させることはできる――」

「そんなやつは雇わない」クライトンはせせら笑いながら、写真のほうに手をやった。「間抜けにもほどがある」

「そのとおりです」デリクは相づちを打った。「あなたには超一流のヒットマンを雇う財力がある。そうした人物なら、もっと巧妙に片付けるでしょう」いったん口をつぐんでから、言葉を継いだ。「ポール・ホイーラーにはたいへんな値打ちがあった。まだ五十二歳にして健康に恵まれていたから、あと三十年から四十年は生きたかもしれない。念のために言っておきますと、仮にあなたが彼の財産を引き継ぐのを待てなかったとします。あなた自身にすでに多額の信託資金があるのに、彼の遺産を相続する約束を危険にさらすでしょうか？　殺人を犯せばすべてを失う可能性があるのに？」

「まったくばかげてる」

「ええ、そうです」

クライトンはリネンのズボンの折り目を引っぱった。「刑事たちにも、それがわかる程度の賢さはあるだろう。ただ、ジュリーの中傷をどうしたものか？」

「警察は信じませんよ。わたしが思うに、サンフォードとキンブルは彼女のあなたに対する発言をただのあてこすりだとみなすでしょう。負け惜しみなり、仕返しなり、嫉妬なり、そんなものとして。それをもとに行動を起こしていませんから、彼女の訴えをはねつけると考えてまず間違いありません」

クライトンがにやりとした。「あなたの考え方、気に入ったよ、ミスター・ミッチェル。ぼくの代理人になってくれ」

デリクはかぶりを振った。「申し訳ありませんが」

「すでに父から金を受け取ったんだろ」

「それはお返しします。昨日と今日の面談料は請求させてもらいますが、予約金の小切手は返送します」

「金額を吊りあげたいのかい?」

「お金の問題ではありません」

「なにごとも金の問題だよ」

「今回は違います」

「いつから依頼人をクビにできるようになったんだ?」

「いまからです」

クライトンはデリクの視線をしばし受け止めてから、見ていて歯の浮くような、高慢な笑みを浮かべた。

面談を終えることを示すため、デリクは立ちあがった。「問題はあなたの父上のご希望に沿えないことです。お父上はわたしがあなたの手足となって働くのを希望しておられるが、そういう働き方はできません。いま抱えている事件と裁判のスケジュールを確認して、厳しく内省してみたのです」

「弁護士が内省?」

デリクは形ばかりの笑顔を見せた。「魂だか良心だか、あなたの好きに呼んでいただいてけっこうですが、それに相談してみたところ、すでに引き受けている依頼人を犠牲にしてまで新しい依頼人を受け入れるべきではないという結論が出ました。ジェイソン・コナーの裁判の準備ですでに手いっぱいなのです」

面談を終えることを示すため、「じゃあ、ほんとうの問題はなんなんだい?」

「両親を惨殺したガキか？」

デリクはそれには直接答えなかった。「彼はまだ十六で、人生の危機に瀕しています。あなたを担当するには、彼の裁判に割りふるべき時間の一部を削らなければならない。ただでさえぎりぎりですから、どちらに対しても失礼にあたります。結論として、わたしは今回の仕事をお断わりすることにしました」

「父が機嫌を損ねるぞ。ぼくもだ」

デリクは戸口まで行き、ドアを開いた。「なんなら、同等の能力のある弁護士をご紹介します」

「そんな弁護士はいない。なぜぼくたちがあなたに頼ったと思ってるんだ？」

「そこまで信頼していただいて、弁護士冥利につきます。ただ残念ながら、あなたのお力にはなれません」

クライトンは十秒間デリクを見つめたあと、戸口を抜けた。その態度は、キャプテンに選ばれなかった少年が、自分のボールを持って家に帰るときのように尊大だった。

会釈もそこそこにマリーンのデスクを通りすぎ、通路を通って受付まで行った。法律事務所と外の通路を隔てているガラスの壁まで来ると、奥にいるデリクのまなざしを受け止めながら、背中でドアを押し開けた。後ろ向きに外に出て、エレベーターのほうに歩き去った。

マリーンがわざとらしく咳払いをした。「見るにはいい男ですけれど、お行儀には問題がありますね。お別れのあいさつをする礼儀すら持ちあわせていないなんて」

「甘やかされて育ったガキだよ」デリクが見ていると、クライトンはエレベーターを待ちながら袖口を引っぱっていた。「ダグ・ホイーラーの小切手はもう預金したのか?」

「まだです」

「よかった。それを送り返そう」

マリーンが驚きの表情でこちらを見た。「本気ですか? なぜです? 彼のお坊っちゃまがガキだから?」

ズボンのポケットに両手を突っ込んだデリクは、エレベーターに乗り込むクライトンを思案顔で見ていた。「なぜなら、〝われわれには……意思の疎通が欠けていたようだ〟」

10

クライトンはデリク・ミッチェルにいたく立腹していたからこそ、F・リー・ベイリー（O・J・シンプソンの事件も担当した有名辣腕弁護士）もどきの男に夜の計画を台無しにされることが許せなかった。みずからを駆りたてて、その夜、最先端のクラブに出かけたときには、機嫌もすっかり直っていた。〈クリスティーズ〉はにぎやかな人気店で、夜を楽しみ足りない夕食後の客が押しかけていた。

法外な値段がついた飲み物は、その大半がパステル調の色合いだった。ビールを瓶のまま、あるいは蒸留酒を生《き》のままで飲みたい人間は、このクラブには寄りつかない。ここに集まってくるのは、目立ちたい人間、そして目立つ人を見たい人間たちだった。

アトランタを拠点に精力的に活動する男たちと、酒をおごってもらえるだけの美貌に恵まれた女たち。きれいに着飾った金持ちの集まりで、みな富と力と完璧に日焼けした肌を追い求めることに余念がない。クライトンは彼らが必死に求めるものを自分が手にしていることを意識しつつ、店内に足を踏み入れた。

カウンターへと向かいながら、五、六人の女から秋波が送られてくるのを感じた。その女たちを見やり、ひとりずつ値踏みした。だが、声をかけずに通りすぎた。今夜は特別な誰かを探していた。見れば、それとわかるはずだった。

カウンターの前に立ち、ライム入りのクラブソーダを注文した。音楽が店内を揺るがせている。会話は甲高い笑い声によって頻繁に途切れる。ふだんなら癇にさわるカーニバルの娯楽場のような雰囲気も今夜は耐えられ、いくぶん楽しんですらいた。デリク・ミッチェルとあんなことがあったにもかかわらず。

自分の弁護を断わるとは、あのクソったれは自分のことを何様だと思ってるんだ? 忙しすぎるだと? たいがいにしろ。見かけ倒しの悪徳弁護士じゃないか。

法律事務所を出たクライトンは、その足でカントリークラブに出かけ、テニスのコーチと激しくボールを打ちあってから、家に帰って、夕食にデリバリーでタイ料理を頼んだ。それを食べながら、母がだめにしたDVDの代わりとしてよこした新しいDVDを鑑賞した。映画に関する母の評価は的確だった——ひどい映画だ。どうでもいい若手女優のためにつくられた、くだらない映画。その女優にくらべたら、彼女の尻に刺青された蝶のほうがまだ才能がある。

半分も観ると、ブライアン・デ・パルマの古いスリラー映画で、危機に瀕した女がやられる映画に切り替えた。文字どおり電動ドリル《ドリル》が使われている。ひじょうに血腥《ちなまぐさ》く、陵辱のシンボルとしては少し重すぎるとはいえ、かなりインパクトのあるシーンなので、世界じゅうでカルト的な人気を得ている。陰湿度においては満点といったところ。

そのあとシャワーを浴び、身支度をして外に出た。それでいま、新品のブリオーニのスーツをりゅうと着こなし、わざとらしい無関心さで、その夜の主演女優が姿を現わすのを待っていた。

時間はかからなかった。クラブソーダがまだ半分残っているうちに、カウンターの反対側で、バーテンダーのひとりの注意を惹こうとしている彼女に気づいた。

体つきは華奢で、髪はストレートのブロンド。昨夜くわえさせた売春婦に似ていなくもない。彼女に気づかないバーテンダーがほかの客の注文を受けるたび、やわらかな照明に髪を煌めかせながら、大げさに頭を振っている。

クライトンは自分のほうを向くように念じた。こちらから近づく前に、女に自分を見つけさせたい。女が呼びかけに反応したように視線を這わせたとき、その先にはゆったりと無造作にカウンターにもたれかかり、心を奪われたように彼女のほうを見ているクライトンの姿があった。

彼女には実は逆だということがわかっていない。

クライトンはグラスを掲げ、無言で問いかけるように片方の眉を吊りあげた。彼女がとまどいを見せてから、うなずく。その目をとらえたまま、クライトンはゆっくりと時間をかけて近づいていった。彼女のところまで行っても、最初は口を閉ざしたまま、自分の瞳に語らせた。まなざしでむさぼるように、彼女の顔をのぞき込む。女はこれに弱い。

続いて顔を近づけ、彼女に声を聞かせた。「〝世界中にはたくさんのバーがあって、この町にもたくさんのバーがあるのに、彼女はおれの店にやってきた〟」

彼女は何度かまばたきをくり返し、困惑と不安をあらわにした。「あの？」

『カサブランカ』の有名な台詞も知らないとは、ボギーのファンではないらしい。残念。

「なにがいい？」

「アップルマティーニ？」

彼女は語尾に疑問符をつけた。まるで、ほかのものを注文しろと言われるのではないかと、びくついているように。クライトンはここから、即座にふたつの結論を導きだした。ひとつめは、彼女が背伸びしてこの店にいること。そして、本人にその自覚があることがふたつめだ。すばらしい。

ひとりのバーテンダーが傍らをさっと通りすぎたので、クライトンは大きな音をたてて指を鳴らした。「こちらの女性にアップルマティーニを」

「承知しました」バーテンダーは歩き去りながら、顔だけふり返って大声で返事をした。

クライトンはおもむろに全神経を彼女に傾けた。

「そうやって知らせるのね」彼女は指を鳴らした。

「ひとつの方法だよ」

「きっとわたしじゃ無理。あなたみたいに威厳がないもの」

彼女の全身に目を走らせてから、適度に尊大さを滲ませて、物憂げに言った。「きみには必要ないよ」

彼女は慎み深く、ぽっと赤らんだ。はいている細身の黒いスカートは、そこその値付けの店でビジネススーツの一部として売られていそうなありふれた品だった。限られた予算しかない若い専門職の女たちは、そんな店で買い物をする。

職場を出たときに、揃いのジャケットは脱いだのだろう。その下に着ている赤いサテン地のタンクトップはオフィスでも通用するおとなしいデザインだが、いまのようにジャケットを脱いでノーブラだとぐっとセクシーに見える。ブラジャーは女子トイレで外し、まがいもののブランドバッグに突っ込んであるに違いなかった。

昼間は会社員として勤めながら、夜になると、理想の男を求めてうろつきまわる狩人へと変身する。たぶんランチ代を節約して、おびき寄せる餌となる身支度、つまり染髪剤や化粧品、ピンヒールの靴、コスチュームジュエリーを買う費用を捻出しているのだろう。クライトンに言わせれば、容認できる形で売春しているようなものだ。だが、好都合なことに、彼女のほうは夢の男が罠にかかったと言わんばかりの顔をしている。安っぽいタンクトップの下で、小さな乳首が興奮に突きだしていた。

「きみ、名前は?」

「アリエル」

「アリエルか。美しい」

「ありがと」

クライトンは顔を寄せてささやいた。「名前も」

彼女が赤らむ。「あなたの名前は?」

クライトンの返事を聞いて、彼女は笑った。「はじめて聞く名前だわ」

「苗字だ。ぼくのことは縮めてトニーと呼んでくれていい」

「こんにちは、トニー」小生意気な調子で、彼女は言った。

彼女の酒が運ばれてきた。クライトンが手渡すと、彼女はひと口飲んだ。「それでいい?」

クライトンは尋ねた。

「おいしいわ、ありがとう」

「どういたしまして」

「あなたは頼んでないの?」

クライトンは持ってきたグラスを掲げた。

「ウォッカのトニック割り?」

「クラブソーダ」

「飲まないの?」

「ああ」

「全然?」

クライトンはかぶりを振った。

「宗教的な理由?」

にこっとした。「まさか」

「だったら、どうして?」

「鎮静作用があるものは好きじゃない」

睫毛のあいだからクライトンを見あげて、彼女が尋ねた。「刺激するものはどう?」

「必要ないよ」

言葉による前戯は安直すぎるほどだった。すっかり退屈してしまう前に、どこで働いているのかと尋ねた。

それについて五分間説明を聞いたあとも、クライトンには彼女が会社でなにをしているのか、決定的に気の滅入る仕事らしいということ以外、正確には把握できなかった。彼女の声を耳から消して、外見のこまかな部分に注目した。近くから見ると、軽い出っ歯だけれど、それなりに魅力がある。鼻と頰にはそばかすが散り、それをパウダーで隠そうとしている。瞳はきれいな色合いの茶色。シェリー色だ。

彼女のグラスが空になり、クライトンは次の一杯を注文した。彼女が尋ねた。「あなたはどうなの、トニー? どこで働いてるの?」

クライトンは小さく笑った。彼女に近づき、太腿が触れあうにまかせた。「どこも」

「もう、まじで訊いてるのに」

「ぼくはどこでも働いてないんだ」

彼女はクライトンのスーツや腕時計を見た。「すごくうまくやってるみたいだけど」

「実は恐ろしいほどの金持ちでね。罪深い苗字とともに、罪深いほど多額の財産を与えられた。公正な交換条件だと思うよ」

彼女はくすくす笑った。だが、クライトンが笑いに加わらないでいると、事実だと気づいて、あ然とした。「まじで?」

また〝まじで〟。そうだ、この女に非凡な才能はない。ますますいい。

二杯めのマティーニが届いた。彼女はグラスの縁越しにクライトンを品定めしながら、酒に口をつけた。

クライトンはほほ笑んだ。「ぼくがお金持ちだとわかって、もっと好きになったかい?」

「その前に好きになってたわ」

彼女が戦略を練っているのがわかる。好奇心ではちきれそうなのに、それに屈するのを避けるため、財政状況などどうでもいいように、別の話題に移ろうとしている。

「仕事しないで、なにしてるの?」

「しょっちゅうテニスをしてるけど、熱中しているのは映画だよ。作品、監督、脚本家、俳優」

「へえ、そう。わたしもそういうのが大好きなのよ!」

「そうなの?」

「レッドカーペットの情報が充実してるのは〈USウィークリー〉かな。でも、わたしは〈ピープル〉も好き。オスカーで着てたドレスの最高と最悪を扱ってるときなんて、とくに。あなたがいちばん好きな映画は? わたしは『セックス・アンド・ザ・シティ』か、でなきや『ブライダル・ウォーズ』」

おやまあ。「まじで？」

彼女は十五分かけて二杯めのマティーニを飲み終わり、その間、無意味な会話にクライトンを引き入れながら、身体的にはより馴れなれしくなっていった。やり口としてはこなれているが、なにぶん見え透いていた。なにかを強調するたびに、クライトンの手に触れた。クライトンを近づかせるために小声でしゃべり、しまいには近づきすぎて、あの元気のいい乳首の片方がくり返し二頭筋をかすめた。

そろそろ先に進める時間だ。

「お代わりは？」

彼女は髪を後ろに払って、首筋と胸元をあらわにした。「やめといたほうがいいみたい。明日は仕事なの」ふざけたように、膝でクライトンの足をつついた。「だいたいの人はそうなのよ」

「残念だな。よそに誘おうと思ってたんだけど。叫びあわなくても話ができる場所にさ」

彼女の瞳にためらいがちらつく。「そうね、わたし……」

「だめかな？」

「あの……」

「説明しなくていい」わかっている、とばかりに彼女の腕に触れる。「きみはぼくのことを知らない」

彼女がすっと視線を外し、ふたたび戻した。「どこに? あの、あなたがどこに行きたいかっていう意味だけど?」

「きみに任せる。ぼくはどこでもいいんだ。もう少し夜を楽しみたいだけで」彼女の手を握った。「ね、それぞれが自分の車で行けばいい。ぼくはポルシェ、きみは——」

「ポルシェに乗ってるの?」

「いずれ近いうちに乗せてあげるよ。今夜は無理だけどね」じっと目を見た。「ぼくはきみを怖がらせたくない。でも、きみが怖がるのはよくわかる。そんな事件がニュースで流れてるからね」

「それほどでもないんだけど。ただ……少し臆病になってるの。あの男のことがあるから。うちにしょっちゅう電話してきて。気持ち悪いっていうか」

「いやらしいことを言うのかい?」

「ううん。こちらが切るまで、電話を切ろうとしないだけ」

「警察に頼めば発信元を追跡して、誰がかけてきてるか突き止めてくれる」

「相手はわかってるの」急いで言う。「知ってる男だから。その人が面倒を引き起こして」些細なことだとばかりに、手をひらひらさせる。「むかしのことよ」

クライトンは顔を寄せ、彼女の手をさらに強く握って、凄みのある声を出した。「きみのために、ぼくがそいつを叩きのめしてやろうか?」

彼女はからからと笑った。「いいえ。そこまでする値打ちもないわ」

「そういうことなら、きみが慎重になるのも無理ないな」手を放した。「心配しなくていい。また次の機会がある。よくこの店に来るんなら、どうせまたばったり会うからね」ふり返って、ウェイターに伝票を求めようとした。

案の定、彼女が餌に食いついてきた。彼女はクライトンが去るとともに永遠にチャンスが失われるとでも思ったのか、急いで腕に手を置いた。「うちの近くにカフェがあるの。つまんないお店だけど、遅くまで開いてる。そこでコーヒーでもどう?」

クライトンは最高の笑顔で応えた。「完璧だよ」

「その前にトイレに行かせて」

「ぼくはここで待ってる」

心を決めた彼女は、いまやクライトンを喜ばせようと必死だった。人込みをかき分けてトイレに向かった。トイレのある通路に入る手前でふり返り、小さく手を振ってよこした。顎で合図を返したクライトンは、湧きあがる笑いをこらえていた。彼女は信じられないほどの幸運に恵まれたと思っている。頬をつねりながら、このチャンスを逃すなと自分に言い聞かせ、鏡のなかの自分を厳しい目でチェックしながら化粧を直し、ブレススプレーを口のなかに吹きかけるだろう。

五分たっても、彼女は戻ってこなかった。

時間をやり過ごすために、クライトンはカウンターに向きあい、奥の着色鏡に映る自分を見つめた。すばらしいスーツ。その日の午後テニスコートで過ごしたおかげで、顔に赤みが差し、髪に混じったブロンドがいっそう際立っている。彼女の乳首が敏感に反応するわけだ。悦に入った笑みを自分に向けた。

ジュリー・ラトレッジを見つけだした瞬間、その笑顔が崩れた。

ふたりのあいだには数ヤード分のカウンターとたくさんの客がいるけれど、彼女の瞳は鏡のなかのクライトンに据えられている。おのれに見惚れるクライトンの姿をとらえた彼女は、にやりとすると、回れ右をして出口に向けて歩きだした。

「ちくしょう!」クライトンはカウンターに背を向け、気取ったホワイトカラーの男と、痩せ細った女と、周囲が見えなくなってほとんど性交渉をしているのと同じカップルを乱暴に押しのけた。混雑する店内を自分よりもすばやく通り抜けていくジュリー以外は、眼中になかった。

彼女が駐車係に受取票を渡すところで、追いついた。「失礼」クライトンは駐車係に言うと、彼女の腕をつかんで脇に引っぱり、ツタでおおわれた外壁に押しつけた。

手荒な扱いにジュリーが激怒した。「放して」

言われたとおりにしつつ、抑えた声でクライトンは言った。「やれよ、ジュリー、騒ぎたければ騒げばいい。大声で警察を呼んだらどうだ? 警官が来たら、おまえにつけまわされたと言うだけだ」

「わたし相手にいばり散らさないで、クライトン。わたしがあなたについて言うことを警察には聞かせたくないはずよ」

「なにをだ?」

「あなたがポールを憎んでいたこと」

「がっかりさせて悪いが、警察はもう知ってる。ぼくが自分から話した」

「あなたが彼の殺害の背後にいるのは、わかっているのよ」

クライトンは高笑いした。「作り話にかけちゃ、おまえには本物の才能があるな。脚本を書こうと思ったことはないのかい? その豊かな想像力で伯父さんを虜にしたのかな? それとも、玉のしゃぶりっぷりか?」

彼女は怒りに燃える目でクライトンを見返し、ゆっくりと離れた。「ポールの目はごまかせないわ」

「ごまかす?」

「彼はあなたの本性を見抜いていた」

「へえ」

「わたしもそう」

「おまえを言い負かすのは気が進まないよ、ジュリー。そこまで勇気のあるところを見せられるとね。だが、『運命の逆転』で、ジェレミー・アイアンズが演じたクラウス・フォン・ビューローの台詞にこんなのがある。〝きみにはなにもわかっていない〟」

マギーが起きあがってうなり声をたてた数秒後、デリクの自宅の呼び鈴が鳴った。デリクはデスクの時計を見た。「いったい誰だ?」

デリクはその日、途中で夕食を買って帰宅した。食事をしながらテレビでブレーブスの試合の最初の数イニングを観戦したあと、ホームオフィスに移って夜じゅう仕事に励んだ。留守中に起きたことのすべてを頭に入れるだけで五、六日はかかるだろう。なにかと配慮が求められる事務所より、勤務時間外の自宅でのほうがたくさんの仕事を片付けられる。

裸足のまま、ジム用のパンツに着古したTシャツという恰好で家のなかを歩き、明かりをつけていった。来客の予定はなく、玄関ドアののぞき穴の向こうに見たのは、まったく予期していない人物だった。

ロックを外し、ドアを開けた。「ここでなにをしているんです?」

クライトン・ホイーラーが脇をすり抜けて、なかに入ってきた。「彼女にちょっかいを出さないようにさせてくれ。金はいくらかかってもかまわないし、どんな手を使ってもいいし、あなたがどれだけ苦労しようともだ。なにがなんでも、彼女を排除して、ぼくの邪魔をさせるな」

「どうぞ入って」デリクは玄関のドアを閉めながら、皮肉を言った。

「彼女がぼくを指さして、名前を連呼する以上のことをはじめた」

「まず第一に、〝彼女〟とは誰です? ロバータ・キンブルですか?」

「ジュリー・ラトレッジ」クライトンはことさらはっきりと発音した。「最初はあちこちに悪口を言いふらすだけだった。だが、いまやその域を越えて――」言葉を切り、警戒の目でいまだうなっているマギーを見た。「噛まないよな?」

デリクがお坐りを命じると、その尖り声にマギーが反応した。だが、デリクを怒らせていたのはマギーではなく、闖入者のほうだった。「なにを考えているんだ? こんな時間に自宅を訪ねて、ずかずかと入ってきて。ずいぶんな神経だな」

「大金持ちでもある」

デリクはクライトンとの距離を詰め、顔に指を突きだした。「だからなんだ? そんなことはわたしの自宅に押し入る権利にはならない。わたしはきみの弁護は引き受けない。言うことはそれだけだ」

クライトンは自分の傲慢な態度が怒りをかったと思ったのだろう。デリクが一歩も引かずにいると、やがてなにかを感じ取ったらしく、おずおずと後ずさりをして、デリクをなだめるように両手を上下させた。「わかった、わかったよ。前もって電話しなかった、ぼくが悪い。無作法だった。でも、どうしてもあなたに話をしなきゃならなかったんだ」

「だったら、事務所に電話をして、業務時間内に面談の約束を取りつけるべきだ」

「ぼくに会ってくれたかい?」

「いや」

クライトンはほらねとばかりに肩をすくめた。

「話すべきことは今日の午後、すべて伝えた」

「午後の段階では、ジュリー・ラトレッジからストーカーされていなかった」

「ストーカー？」

「そうなんだ。彼女は理性を失ってる。事件のせいで、外傷後ストレス障害とか、そんなものになってるんだろう。ぼくにはよくわからないけどその矛先をぼくに向けてこなきゃ、べつになんだっていい。彼女は伯父さんが撃たれたあの間抜けな殺人事件にぼくがかかわってると責めた。事実、〝あなたが彼の殺害の背後にいるのは、わかっている〟とまで言って」

ジュリーにまんまと一杯食わされたデリクだか、彼女が理性を失ったとか、PTSD（心的外傷後ストレス障害）になっているとか、頭がおかしくなったとは、とうてい信じられなかった。むしろその逆だった。だが、ジュリーのことは個人的に知らないことになっている。デリクは言った。「テレビで観たかぎり、おかしいとは思えなかったが」

クライトンの耳には届かないようだった。「ぼくは彼女に対して接近禁止命令を出してもらう。というか、あなたにそうしてもらう」

「なんだって？」

「明日だ。明日、判事のところなりなんなり、接近禁止命令を出してくれるところに行ってくれ。彼女のあの精神状態だと、なにをしでかすかわからないから、近づかせたくないんだ。接近禁止命令が出れば、ぼくのプライバシーを侵ししだい彼女は逮捕される」

「そう簡単じゃないぞ、クライトン」

「むずかしければむずかしいほど、あなたは金が稼げる。ごちゃごちゃ心配する必要なんかないだろ？」

デリクが心配していたのは、充分な金を投げ与えればなんでも――デリク・ミッチェルを含め――手に入ると信じているこの金持ちのろくでなしを殴り倒してしまうことだった。だが、こんな男を殴ったところで自分が訴えられるだけなので、驚くべき自制心を発揮して、質問を投げかけた。「どうしたんだ？　なにがあった？　なぜミズ・ラトレッジがきみに危害を加えると思う？」

聞く耳があることを示すため、デリクは下がって椅子に腰かけた。マギーが足元にやってきた。マギーが疑いの目を向けつづけるなか、完璧に仕立てられたクリーム色のスーツを着たクライトンは通路を大股でやってきて、〈クリスティーズ〉というナイトクラブでジュリー・ラトレッジに出くわした話をした。

クライトンの話が終わると、デリクは尋ねた。「彼女はそこでなにをしていたんだ？」

「聞いていなかったのか？　ぼくをつけまわしてたのさ」

「彼女は誰かと一緒だったのか？」

「さあね、違うと思うけど」クライトンは垂らした腕の先で指を曲げ伸ばしして、もどかしさを示していた。「彼女がひとりだろうと連れがいようと、関係ないだろ？　鏡のなかでぼくをじっと見てたんだぞ。これ以上、彼女につきまとわれるのはごめんだ。あなたになにかしらの手を打ってもらう」

「いや、わたしはやらない」デリクは悠然と腕を組んだ。「きみとジュリー・ラトレッジは人気のクラブでたまたま目が合った。偶然の遭遇――」

「偶然のわけないだろ」

「人の集まる場所で偶然出会っても、ストーカー行為にはならない」

「あそこまでぼくをつけてきたんだ」

デリクは片方の肩を持ちあげた。「かもしれない」

「間違いない」

「証拠があるのか？」

「もちろんないさ。でも、ぼくにはわかる」

「以前にも彼女につけられたことがあるのか？」

「気づいたことはないが、背後に隠れていたかもしれない」

デリクは真顔を保つのがやっとだった。「背後に隠れる？　植え込みに隠れるとか？　彼女がきみの行動を探る理由があるのか、クライトン？」

「彼女は妄想に取りつかれてるんだ」

「きみの自宅をこそこそと探った？　きみのポルシェや、テニスのロッカーを？」デリクが意図的に愚弄しているのを察して、クライトンが不機嫌になるのがわかった。

「おもしろがってるのか？」クライトンがこわばった声で尋ねた。

デリクはくだらない話を切りあげるべく、椅子から立ちあがった。「ジュリー・ラトレッジが真夜中の電話できみを殺すと脅したり、メールで不吉なメッセージを送ってきたり、きみのパスタ鍋でウサギを茹でたり……」いったん黙り、クライトンが口をはさむのを待った。

なにも言わないとみるや、先を続けた。「いずれも映画に出てくる」

「わかってる」クライトンはほとんど唇を動かさずに、きつい口調で言った。

「もし彼女がそんなことをはじめたら、そのときは、接近禁止命令が適用される」

「あなたが対処してくれるのか?」

疲れていたデリクは、クライトンを追い払いたい一心で、しぶしぶ答えた。「考えてみよう」

クライトンは不満げながら、多少心が慰められたらしく、落ち着きを取り戻した。「だったらいい。わかった。また連絡するよ」

デリクは玄関まで行って、ドアを開けた。通りすぎようとするクライトンの肩をつかみ、自分のほうに顔を向けさせた。「きみがどれだけお金を持っていようと、わたしには関係がない。金輪際、二度と、自宅には来ないでくれ」

クライトンはふふんと鼻で笑った。「さもないと?」

「きみを傷つける」

クライトンが最高に輝かしい笑みを浮かべた。「絶対にか?」そして、デリクに投げキスを送り、ゆったりとした足取りで縁石に停めてあるポルシェに向かって歩きだした。

11

アトランタ上流社会の中心的な女性がジュリーに封筒を差しだした。「税金控除用のレシートよ。絵の市場価格を書き込めるようになっているわ。最低入札額はいくらにしたらいいかしら?」

その夜行なわれる、小児ガン専門病院の開設費用を募るチャリティのために、〈シェ・ジャン〉は絵画を一枚寄付した。「先週、ソーサリートで売れた彼女の初期の作品には、七千二百ドルの値がつきました」

「五千ドルからはじめてみましょう」

「それよりはるかに高い値がつくことを願っています」

「絶対にそうなるわ」年配の女性はその絵を品定めするように見た。「わたくしも入札するつもり」

ジュリーはほほ笑んだ。「幸運を祈ります」続いて会場に持ち込む方法を説明した。ケイトは別のお客さんと作品のよさについて語りあっている。相手はちょくちょく店を訪れながら、一度も作品を買ったことのない年配の紳士だった。ジュリーが見るところ、買い物をするためというより、話し相手が欲しくて地元の店を冷やかして歩いているようだ。それでも、ジュリーとケイトは彼の来店を喜び、彼のほうもあまり長居をしないように気をつけていた。

画廊のドアの上にあるチャイムが新たな来客を告げたので、ジュリーはあいさつしようとふり返った。だが、入ってきたのはキンブル刑事とサンフォード刑事だった。ふたりは暴動鎮圧用の装備で身を固めてでもいるように、見るからに警官そのものだった。その物腰が職務上の来訪であることを告げていたのだ。居あわせた全員が押し黙ってふたりを見つめた。

「おはようございます」ジュリーは朗らかに声をかけた。

ふたりはそれらしいあいさつを返した。

「すぐに時間をつくりますので」

「急ぐ必要はありません」応じたキンブルは、サンフォードよりは落ち着いているものの、ジュリーには女性刑事の無頓着さが演技のように感じられた。ロバータ・キンブルは好んで画廊を訪れるような人物には見えない。

ジュリーは上流社会の中心的な女性に向きなおった。「イベント終了後まで残って、輸送中に傷がつかないよう、買ってくださった方のためにわたしが梱包します」

「そうしていただけると助かるわ」顔に皺を寄せて悲しみを表わし、ジュリーの手を軽く叩いた。「つらい時期なのはわかっててよ、あなた」彼女は、作品を眺めている――あるいはそのふりをしている――ふたりの刑事をちらっと見やった。「ポールはすばらしい人だった。あんな恐ろしい死に方をするなんて、いまだに信じられなくて」

そう言い置いて、彼女は去った。年配の紳士がケイトの頬にお別れのキスをした。

「わたしたちが追いだしてしまったみたいですね」キンブルが言った。「すみません」

「売り上げには損害を受けていません。今日はどういったご用件ですか?」

刑事たちはケイトに目をやった。ジュリーは、所在なく近くに立っていたケイトを紹介したが、そのあとに続いたのは気詰まりな沈黙だった。

ケイトが尋ねた。「どなたかエスプレッソをお飲みになりませんか?」

「ありがとう、いただきます」キンブルは言い、サンフォードは断わった。

「談話室にいるわ」ジュリーはケイトに告げ、ケイトは飲み物を準備しにいった。

ジュリーはふたりを奥に案内した。昨日のこの時間には、デリク・ミッチェルと談話室にいた。今後彼のことを考えずにその部屋に入れるかどうか、自信がない。刑事を連れて部屋に入ると、まるで残っていたデリクのエッセンスが襲いかかってくるようだった。

刑事たちは幅の狭いソファに坐り、ジュリーは向かいの椅子に腰かけた。サンフォードがマニラ封筒を掲げて、話を切りだした。「別の写真を持ってきました」

「同じ男のですか?」

キンブルがうなずいた。「事件の二日前にロビーを通り抜ける姿が確認できたんです。一枚はかなりよく写ってるんですよ」

「見せていただけますか?」

サンフォードが封筒を開け、八インチ×十インチの光沢のある紙を何枚か取りだし、ジュリーに差しだした。「一枚めがいちばんよく撮れてます」

ケイトがキンブルのエスプレッソの入ったデミタスカップを小さなトレイにのせて入ってきた。彼女がそれを出すあいだに、ジュリーは写真を見た。前日見せられた写真よりはましだが、それも程度の問題でしかない。画像が粗く、焦点がぼやけている。束を繰ってみたが、サンフォードが言ったとおり、一枚めにまさる写真はなかった。

「写っているのは間違いなく同じ男ですね」

キンブルはエスプレッソに口をつけ、感謝の印にケイトにうなずきかけた。

「同じ男なのは間違いないとして」ジュリーは続けた。「わたしは面識がありません」

サンフォードが見るからにがっかりした。「確かですか？」

「ええ。知らない男です」

サンフォードはソファにもたれ、両腕を背もたれにかけると、ケイトを見た。「できたら、水を一杯いただけるかな」

ジュリーの肩越しに写真をのぞき込んでいたケイトは、はっとして求めに応じた。「喜んで。ジュリーは？」

「わたしはいいわ」

ケイトが部屋を出て、ジュリーは刑事たちと残された。ふたりの刑事は、太った男のヌード画を見ていたときのデリク・ミッチェルに通ずる熱心さで、ジュリーのことを注視していた。

「どうかしたんですか？」ジュリーは尋ねた。

「もう一度、おさらいしてください」サンフォードが言った。

「事件の場面をですか？」

「全体をです。あなたとポール・ホイーラーがスイートを出たところから」

キンブルを見ると、表情が読み取れなかった。すでにエスプレッソを飲み終え、膝に肘をついて前かがみになっている。サンフォードは背もたれにもたれたまま、どちらも神経を張りつめていた。

ジュリーは根気よく証言をくり返した。最初に犯人を見た時点までくると、証言を中断した。「とくにどの点に興味があるか教えていただけたら、そこを――」

「なにひとつ省かないで」キンブルが言った。「続けてください」

ジュリーはケイトが入ってきてサンフォードに水を出すのを待ってから、さっき中断した箇所に戻ってすべてを話し、救命士の到着で証言をしめくくった。「彼らが入ってくるまで、誰もわたしをポールから離せませんでした。無理やり引き離されるまで、彼にしがみついていたんです」

ひとりとして口を利かない時間がしばらく続いた。サンフォードは水を飲み、空になったデミタスカップの横にグラスを置いた。ぎこちない沈黙を破ったのは、キンブルだった。

「ここにある新しい写真をほかの人たちにも送りました。あなた同様、みなさんからもこの男を知らないという返事が戻ってきました」

「強盗はマスクをかぶり、サングラスと手袋をしていたんですよ。ここにある写真の男と同一人物かどうか判断するのは不可能です」

「そのとおりです」キンブルが言った。「そこまでの幸運はわたしたちも願ってません。ですが、みなさんに電話をして、おひとりずつに、あなたと同じようにもう一度事件の話をしてもらいました。それで、女性たちの言ったことが――両者がそれぞれ別個に同じことを言われたのですが――引っかかりました。これまでわたしたちはその点に気づきませんでした。あるいは、注意を払っていなかったのかもしれません」

ジュリーは目をサンフォードに転じたが、その澄んだ瞳からはなにも読み取れなかった。真のパートナーシップ精神にのっとって、今回はキンブルに主導権を渡すとあらかじめ決めてあったのかもしれない。

ふたたびキンブルを見て、ジュリーは尋ねた。「それはなんですか？」

「あなたは膝をつかなかった。犯人が全員に膝をつけと命じたとき、あなたは立ったままでした」

「わたしは膝をつきました」

「ですが、すぐにではありません。なぜですか？」キンブルは追い打ちをかけた。「マスクをかぶった男が拳銃を突きだし、膝をつけとわめいていた。ナッシュビルの女性のひとりは、あまりの恐怖に漏らしたと打ち明けてくれましたよ。彼女はすぐに膝をつき、そうしなければ、撃たれるのではないかと思ったそうです。彼女の友人も同じです」

「カリフォルニアの男性は――」ジュリーが話しだした。「恐怖に凍りついて、動けなかったそうです。やがて強盗から拳銃を突きつけられ、腰をおろせと言われると、そのとおりにしました。あなたは違った。キンブルがさえぎった。「恐怖に凍りついて、動けなかったそうです。やがて強盗から拳銃を突きつけられ、腰をおろせと言われると、そのとおりにしました。あなたは違った。強盗に歯向かったとみなさんが言っている。あなたは犯人にホイーラーは膝の関節炎にかかっていると口答えをした。結局ホイーラーがあなたを引っぱって、隣に坐らせた」

ここへ至ってついにサンフォードが乗りだした。腕をおろし、前のめりになって相棒と同じ姿勢を取った。「あなたは人一倍勇敢なほうですか、ミズ・ラトレッジ?」

「そう思ったことはありませんが、そこまで勇気を試されることもありませんでした。死の恐怖に直面したとき、それに対する反応は人それぞれです。そうした状況に置かれないかぎり、どう反応するかわからないものではないでしょうか。これまでとくに勇敢だと思った記憶はありません」

「そのときどう感じてましたか?」キンブルが尋ねた。

ためらったのち、ジュリーは答えた。「あきらめです」

短い沈黙をはさんで、こんどはサンフォードが尋ねた。「あなたがなにをしようと、どのみち殺されると思ったんですね?」

男性刑事の鋭い視線に射ぬかれ、キンブルに目をやった。同じように、じっとこちらを見ていた。「わたしには彼がそうするのがわかりました。彼を見たとたん、強盗に見せかけただけなのがわかったんです。犯人はポールを殺すため、そして間違いなく、わたしを殺すために現われたんです。わたしが命じられてすぐに膝をつかなかったのは、結果が変わらないとわかっていたからだと思います。わたしは犯人のサングラスのレンズを見つめ、その奥にある目を見ようとしていました」

「殺さないよう説得できるかもしれないと思ったんですか？」

「いいえ。誰の目か特定するためです」

「できましたか？」

ジュリーは下を向いて、かぶりを振った。「わたしはクライトンではないかと疑っていました」

「彼ではなかったんですよ、ミズ・ラトレッジ」

「いまはわかっています」

画廊の電話が鳴った。ケイトのフランス語訛りが壁越しに低く聞こえてきた。「〈シェ・ジャン〉です。申し訳ありませんが、ただいま彼女は打ちあわせ中です」

彼女は警察の取り調べ中です。より正確に言うとそうなる。この事情聴取は尋問口調で行なわれており、それがジュリーの不安をかき立てていた。

「どうしていまになってそこが問題になるんですか？　わたしがいつ膝をついたかで、なにが変わってくるのでしょう？」

サンフォードが声を低めた。「あなたは膝をつこうがつくまいが、結果は変わらなかっただろうと言われる」

「実際、変わりませんでした」

「ポール・ホイーラーは亡くなったが、あなたはいまここにいる」

「わかりきったことをおっしゃるんですね」

「まあ、そうですね。そして、その点こそが問題です」サンフォードが言った。

ジュリーは順繰りにふたりを見た。「申し訳ありませんが、刑事さん、わたしにはまだなにがおっしゃりたいのかわかりません」

「つまりこういうことです、ミズ・ラトレッジ」キンブルが言った。「犯人から膝をつけと命じられたときあなたが言うことを聞かなかったのは……自分には危険がないとわかっていたからとも考えられると」


アリエル・ウィリアムズは一日が終わりつつあることに感謝しながら家に入り、スライド錠をかけて外界を閉めだした。自宅の安らぎが嬉しかった。ここなら思う存分、落ち込むことができる。ルームメイトのキャロルが夏のあいだずっといないのは寂しいけれど、今夜は空間を独り占めできることがありがたかった。

アリエルは電化製品会社の業務マネージャーをしている。会社は店舗用および個人宅用の高級照明器具や防犯システムの販売と設置と点検を行なっており、会社に出入りするものはすべてまずはアリエルのデスクを通っていく。それを適切な部署に振り分けるのが彼女の仕事だった。まだこの仕事に就いて日が浅いけれど、上司は有能さを認めてくれているし、同僚からも大切にされている。

おおむね仕事は気に入っている。けれど今日は、一時間一時間が緩慢に感じられて、仕事のいちいちがいらだたしかった。何分かおきに時計を見た。家に帰って、チョコレートクッキー入りのアイスクリームを容器ごとベッドに持ち込むのが待ち遠しかった。昨夜の痛手を考えたら、一ガロン丸ごと食べてもいいくらいだ。

あんなに華やかでお金持ちの男が自分のような自己卑下の女王を本気で口説いていると思うとは、なんと愚かだったのだろう。彼にならあの店にいたどんな女性でも選べるのに、あの店にいたおしゃれな女性たちをさしおいてこのわたしが選ばれると、本気で思ってたの？

ばかじゃないの！

けれど、女子トイレを出たときは、彼が約束したとおりカウンターで待っていてくれると信じて疑っていなかった。彼がすぐに見つからなかったときも、まさか置き去りにされたとは思わなかった。男子トイレにでも行っていると思ったのだ。何分かして彼が現われないとわかってはじめて、店の外の駐車係に彼の風貌を伝えた。駐車係は忙しくて、ほかのことに気を取られていた。

「淡い色のスーツ？　ああ、あの客かな……ありがとうございます、サー。安全運転を。ああ、その客ならさっきここにいたよ」

「ポルシェを回収してったの？」

「ポルシェ？　今夜はポルシェなんてないよ」彼は手を上げてアリエルの次の質問を押しとどめると、ほかの駐車係のひとりに耳をつんざくような大声で内輪の話をした。「おい、グレッグ、あっちの連中を頼めるか？　すぐに彼がうかがいますから、マダム。お待たせしてすみません」そしてアリエルに顔を戻した。「どっかの女と歩いて立ち去ったよ」

顔を平手打ちされたような衝撃だった。「女？　彼が女の人と一緒にいたの？　誰？」

「車を出すんですか、出さないんですか？」

アリエルは車を回収して、自宅に向かった。自分が誰よりも騙されやすい人間のように感じ、ふたりでコーヒーを飲むつもりだったカフェを通りすぎたときは、恥ずかしさに頬が赤らんだ。彼のような男性があんな店に行きたがるわけがない。

自分は救いがたいばかだった。軽く手を振ってから、彼があの場を離れるまでに、どれくらいかかったのだろう？　十秒か、五秒か。トイレに行ってくると言ったとき、彼がこれで逃げられると内心大喜びしただろうと思うと、屈辱感に胸を焼かれた。

いまアリエルはハンドバッグを床に投げだし、それをまたいで寝室に向かった。仕事用のスーツとハイヒールを脱いで、いちばん古くて着心地のいいパジャマに着替えて、パイル地のみすぼらしいスリッパをはいた。たとえ友だちが電話をしてきて、女の子同士で夜遊びしようと誘ってくれても、今夜はもう出かけないし、明日もたぶん出かけない。おしゃれをしてクラブにくりだし、おしゃべりに興じる気力など、残っていない。ただでさえ芳《かんば》しくない自己評価がいまや木っ端みじんになっていた。

キッチンへ行き、冷凍庫からアイスクリームのカートンを、抽斗からスプーンを取りだし、それをリビングに運んで、ソファの隅に丸まると、リモコンを使ってテレビをつけた。

騙されたことがあまりに恥ずかしいので、昨夜の災難については、なんでも打ち明けあってきたキャロルにもまだ話していない。電話してみようか？　アイスクリームの大きな容器を抱えて親友と長電話をするのは、憂鬱を癒やす第一歩になる。

だが、受話器を握るより先に電話が鳴りだした。発信者のＩＤを確認した。番号が表示されるべき場所に〝非通知〟と出ているが、かけてきた相手はわかっている。「やなやつ」

電話に出る代わりに、アイスクリームを大きくすくって口に運んだ。呼び出し音が止まった。だが、ほんの数秒だった。ふたたび鳴りだした。〝非通知〟。

さらに三度同じことが続き、ついに受話器を取った。「なんなの！　電話をかけないで！」

あの男とは永遠におさらばできたと思っていた。悪い記憶は遮断するにかぎる。

最初に電話がかかったときは、彼の神経を疑った。向こうが名乗るなり、彼に思い知らせるべく口角泡を飛ばし、やれ嘘つきだ、ペテン師だ、犯罪者だ、まともな女の子ならあんたのような男を近づけない、とまくしたてた。さっさと消えて戻ってくるな、と告げた。警察をけしかけられたくなかったら、二度と電話してくるなと。

だが、彼はかけてきて、それはいまも続いている。

脅しをかけられたことはなかった。最初の数回は無言電話だった。だが、その沈黙には恨みが息づいており、そこから伝わってくる脅威には気力を奪う力があった。とりわけいまのように、ひとりで家にいるときはこたえる。

できることなら、勤めている会社の防犯システムを導入したいけれど、余分なサービスのない基本的なシステムだけでも、それをまかなうだけの余裕がなかった。しかし、キャロルがいないあいだの心の安らぎのために、ドアのロックを交換した。キャロルはアリエルの警戒心に理解を示し、後悔先に立たずだからと言って、すべての窓に特殊なロックを設置する費用の半分を払うと言ってくれている。だが今夜は、こうした防犯措置も神経を鎮めてはくれなかった。ブロンドの魔法使いに置き去りにされたせいで、すでにボロボロになっているのだからなおさらだ。

失意が堰を切ってあふれだしたいま、もはや留めることはできなかった。「ほんとに情けない人ね。わかってんの? いちばん卑怯なやり方。子ども騙しもいいとこ。自分のこと、もてると思ってるんでしょうけど、本物の男ははあはあ息をしながら電話なんてしてこないわ。さっさと自分の巣穴に戻って。でなきゃ、地獄に堕ちて。とにかく電話してこないで!」受話器を叩きつけた。彼をどなりつけたおかげで、少し気分が晴れた。

ふたたびアイスクリームを食べながら、ある結論に達した。われながら深淵な真実に思えた。社会のクズの電話魔にしろ、口のうまい金持ちにしろ、男というのはおしなべてろくなものではない。

12

これ以上悪い日にはなりそうにない。ジュリーがそう思った直後、その予測はもろくもくつがえされた。

チャリティのイベントが開かれるコミュニティセンターのメインルームには、スルタンのテントを思わせる飾りつけがなされていた。天井をおおう明るい色のシルク地は中央に集められ、そこに宝石のように輝くミラーボールが吊るしてある。ウェイターたちはアラジンに扮し、ウェイトレスのほうはベールをまとったベリーダンサーの恰好をしている。部屋のあちこちに置かれたカクテルテーブルの中央には、花の代わりにクジャクの羽があしらわれていた。

だが、ジュリーにはその効果を見きわめる時間もなかった。なぜなら、人で込みあう部屋に入って最初に目に飛び込んできたのが、デリク・ミッチェルだったからだ。

彼はエメラルド色のビーズのドレスを着た美しい赤毛の女に腕を貸していた。ふたりはひときわ目を惹いた。シャンパンを飲みながら談笑する輪のなかにいたデリクが、視線に気づいてジュリーを見た。

彼の顔から笑みが引いた。それから何秒間か、ふたりは見つめあった。わたしと同じように、彼も不思議に思っているの？　以前はまるで接点がなかったのに、なぜいまになってふたりの道が交差するのだろう、と。あるいは、接点があったのに、どちらも気づかなかっただけかもしれない。その可能性は低いけれど、とジュリーは思った。あの朝ド・ゴール空港の搭乗口で会う前に出会っていれば、記憶に残らないわけがない。

赤毛の女から話しかけられて、デリクが彼女に顔を戻した。

同じ部屋に彼がいるとわかったいま、長い夜がますます長くなりそうだった。残念なことに、ジュリーは最後まで残って、そのあとひと仕事しなければならない。

それでも、少なくとも着席でのディナーに耐える必要はなかった。途中、これから建設される小児ガン病院の建築模型をお披露目し、病院の必要性を訴える胸が締めつけられるようなビデオを流して、参加者に多額の寄付をうながすことになっている。ジュリーが入札競売用に寄付した絵は、四十ある競売品のひとつで、ほかには豪華パッケージ旅行や、高級SUV、十カラットのダイヤモンドのペンダントなどがあった。

「こんにちは、ジュリー」

背後から声をかけられてふり返ると、ダグ・ホイーラーと妻のシャロンだった。ダグから軽くハグされ、シャロンとは頬をつけてキスをする音をたててあった。シャロンは赤いシフォンのドレスをまとい、首と耳をカナリアダイヤモンドで飾っていた。「今夜はいちだんときれいね」ジュリーは心のままに言った。

「ありがとう。もう足が痛くなってきてるのよ」シャロンは床まであるドレスの裾から足を突きだし、宝石がちりばめられた靴を見せた。「痛みを我慢するかいのある靴だわ」

シャロンは嬉しそうにほほ笑んだ。「そう思ってたんだけど、これから数時間ここに立ったあと、わたしに質問してみてちょうだい」

「今夜ここで会えるとは、思っていなかったよ」ダグが言った。

ポールが亡くなる数日前にふたり宛の招待状を受け取っていたことは、言わないことにした。「オークション用に絵画を寄付したんです」と、うなずきかけた部屋の中央には、人造の砂丘と本物のヤシでつくったオアシスのなかにオークションにかけられる品々が陳列してあった。

「あなたが気分を害していらっしゃらないといいんだけど」シャロンが言った。

「なにをですか?」

「お葬式のことよ」美しい顔を心痛にゆがめた。「侮蔑ととらないでね。あなたを一族の席に坐らせるのは、適切でなかっただけなのよ、ジュリー。あの場にはメアリーの姉妹がいたわ。ポールの姪と甥もよ。誰にとっても気詰まりなことになったと思うの」手を伸ばして、ジュリーの手に触れた。「でも、あなたを傷つけたかもしれないと思うと、耐えられなくて。どうかわかっていると言ってちょうだい」

「ちゃんとわかっていますよ、シャロン」

頭の軽いシャロンは安堵に頬をゆるめたものの、ダグはジュリーの言葉の裏に隠された意味を察知し、エナメルの靴のあいだにのぞいている模様入りのカーペットを見つめていた。葬儀の席でジュリーを軽んじたことと、妻がそれがどれほど無礼なことか気づけないでいることの両方に困惑しているようだった。

心棒となるポールを失ったいま、ジュリーと彼らには絆がない。今後どういうつきあいをしていくのかジュリーにはわからず、つきあっていくかどうかすら、定かではなかった。

「クライトンもご一緒ですか？」彼の名前で喉を詰まらせそうになりながら、なにげなく尋ねた。

「失礼させていただいたのよ」シャロンが答えた。「お友だちと約束があるそうで」

ジュリーの知っているクライトンには、友人と呼べる人間などいない。金で雇った連れならいる。マッサージ師に、テニスのコーチ、一緒にプレーに出るプロゴルファー。ポールから聞いた話だと、ときにはひと晩かぎりの相手として女を誘うものの、いわゆるふつうの意味の恋人はいたためしがないという。有名な娼館のお得意さまだ、とポールは言っていた。

わたしが思うに、映画の登場人物が友人の代わりになっているんだろう。ポールはクライトンについて話をしていたときに、いらだちを込めて言った。彼らはつねにあれから離れず、あれの頭のなかで生き、あれの話相手になっている。

クライトンには、彼をおもしろがらせるために金で雇われた人たちがいる。彼自身のファンタジーの世界もある。けれど、友人など考えられない。

　これもまた、シャロンの自己欺瞞のひとつだった。ジュリーには彼らと会ってすぐに、シャロンが息子の本質に気づいていないか、極度の否認状態にあるかのどちらかだとわかった。

「最近、サンフォードとキンブルと話をしたかい？」ダグから尋ねられた。

「あなた、こんな席で」シャロンが哀れっぽい声で不満を述べた。「わかるでしょう……最初の外出なんですよ。せめてひと晩ぐらい、そのことを話さないでおけないの？」

「ごめんなさい、シャロン」ジュリーは謝ってから、ダグに向かって言った。「今朝、話をしたところです。ふたりが捜査の対象となっているという男の最新の写真を数枚持って、画廊に来ました」

「前にその男に会ったことは？」

「ありません」

「こちらも同じだ。刑事たちが会社に来てね。わたしは、写真の男については人であること以外になにも知らないと答えた。写真を自宅に持ち帰って、シャロンに見せてくれと頼まれたよ」

「わたしにとっても見ず知らずの人よ」シャロンが言った。

「クライトンは？」

「あれにはまだ見せていないから、わたしにはわからない」ダグはハイボールをひと口飲んだ。少し神経質になっている、とジュリーは思った。

「一番鮮明な写真をテレビで流すそうですね」

「わたしもそう聞いた。たしか、今夜のイブニングニュースからはじめると言っていたと思うが」ダグは腕時計を見た。「観られそうにないな」

「警察は、誰かが男の正体に気づいて、名前を通報してくれるのを望んでいるようです」ジュリーは言った。

「そんな人がいるかどうか疑わしいがね。たぶんホテルの宿泊客だろう。〝ああ、これならいとこの誰それだ。わたしがアトランタに滞在中、毎日寄ってくれたんだ〟とかね」ダグはもうひと口、酒を飲んだ。

「それで、そのあとは?」ジュリーは先をうながすためだけに尋ねた。

「わたし同様、きみにもわかっているはずだよ。ぼやけた写真の先には、なんの手がかりもない」

ふたりの会話を聞き流しながら人込みに目を走らせていたシャロンは、夫の腕に腕を絡ませた。「あのダイヤモンドのペンダントには、わたしの名前が書いてあるような気がするわ」

「おいおい」

「ガンにかかったお子さんたちの力になりたくないの?」

「ジュリー、わたしが十五分して戻ってこなければ、わたしとわたしのクレジットカードを救出に来てくれ」ダグは笑顔で言ったが、警察の捜査に関する会話を切りあげるきっかけができて喜んでいるのがわかった。

「ご主人にしっかりついていて、あなたのダイヤモンドを手に入れてくださいね、シャロン。福祉にはお金がかかります」

「わたしなりの仕方で貢献させていただくわ」シャロンが浮き浮きと応じた。

ジュリーはひとり取り残されたが、話し相手のいない時間は長くは続かなかった。次の一時間は友人やら、知人やらが近づいてきて、ポールの名前を絶対に出すまいと決めているらしい人もいれば、それ以外のことを話さない人もいた。ふた言、三言交わしただけで、丁寧なあいさつとともに立ち去る人もいて、そういう人は愉快ではない義務をなし遂げてほっとしているようだった。

ほかの人たちはジュリーを飼い主を失ったペットのように気遣い、エスコートしてくれる人がいなくなったからといってひとりで自宅にこもらないように世話を焼きたがった。彼らはランチとかディナーとか、ワインの試飲とか、果てはトスカーナでの自転車旅行まで、今後の予定を口にした。ジュリーはそのすべてに興味のあるふりをしつつ、いずれにも行くとは答えなかった。

絵が売れるのを見届けると約束していなければ、途中で辞していただろう。好奇心や哀れみの対象にされるのが、うとましかった。ポールの突然の死に対してどれくらい対処できているのか、あるいはいないのか、そんな目で自分を見る人たちに我慢がならない。事情が事情だけに、イベント自体への参加を見あわせても、非難する人はいなかっただろう。

しかし人込みを縫って絵が展示されている場所に近づきながら、ここへ来るという決断の正しさを知った。今朝刑事たちと会ったあとだけに、日課を変えたり、活動を控えたりすれば、後ろ暗いところがあると疑われる恐れがある。

キンブルが言外にほのめかしている内容がわかったときは、しばし絶句した。そして、途切れとぎれに話しだした。「あの……つまり、あなたはわたしが……わたしが犯人を知っていた……そういうことですか？　なにが起きるかあらかじめわかっていたと？　わたしが事件に関与していると？」

「そんなに興奮しないでください」キンブルのなだめるような口調に、怒りをかき立てられた。「そういう意見があったというだけですから」

「誰がそんな意見を？」

「わたしたちほど今回の事件に詳しくない別の刑事です。あなたのこともろくに知りません。どのみち、サンフォードとわたしは彼の意見を退けたんですが、いくら突飛だろうと、あらゆる可能性を探るのがわたしたちの仕事なので」

ジュリーはその耳ざわりのいい説明を一瞬たりとも真に受けなかった。これ以上は弁護士が同席のうえでないと話さないと端的に伝え、帰ってくれるように頼んだ。

わたしがポールの死を願うなどと、どうしたら考えられるの？　あまりの言い草だった。そして失望感に襲われた。なぜなら間違った仮説の追求に費やされる時間の一分一秒が、真犯人の捜索から奪い取られるからだ。ジュリーに拡大鏡を向けているあいだ、クライトンはのうのうとこれまでどおりの生活を続け、殺人の罪を免れつづける。

「いまの入札額は?」

ジュリーを暗い物思いから現実に呼び戻したのは、聞き知った声だった。さっとふり返ると、デリク・ミッチェルがすぐ前にいて、ジュリーに視線を注ぎながら絵を見ているふりをしていた。連れはいなかった。

「八千ドル」

彼が小さく口笛を吹く。「いい値がついてるな」

「興味があるの?」

「寝室に空きがある」

その発言にはたくさんの含みがあり、ジュリーにはどれも無視できなかった。デリクの肩の向こうに目をやると、さっきの赤毛の女性が何人かと話し込んでいる。デリクがジュリーの視線をたどり、ふたたび顔を戻した。ジュリーは言った。「入札する前に彼女に相談したらどう? 彼女が気に入らなかったらどうするの?」

「考慮しなければいけないのは、おれの意見だけだ。ただし、きみの意見は歓迎する」

彼と目を合わせているのがつらいので、タキシードシャツの黒いエナメルの飾りボタンを見つめた。「前途有望な若い画家の手になるいい作品よ」

「ちょっと失礼」デリクはジュリーのウエストに手を置いてそっと脇に押しやり、入札額を記入するためテーブルに近づいた。彼の手が離れたあとも、その手の熱さが残った。ジュリーがペンを取って渡し、デリクはテーブルにかがんで金額を書き入れた。

「あら」赤毛の女性だった。「ジュリー・ラトレッジね」

「はい」

間近で見ると、いっそう華やかな女性だった。彼女は名前を告げたが、ジュリーはあとになってその名前を思いだせなかった。すぐそばにいるデリク・ミッチェルの存在感と、ウエストに残る彼の手の感触に気を取られていたからだ。そんな自分に困惑し、それほどの影響を及ぼす彼を憎んだ。そしてそれ以上に自分がうとましかった。

「ポール・ホイーラーとは知りあいだったのよ」赤毛が言っている。「二年前、彼と同じ委員会にいたことがあるの。本物の紳士だったわ」

「はい、ほんとうに」

「ご愁傷さま」心のこもった笑みとともに彼女が言った。

「ありがとうございます」

デリクからペンを差しだされ、ジュリーは受け取った。彼が握っていたせいで、ぬくもっている。「ほかの誰にもペンを渡さないでくれよ」笑顔でジュリーを見おろした。「本気であの絵を手に入れたい」

「入札額はいつでも上げられるわ」

「ひと晩じゅう、推移を注意深く見守るよ」彼は赤毛ともども、簡単なあいさつを残してその場を離れた。

ダグがすっと近づいてきたときは、息が詰まりそうになった。「デリク・ミッチェルとどこで知りあったんだね?」

ジュリーはすっとぼけた。「誰ですか?」

「きみが話をしていた男だよ。弁護士だ」

ジュリーはデリクと赤毛をちらりと見やった。「あれがデリク・ミッチェルですか? ろくに話もしていなくて」

「親しげだったが」

「絵に入札してくださったんです」

ダグはジュリーの向こうに身を乗りだし、デリクの入札額を見た。「すごいな。うちの仕事を断わる余裕があるわけだ」

ジュリーも入札額に目をやり、さっきまでの額の三倍だと気づいて、息を呑んだ。急いでふり返ると、人込みにまぎれ込もうとしている広い肩が見えた。しらばくれたまま言った。

「あなたの仕事を断わったというのはどういうことですか?」

「じっくり考えてみて——と、彼が言ったんだが——わたしたちの代理人はできないと判断したそうだ」

「理由はお聞きになったんですか?」

「多忙をきわめると言っていた」

「まあ」

「だが、それは嘘だ」

デリク・ミッチェルの入札額を超える人物は現われなかった。イベントの最後にすべての競売品について落札者が発表されると、参加者は拍手を送り、デリクは控えめに手を振ってそれに応じた。赤毛がつま先立って、彼の頬にキスした。

発表が終わるや、人びとは出口に殺到した。ジュリーは逆方向に移動した。施設のスタッフに手伝ってもらって絵を作業室に運び、安全に運搬できるように設計された木枠に絵を戻した。

さいわい、新しい所有者が持ち帰れない落札品についてはすべて、そのために手配された業者が配送することになっているので、ジュリーがみずからデリク・ミッチェルのもとへ運ぶ必要はなかった。

メインルームを突っ切って帰るころには清掃員ぐらいしか残っておらず、せっせと空想の舞台の解体を進めていた。広い受付エリアにも誰もおらず、ジュリーは会議室のならぶ、やはりひとけのない通路を歩いてエレベーターホールまで行った。ここのエレベーターは駐車場につながっている。会場に着いたとき、駐車係の長い列にならぶ代わりに自分でそこに停めてきたのだ。

びくびくしながらエレベーターに近づき、上に向かうボタンを押した。空のエレベーターが到着しても、すぐには足が出なかった。くだらないことを考えないで、と自分に言い聞かせて乗り込んだ。死ぬまでエレベーターを避けて通ることはできない。

それでもエレベーターが車を停めておいた駐車場のある階に到着して、両開きのドアが開いたときには、心臓が早鐘を打っていた。誰もいなかった。黒いサングラスにサメの歯の模様のあるスキーマスクの人物などいるわけがない。

エレベーターを降り、傾斜路に向かった。天井は低く、明かりは薄暗い。誰もいないせいで、自分の足音が異様に大きく響いた。

そのとき、カチャリという金属音が聞こえた。立ち止まって、音のしたほうを見た。ガレージの片隅は真っ暗で、コンクリートの柱に視界が一部さえぎられている。柱には男ひとりが隠れられるだけの幅があった。

充分な幅があるので、隠れている男がライターをつけ、一瞬炎を閃かせてから、蓋をおろして火を消すこともできる。

ジュリーは瞬時に悩める乙女の役を割りあてられたことに気づいた。「いくらあなたでも、あまりに陳腐な場面設定じゃないかしら、クライトン？」がらんとした広い空間に自分の声がこだました。「そんな場面が出てくる映画はあまりにも多いわ。暗くてひとけのない駐車場に、被害者がひとり？　よしてよ」せせら笑う。「あなたともあろう人が」

ふたたびライターの火がともり、数秒間燃えつづけたあと、金属と金属が打ちあわされる音とともに消えた。

ありふれた動作だけれど、設定のせいで気味の悪さが際立っている。クライトンが暗がりから飛びだして、襲ってくるとは思えなかった。たんに怖がらせたいだけ、昨夜クラブにジュリーが現われたお返し、彼が鏡に見惚れているところを見た罰を与えたいだけ。恐ろしげな場面をつくりだして、動揺させたいのだろう。

ほんとうにそれだけだろうか？

いまのところ、クライトンはポールを殺させておきながら、その罪を免れている。そのせいで無敵だと感じているのかもしれない。もはや自分には規則が適用されないという自信がある。ポールの殺害が成功したがゆえに無謀になり、人に頼むよりみずからの手を血に染めたくなっている可能性すらあるのかもしれない。

しかも彼には、ジュリーの死を願う理由がごまんとある。

ジュリーは突然、ひどく恐ろしくなった。リモコンで車のロックを解除し、急いで乗り込んで、ドアを閉じるなりロックをかけた。エンジン音がコンクリート張りの駐車場にこだまする。タイヤをきしませてバックで車を出し、出口に向かった。暗い一角を通りすぎるときは極力そちらを見ないようにしたものの、人をあざけるようにくり返し点滅する青と黄色の小さな炎が視界の隅に映った。

らせん状の道を通って地上階までおりた。猛スピードを出していたため、係員に駐車料を支払うために車を止めたときには、めまいがしていた。公道に出ると、バックミラーを確認した。誰もつけてきていない。

ハンドルを握る手は冷えているのに、同時に汗ばんでもいた。緊張で肩はがちがちだった。こちらが怖がったと知ったら、クライトンはおもしろがる。でも、彼にはわからないことでしょう？　つまらないゲームには乗らなかった。彼を無視して立ち去った。大あわてではあったけれど、怯えたそぶりは見せていないはずだ。彼のせいで揺さぶられたことを気づかせずにすみ、そこには一定の満足感があった。

だが、自宅にたどり着いたとき、結局は悪ふざけから逃れられなかったのがわかった。


最初に異変に気づいたのは、ガレージのドアの開閉装置が利かなかったときだ。ジュリーは私道に車を停め、鍵を使って玄関からなかに入った。照明のスイッチを押しても、明かりがつかなかった。だが、停電はジュリーの家だけで、近隣の家々には明かりがついていた。手探りで玄関ホールに置いてあるテーブルまで行った。抽斗に小型の懐中電灯がしまってある。電池はまだあったが、光が弱いので、ぶつかってよろけるまで、目の前にベンチがあるのに気づかなかった。

いつもはテーブルの向かいの壁にくっつけてあるベンチだった。それがいまは玄関ホールの中央で横向きになっている。

停電というのはときに起きるものだ。だが、家具のひとつがいつもと異なる場所にあるとなると、事情が違ってくる。自分で動かしていないのは、はっきりしていた。

泥棒が入ったの？　悪くすると、まだなかにいるかもしれない。本能は、家に背を向けろ、携帯電話で９１１に通報しながら玄関から外に出ろ、と言っていた。

だが、取り乱すなと自分に命じた。早合点をしてヒステリーを起こす前に、その場に佇んで物音に耳をすませた。鼓膜に鈍く響く自分の鼓動以外には、なにも聞こえなかった。

膝でベンチを脇に押しやり、そろそろと奥に進んだ。まずはリビングを、そしてダイニングを懐中電灯で照らしたが、どちらの部屋もなにかが動かされている気配はなかった。すべてがあるべき場所にあるように見える。荒らされていないことは確かだった。

光を床に向けると、足の下にある細長いカーペットの両端についたフリンジが乱れていないのがわかった。ハウスキーパーが梳《す》いてから、誰も触れていない証拠だ。侵入者がいれば乱れているはずだ。

「むかつく」ささやいた悪態は、クライトンに向けたものだった。彼のせいで、自宅で怖がるはめになった。なんの変哲もないベンチに怯えてしまった。ベンチは今日の掃除の最中にハウスキーパーが動かして、元の場所に戻すのを忘れたに違いない。

懐中電灯の光を頼りにして寝室に向かった。戸口でふとためらい、室内に光をあてた。なんの異常もなさそうなので、なかに入ってクロゼットに向かった。そのとき、玄関のほうから物音がした。

せっかく得られた安心感も、恐怖がよみがえると同時に、もろくも崩れさってしまった。

懐中電灯のスイッチを切り、床にしゃがんだ。真っ暗闇のなかをベッドの脇まで這い、ポールがダクトテープを使ってばね入りの台の下に留めつけてあった拳銃を手探りした。

探りあてると、ダクトテープごと拳銃を引きはがした。手の感触を頼りにして、粘つくテープを取り除く。リボルバーはひんやりと重く、恐ろしげで、手になじまなかった。ポールは言っていた。弾は込めてあるが、用心のために、最初のふたつの薬室は空にしてある、と。発砲するには、引き金を三度引かなければならないと強調する彼の声が聞こえるようだった。どっと冷や汗が噴きだした。息が浅く苦しげになっている。駐車場で味わった恐怖がいまや千倍となって襲いかかり、自宅が侵害されたことを悟った。自分がいかに無力な存在であるかを思い知らされた。

唇を引き結び、荒い呼吸の音がしないように鼻で息をした。心臓が早鐘を打っている。お尻で床をすべって、部屋の片隅に引っ込んだ。両手で拳銃を持って戸口に狙いを定めたとき、淡い闇のなかにひときわ黒い人影が浮かびあがった。

「動かないで！」

警告の叫び声を無視して、人影が部屋に入ってきた。

ジュリーは引き金を引いた。

13

空っぽの薬室が大きな音をたてた。

「ジュリー?」

「本気よ!」

男はなおも一歩前に出た。ジュリーがふたたび引き金を引く。重々しい音がまたひとつ響いた。

「次はあの世行きよ!」

「ジュリー、おれだ」

ジュリーは安堵のあまり、嗚咽を呑んだ。震えながら拳銃を床におろして手放し、膝を抱え込んで頭をつけた。

「大丈夫か?」デリクは激しい息遣いを頼りに部屋の隅まで来ると、隣にしゃがみ込んだ。ジュリーの後頭部に触れる。「怪我をしているのか?」

「いいえ」

「玄関のドアが開けっ放しになっていた。なんで家じゅうの明かりが消えてるんだ? なにがあった?」

　ヒステリックな笑いとともに、口走った。「あなたを撃つところだった」

「なぜ暗いなかにいる?」

「電気が使えないから」

「ヒューズボックスはどこだ?」

「クロゼットのなか。あなたの後ろの右側。戸口の近くの床に、わたしが落とした懐中電灯があるはずよ」

　デリクは知らない部屋のなかをぶつかりながら進んだ。懐中電灯が見つかった。あちこちに光をあてて、クロゼットに近づいていく。ハンガーがかちゃかちゃ鳴り、ヒューズボックスの金属製の扉が開く音が聞こえる。しばらくすると、明かりが戻った。突然の光にジュリーは目を射られ、明るさに慣れるのにしばしかかった。慣れたころには、またもやデリクが傍らにしゃがんでいた。

「ブレーカーのスイッチが切れていた。たぶん電力サージだろう」

「でしょうね」

　彼が拳銃を見た。「ほんとにおれを撃ちかけたんだな」

「ほんとうに撃ちかけたわ」

「怪我をしてるのか?」もう一度、彼が尋ねた。

　ジュリーはかぶりを振って、返事の代わりにした。

「なにがあったか、おれに話してみるか?」

「家に帰ってきたら、明かりが切れていたの。わたし……怖くなってしまって」玄関ホールのベンチの話をした。「泥棒が入って、まだここにいるかもしれないと思った」

「どうして家を出て、警察に通報しなかったんだ?」

「しなくてよかったわ。それでなくても、ばかみたいなのに」

ジュリーは立ちあがろうとしたものの、まだ膝に力が入らなかった。デリクが肘に手を添えて、立たせてくれた。「ありがとう」自分の愚かしさにうんざりしながら、彼の脇をすり抜けた。「ちょっと失礼。水が飲みたいの」

バスルームに入り、蛇口からグラスに水を汲んだ。飲みながら、鏡のなかのなにかが目に留まった。ゆっくりとグラスをおろし、ふり返って、ドアの裏のフックに引っかけてあるレースのテディを見つめた。最後にいつ身につけたか思いだせないが、最近ではない。タンスの抽斗にたたんでしまわれているのではなく、バスルームのドアに引っかけておくほど最近でないことは確かだった。

「大丈夫か?」デリクがドアの脇から顔を出した。ジュリーの顔をひと目見るなり、表情を変えた。「どうしたんだ?」

「こんなところにあるのはおかしい」テディを手で指し示しながら、外に出るため彼を脇にどけた。寝室の中央に立ち、険しい目つきで室内を見まわした。

「ここにあるのはおかしいって、どういう意味だ?」

「そのとおりの意味よ」探しているのはなにか。ごくささやかなことにしろ、ふだんとは違うなにかだった。

「きみのものじゃないのか？」

「わたしのものよ。でも、ずっと使っていなかったの……最後がいつだか、思いだせないくらい」

ジュリーはそそくさと寝室を出ると、廊下を歩いてゲスト用の寝室に入った。明かりをつけてさっと目を走らせたが、なんら変化は見られなかった。

だがリビングに入ったとき、見逃していたものが目に入った。さっきは照明が懐中電灯しかなかったからだ。エンドテーブルに本が広げて伏せてあった。栞《しおり》がページのあいだではなく、本の隣に置いてある。

デリクが背後にやってきた。「どうしたんだ？」

「わたしはあんなふうに本を伏せて置いたことがないわ。背表紙が傷むからよ。父が本好きな人で、本の扱いにはうるさかったの。父から絶対に……」ふり返ってデリクを見あげた。

「わたしはかならず栞を使う」

彼の返事を待たずにキッチンに急ぎ、カウンターの上にあったものがいくつか動かされているのにすぐに気づいた。その写真が好きでいつもならイーゼルの上に開いてある料理の本が閉じてあった。コルク栓が抜かれたまま、ワインのボトルが手つかずで置いてある。

なによりも目についたのは、三本の棒が渡してある装飾的な錬鉄製のタオルラックだった。

ポールと出会ってまだ間がないころ、パリののみの市で買った品だった。ジュリーは布のかけ方にはうるさくなかった。むしろ、実際そうであるとおり、よく使っているのを示す無造作な感じが好きだった。それがいまは縁を揃えて、きちんとかかっている。

「あの男がここにいたのよ」

自分でもそれと知らないうちに声に出して言っていた。それに気づいたのは、デリクに肩をつかまれて、やさしく尋ねられたときだった。「ジュリー、なにを言っているんだ?」

タオルラックにさっと手をやって、声を張った。「わからない? 映画にこんな場面があったのよ」

デリクは彼女を自分のほうに向け、困惑のていで尋ねた。「なに? なんの映画だ?」

ジュリーは彼の手を逃れて、脇を通りすぎた。「いますぐここを出て」寝室に引き返し、タンスの抽斗を開けて、衣類を集めだした。ダッフルバッグをクロゼットから出してきて、そこに衣類を投げ入れた。

「なにをしてる?」デリクは開いた戸口に立ち、キツネにつままれたような顔でこちらを見ていた。

「今夜はここを出るわ。また電気が切れないともかぎらないから。電力会社が調べにくるまで、ここにはいたくない」家を出る、もっともらしい口実に思えた。実際は二重の意味で家にいたくなかった。おもな理由は恐怖。そして、クライトンに自宅を侵害されたという受け入れがたい事実だった。「電気が切れていたら、どんなに暑いかわかるでしょう。だから

――」

デリクが腕に手をかけて、こんどもジュリーをふり向かせた。「ほんとうはなにが起きているんだ?」

「言ったでしょう。わたしはただ――」

「ジュリー」

ジュリーは開いた唇から激しく息をしていた。それに、もしいま自分が感じている不安の半分でも顔に表われているとしたら、嘘をついても無駄だった。「彼がここにいたのよ」

「誰?」

「クライトン」

デリクはしばらく考えていた。「どうしてそう思ったのか教えてくれ」

ジュリーは周囲を見まわし、侵入された確かな証拠を探したが、自分にしかわからないささやかな手がかりしか残っていなかった。「ベンチよ。彼が動かしたの。それ以外にも。バスルームのドアにかけてあったテディとか」自分を抱きしめ、腕をさすった。クライトンにランジェリーをさわられたかと思うと、ぞっとした。「それに、わたしはあのワインの栓を開けていないわ。リビングの本もそう。あんなふうに開いたまま放置しない。ラックのタオルもよ」

「ハウスキーパーが――」

ジュリーはかぶりを振った。「クライトンよ。映画があるの。タイトルは思いだせないけれど、ジュリア・ロバーツが死んだふりをして、暴力をふるう夫のもとから逃げだす映画。でも、夫は彼女に追いつき、彼女を……見つけだすと……タオルを揃えるの。夫にはそんなところが、強迫的な癖がある。それでタオルを見た彼女が気づく——」

言葉を切ったのは、自分の発言がどれほど突飛に聞こえるか気づいたからだ。深呼吸して、声のわななきを抑えた。「帰ってとお願いしたはずよ。なぜまだいるの？　だいたい、なぜうちに来たの？」

彼は質問を無視した。「誰かが押し入ったのは確かなんだな？」

「絶対に間違いないわ」

デリクはしばらくジュリーを見てから、淡々と言った。「警察に連絡するべきだ」

彼女はかぶりを振った。

「きみが電話できないのなら、おれがする」

そう言って彼が携帯電話に手を伸ばしたので、ジュリーは袖をつかんだ。「警察には連絡しないで」

「でも、家に押し入られたかもしれないのなら——」

「かもしれないではないわ。押し入られたのよ」

「盗まれたものがあるかどうかわかるか？」

「彼は盗みに入ったわけではないわ。家に侵入できるのをわたしに見せつけるために入ったのよ」

「クライトンがか?」

デリクの目つきに不審感を読み取ったジュリーは、回れ右をしてバスルームに入った。デリクが戸口までついてきた。「警察が検証するまで、なににも触れないほうがいい」

「さっきから言ってるでしょう、ミスター・ミッチェル。今回の件を通報するつもりはないの。あなたはわたしの話を信じていない。警察が信じると思う?」

「信じていないとは言っていないぞ」

「言う必要がないからよ。とにかく、警察には通報しない。不法侵入の証拠がない以上、わたしの頭がおかしくなったと思われるのがおちよ」

「誰かに侵入されたのなら、通報すべきだ」

「だったらあなたがして」ジュリーは言い返した。髪を留めていたピンを引き抜き、バスルームの化粧台に置いた。「警察署にひと晩じゅう留め置かれ、質問に答えて、何度も何度も同じ話をすればいいわ。わたしはポールが撃たれた日にそのとおりのことをしたし、そのあとも似たような日が続いている。けれどなんの成果もあがっていない。もう同じことはしたくないの」うなじにまとめてあった髪を振りほどき、小声でつけ加えた。「あの男をいい気にさせるだけよ」

身繕いに必要なものを集め、それを寝室に運んで、ダッフルバッグに入れた。ファスナーを閉めて、バッグを持ちあげ、デリクを玄関にうながした。「先に出て」

「きみはどこへ行くんだ?」

「ホテルよ」

「その前に着替えなくていいのか?」

ふたりともいまだ夜会の恰好のままながら、彼のシャツの襟のボタンは外され、ほどいたボウタイが胸に垂れている。ジュリーは自分の服装のことなど気にならなかった。「いいえ、このまま行くわ」

「送るよ」

「どうして?」

「きみは運転できる状態じゃない」

「問題ないわ」

「まだ震えている」

事実だった。いまや恐怖に怒りが重なり、そのせいで震えが取りついている。

デリクはジュリーの脇を抜けて、床の拳銃を拾いあげた。「所持の許可はあるのか?」

ジュリーは拳銃を奪い取り、ベッドのマットレスとボックススプリングのあいだに押し込んだ。

「かなり威力がある銃だぞ」

「ポールから手元に置いておくように言われたの。お金のある人だったから、誘拐の標的にされる可能性があった。それが強迫観念になって、わたしが脅しの材料に使われるのを恐れるようになったの」

「薬室はいくつ空になっていたんだ?」

「ふたつよ」

「おれは運がよかった」

「わたしもよ。あなたを撃っていたら、残りの夜を警察署で過ごすしかなくなっていたわ」

家に鍵をかけることにばかばかしさを感じながら、それでも戸締まりをした。デリクの車は縁石に寄せて駐車してあった。「もう落ち着いたから、運転ぐらい問題ないわ」

彼がかぶりを振る。

「目的地まで安全に着いたかどうか確かめたいだけなら、ついてきたらいいでしょう?」

「おれが運転する」反論を封じるために、ジュリーのダッフルバッグを奪った。

「朝ケイトに電話をして、家まで送ってもらうことにするわ」

「いい考えだ」

デリクはジュリーを助手席に押しやり、ダッフルバッグを後部座席に投げると、車の前をまわって運転席に乗り込んだ。数ブロックを沈黙のうちに進んだのち、ジュリーはさっきの質問をもう一度持ちだした。「わたしの家になにをしに来たの?」

「きみに話があった」

「どんな話?」

「昨日の夜、クラブでクライトンの前に姿を見せたのか?」

「ああ、そのこと」

デリクがちらっとこちらを見る。「イエスってことか?」

「わたしはなにも認めていないわ」

「きわめて賢明な態度だな」

きっとデリクをにらみつけた。「今夜ダグに聞いたわ。ホイーラー家の代理人になるのを断わったそうね」

「ああ」

「彼によると、あなたは忙しくて新しい依頼を受ける余裕がないと言った。でも、彼はそれを疑っていた」

「疑っているし、受け入れてもいない。なぜそれがわかるかというと、今日の午後、事務所の口座に依頼料が入っていたからだ。電子送金して、紙の記録を残していった」

「だとすると、あなたがそのお金を返すまでは——」

「記録上は代理人ということになる。少なくとも、事務所は。実質は同じだが」交差点で車を止めて、ジュリーを見た。「つまり、おれたちはいまだ対立する立場にある」

しばらく視線を交えたあと、デリクは一時停止ラインから離れた。

「だとしたら」彼女は尋ねた。「なぜうちに来たの?」

「電話を使いたくなかった」

「記録が残るから?」

デリクが肩をすくめる。「用心するに越したことはない。念のためさ。なんにしろ、きみがナイトクラブでクライトンの前に登場したあと、彼は招いてもいないのにおれのうちに乗り込んできた。おれはひどく腹を立て、彼にもそう伝えた。クライトンはぶち切れていた。ストーカーされたと言ってきみを責めたて、きみは心的外傷後ストレス障害にかかっているから、自分に害を及ぼすかもしれないと訴えた」

「どうかしているわ」

「彼をつけたのか？」

「いいえ」

「じゃあ、きみはあの夜、あの時刻に、たまたまあのバーに入ったというのか？　で、天敵のクライトンがあそこにいるのをどうやって知った？」

ジュリーは助手席側の窓から外を見た。「彼が〈クリスティーズ〉に出入りしていることや、ああいう場所が好きなことを知っていたから、彼を見つけるまでに、何度か足を運んだのよ」

「彼に会う目的は？」

「あの男を揺さぶるため」

「だったら、目的は果たしたな。きみに対する接近禁止命令を取ってくれと頼まれた。今夜、きみのうちに行ったのは、警告するためだ」

ジュリーは顔をデリクに戻した。「わたしを脅すのね」

「いいや、警告だよ、ジュリー。接近禁止命令なんぞ途方もない話だが、クライトンから金を引きだすためだけに、それを実現しようとする弁護士もなかにはいる」

「それを言ったら、わたしのほうだって彼に対する接近禁止命令を取れるわ」ジュリーは言った。「今日、オークション会場を出たら、彼が駐車場で待ち伏せしていたの」

「なんだって?」

「言ったとおりよ。ひどく不気味だった」ジュリーは駐車場での一件を語り、苦々しげに認めた。「病んだ心のいたずらとして、わたしの家に侵入するだけでは、もうもの足りなかったんでしょう」

「彼を見たのか?」

「駐車場で? いいえ。でも、わたしには彼だとわかった。別の映画の場面をまねていたわ。映画にこだわりのある男だから」

「ああ、そうだな。おれもいくつか台詞を引用して聞かされたよ。映画に関しては、歩く百科事典のようなものだ」

「映画に取りつかれているわ。駐車場のシーンは複数の映画からきているんでしょうけれど、タバコのライターを使ったところをみると、『大統領の陰謀』ではないかしら」

「ディープ・スロートか」

「あなたも観たの?」

「アメリカ史のクラスでね」

「わたしの父は、あの映画をニクソン政権に関する教材に使っていたわ。教師だったの」

「十一学年の歴史か?」

　ジュリーは驚きもあらわに、鋭い目つきで彼を見た。「どうしてそれを?」

　ピーチツリー・ストリートから二ブロック先にある、小さなブティックホテルの向かいで車が止まった。デリクはエンジンを切り、ジュリーに顔を向けた。「誰かにつけられているかもしれないから、ホテルに入る前に、ここでしばらく待とう」

「誰もつけてなどいないわ」ジュリーは声を荒らげた。「質問に答えて。父の職業をどうやって知ったの?」

「身辺調査のために、事務所で調査員を雇っている」

　怒りでカッと熱くなった。「わたしのことを調べさせたの? どうして? わたしが性感染症でも持っているといけないから? 尋ねてくれたらすむことよ」

「ジュリー——」

「その身辺調査とやらで、ほかになにがわかったの?」

「きみがパリで大学院に入ったこと。その後、うだつのあがらない画家と結婚したこと」

「わたしを殴った男よ」デリクの表情が変わるのを見て、声をたてて笑った。「あら、あなたの調査員が調べ落としたの? しようがないわね。いちばんおもしろい部分なのに」

「おれに話してみるか?」

　ジュリーを見つめる落ち着いた瞳と、穏やかな声。その態度全体から信頼できる雰囲気が漂ってきた。「べつにいいけど」軽い調子で応じた。「あなたがまた猟犬を放って嗅ぎまわらせても、ほんとうにおいしい部分は見落とすかもしれないものね。そんなことはもういやでしょう?」

大きな雨粒がフロントガラスに落ちだした。透明なペイントボールのようにガラス面を打っている。「アンリと出会ったのは、わたしがパリに住みだして一年ほどのころよ。売れない画家だった彼は、お金に困り、自己不信に陥っていたわ。彼はわたしのことをミューズだと言った。ワインとパンでピクニックをしながら、わたしの美しさと魂の純粋さが傑作を描かせてくれると詩的に語った」皮肉っぽくほほ笑んだ。「くだらない話でもフランス語で語られると耳に心地よく響くものよ。とてもロマンティックで、自由奔放で、情熱的な言葉だった。

わたしたちは一緒になった。わたしは画廊で働き、彼は絵を描いた。そのうち彼は絵を描くより、お酒を飲んでいる時間のほうが長くなった。そして彼と同じくらい酔っぱらった友人を自宅に連れてくるようになった。彼らが彼の魂の苦しみを慰め、自己不信を払いのけてくれたから。わたしは彼ほど、その友人たちをかっていなかった。

バラ色の時期はすぐに終わった。わたしたちのライフスタイルは、ボヘミアンというより、ただみすぼらしくなった。そして彼は絵を描く代わりに、わたしをいたぶることに情熱を傾けるようになった。口だけだったけれど、すさまじい衝突だった。そうした喧嘩のあとには心が弱って青痣《あざ》だらけになり、まるで肉体を痛めつけられたようだった」

当時のことをふり返るとき、ジュリーはどうしてもかつての状況に身を置くことができなかった。環境をよみがえらせることはできるのだけれど、その低劣な場面の登場人物として自分を考えることができない。いまの暮らしとは遠くかけ離れているため、ほかの誰かの見た恐ろしい悪夢としか思えないのだ。

「『愛がこわれるとき』」ジュリーはぼそっと言った。「さっき思いだせなかったジュリア・ロバーツ主演の映画よ」フロントガラスを叩く雨粒がさっきより増えている。粒も音も大きく、濡れる範囲も広い。「ある日、わたしが仕事から帰ると、アンリがベッドに女を連れ込んでいたわ。揺らいでしまった自信を支えるため、彼が周囲にはべらせていた不潔な酔っぱらいのひとりよ。彼女のほうが、わたしより共感してくれるミューズだったみたいね。

でも、もちろん彼は、不当な扱いを受けたのは自分のほうだと言い張った。もしわたしがもっと協力的で、うるさく言わず、難癖をつけなければ……」言葉を切り、お手上げとばかりに肩をすくめて見せた。「だいたいわかったでしょう。彼が酒浸りになったのも、浮気をしたのも、失敗したのも、わたしのせいにされた。わたしがそれを指摘したら、彼はわたしを殴った」

デリクが拳を握りしめるのを、ジュリーは目の端でとらえた。

「一度だけよ」彼女は言った。「でも、それで充分だった。わたしは警察を呼んで、彼は逮捕された。あとになって訴えを取りさげたけれど、離婚を申し立てた。彼はわたしとの別れを受け入れようとしなかった。深い後悔の念に襲われて、元の鞘に戻りたがった。これからは働く、浮気はしない、酒は飲まないと訴えた」ここでひと息ついた。「こまかな話をしてもあなたを退屈させるだけね、ミスター・ミッチェル。詳しく知りたければ、調査員に深く掘りさげるように頼んで。ざっくりまとめると、わたしはすったもんだに巻き込まれ、そこから抜けだせなくなっていた」

「それを救出してくれたのがポール・ホイーラーか」

「そう」デリクのほうを見た。「彼は人生のぬかるみからわたしを引っぱりだし、新しい道に立たせてくれた。ほかに知りたいことは?」結婚生活について、あるいはポールについて、さらにいろいろ尋ねられると思っていた。デリクはそんなジュリーの虚を衝いた。

「なぜクライトンをそこまで嫌う?」

「会ったことがあるのに、わたしに尋ねないとわからないの? あなたは彼が好き?」

「それとは関係ない」

「わたしに言わせれば、関係あるわ」

「今夜きみのうちに押し入ったのが彼だと、そこまで自信を持って断言できるのはなぜだ?」

「彼じゃないと断言できるのはなぜ?」

「おれは断言していない。わからないだけだ。だが、きみはやけに自信たっぷりだ。なぜだ?」

ジュリーは腕組みをしてドアにもたれ、じっくりと彼を見た。「弁護士というのは、すでに答えを知っていることしか尋ねないものだと思っていたわ」

「反対尋問のときは」

「これもそんな感じがする」

「そうか？」

「ええ」

デリクは追及の手をゆるめなかった。「クライトンのことは、会ったときから嫌いだったのか？」

「ええ。でも、ポールから彼について話を聞いていたから、先入観があった。わたしが予想していたとおりの人物だったわ」

「きみに反感を抱かせるような、特別なエピソードなりできごとなりがあったのか？」

ジュリーは小首をかしげた。「それはどういう種類の質問なのかしら、ミスター・ミッチェル？　あなたが答えを知っている質問？　それとも知らない質問？」

「好奇心から尋ねている」

「あなたの言うことは信じない」

「信じないのか？　残念」にやりとして、おもねるように言う。「おれはこんなに誠実そうな顔をしているのに」

「あなたをがっかりさせるのは本意じゃないけど、あなたのにやけ顔は誠実さにはほど遠いわ。それは袖口にエース四枚を隠し持っているいかさま師の笑顔よ」

デリクが忍び笑いを漏らした。「おれがこれまでに受けてきた侮蔑はそんなもんじゃない」

一拍、二拍、間をおいた。「もうひとつだけ訊かせてくれ。きみが黒いドレスを着ているのは、喪に服しているからか?」

突然、話題を変えられて、ジュリーはたじろいだ。デリクがそれを見て、有利な立場に立った。「おれが会うたび、きみは黒いドレスを着ていた。飛行機のなかでは、黒のスーツだった。ブラウスは違ったな。象牙色だった。パールボタン、小さくて丸いパールボタンがついたブラウスだった」

そのボタンを外したときのせっぱ詰まった感覚を思いだし、ジュリーの顔が赤らんだ。

「画廊でのきみは黒のドレスだった。そして今夜も」彼はジュリーの広めに開いたVネックのラインから裾へと視線を這わせ、また上にたどった。「体のラインの出るセクシーなドレスだけれど、やはり黒だ。ホイーラーのためなのか?」

「黒い服が好きなの」

「きみはそのドレスをみごとに着こなしている。色のあふれた会場にいると、際立って見えた」

「エメラルドグリーンのドレスとかね」ためらったのち、つけ加えた。「話は変わるけれど、きれいな人だったわ」

「ああ、きれいだ」

「彼女を送り届けたあと、彼女はあなたがわたしの家に立ち寄ったのを知っているの?」

「いいや」

時間が引き延ばされ、車内のムードが変わった。空気が変化したのだ。いや、まったく変化していないのかもしれない。瞬時に凍りついて動かなくなったように感じられた。

「そろそろ行くわ」そう言って取っ手に手を伸ばしたものの、ジュリーはドアを開けなかった。いつしか本降りになっていた。通りの向こうでは、ホテルのドアマンがロビーに待機している。「このホテルのことは聞いたことがあったけれど、なかに入るのははじめてよ」

天蓋形の張り出し屋根には、装飾的な金色の文字でCHとロゴが入っている。前世紀に建てられたときにつけられた名前が〈コールター・ハウス〉といったのだ。いまからさかのぼること五、六年ほど前、それが流行の先端をいく豪華なホテルに改装され、プラチナカードを持つ人たちに利用されている。

「いいホテルだ」デリクは言った。「小さいけれどエレガントで、サービスがずば抜けていい」もの問いたげなジュリーの目を見て、つけ加えた。「よそから来た依頼人は、ここへ案内してるんだ」

夜空を切り裂く稲光のあとを追うようにして、雷鳴がとどろいた。ふたりは嵐が空を移動するのを眺め、雨粒が車のルーフを叩く音を聞いていたが、どちらも無言で動かないままの時間が何分か続いた。窓が曇ってきた。やがて、デリクが尋ねた。「写真の男に見覚えはあったかい？」

「〈モールトリー〉のロビーにいた男のこと？　いいえ。最新の写真のセットを見せてもらったけれど、やはり記憶になかったわ」

「ほかにも写真があるのか？　おれは一枚しか見ていない」

「事件の数日前の監視カメラに映っていたのよ」午前中にキンブルとサンフォードが画廊まで写真を持ってきたことを語った。「そのうちの一枚はかなり鮮明だったけれど、でも、男に見覚えはなかったわ。ダグやシャロンにも、見覚えのない男だった」

「クライトンにもだ」

「その話をあなたは信じているの？」

「おれが彼に写真を見せたんだぞ、ジュリー。反応がないかどうか彼の顔に目を光らせていたし、おれは人の表情を読むのが得意だ。彼は反応しなかった」

「あたりまえでしょう！　あなたに見られているのを知っているんだから。わからないの？　彼はある役を演じている。それは――」

ジュリーは口を閉ざした。いまの彼はクライトンの弁護士という立場にあって、ポールの甥に対するジュリーの申し立てがたんなる強い嫌悪に端を発しているのではないかと疑っている。そうでなければ、こんな質問はしないはずだ。

ジュリーは言った。「今夜のニュースで男の写真が流れたはずよ」

「ひょっとすると、それがきっかけでなにかが出てくるかもしれない」

「そうね。いまの刑事たちは、思わぬ脱線をしているけれど」

「どういうことだ？」

「ポールがエレベーターで殺されるように仕向けたのは、わたしだってこと」デリクから返事がなかったので、ジュリーは尋ねた。「猫に舌でも抜かれたの?」

「ああ。言葉がなかった。まさかそんな展開になるとは思ってもみなかった」

「わたしもよ」

「なんで連中はそんなことを考えたんだ?」

強盗に言い返した話をした。「わたしがすぐに膝をつかなかったせいで、容疑者リストの上部に格上げされてしまったのね」

「どうして膝をつかなかった?」

「サングラスとマスクの奥にクライトンを捜していたから」

「彼じゃない」

「その台詞を何度聞いたと思ってるの?」

また気詰まりな沈黙が落ち、嵐の激しさが際立った。ついに彼が言った。「おれの絵はいつ届く?」

「明日には配達されるわ。わかっているでしょうけれど、あなたが払ったほどの価値はない作品なのよ」

「投資だよ」

「回収するには何年も待たされるかも」

デリクはそれでも無頓着だった。「払った金は善行に使われる。それに、絵が欲しいと思っていた」

「あなたの女友だちの意向は考慮しないのね」

「ただの友人だよ」静かな声だった。

「わたしには関係ないわ」

「だったら、なぜくり返し持ちだす?」

返事に窮した。

「リンジーとは、ロースクール時代のおれの親友と彼女が婚約したときに知りあった」デリクは言った。「結婚式では新郎の付き添いをしたし、ふたりに息子が生まれたときには名付け親になった。そうなんだ、ジャクソンという名だ。親友はジャクソンが洗礼を受けて間もなく、この世を去った。八五番通りでラッシュアワーに交通事故に遭ったんだ。おれは彼女と協力してその悲劇を切り抜け、その後も友人として互いに頼りにしあっている。

たまに、今夜のような催しがあると、彼女には安全で煩わしくないエスコート役がいる。そして、彼女がおれがいまきみといるのを知らない理由は、仲はいいにしろ、おれは裸の彼女を知らないし、これからもそういう関係にはならないからだ」

ジュリーは深く息を吸い込んで、ゆっくりと吐きだした。「そう。わたしの邪推だったたって、みごとに感じさせてくれたわね。あなたの狙いはそこにあるんでしょう?」

目を閉じたデリクは、大きく顔をしかめて、鼻梁をつまんだ。「ああ、そこにあった」

「どうして?」

デリクが手をおろしてこちらを見た。「なぜなら、きみは一度として、ただの一度も、ファーストネームでおれを呼んでくれないのに、おれのほうは心からそれを望んでいるから。なぜなら、いまこのときおれは記録上ホイーラー家の代理人なのに、きみがそのひとりをいくつかの重罪で訴えているせいで、おれたちは法的に敵対する立場にあるから。なぜなら、おれたちがこうしてふたりきりでいるのは不適当で倫理に反するから。なぜなら、ふたりきりになるために、おれは今夜きみの家を訪れる口実を探しだしたから。なぜなら、きみに触れないでいるためにおれはえらく苦しんでいて、いまのおれに考えられるのは、ドレスの下のきみの肌触りだけだからだ」

バネではじかれたように、デリクはコンソール越しに手を伸ばすと、ジュリーのうなじに直接触れて、彼のほうに引き寄せた。「なぜ飛行機のなかで、おれに近づいた?」

「理由は知っているでしょう」

「おれが知っているのは、きみに聞かされたことだけだ」

「それが理由よ」

「ほかにはないのか?」

「ないわ」

「嘘だ」

デリクの唇が重なってきて、口をこじ開けられ、舌を絡まされた。骨抜きになりそうだった。

念入りで深くて官能的なキス。なにをどう考えてもおしまいではなく、ジュリーが止めないかぎりこれから起きることを予感させる前奏曲《プレリュード》だった。ジュリーは唇を引き離して小声で言った。「こんなことをしないで。お願い」だが、それと同時に懇願の言葉をつぶやきながら、次を求めて彼の唇に唇をすりつけていた。

ふたたび唇が重なり、ふたりの口が熱く溶けあった。デリクが指先でうなじを撫で、その手を胸にやってドレス越しに愛撫する。ジュリーは抗議のつぶやきを漏らすと、唇を離して、横を向いた。「やめて」

デリクの親指は愛撫を続け、思っていたとおりの反応を引きだした。乳首への愛撫が子宮に響く。ジュリーはショックで彼を押しやった。「だめ、デリク!」

デリクはすぐに手を引っ込めてシートに背をつけ、息を荒らげながら、理解できないという顔でジュリーを見た。「ま、少なくとも、これできみに名前を呼んでもらえたわけだ」

ジュリーはドアの取っ手をつかみ、ぐっと引いた。転げ落ちるように外に出ると、長いドレスの裾に脚が絡まった。むきだしの肌に降りかかる激しい雨が無数の針のようで、髪とドレスはすぐにずぶ濡れになった。後ろのドアを開け、ダッフルバッグに手を伸ばした。

「送ってくれてありがとう」

デリクは彼女が通りを渡るのを見ていた。ドレスの裾が邪魔になるので、手で裾を膝まで持ちあげている。彼女が来るのに気づいたドアマンが、開いた傘を手に走って迎えに出る。ふたりは回転式のドアを抜けてロビーに入った。

口をつくままに、卑語を放った。自分の腹立ちを彼女に見せつけるため、いっきに車のエンジンをかけてタイヤから煙が出るほど急発進したかった。

大人げない行為だが、そうふるまいたくなるほど、大人げない気分だった。車の前部座席で女と抱きあい、窓を曇らせた。コンソールをはさんで女の感触を味わった。心地よかった。大人の女だった。

彼女の嘘など、クソくらえだ。

あんな手段に出た自分が信じられなかった。しかし、ふたりが置かれた状況に対する不満をまとめて感傷的に述べたとき、彼女のほうも自分と同じくらい不満を抱え、もっと味わいたいし触れたいと思っているのを、たしかに感じたのだ。

だからその直感に従って、唇を重ねて肌に触れた。彼女もそれを望んでいると信じればこそだった。その点は間違いない。一度ならず二度までも。飛行機のなかでも、今夜も、お互いに相手にのめり込んでいた。

それとも、自分は救いがたい愚か者で、死んだ恋人がいようといまいと、彼女は自分を求めていたか。彼女は機会あるごとにポールの甥をおとしめ、殺害の手引きをしたとまで訴えている。クライトンが慇懃無礼で傲慢なろくでなしであることに異論はないけれど、そうなって当然の環境でもある。あれほどの金持ちの子弟になると、強い特権意識を持つものだ。

だが、彼が犯罪に走る？　駐車場で女を怖がらせ、女を混乱させるためだけにその自宅に侵入するだろうか。伯父の殺害を企むことなど、できるだろうか？

ある一点がデリクを大いに悩ませていた。いまのところ、クライトンのふるまいは鼻持ちならないにしろ、罪を犯したと非難できるほどの理由はない。それに対してジュリーのほうは……みごとに嘘をつく能力があることは身をもって知っている。クライトンが言ったとおりなのか？　確実な復讐のチャンスを狙う軽蔑すべき女で、クライトンの両親の家のプールハウスで拒絶された腹いせをしたがっているのか？

ひとつ言えることは、もし彼女がポール・ホイーラーに聞こえるかもしれない場所でその甥に迫るような女だとしたら、ポールの棺に封がされて二週間もしないうちに航空機のトイレで赤の他人とセックスすることにはなんの呵責も感じないだろうということだ。

デリクの頭のなかで、クライトンの言葉がこだました。得になると思えば犬とだってやる女さ。

アリエル・ウィリアムズは警察のホットラインに三度電話をかけ、そのたびに切った。公衆電話が取りつけてある穴の開いた金属板に額をつけ、汗ばんだ手のひらをジーンズの腿で拭った。

こんなことはしたくなかった。巻き込まれるのはまっぴらごめん。嵐の夜に外に出て公衆電話を探したのは、自宅の電話を逆探知されたくなかったからだけれど、衛星だかなんかを使った特殊な最新システムによって警察に自宅を突き止められそうで怖かった。

今晩さらにショックを受けるのはこりごりだ。ビリーが荒い息で電話をしてきたすぐあとに、特大のショックをこうむった。自宅のテレビの画面に彼の写真が映しだされたのだ。アリエルはチョコレートクッキー入りのアイスクリームの容器のなかにスプーンを取り落とし、まずは自分の目を疑った。ありとあらゆる物陰や木陰にビリーがいると想像するほど、彼が避けられない存在になったの？

テレビの写真はぼやけていて、角度もよくなかった。髪をいじっていて、いつもと違う。派手な服の代わりに、ごくふつうの恰好をしている。それでも、ビリー・デュークであることに疑いの余地はなかった。警察は強盗と拳銃による殺人の容疑で彼を捜しており、情報を持っている人間はすぐに知らせるよう要請していた。

そこでまずキャロルに電話をかけ、自分の感じている驚愕を伝えた。キャロルはなにもするなと強く言い、少なくともひと晩は眠って、巻き込まれることによる影響を考えてみるべきだと主張した。「もう彼は別の人の問題なのよ」

追加でつけたロックのことをキャロルに言われて、パニックがいくらか収まった。だが、良心はそうはいかなかった。良心にさいなまれて、最後には居ても立ってもいられなくなった。キャロルの忠告にもかかわらず、自分には避けて通れないことだとわかった。

だからこうしてここにいる。

ふと不安になって背後に目をやり、市内に残る数少ない公衆電話ボックスの汚れたガラスを見た。滝のような雨に、恐ろしいほどの稲妻。稲光が閃くたびに、アリエルは身を固くした。車の往来はほとんどない。どんなに重要な用事があるにしろ、外出するような夜ではなかった。

いったん良心の勧めに従おうと決めてからも、ホットラインの番号に電話をするのは朝まで待とうと自分に言い聞かせようとした。それまでには、誰かがビリーのことを警察に伝えてくれるかもしれない。彼の正体がわかって、警察に拘束されたことが、朝のニュースで流れて、責任感から解放されないともかぎらない。

でも、誰も彼を特定できなかったら？　もしビリーがポール・ホイーラーの殺害にかかわっているとしたら、自分の知っていることを報告するのは市民としての義務だし、早急に果たさなければならない。ホイーラーは名士であり、数々の慈善事業に恩恵を施していた寛大な人物だ。もちろん面識はないけれど、彼について読んだり聞いたりしたところによると、家柄がよくて尊敬に値する。もちろんどんな人物にしろ、どれほどのお金持ちだろうと、あんなふうに殺されていい人間はいない。

ポール・ホイーラーが射殺されたとき一緒にいたという女性もテレビで観た。愛する男性をあんなに残酷な方法で奪われてどれほど傷ついたかがわかり、観ていて心が痛んだ。

市民としての義務うんぬんより、あのかわいそうな女性のために通報しなければならない。

アリエルは意を強くすると、ホットラインの番号をリダイヤルした。

わずか二度の呼び出し音で女性警官が応答に出た。警官は名乗りはしたものの、あまり熱意を感じられなかった。ニュースが流れて以来、どれほどたくさんの頭のおかしい人間から電話があったかわからない。アリエルのこともそんなひとりだと思っているのだろう。

「写真の男性についてですけど、あなたにお話しすればいいんですか？　今夜、テレビで流れたあの写真です」

「はい、どうぞ。まず、お名前を聞かせてください」

「わたしの名前は必要ないわ」

「外に漏れる心配はありません」

「わたしの名前は必要ないわ」アリエルは理屈を通した。「でも、彼の名前を知りたいなら、わたしには教えられる」

14

デリクが法廷から現われたとき、ドッジは通路の壁にもたれていた。ニコチン切れでそわそわしているようだった。「なんでこう時間がかかるんだ?」

「地方判事から申し出のあった取引に応じろと、依頼人を説得していたんだよ」

「未決勾留期間の扱いか?」

「プラス二年だ」エレベーターに乗り込んだふたりは、会話を控えたまま裁判所の建物を出た。ドッジがタバコに火をつけた。「監視カメラに映っていた男だけどな、ビリー・デュークって名だ」

「誰が言った?」

「匿名電話。女からだ。若い声で、びくついてたそうだ。夜中少し過ぎに電話が入り、逆探知したら公衆電話だった。彼女を見た人間はいない。その時間、そのへんの店はみんな閉まってた」

「人と話をしたい寂しい女なのか? それとも本物か?」

「寂しい女ってのはたいがい自宅から電話してくる。警察じゃ本物だとみてる」ドッジは咳き込んで痰を出すと、建物沿いの細い植え込みに吐きだしてから、長々ともう一服した。

「〃ただし〃?」

「ただし、ジョージア州の自動車局にはビリーあるいはウィリアム・デュークに合致する運転免許の登録がなかった。ここアトランタにいるウィリアム・ウェイン・デュークは、十九の黒人だと判明。ウィリアム・S・デュークは白人だが、こちらは八十四だ。どちらも写真の男とは違う。もうひとり――」

「わかったよ」デリクはさえぎった。ドッジの情報が包括的で、語ると長くなるとわかったからだ。「で、警察はその男の居場所を突き止められそうなのか?」

「捜索中だよ。郡と州の課税台帳には載ってなかった。納税申告書や逮捕歴や運転免許など、全国規模のデータベースにあたってるとこだ。サンフォードとキンブルはとりあえずホイーラー家の人間と、ジュリー・ラトレッジのところへ出向いて、名前に心当たりがあるかどうか、被害者がその名前を口にするのを聞いたことがあるかどうか、尋ねようとしてる」

「顔に見覚えがなかったぐらいだから、知っているとは思えない」

ドッジは肩をすくめた。タバコの吸い殻を通りに投げ、次の一本に火をつけた。

「ポイ捨てだぞ」

「訴えりゃいいだろ」タバコを吸ったり吐いたりしながら、ボスを見る。「で、弁護士先生、あんたの考えを聞かせてくれ」

「まだなんとも。この線も無駄に終わるかもしれないとは思った。写真の男がクリーブランドから来た靴のセールスマンで、所得税はごまかしているかもしれないが、ハエ一匹殺せず、ましてや至近距離で頭部を撃てるような男じゃないとわかるとかな。おれにはそんな男の人物像がありありと想像できる」

デリクは首筋を撫でると、失意を感じたときの癖で、両手を腰にあてがった。「いまはわからない。靴のセールスマンの筋書きもありうるし、寂しい女症候群もありうる。たとえば婚期を過ぎた女が、逆探知の結果、若くてたくましい警官が自分のところまで来て、生涯の恋人になるのを願って電話したとかな」

「ないとは言えんな」

「あるいは、そのビリー・デュークという男が撃ったのかもしれない」

「言いたかったことを先にあんたに言われちまったよ」

デリクは携帯電話を取りだしてメッセージをチェックすると、事務所に電話をした。呼び出し音が鳴っているあいだに、ドッジにこれからどうしたらいいか尋ねられた。「そのまま続けて、なにかわかりしだい連絡してくれ。やあ、マリーン」デリクは手を振ってドッジと別れると、歩道を反対側に向かって歩きだした。その先の駐車場に車を停めてある。「二年食らったよ。いや、これも勝利のうちさ。ずっと厳しい罰もありえたからね。で、頼みたいことがある。ホイーラーに電話してもらえないか……ああ、両方に。奥さんのほうにもだ。うちの事務所で会えるように段取りしてくれ。いつって？　できるだけ早く」

ジュリーはその朝早くにケイトに電話をかけ、〈コールター・ホテル〉まで車で迎えに来て家まで運んでくれるように頼み、事情はそのとき話すと約束した。ケイトはジュリーがチャリティイベントで着ていたフォーマルドレスを持っているのを見て、驚いた。「そういうことじゃないのよ」ジュリーはケイトの車の助手席に乗り込みながら言った。「ほんとに」

そしてアシスタントに向かって、自宅が停電したことだけを伝え、一時的に通じたものの、ひと晩となると信用できなかったと言い訳した。「近くの変圧器に故障があったのかもしれないわ」

その件についてはそれ以上尋ねなかったケイトだが、ジュリーが自分の車でホテルに行かなかった理由を知りたがった。「迎えに来るのは全然かまわないんだけど」

「車から妙な音がしたのよ。大雨のなかで故障なんてことになったらいやだから、タクシーを呼んだわ」

ケイトが不審の目でこちらを見る。「電気の次は車？　なにかの報いでも受けてるみたい」

ジュリーは無理して笑い声をあげた。「きっとそうね」

縁石で車を降りると、画廊に行く前に片付けたい用がある、でも、必要なときは電話をかけてくれれば出るから、とケイトに告げた。自宅に入るなり、週に二度だけ来てくれるハウスキーパーに電話をかけ、できれば今日、重い家具を動かしたいからご主人を連れて来てくれと頼んだ。

「家のなかを徹底的にきれいにして、手に触れる部分をすべて消毒したいの」

ハウスキーパー夫婦は三十分もしないうちにやって来た。ジュリーは玄関のドアの脇に坐って、ふたりを待っていた。クライトンの気配が悪臭をともなう湿った霧のように漂っていそうで、ひとりで家に入りたくなかったからだ。

ハウスキーパーとその夫が仕事の分担を決めて、仕事道具を準備しているあいだに、ジュリーは各部屋をまわって、昨夜ふだんとは違うなにかを見落としていないかどうか確認した。ダイニングルームでは、壁の絵が入れ替えられていた。リビングの肘掛け椅子はひっくり返されていた。それに、その家に住んでいる人間でなければ気づかないささいな変化をいくつか見つけた。

クライトンの悪賢さがよくわかる。

いちばんのいたずらは、人体そっくりにできた男根の模型と、包装紙に包まれたままの電池と、図解入りの説明書をベッドサイドテーブルの抽斗に残していったことだった。これには吐き気をもよおしたけれど、大掃除を人任せにする前に、直感のおもむくままにすべての抽斗を開けたことに感謝した。

ジュリーは布類の洗濯を受け持ち、自宅で洗えないものはクリーニング店に持ち込むべく一箇所に集めた。ケイトから電話がかかったのは、その仕事を終えた直後のことだった。

「いまキンブル刑事から電話があったの。彼女とサンフォードがあなたに会わなきゃならないと言ってきてるんだけど」

「いつ?」

「なるべく早くって。すぐにあなたに知らせると約束したわ」

「なんの話か聞いた？」

「教えてくれなかった。ふたりして画廊のほうに来るって言ってるけど、それでいい？　返事を電話することになってるの」

「一時間後に来てくれるように、言っておいて」


ジュリーが〈シェ・ジャン〉に行くと、すでに刑事たちは待ちかまえており、ジュリーの弁護士も来ていた。ケイトからの電話を切るなり、連絡しておいたのだ。弁護士の都合がついて運がよかった。

ジュリーは言った。「もう紹介はすみましたか？」

刑事たちは不満げにあいさつをつぶやきながらネッド・フルトンと握手を交わした。ポールの会社の弁護士が推薦してくれたのがフルトンだった。

キンブルが弁護士に言った。「これは取り調べじゃないんです、ミスター・フルトン。あなたにご登場願うほどのことじゃありません」

「わたしの依頼人の意見は違いましてね」フルトンは淡々と言い返した。「昨日、あなた方から油断のならない発言があったとあっては」

キンブルはむっとしたようだったが、それ以上は言わなかった。

サンフォードがいきなり本題に入った。「昨夜遅く、ホットラインにある電話がありましてね」彼はふたりに話しかけた。「写真の男をビリー・デュークだと伝える電話でした」

刑事ふたりも、ケイトも、ネッド・フルトンも、ジュリーを見た。

肩をすくめて見せるしかなかった。「わたしにはなんの心当たりもない名前です」

「間違いありませんか?」キンブルが尋ねる。

「答える必要はありませんよ」フルトンが言った。

「喜んで答えさせてもらいます。そんな名前の人は知りません」

「ポール・ホイーラーはどうだったんでしょう?」キンブルは重ねて尋ねた。

「知っていたとしても、わたしには一度も言いませんでした。聞いたことのない名前です」

「そのものずばりではないかもしれない。ファーストネームかラストネームで、ビルとかウィリアムとかにお心当たりはありませんか?」

「残念ですが」ジュリーは言った。「どなたが電話していらしたんですか?」

「それがこちらでもわかりませんで」サンフォードは認めるのが悔しそうだった。「通報してきた女性が名乗るのを拒否したもんですから」

「女性ですか?」

キンブルがうなずいた。「ようはテレビで彼を観て、知っている人物だと気づいたということでした。彼女は女性警官に男の名前を告げて、電話を切りました。逆探知をして公衆電話を突き止め、すぐにパトカーを派遣しましたが、到着したときにはもういませんでした。あたりにひとけはなく、道も閑散としてました」

　ジュリーは少し考えてから言った。「いたずら電話だった可能性は？」

「かもしれません」サンフォードが言った。「ですが、テレビ放映後いたずら電話を受けつづけていた女性警官は、本物だと感じています。かけてきたのは少し怖がっているふうの、若い女の声のようだったと言っています。不安げに息切れしていたそうで。こちらは夜明けとともに追跡捜査に追われてます」

「それで？」ネッド・フルトンが先をうながした。

「いまのところ、まだなにも」サンフォードが答えた。

　キンブルがビリー・デュークの捜索がどのように行なわれ、いずれも失敗に終わったことをかいつまんで説明した。「今後はさらに網を広げ、その結果を待ちます。たとえ見つかったとしても、この男がホシとはかぎりませんが」

　ネッド・フルトンが前に進みでた。「お聞きのとおり、ミズ・ラトレッジはその男性の名前にも顔にも覚えがないと言っている。ほかになにか？」

　刑事同士、無言で目を見交わしたあと、サンフォードが言った。「とりあえずいまはそれだけです」ジュリーを見て、言い足した。「もちろん、なにか思いだしたときは……」

「わたしはあなた方以上に殺人犯を見つけたいと思っています、刑事さん。ですから、もしわたしにできることがあれば協力を惜しみません」

　いとまを告げて立ち去る段になって、キンブルが人情味のあるところを見せ、チャリティの結果を尋ねた。「うまくいったんですか？　雨で人が集まらなかったとか？」

「さいわい、雨が降りだしたのはイベントが終わったあとでした」

「じゃあ、たくさん人が集まったんですね?」

「ええ、大盛況でした」

「絵にはあなたが希望していただけの値がつきましたか?」

ジュリーは静かに言った。「それはもう、ずっと高い値が」


キンブルは覆面パトカーの助手席に乗り込んだ。ハンドルを握るのはサンフォードだ。キンブルは尋ねた。「それで、あなたはどう思った?」

「収拾のつかない事件になったと思ったね」

「それがプロとしてのあなたの判断? 課長に呼びだされて進捗状況を尋ねられたら、そう答えるつもり?」

「なんで彼女は弁護士を雇ったんだ?」

「不機嫌そうね」

「暑いんだ」

「エアコンを強めて」サンフォードが言われたとおりにする。キンブルは送風口を彼のほうに向けた。「これでどう?」

「なんで彼女は弁護士を雇ったんだ?」彼は同じ質問をくり返したが、ふだんののんびりとした口調に戻っている。

「良識があるからよ」キンブルが答えた。「あなたならそうしない?」

サンフォードは両肩をまわし、それとなくそうすることを認めた。

「彼女は用心深くなってる。だからといって罪を犯したとはかぎらない」

「罪を犯してないともかぎらない」

「たしかに」キンブルはため息をついた。「でも、わたしたちはかなり無理をしてるわ、ホーマー。わたしには、彼女が手をまわしてホイーラーを撃たせたとまでは考えられない。彼女が被害者にぞっこんだったのが理由のひとつ、もうひとつは、彼女がそういうタイプには見えないことよ」

「そういうタイプとは?」

「殺人を依頼するようなタイプ」

「きみがそう思うのは、彼女に教養があって、身なりがいいってだけの理由だ」

「そしてわたしたちが都合よく信じやすくなったのは、ほかに有力な仮説がなかったってだけの理由よ」

「こちらにはビリー・デュークがいる。そりゃ、まだ捕まえたわけじゃないが。おれがなにを言いたいか、わかるだろ」

「ええ」キンブルはこんどもため息をついた。「わかるけど、なにが言いたいか」

サンフォードは沈思黙考のうちに次のブロックに進んだ。赤信号でブレーキを踏み、キンブルに尋ねた。「きみが昨日の夜のイベントについて尋ねたとき、なんで彼女はああもじもじしてたんだ？」

キンブルは笑い声をあげた。「もじもじ？　新しい単語が飛びだしたわね」

「声が低くなって、視線が動いた。身悶えしているようだった。おれには理由が気になる」

「彼女が嘘をついているとでも？　チャリティのオークションのことや、絵のことで、嘘なんかつく理由がある？」

「ことさら嘘ってわけじゃなくて、ただ――」

キンブルの携帯電話が鳴りだし、話をさえぎられた。「続きは待って」キンブルはベルトに留めてあった携帯電話を手に取って、開いた。「はい、キンブル」すぐにサンフォードに視線をやった。「こんにちは、ミス・フィールズ。ケイト」

サンフォードは首が鳴るほど唐突にキンブルを見た。驚きと疑問に眉が吊りあがった。

キンブルは電話に耳を傾けた。「ええ、ええ」さらにしばらく聞いてから、「もちろんです。何時ごろ来られますか？　わかりました。ではお待ちしてます」電話を閉じた。「びっくり」

「ジュリー・ラトレッジのアシスタントのケイト・フィールズか？」

「そう、彼女よ。わたしたちに大切な話があるって」

「どんな話か言ってたか？」

「ええ。あなたの言ったとおりだった。ケイトのボスは身悶えしてたのよ」

「あら、かわいい坊やだこと！」

「牝です」デリクが訂正した。「マギーといいます」

「こんにちは、マギー」シャロン・ホイーラーは腰をかがめ、マギーの耳の後ろを掻いた。

「犬を飼ったことはないんですけどね、犬にはたいがい好かれるみたいで」

　ホイーラー夫妻は数分前にデリクの事務所に現われ、シャロンはマギーを見るなり好きになった。シャロンのことは、チャリティの席でダグから紹介されていた。外見と家柄に恵まれたいわゆる南部美人《サザン・ベル》だが、彼女にはその美しい外見を支える内実がない。デリクはシャロンが冗談に応じるとき、わかってもいないのに笑っているという印象を受けていた。人生に多少のまごつきを覚えながらも、その不確かさを場慣れした魅力的な態度で埋めあわせる達人なのではないか。

　そしてダグは妻の空疎さに気づきつつ、それでも愛しているのだろうと、デリクは推察していた。ダグは愛情のこもった笑みを浮かべながら、マギーを撫でる妻を見ていた。「うちでも犬を飼ったらどうだろう？」

　シャロンがダグに笑顔を向ける。「すてきね」

「おや、みなさん勢揃いですね」クライトンはマリーンが彼のために押さえているドアからすっと入ってきた。「ごきげんいかがですか、お母さん、お父さん、ミスター・ミッチェル」踵を鳴らして直立すると、デリクに向かってぴしっと敬礼した。「命令どおり出頭いたしました、サー」

デリクは彼を床に叩きつけて、地球の裏側まで押しやりたくなった。「昨日の夜、ジュリー・ラトレッジの家に侵入したのか？」

　男親と女親の両方から抗議の声があがったが、デリクはいっさい取りあわず、クライトンのみに集中した。彼は数秒間デリクを見つめたのち、頭をめぐらせて背後を見た。ふたたび顔を戻すと、デ・ニーロを完璧にまねて言った。「〝おれに言ってんのか？　おれに言ってんのか？〟」

「質問に答えてくれ」

　クライトンは鼻にかかった笑い声を漏らした。「へえ、まじめに尋ねてたんだ。てっきり冗談かと思ったよ」

「これはどういうことだね、ミスター・ミッチェル」ダグがなじった。

　クライトンの落ち着いたまなざしを何秒か受け止めてから、デリクはダグに答えた。「気にしないでください。内輪のジョークですから。今日、あなた方にご足労願ったのは、最後にひとつ助言をさせていただきたかったからです。無料の助言です。なぜなら、いただいたお金は全額お返しするからです」言葉を切り、ふたたび話しだした。「もしあなた方のどなたかがビリー・デュークという名だとわかったこの写真の男をご存じなら、いますぐ警察に電話してください」

「この男のことなら、知らないとすでに警察に伝えてある。顔も名前もだ」ダグが気むずかしげに言った。「そんな用事なら電話でよかった」仕事中に必要もないのに呼びだされたことに、動揺しているようだった。

「電話でのやりとりはもはや信用できません、ミスター・ホイーラー」デリクは応じた。「それに直接お目にかかって、こちらの話を誤解のないようにお伝えしたかった。うちの口座にひじょうに多額のお金を振り込んでいただきましたが、あなた方の弁護をお引き受けするわけにはいきません。事務所としても、個人としても」

シャロンは困惑のてい、ダグは侮蔑されたと感じているようだった。クライトンはどこ吹く風と受け流している。

「それが無料の助言かね？」ダグが尋ねた。

「遅かれ早かれ、警察は本名だか偽名だかわかりませんが、そのビリー・デュークとやらを突き止めます。蓋を開けてみたら、人畜無害の模範的な市民かもしれない。反面、あなたの兄上の死に関連のある人物かもしれない。もしそうなら、もしポールなり御社なりとなんらかの関係があって、それをご存じなら、警察が関連を探りだしてから自供するより、いまそれを彼らに伝えたほうが、格段に扱いがよくなります」

ダグは妻に顔を向けた。ぼんやりとまばたきしているのを見て、こんどはクライトンに目をやった。クライトンが言った。「ふたりの刑事に話したよ――ぼくはマッサージの最中だったんだけどね――その男は見たことがないし、ビリー・デュークって名前にも聞き覚えがないとね」しかめっ面になる。「そんな貧乏ったらしい名前だけじゃね……なんとも、はや。それに、デュークっていうのがミドルネームなのか、ラストネームなのかもわからない。ビリー・デューク・スミスとか、ビリー・ジョー・デュークとか?」

シャロンがくすくす笑った。

ダグが腕時計を見た。「これから会議がある。話は終わりかな、ミスター・ミッチェル?」

デリクは前に進みでて、手を差しだした。「くり返しになりますが、兄上のことはほんとうにお気の毒でした。犯人がすぐに見つかることを、祈っています」

ダグはおざなりに握手を交わすと、シャロンをドアのほうに押した。クライトンがそのあとに続いた。

「きみと個人的に話したいことがある、クライトン」

ふり返った若いほうのホイーラーは、くたばれ、とでも言いたげな顔をしていた。そのあと愛想のいい笑顔になった。「いいよ」

ダグは不安を隠せなかった。「個人的にどんな話を?」

クライトンが答えた。「二日前にミスター・ミッチェルに話した件について、ちょっとね」

母親の頰にキスする。「今日の午後は家にいるんですか? もしそうなら、あとで寄りますよ」

「あら、嬉しい。じゃあ、そのときにね」

夫妻は帰っていった。クライトンはデリクに向きなおって、ウインクした。「これでぼくはあなたのものだよ」

デリクは進みでて、クライトンのすぐ近くに立った。小さいながら、はっきりした口調で告げた。「きみはクソったれの卑劣漢だ。さらに言えば、傲慢さゆえに卑劣さが愚かさの域に達している」

「〝おれに言ってんのか？〟」

デリクは無視した。挑発に乗ったところで、この下劣な若造を満足させるだけだ。「もうひとつ、無料で助言してやろう」

「へええ。それは光栄だな」

「接近禁止命令などというたわごとは、忘れることだな。裏目に出る可能性がある。きみ自身が駐車場でディープ・スロートを気取ったとなると、なおさらだ」

クライトンは小さく首を振った。「それはぼくにわかるはずの話なのか？」

「ジュリー・ラトレッジは、昨夜コミュニティセンターを立ち去るときに、駐車場できみに怖い思いをさせられたと言っている。そのあと自宅に帰ると、何者かが家に入って物を動かし、おもしろくもない悪質ないたずらをしていた」

「で、それをあなたが知っているのは……なぜなんだ？」

「彼女がオークションに寄付した絵を落札したんで、今朝、彼女からお礼の電話があった」

嘘をつく能力にかけては誰にもひけをとらない。「心のこもった丁重なお礼とは言いがたい、義礼的なものだ。昨日の夜、わたしがきみの家族の弁護士だと彼女に言う人がいたからだろう。きみと同じくらい、彼女のほうもきみに対していい感情を持っていないようだ」

「理由は前に話しただろ」

「ああ、聞いたよ。だが、彼女のほうにもきみをよく言う材料がないとしたら、どちらを信じたらいいんだ？　きみか？　彼女か？　どちらも信用ならないのか？」

「ひとつ訊かせてくれるかい、ミスター・ミッチェル。あなたは彼女が主張しているできごとを駐車場で目撃したのか？　自宅に侵入された件にしても、彼女は警察に訴えたのか？」

デリクは答えなかった。

クライトンがにやりとした。「十中八九、してないだろうな。なぜか。そもそも侵入なんかされていないからさ。ぼくが駐車場でうろついていたって件なんか、論じあうまでもない。まだわからないの？　彼女は根も葉もない話をでっちあげて、あなたの心のなかにぼくへの疑いの種を植えつけた。あのふたり組の刑事たちにそうしたのと同じようにね。彼女はぼくを憎悪してる。プールハウスでのことがあってから、ずっとだ」短い笑い声をはさんで続けた。「いまになってみたら、彼女にくわえさせてやったほうがよかったのかもな」

怒りが体を駆け抜け、抑えが効かなくなりそうだった。「そうやってきみが言えば言うほど、きみに関するミズ・ラトレッジの話がほんとうに根も葉もないものかどうか、疑問になってくる」

クライトンはいよいよ神経にさわるようになってきた例の悦に入った笑みを浮かべた。

「ジュリーは嘘をついてるんだ。ぼくがポール伯父さんの射殺事件に関係があるという非難をもっともらしく見せるための嘘さ。そんなのは荒唐無稽だし、その理由についてはあなたと以前に話しあったとおりだし、はっきりいって、ぼくには退屈になってきた。さて、仕事上のつきあいはあなたのほうから断ち切ったんだから、ぼくが帰るのに許可をもらう必要はないんだよね？」

デリクはしばらくクライトンと目を見交わしたあと、降参したとばかりに両脇で手を上げると、何歩か後ろに下がった。クライトンは首を振り、短い笑い声を放つと、開いたドアから出ていった。

「まず最初に、あたしがどんなにいやな気分か知っておいてもらいたくて」ケイト・フィールズは湿った両手でティッシュをひねった。ロバータ・キンブルとホーマー・サンフォードを順番に見て、そのおのおのから共感に満ちたうなずきを受け取った。

「あたしはジュリーが大好きなんです」ケイトは言った。「とてもよくしてもらってるんです。画廊には、大学を出てすぐに雇ってもらいました。それくらいあたしを信頼してくれてるんです。ただの従業員としてじゃなくて、友人として。彼女を傷つけるような言動はしたくありません」

「ミズ・ラトレッジに対する忠誠心にはなんの疑問もありませんよ」キンブルが言った。「ですが、あなたには法の執行官たるわたしたちに対して、そしてあなた自身に対して、真実を語る義務があります」

「それはわかってるんです」ケイトはティッシュで鼻を押さえた。「ずっと奇跡が起きて、あたしから刑事さんたちに話さなくていいようになるのを祈ってました」

「どんな話かな?」サンフォードが身を乗りだした。「キンブル刑事によると、あなたはミズ・ラトレッジがわたしたちに対して完全に誠実だとは考えていないようだね」

「はっきりしたことはわからないんです」ふたりを交互に見た。「でも、彼女……いま話してる以上のことを知ってるかもしれない」

「なにについてかしら?」キンブルが質問を重ねた。「殺人事件について?」

ケイトはかぶりを振り、唾を呑んだ。こうすべきかどうか何千回と自分に問いただした末に、話すべきだという、胸が引き裂かれるような結論に達した。ケイトの良心が逆を許さなかった。「ビリー・デュークという男についてです」

刑事たちが目を見交わすのを見て、ケイトは自分の知っていることを打ち明けるという決意をすぐに悔やんだ。「あの、お願いですから、共謀とかなんとか、彼女をそんなことで疑わないでください。彼女はホイーラーさんの死には関係ないんです。そんなこと絶対にありえない。彼のこと愛してたんだから。ホイーラーさんの死には関係ないんです。刑事さんたちは知らないから。ふたりがどんなふうだったか、想像もつかないでしょうね。どちらも一途に愛情を注いでたんです」こらえようとしていた涙が、ふたたび目からこぼれだした。

キンブルはティッシュの箱を差しだした。「ケイト、あなたにとってどれほどつらいことかわかるわ。でも、ミズ・ラトレッジとビリー・デュークについて知っていることは、ぜひとも話してもらわなければならないの。決定的に重要なことだから」

ケイトはボックスから新しいティッシュを引き抜いた。何度か口を開け閉めして、すすり泣きを抑え込んだ。「刑事さんたちがジュリーにはじめて写真を見せたときから、あたしはあの男だってわかってました。あたしがエスプレッソを出したのを覚えてますか？　談話室にいて——」

「あのときね」キンブルが言った。「なぜ男の顔を知ってたの？」

「彼が画廊に来たんです」

「いつのこと？」

「日付まではわかりませんけど」

「ミスター・ホイーラーが撃たれたあとかしら？」

「いいえ。何週間か前。それははっきりしてます」

「ミズ・ラトレッジに会いに来たの？」

「はい」

キンブルはずっとサンフォードに目をやったが、ふたりの視線はすぐにケイトに戻った。こんども、ふたりのあいだで行き交う無言のやりとりが意味深長だったために、誰よりも敬愛している女性を裏切っている苦しみがよりいっそう強く感じられた。

「でも、ジュリーは彼に会ってません」

「会うのを断わったの？」

ケイトはかぶりを振った。「いえ、いなかったんです。彼が入ってきて、ジュリーに会いたいと言いました。あたしはジュリーがお客さんのお宅で相談にのってて、今日はもう戻らないと思うと答えました。そのあと、あたしがお手伝いしますと言ったんですけど、用事があるのはジュリーだから、あとでまたつかまえると言って、断わられました」

胸にしまっていた事実を吐きだしたいま、ケイトは安堵とともに息をついた。ささやかな慰めながら、ジュリーとビリー・デュークが話をしているのを見ていないという点だけは、神に誓って言える。

「ふたりが連絡を取りあったことは？」サンフォードが尋ねた。

「あたしの知るかぎりではありません」

「彼はまた画廊に来たのかな？」

「それきりです。少なくとも、あたしがいるあいだは。だいたい、芸術に入れ込むような人じゃありませんでした。絵も全然見なかったし、以前ジュリーと話をした作品についてもう一度考えるために訪れたって感じでもなくて。今後お客さんになってくれるって印象は受けませんでした。うちの作品にもまったく興味を示さなかったんです」

「興味があるのはジュリーだけだった？」

ケイトはしぶしぶキンブルにうなずいた。「ジュリーだけでした」

「彼女の口から、彼のことを聞いたことは？」

「ありません。でも、彼の名前は、今朝刑事さんたちから聞くまで知らなかったから」

「けれど、彼のほうはジュリーを知っているふうだった？」

ケイトは逡巡した。なによりもこの質問を恐れていた。「まあ、そうですけど。男はジュリーのことをファーストネームで呼んでて、すでに会ったことがあるか、つきあいがあるような印象を受けました。それに、あとでまたつかまえるっていう言い方がくだけた感じで、いかにも知りあいっぽくないですか？」

刑事たちが小声で相づちを打った。「男が画廊に来たことを彼女に伝えたの？」キンブルが尋ねた。

ケイトは伝えたと答えた。「名前も名刺も電話番号も残していかなかったんで、伝えるっていっても、男の人が訪ねてきてそのうちまた連絡すると言ってたことだけです。ジュリーのほうも誰だか確認のしようがないから、そのまま受け流してて、だからあたしもそうしました。そのあとは、刑事さんたちから監視カメラの写真を見せられるまで忘れてました。すぐに彼だってわかって、でも、ジュリーが見覚えのない顔だってごくふつうに言ってたんで、あたし……」

「黙っていたわけだ」サンフォードの言い方には、多少非難がましさがあった。

「彼女を困らせたくなかったんです」

サンフォードが尋ねた。「いまはどうなのかな？」

「どういう意味ですか？」

キンブルが身を乗りだしてきた。「ケイト、彼女を困らせるのがいやで、まだなにか隠してない？」

「いいえ」ふたりから疑いの目を向けられたケイトは、こうつけ加えた。「嘘じゃありません、隠してません！　実際、溜まってたものを打ち明けてほっとしてるんです。そりゃ……」下唇が震えはじめ、涙が押し寄せるのを感じた。「ホイーラーさんが亡くなった日から、ジュリーはすごく苦しんでるんです。あたしが話したことで、もっとつらいことにならないといいんだけど。昨日の夜あんなことがあったあとだから、よけいにそう思います」

刑事たちは困惑げに視線を交わし、ふたたびケイトを見た。サンフォードが尋ねた。「昨日の夜、なにがあったんだい？」

15

「さあいいぞ、マグス」マギーの餌皿をキッチンの床に置いたとき、デリクの携帯電話が鳴りだした。「食べてくれ」発信者を確認して、携帯を開いた。「やあ、ドッジ」

「いまいいか？」

ドッジがそう尋ねたからといって、ボスの都合が悪いかどうかを気にしているわけではない。伝えるべき情報が入手できたとき、都合のいい時間まで待っているような男ではなかった。「いま自宅に帰ったところさ。マギーに餌をやってた。なにがあった？」デリクは冷蔵庫からビールを取りだし、栓を抜いた。

「警察の情報網からおもしろい話が流れてきたぞ」

「サンフォードとキンブルがビリー・デュークの居場所を突き止めたのか？」

「そうじゃないが、手がかりにはなるかもしれん」

「話してくれ」

「謎の男とジュリー・ラトレッジのあいだにつながりがあるらしい」

デリクは口からビール瓶を離し、そっとキッチンのカウンターに置いた。「なんだって？」

「ああ、そうなんだ。彼女のとこには、若い女の従業員がいる」

きれいで活発なケイトがデリクの脳裏に浮かんだ。

「その娘がジュリー・ラトレッジに内緒で、刑事ふたりと会った」

ドッジの情報の入手方法は判然としないが、情報そのものは、つねに百パーセント信頼が置けた。だからこそ、急に胃がむかついてきた。

ドッジがしゃべっている。「ジュリーのことを密告するってんで、大泣きだったそうだ。なにに忠誠を尽くすかで引き裂かれたのさ。心酔する女と良心、そこに市民としての義務感が加わった。実際、彼女から絞りだすようにして情報が聞きだされた」ドッジは息をついた。「聞いてるのか?」

「ああ……マギーが外に出たくてぐずついてたんで、ドアを開けなきゃならなかった。続けてくれ」

「でな、彼女が苦しんでたのは、写真のビリー・デュークに見覚えがあったからなんだ。ホイーラーが撃たれる数週間前に、ミズ・ラトレッジがやってるしゃれた画廊に写真の男が来たそうだ。ミズ・ラトレッジはその場にいなかったんだが、男は彼女に会いたいと言い、若い女の話だとミズ・ラトレッジとこの男がまるで知りあいかのように思えたそうだ。よく知った仲だとな。男は用件を言わず、そのうちまたジュリー・ラトレッジをつかまえると言って帰っていった」

デリクは耐えられなくなって、固くしまっていたネクタイの結び目を引っぱった。汗が体を伝っていく。「客のひとりかもしれない」

「若い女はそう思わなかった。それに、偶然というにはあんまりだろ?」

　そう、そのとおりだ。デリクはかくも顕著な偶然という要素を弁論に用いたが、これでは陪審員の疑いが深まるだけだ。「その情報に対するキンブルとサンフォードの反応は?」

「そりゃ、彼女をうんとやさしく扱って、きみは正しいことをしたと褒めあげたさ。だが、わかるだろ? その情報に食らいついて、倍率の高い拡大鏡でホイーラーのお相手をじっくりと吟味してる。おっと、もうひとつあった」

　まいった。まだあるのか?

「ささいなことなんだが、どう転ぶかわからないからな。若い女が刑事に語ったところによると、昨日の夜、ジュリーの自宅が停電して、それを境に彼女はどっかおかしいそうだ」

「〝どっかおかしい〟って、なにがだ?」

「挙動不審なのさ。妙な行動に出てる。今日の午前中は自宅にいたそうだ。若い女が通常の業務のことで画廊からミズ・ラトレッジの自宅に電話したら、ハウスキーパーが出て、どんな用件にしろ後回しにできないかと尋ねられた。そして、ジュリーは家じゅうを徹底的に掃除しようと躍起になってる、手当たりしだいに物を処分して、タオル掛けにかかってたタオルまで捨てた、と語ったそうだ。フランス製のアンティークで、ポール・ホイーラーが買ってきてくれたからと大切にしていた品をだ。

　さて、そのタオルが男からの贈り物だとしたら、取っておきたいと思うのが人情じゃないか？　ケイトはそう思った。そして刑事たちに悲しみが深まったせいか、でなきゃホイーラーが撃たれたショックが遅れて出たか、そんなことだろうと言ったんだが、ようするに、このところジュリーの様子がおかしいのを伝えた」ドッジにしては長広舌だった。ここでひと息ついた。「あんたはどう解釈する、弁護士先生？」

デリクは流れでる汗をシャツで拭った。「おれの解釈は関係ないさ。もうこの件には絡んでいないんだ。今日ホイーラー家側に別の弁護士を雇うように伝えた」

「おれをかつぐとは百年早いぞ」

「いや」

「なんでだ？」

「彼らのうちのひとりもしくは全員が告発されないかぎり、おれの出番はないからだ」

「彼らのうちのひとりもしくは全員が告発されたときはどうすんだ？」

「そこまで重要な裁判となると、うちの事務所じゃスケジュールに空きがない」

「ふむ」ドッジはあからさまに惜しそうな声を漏らした。「おいしい案件だったのにな、弁護士先生。大金やら、セックスやら。どんな猥雑なことが飛びだすやら、わかったもんじゃない。それを外から眺めるだけとは、もったいないことをしやがる」

「ああ。だが、外側にいるにしろ、ビリー・デュークや、彼とジュリー・ラトレッジの関係に関するうわさを聞いたら、ひとつ残らず知りたい。今後も逐一、連絡してくれ」

「了解」そのあと、意味深長な沈黙をはさんで、ドッジが尋ねた。「おれに理由を話す気はないのか？」

デリクは乾いた笑いを押しだした。「あんたが言ったとおり、どんな猥雑なことが飛びだすか、わかったものじゃないからさ」

調査員は冷ややかな笑いとともに電話を切った。

デリクはビールに手を伸ばしたものの、もはや飲む気が失せていた。中身をシンクに流し、虚空を見つめた。物思いに沈んでいたせいで、マギーが勝手口の塗装を引っかくまで、入れてくれと頼まれているのに気づかなかった。

「ごめんな、お嬢さん」かがんで耳の後ろを掻いてやった。「これからどうしたらいいか教えてくれよ、マギー。な、おまえが頼りなんだ」

満足げに息を切らしながら、マギーは冷たいタイルの床に坐り込んだ。

「おまえには負けるよ」カウンターに置いていた携帯電話をつかみ、さっき調べて記憶に留めておいた番号を押した。

「はい？」

「おれだ」

何秒かの沈黙をはさんで、ジュリーがけげんな声で言った。「そう」

「会ってもらえるか？」

「いまから？」

「アセンズまで来てくれ。クレイトンにイタリア料理の店がある。ジャクソンとの交差点のすぐ先だ」

「どのあたり――」

「キャンパスの近くだ。簡単に見つかる」

「アセンズまで車で一時間かかるわ」

「この時間帯だと、一時間半だな」

それきり電話を切り、彼女に断わる隙を与えなかった。


レストランの店内にはオレガノとニンニクの香味に、ビールと焼きたてのパンの酵母のにおい、手ごろな価格のワインが放つ果物に似た香りが満ちていた。ジョージア大学の夏期講座に通う学生たちで込みあい、デリクがこの店を選んだ理由はそこにあった。ここならまず知りあいに会わずにすむ。

もはやホイーラー家の代理人ではないので、ジュリーとのこの面談も職業倫理には反していない。だが、とくにこれといった理由もなく、密会だと感じていた。あるいは、彼女との出会いに関係があるのかもしれない。パリ発アトランタ行きの便の一件以来、すべてが許されない行為に感じる。

ときには甘美なほどに。

先に着いたデリクは、十ドル札の助けを借りて、夏期にもかかわらず長い席待ちの行列を飛び越してテーブルについた。ブース席を確保して、入り口を見ていると、ジュリーが入ってきた。

白く見えるほど色褪せたジーンズと体にぴったりとした赤いシャツという恰好だった。そんな服装で髪を垂らしていると、女子学生とさほど変わらない年齢に見える。近づきつつある新入生勧誘期間に備えてピッチャーに入ったビールを飲み交わしている男子学生クラブ所属の学生たちが、カウンターの後ろを通ってブースに向かうジュリーのお尻を口々に褒めそやしていた。

ジュリーはそんな茶々には目もくれず、もの問いたげな目つきでデリクの向かいに坐った。

「赤を注文したよ。よかったかな？」

「赤がいいわ」

「スパゲッティもワインも安いが、どちらもいける。学生時代はよく通ったもんさ」

「あなたはハーバードのロースクールでしょう？」

「学士号はここで取った」

ウェイターがワインのカラフェとグラスをふたつ持ってきた。すぐに注文されますかと尋ねられ、注文が決まったら知らせるよ、とデリクは答えた。「しばらくは、テーブルを借りてふたりきりになりたい」さらにもう十ドル、ウェイターに握らせた。

ウェイターがいなくなると、ふたつのグラスにワインを注ぎ、自分の分を掲げた。

「ワインのなかにある真実《イン・ビノ・ベリタス》」

ジュリーがグラスにグラスを突きあわせてから、ひと口飲んだ。

「ほんとにそう思う?」デリクは尋ねた。

「なにが?」

「ワインのなかには真実がある」

「疑っているような口ぶりね」

「きみとまったき真実とは、めったに手を携えていないからね」

彼女の瞳が不快感に煌めいた。「わざわざこんなところまで呼びだしたのは、そんなことを言うためなの? わたしの正直さを疑っていると?」

デリクはワインを飲むと、グラスをテーブルに置いて話しだした。「今日の午後、ケイト・フィールズがキンブルとサンフォードに会いにいき、写真を見てビリー・デュークに見覚えがあるのに気づいたと話した。ポール・ホイーラーが殺される数週間前に、きみに会いに画廊に来たからだ」

彼女はシートの背に体を押しつけた。デリクが伝染力の強い病にかかったと聞かされたようだった。「ありえない」

「どういう意味でありえないんだ、ジュリー?」

「あらゆる意味でよ」

「疑う余地のない権威者から入ってきた情報だ」

ジュリーは食ってかかりたそうな顔をしたが、格子柄のテーブルクロスに視線を落とした。

「ケイトは胃の調子が悪いからといって、早退《はやび》けしたわ」

「胃の調子も悪かったろうさ。彼女は大泣きで、刑事はきみを裏切りたくないとしぶる彼女から情報を絞りだした」

デリクをまっ向から見て、ジュリーが言った。「誓ってもいいわ。わたしはその男を知らない。写真を見せられるまで、顔を見たこともないわ。名前も、今朝刑事たちが画廊まで来て、匿名電話で特定されたと教えられるまで知らなかった」

デリクはテーブルに腕を置いて身を乗りだし、怒りに切迫した小声で尋ねた。「ケイトが警察に嘘をつく理由があるのか？」

「彼女にはないわ！　でも、わたしにはあると誤解して、それが恐ろしいほどの葛藤を生みだしたのよ」

「彼女と言い争ったことはないのか？　多少なりときみが――」

「ないわ！」断固としてかぶりを振る。「ケイトが警察に行ったのは、わたしに悪意があるからではない。この命を懸けてもいい。その男がわたしを訪ねて画廊まで来たと彼女が言ったのなら、実際来たのよ。だからといって、わたしが彼を知っていることにはならない」

「傍目にはそう見える」

「あなたにはでしょう！」

デリクは体を引いた。お互いに敵意と不審に満ちた目つきでにらみあった。ついに彼女が口を開いた。「なぜそのことをわたしに警告するの？」

「知ったことか」ぶすっと言うと、カラフェに手を伸ばした。マリーンが言ったとおりだ。

とりたててワインが好きなわけではないが、注げば手持ちぶさたがまぎれる。

ふたつのグラスが満たされるのを待って、ジュリーが言った。「話してくれてありがとう」

「いずれわかることさ」

「でも、あなたのおかげでショックに直撃されずにすんだわ。いまごろキンブルとサンフォードが、わたしにこの件をぶつけようとうちで待ちかまえているかもしれない」

「かもな。あるいは、きみにぶつける前に火薬を溜め込もうと、つながりをさらに深く調べているか」

「つながりなどないわ。嘘じゃない」

デリクは彼女を観察しながら、ワインを飲んだ。「今朝は無事に家まで帰れたのか？」

「ケイトに送ってもらったわ」

「外泊したわけはどう説明した？」

「彼女には停電して、ひと晩じゅう、気が気じゃないからと言っておいたけど。車はおかしな音がしたから、タクシーを呼んだと」

「それで彼女に通じたのか？」

「通じたみたいよ。うちに帰ってから、ハウスキーパーに電話して、今日は徹底的に掃除をしたわ。クライトンの痕跡をきれいに消したかったの」

「なるほど」

「どうしたの?」

「なにも」と言いながら、実際はなにかあった。「侵入された疑いがあることを刑事たちに話したほうがよかったかもしれないと思っただけだ」

ジュリーがそろそろとワイングラスをテーブルに戻した。「なぜ?」

それには返事をせず、みずから設定したホイーラー家との面談のことを話した。「正式に依頼を断わった」

「それに対して、ダグはどんな様子だった?」

「不満そうだったが、翻意は迫られなかったよ。むっとした様子でシャロンを連れて帰っていった」じっくりとジュリーの反応をうかがいながら、先を続けた。「クライトンと話す時間が取れた。ふたりきりで、きみがごく最近訴えていたことをぶつけてみた。駐車場ときみの自宅でのことだ」

「当然、どちらも否定したでしょうね」

「きみが適当な話をでっちあげて、彼がポール・ホイーラーを殺させたという申し立てをもっともらしく見せたがっているんだろうと言っていた」

「それがあなたの考えなの?　わたしの話が真っ赤な嘘だと?」

「侵入があったとしても、目に見える証拠はないんだ、ジュリー。おれにはなにがパニックの原因になるのかわからなかった」

「わたしがあなたに見せるためにそんなふりをしたと言いたいの?」

デリクはどっちつかずに肩をすくめて見せた。

「なんのために？」

「クライトンを悪く見せるために」

「考えてみて、デリク。わたしはあなたがうちに来るのを知らなかった。真っ暗ななかでうずくまっていたのは、あなたが入ってくるかもしれない万にひとつの可能性に賭けて、感情的に崩壊したところを見せつけるためではないわ」

デリクは前のめりになって、拳でテーブルを叩いた。「誰かに侵入されたという確信があったんなら、なぜおれが警察に通報すると言ったときに止めた？　なぜだ？」

「無駄だからよ」ジュリーが声を張った。「クライトンはわたし以外の人間には異常を感じ取れないようにしていたわ」

「いいだろう。だが、駐車場でも彼は誰にも見られていない」

ジュリーがふと目を合わせて、ささやいた。「あなたはわたしが嘘をついていると思っている。すべてについて。なにもかも。そうでしょう？」

デリクに疑われたことで、彼女は傷つき、意気消沈したようだった。クッションの利いたブースの背を背景にして、その体がやけに小さく見える。当惑に顔を曇らせ、マギーが縫いぐるみの中身を引きずりだして怒られたときのような目でこちらを見ていた。

ここへ来る道すがら、デリクはジュリー・ラトレッジと底なしの灰色の瞳にはくれぐれも気をつけるように、何度も自分に念を押してきた。昨夜のキスのこと、まとわりついてきた辱のこと、そして愛撫に対して間違いなく反応していた肉体のことは考えるなと、自分に厳命してあった。

それにもかかわらず、傷ついたジュリーの表情に対してはまったく免疫がなかった。胸が締めつけられ、その下が硬くなった。テーブル越しに手を伸ばして彼女に触れて謝り、自分の薄汚い疑いや発言をなかったことにしてくれと頼みたくなる。

だが、デリクは冷徹な態度を崩さなかった。「きみは彼に迫ったのか？」

ジュリーが言葉の意味を咀嚼《そしゃく》して、乾いた笑い声をあげた。「クライトンに？　あなた、正気なの？」

「彼の両親の家のプールハウスでだ。ポールから二十フィートと離れていない場所できみは彼のものをくわえようとした。そのあやうさがきみを燃えあがらせたと彼は言っていた」

たっぷり十秒にわたって、彼女は身を固くして黙り込んでいた。と、急に動きだし、シートに置いてあったバッグをつかむと、ストラップを肩にかけてブースから出た。料理と飲み物ののったトレイを高く掲げるウェイターにぶつかって、何皿ものパスタとワインのカラフェふたつが床に落ちそうになったけれど、立ち止まって謝ろうともしなければ、歩をゆるめようともしなかった。

小声で悪態をつきながらデリクはブースを飛びだし、ジーンズのポケットに入っていた二十ドル札を引っぱりだして、びっくりしている担当ウェイターの手に押しつけて、ジュリーのあとを追った。

狭い通路に押し込まれた人をかき分けて入り口まで行き、歩道に飛びだして左右に目を走らせた。ジュリーはすでに半ブロック先にいた。ほっそりしたヘビのようにしなやかな動きで、ほかの歩行者のあいだを縫うように先を急いでいる。

彼女が通りに飛びだしたせいで、フォルクスワーゲンの運転手が急ブレーキを踏み、やかましくクラクションを鳴らした。デリクは行き来する車を無視してあとを追い、さらに二ブロックで追いついた。ジュリーは彼女の車が停まっている駐車場にいた。ハンドバッグに手を突っ込んで鍵を探していたので、二の腕をつかんで、自分のほうを向かせた。

「ジュリー」

ジュリーはデリクの手を振り払った。「さっさと消えて」

「聞いてくれ――」

「もうたくさん」

「おれはきみを信じる」

「あなたがどう思おうと、わたしにはなんの関係もないわ」

デリクは彼女の手をつかんだ。「おれはきみを信じたい」

「そう」

「なにがなんでも、信じたい。きみにはその理由がわかっている」

彼女はあらがうのをやめて、探るような目つきでデリクを見あげた。その目は、なにを企んでいるの、と問うているようだった。

「クライトンについて知っていることを、なにもかも教えてくれ」

「なんのために?」

「知りたいんだ」

「下劣な興味?」

「そう言いたければ、言ってくれ。きみの好きなように言ってくれていい。おれはただきみが知っていることを教えてもらいたいだけだ」周囲を見まわし、アセンズの庁舎の前にならんでいるベンチを顎で指し示し、ふたたび彼女に顔を戻した。「頼む」

ジュリーはわずかに抵抗したものの、導かれるままに歩道を歩き、風雨にさらされた木製のベンチのひとつに腰かけた。市庁舎脇の狭い芝地でリスたちが追いかけっこをしている。やがて木の幹を駆けのぼり、生い茂った葉のなかに消えた。互いの腰に腕をまわしたひと組のカップルが、談笑しながらのんびりと通りすぎていく。あとはデリクとジュリーをのぞいて、近くには誰もいなかった。

うながすまでもなく、ジュリーのほうが切りだした。「わたしが知っているのは、ポールから聞いた話だけよ」

「それを聞きたい」

「たいして話すことがないの。ポールは身内をかばう人だったから」

「あそこまでの財産家になると、一族の結束が固くなる。そのなかの誰かが問題を抱えていればなおさらだ」

「たぶんそういうことなんでしょうね。クライトンのことを話すときのポールは、とても慎重だった。口にしたことより、口にしないことのほうが多かった」

「まだ語るべきことがあるときみに感じさせたんだな」

ジュリーが皮肉っぽく笑いかける。「あなた、証言者を誘導しているわ」

デリクは笑みを返した。「得意なんだ」

「でしょうね」

それから何秒か笑みを交わしあったあと、彼女は真顔に戻った。「ポールが前に一度、クライトンの保釈がどうのと言っていたわ」

「拘置所から？」

「文字どおりの意味なのか、比喩なのか、わたしにはわからないけれど。詳しいことは尋ねなかったの。もしわたしに聞いてほしければ、彼のほうから話したでしょうから」

ジュリーが黙り込み、デリクはその沈黙の意味を察した。「もしきみが落ち着かないなら、無理に打ち明けることはないんだぞ」

ジュリーはデリクに目をやり、顔を伏せた。「人の心を読む名人なのね」

「仕事のうちだよ」

「このことを話すと、ポールに対する裏切りのような気がして」

おれと愛しあったとき以上にか？　もちろん、その思いは口に出さなかった。デリクは待った。

やがて彼女が腹をくくって、話しはじめた。「ポールはクライトンを持ちあげるようなことを言ったことがないの。不満に思っているのを隠さなかった。でも、一度だけ、わたしに胸の内を語ってくれたことがある。クライトンに対していつにも増してひどく腹を立てていて、クライトンがしでかしたことか、やらなかったなにかについて感情を爆発させた。クライトンのことを心底いい加減で、責任能力のない人間だと言っていたわ」

「年配者が年下の人間に対していだきがちな不満だな」

「ええ、でもポールは続けてこう言ったわ。クライトンが放蕩な大人になったのも驚くにはあたらない、少年のころから異様なふるまいをしていたのだから、って」

「異様とは、どんな？　具体的にしゃべったのか？」

「いいえ。ただ、クライトンは突発的にほかの子たちに対して残酷になることがあったとは言っていた。それでも、ほかの子たちは彼に屈服した。人をあやつるのがうまくて、自分の意思に従わせることができたのね。だからリーダーになったけれど、かならずしもいいリーダーではなかった。それと、ポールはこんな話もしていた。クライトンを教えていた先生のひとりが学期中に退職して、突然の辞職の理由として彼の名前を挙げたと」

「なぜだ？　クライトンがなにをしたんだ？」

「わからないわ。ポールも知らないと言っていたし。その女の先生は説明を求められて拒否したそうよ。教室にはもう戻りたくないとだけ言って。私立の学校で、給料だってよかったのに」

デリクはそのすべてを吟味した。「クライトンがカウンセリングを受けたことは？　なんらかの治療とか？」

「シャロンが聞き入れなかったでしょうね。そしてダグは煮え切らなかった。ポールはダグが音をあげるまでうるさく言ってクライトンにセラピーを受けさせた。でも、ポールはのちのち、セラピーがお金の無駄に終わったことに気づいた。なんて言ったらいいか、クライトンは分析医のあやつり方を心得ていたの」

「彼の母親は息子の欠陥が目に入らないようだな」

「クライトンは役割を演じることに長けているわ。愛情深い息子だったり、伯父の殺害にかかわったという、いわれのない非難を浴びる甥だったり、そのときどきで演じ分ける」デリクのほうを向いたので、ふたりの膝が触れあった。「彼は空想の世界に生きているのよ、デリク」

ジュリーが口をつぐんだ。また彼のファーストネームを呼んだことに気づいたのだ。だが、デリクが感想を述べる前に語を継いだ。「クライトンの人生は映画の脚本であって、いまも進行中の作品なの。彼は絶えずその脚本に手を入れている」そして強調するために、デリクの手に手を重ねた。「あなたがそれを望むと望まないとにかかわらず、彼の脚本にはあなたが組み込まれている」

「おれが？」

「そう、あなたが。わたしも。ほかの人たちもよ。彼はわたしたちに役を割りふっている。

たぶんポールはクライトンの危険さに気づいていたか、少なくとも強い疑いをいだいていたんでしょう。でも、自分の甥を危険人物だと名指しすることには抵抗があった。クライトンには近づくなと、わたしには言ってくれていたけれど」

「クライトンのことで、きみに警告していたのか？」

「それとなくだけれど。彼とのかかわりは少なければ少ないほどいいと言っていたわ」

その発言について考えていたデリクは、彼女が腕の蚊を追い払うのに気づいた。「このままだと、生きたまま取って食われるな」

ふたりは立ちあがって、ジュリーの車へと引き返した。話をしているうちに、すっかり日が暮れていた。庁舎は閑散としている。通りの向かいにあるさまざまな酒場やレストランからは音楽と、話し声と、笑いが聞こえてくるものの、秋学期や春学期ほどのにぎわいはない。ひとりの女が音楽プレイヤーを聞きながら脇を走り去っていく。顎ひげをたくわえた教授タイプの男が、彼と同じくらい年季の入っていそうな錆びてがたのきた自転車に乗って通りすぎた。

車まで来ると、ジュリーはロックを解除した。ドアを開け、バッグを投げ入れると、デリクを見た。「あなたは聞き上手だけれど、まだ心からわたしの話を信じてくれていないのを感じる」デリクが口を開きかけると、さえぎった。「わかってる、そのとおりなのよね。答えなくていいから」

デリクは言われたとおりにした。彼女の両腕に手をやり、上下にさすった。キスしようと頭を下げたが、顔をそむけられてしまった。「ジュリー」背中のくぼみに手をまわして体を引き寄せ、下半身をぴったりと密着させた。髪を押しやって、彼女の耳に直接ささやきかけた。「ずっとあのときのことを考えていた。おれたちについて。こうして」ジュリーに体を押され、デリクは悲しげにうめいた。「離れないでくれ」

聞き入れてはもらえなかった。ジュリーは固く閉ざされた顔をしていた。「さっきまでわたしのことを嘘つきだと責めていた人が、こんどは甘くささやいて、わたしにキスするつもりなの？　そうはいかないわ、デリク。わたしには無理」

「きみが嘘をついているとは思っていない」

「真実を話していないと思っているだけね」

「そこには違いがある」デリクは言った。

「ひょっとしたら、いつかわたしにもその違いがわかるかもしれない」

ジュリーは身を引きはがして車に乗り込もうとしたが、デリクが放さなかった。「その境界には濃淡があるんだ、ジュリー。刑事もそう感じているんだろう。でなければ、とうに容疑者にされている。きみは、きみが伝えておきたいと思うことをおれに話した。あとなにが残っている？」

「なにも」

「なにかある」デリクは彼女の顎の下に指を添え、自分の顔を見させた。「プールハウスできみがクライトンに迫ったという話は、一瞬たりとも信じなかった」

「飛行機のなかであんなことがあったあとなのよ。信じられない理由なんてある?」デリクが黙っていると、彼女は笑いだした。苦々しい笑い声だった。「待って、わかったから。わたしならクライトンとのセックスに興味をそそられるかもしれないけれど、貪欲な玉の輿狙いでもあるから、そんなくだらないことでポールとの仲をあやうくしないわよね」

デリクは答えず、実際は沈黙が多くを語っていた。

「二度とわたしに連絡してこないで」ジュリーは彼を押しのけ、急いで車に乗り込んだ。

「ジュリー」

一瞬ドアのつかみあいになったが、ジュリーにドアを閉められた。エンジンがかかるなり、車が走りだす。デリクはその場に立ちつくし、テールライトが遠ざかって近くの角を曲がって消えるのを見ていた。

小声で悪態をつき、ふり返った。それを待っていたように、近くにある黒っぽい木の幹から影が離れ、人の形になった。「こんどいさかいになったときは、棍棒と洞窟方式を勧めるよ。原始的な女には絶大な効果がある。でなきゃ、人類は繁殖してないし、ぼくたちの誰もここにはいない」

ズボンのポケットに手を突っ込んだクライトン・ホイーラーが黒々とした木の陰から進みでて、のんびりとした足取りで近づいてきた。調子っぱずれの口笛こそ吹いていないが、日曜日のそぞろ歩きのようだった。

デリクは動揺を隠して、平然とした口調を心がけた。「おれにはジュリーのような女に洞窟作戦が通じるとは思えない」

暗がりに輝くような白い歯が浮かび、クライトンが破顔一笑したのがわかった。「あなたの言うとおりかもな。なにが彼女にいちばん受けるのか、いまは亡き伯父さんに相談できなくて残念だったね。伯父さんなら知ってただろうに。彼女と二年つきあってたから、なにかこれってことをしたんだろう。そりゃ……」前かがみになって、ささやいた。「金はあるけど。百ドル札の札束で彼女のあそこをくすぐったりしてさ。あなたはどう思う?」

デリクが思ったのは、殺人を犯しそうだということだった。怒りに体が震えていた――かくも笑止千万な状況に自分が陥ったことに、そしてこの最低男のうぬぼれに腹が立ってしかたがなかった。「誰をつけていたんだ? ジュリーかおれか?」

「今夜か? あなただよ」

デリクはクライトンの尻尾をつかまえた。つかまれたことに気づいたクライトンは、笑いながら、降参とばかりに両手を上げた。「白状すると、素人探偵のまねをしたのはこれがはじめてじゃない。昨日の夜だけど、大嵐でロマンティックだったろう? 稲光に雷鳴、降りしきる雨。ひどく原始的だったせいで、彼女のなかの獣が引きだされたのかな?」

「あきれたやつだな。昨日の夜、おれがジュリーと一緒だったのを承知のうえで、今日おれと話をしていたのか」

「そう、あなたは彼女と一緒だった」クライトンは自分の顔をあおいだ。「蒸気で曇った窓の奥で行なわれてることを想像して、すっかり興奮してしまったよ。少なくとも、息が荒くなるようなことだったわけだ」

「昨日の夜は、おれたちのどちらをつけていたんだ？」

クライトンが気だるそうに肩をすくめた。「依頼人が多すぎて、ぼくたちホイーラーの人間のための時間が割けないとかなんとか、見え透いた言い訳だと思ってたからね。ぼくがあなたのことを徹底的に調べるとは、思わなかったのかい？　そうさ、調べたよ。で、調査内容から引きだされたのは、野心と金銭欲だけがあなたの才能をフルに発揮させるってことだ。それがあなたを完璧な被告側の弁護士にしている。

それで、ぼくは自問した。だとしたらなぜあなたは、マスコミからの数少ない質問をさばく以外にとくにこれといってやることがないのに大金が投げ与えられるうちの仕事を断わるのか？　しかもあなたみたいに、世間の注目を浴びるのが好きな男がさ、ミスター・ミッチェル。わかるだろ？　理屈のつかないことがいくつかあって、ぼくは筋書きに矛盾点があるのが大嫌いときてる。主役に説得力のない動機しかないなんて許せないからね。それで、うちの代理人を断わったほんとうの理由を突き止めようと思った」

「それでおれをつけはじめた」

「ホイーラー家の頼みを断わる人間なんていないからね、ミスター・ミッチェル。とりわけ、このぼくの頼みを。でも、ただ癪にさわったからじゃない。好奇心をそそられたんだ。なにかを感じ取って……」中空で指をうごめかした。「許されないなにか。エロティシズム。ひょっとするとあなたが原始的なオスの芳香を放ってたのかもしれない」

「先史時代からの類似性を持ちだしすぎなんじゃないか?」

「なんとでも」クライトンはここでふたたび声を低めた。「なんたることか、昨日の夜、あなたが誰の家に現われたと思う?　ぼくの驚きを察してくれよ。だが、これであなたがなぜぼくの弁護ができないとのらりくらりかわしていたのか、急に納得がいった。ぼくを擁護すべき立場にあるあなたが、ぼくの告発者といたしてたわけさ。正直な話、ぼくにもそこまでは想像ができなかった。脚本のひねりとしたら、スコセッシ級の価値がある」

ジュリーが立ち去った方角に視線を投げた。「わかってる、彼女のことだから、亡き伯父ポールから伝わった——しかもひどく大げさに伝わった——いまのぼくと、道を誤った少年時代のぼくに関する愚にもつかない話をきみに吹き込んだんだろう。

ぼくにカウンセリングを受けさせろと、伯父さんが強く言った話は聞いたかい?　うん?じゃあ、これは聞いたかな?　治療をはじめて数カ月後にはぼくは異常なしと診断される一方で、医者はぼくやぼくの欠点に執拗にこだわるポール伯父さんのほうが精神的に不安定なんじゃないかと疑ったんだ」

クライトンは笑い声を放った。「いつか、あなたとジュリーのなれそめを聞かせてくれよ。ポール伯父さんが悲劇的な最期を遂げる前、それともあと?」手を上げて、手のひらを外に向けた。「いや、べつに答えは聞きたくない。みだらなシナリオを勝手にでっちあげたほうがいいからね。

ミスター・ミッチェル——デリクと呼んでいいかい?　そう、実を言うと、正直言ってなぜうちの仕事を断わるか率直に話してくれたら、ぼくはおもしろがったんじゃないかな。あなたとポール伯父さんの愛人とはね。ケッサクだよ」

と、ふいに愛想のよさを消して、威嚇の表情をあらわにした。「でも、あなたは話さなかった。だから、いまこうして話してるんだ。もしあなたがぼくを裏切ってたんなら、あなたは絶対に逃げられないし、器量よしのジュリーをどうのって話どころじゃなくなる。ぼくが本気を出したら、あなたは法廷に立つどころか、二度とそのなかに入れなくなる」

もううんざりだった。デリクはクライトンに近づき、胸に指を突きつけて、ぱりっとしたオックスフォードシャツにくぼみをつくった。「おれを脅すのはやめてくれ。おれはおまえの弁護士じゃない。おまえが最初に事務所に来たときに、そう言ったはずだ。おれは会いたい人に会うし、おまえがなにをしようと、それを止めることはできない。

それに、おれが昨日の夜ジュリーの家にいたことはおまえがそこにいないかぎりわからない。今後おれや彼女のそばにいるのを見つけたら、おれは警察に頼んでおまえの弱々しいケツを拘置所に叩き込んでもらい、彼女の家を徹底的に調べて、何者かがそこにほんとうにいたのか、そして物を動かしたり触れたりしたのかわかるまで、そこから出られないようにしてやる。完璧な指紋を採らせ、DNAの証拠を集めさせてやるから、鑑識が結果を出すにもたっぷり時間がかかるぞ。

起訴には持ち込めないかもしれないが、おまえは何週間か鉄格子の向こうで不愉快な時間を過ごさなければならない。おれにはいま、拘置所に入っている依頼人が何人かいて、彼らの運命はおれが法廷でどのくらい活躍できるかにかかっている。だからおれが一度訪ねていけば、おまえがひどい目に遭うように手配してくれる。彼らにになら、おまえには想像もできないくらい、さんざんにおまえをぶちのめすことができる」デリクはさらにもう一歩クライトンに近づいた。「おれの言いたいことがわかったか?」

クライトンはぶるっと身を震わせてささやいた。「〝ワオ。自分は性的に興奮してしまいました、上官〟。トム・クルーズ、『ア・フュー・グッドメン』」にやりとして、ウインクした。「ジュリーが濡れるわけだ」

デリクにとってかつてないほど困難だったのは、クライトンの輝く歯を一本も損なわずに彼から離れることだった。

ジュリーは自宅に帰ると、真っ先にケイトに電話をかけた。電話に出た若い女の声は、何時間も泣きっぱなしだったのか、しわがれていた。電話の表示部にジュリーの自宅の番号が現われるのを見たらしく、警戒しているふうだった。

まずは彼女を安心させたかった。「あなたが今日警察に行ったことは、知っているわ。そのことはいいのよ」

「ああ」ケイトはしゃくりあげたり、泣きじゃくったりしながら、説明をはじめた。

ジュリーが口をはさめたのは、それから五、六分後のことだ。「あなたを責めてるんじゃないの、ケイト。まったくよ。あなたはすべきことをしたし、それにはたいへんな勇気が必要だった。わたしは、怒っていないことをあなたに伝えて、ついでにその男のことを知らないのを伝えたかったの。画廊に訪ねてきた男がどんなつもりだったのか、わたしには見当もつかない。でも、誓って言うけれど、刑事さんたちに話をしたからといって、あなたが葛藤を感じる必要はないのよ。あなたが男のことを話しても、わたしに傷がつくことはないから。その男のことは知らないの」

「ああ、ジュリー、あたしがどんなにほっとしたかわかる？　あなたに嫌われると思い込んでたの」

「そんなはずないでしょう」

「話をしたことをあなたには言うなって警察に口止めされたせいで、よけいに罪悪感がつのっちゃって。どうしたらふだんどおりにふるまえるかわからなくて、気分が悪くなるくらい心配してたの。こうして秘密がなくなって、どんなにほっとしたか」

ケイトを誤解させたくないので、ジュリーは言った。「話してくれたのは、刑事さんたちじゃないのよ」

「じゃあ、どうしてあなたが知ってるの？」

「それについては、答えることができないの」

「じゃあ、答えないで。でも、あたしが刑事さんたちと話をしたのを知ってるなら、これを伝えても大丈夫よね。刑事さんたちは男が画廊に来たのは、偶然じゃないと思ってる」

「わたしも偶然だとは思えない」

「その男がポールを撃ったのかしら?」

「わからない。今夜はくたくたで、頭が働かないの。もうベッドに入るつもり。明日またね」

電話を切ろうとすると、ケイトが急いで言った。「ホテルのことは言ってないから。昨日の夜、あなたが外に泊まったことは」

「そう。それはまったく関係のない話なのよ」

「あたしもそう思って。だから、刑事さんたちにあなたが家の大掃除をしたことを話したときも、その部分は省いたの」

なぜそのことを知っているのかとケイトに尋ねかけたが、彼女はジュリーからもらった電話に感謝の言葉をならべたてた。「これで眠れるわ」

「よく寝てね」ジュリーは言った。「明日にはふたりとも気分がよくなっているわ」

電話を終えるとすぐにベッドに入ったが、考えることが多くて眠れなかった。動揺していて、キンブルとサンフォードがこの新しい情報をどう扱い、自分とビリー・デュークをどうやって結びつけるつもりなのかが気になった。彼の行方を追うにあたって、進展はあったのだろうか?

それに、考えないと決めているのに、デリクのことが頭から離れない。飛行機で隣に坐ったときからずっとだ。彼を妨害するのが目的だったのに、まったく予期せぬことが起きた。彼に対して好意が芽生えてしまった。

すぐに魅力を感じた。たんに外見だけに惹かれたのではない。感じのいい笑顔と印象的な瞳もさることながら、自分を笑ってみせる鋭いユーモアの感覚と、自信に裏打ちされたゆったりとした態度に好感をいだいた。思っていたような、うぬぼれの強い人物ではまったくなかった。むしろ、自分自身をからかうような人だった。自分が担当した有名な事件や、法廷における勝利の話で会話を独占することもなく、ジュリーの言うことのすべてを興味深げに聞いてくれる聞き上手だった。

あんなにハンサムな人の内側にかくも好ましくて感じのいい人柄が収まっているとは、思わなかった。ましてや、官能的な魅力にあふれた人とは思ってもみなかった。彼の隣に坐って何分もしないうちに、どうすべきか決まった。

いまなら認められる。誘惑したのは彼の信用に傷をつけるためだけではなかった。そう、自分のためだった。悲しみや恐怖や失意や怒りや、ポールが死んでからふつふつとしていたそんな感情のすべてが、トイレでデリクとつながったとき沸点に達した。こうした感情の混合物の爆発は激烈なものだった。

最初のキスのときから、性急に余すところなくわが物顔に奪ってくれという思いが彼に伝わっていたのだろう。だから、彼は力強くて温かくて堂々とした手をお尻の下にすべり込ませてきて、腰を突きだすたびに引き寄せ、絶頂のときにふたりの肉体をしっかりと密着させていたのだろう。

終わりしだい、忘れたいと思っていた。任務完了。

だが、たとえ一瞬にしろ、自分なら客観的になれる、セックスなど問題ではないと考えたとは、ばかだった。今夜、デリクからあのときのことが忘れられないと言われて、彼をなじった。だが、心を奪われたのは彼だけではない。ジュリーのほうも忘れるどころか、気がつくと引き戻されている。まるであのできごとが脳裏に焼きつけられて、再限なくくり返されているようだ。そしてそんなことを思いだしたくないときに限って、ふと再生されている記憶に追いつき、甘く鮮烈な場面が思いだされて、欲望があふれた。

なお悪いことに、彼と一緒にいると、そのたびにあのときの記憶がサラウンドサウンドのテクニカラーでフルによみがえった。彼のそばにいたときの反応たるや、自分でもとまどうほど激しく肉体的なものだった。彼に腹を立てているときでさえ、いままでに例のない欲望の疼きを否定することができなかった。そして、そんな状態を恨んだ。互いに惹かれあったところで、当然その先は考えられないからだ。これほど悪いタイミングもない。とうてい無理な状況だった。それでも——

携帯電話が鳴った。

暗がりで手探りし、携帯電話を開いた。「はい?」

「ジュリー」

「デリクなの?」

「おれはきみを信じる。すべて、全面的に」

ジュリーは上掛けをはねた。なにかがおかしい。彼の声でわかった。「どうしたの? なにがあったの？」

「あの悪党にマギーを殺された」

16

ビリー・デュークはヒビの入ったモーテルの鏡に映る自分を見ながら、ほんの数週間前までの自分は、あの粋で自信満々でハンサムで口のうまい男は、いったいどこへ消えたのだろうといぶかっていた。

髪はクルーカットからいくらか伸びた。はやりではなかったけれど、トレードマークだった波打った豊かな髪が懐かしかった。以前はしゃれた服装をしていたのに、いまはその代わりにくたびれはてたTシャツとジーンズを身につけている。

「そういう恰好はやめろ」クライトンに言われたのだ。「目立っちゃいけない。実用一点張りの、人目につかない存在になるんだ」

それで、自分の〝外見〟を捨てたが、なにより変化して、いまだ慣れないのは、自分自身のようだ。荒くれだったおれはどこへ行った？　鏡のなかの男はびくびくして不安そうで、破れかぶれでだらしがなかった。一見して自分だとは思えないほどだ。

いったいおれの身になにが起きたんだ？

答えはクライトン・ホイーラーだった。

汚れたシンクにかがみ、冷たい水を顔にかけた。かすかに汚水のにおいがする。タオルは向こうが透けて見えそうなほど薄い。汚いモーテルだが、宿泊設備など問題のうちに入らなかった。

今朝クライトンがひょっこりモーテルを訪ねてきた。それ以降、ビリーはクライトンから言われたことを、ふたりのあいだで交わされた会話のいちいちを、反芻して過ごしていた。

最初に覚えているのは、強烈な喉の渇きにみまわれて目を覚ましたことだった。まだ起きあがりたくなかったので、唾を出して呑み込もうとしたが、口のなかが干上がっていた。そこでしぶしぶ目を開けたのだ。

あまりの恐怖で心臓が爆発しそうになった。「ちくしょう!」

手で気管を押さえつけられて、罵声が閉じ込められた。「〝おまえはどれくらい生きたいんだ?〟」

ビリーには答えられなかった。苦しげなうめき声を漏らすしかなかった。脚をばたつかせ、背中を弓なりにして、首にかかった手を外そうとした。だが、およそ百七十ポンドほどのクライトン・ホイーラーの体重のすべてがかかっているので、びくともしない。そのあまりの圧迫感に、喉仏がピンポン球のように破裂しそうで怖くなった。

「〝おれをはねのけられるぐらい生きたいか、仔猫ちゃん? それとも、おれの寛大さや慈悲心にすがって、おまえを殺すのをやめるのを待つか?〟」

ビリーの眼球が飛びだしてきた。顔がゆがみ、充血した。頭のなかで漆黒の空間に黄色いロケット花火が爆発しだした。末端がびりびりする。脳の活動が落ち、シナプスの連結が悪くなってくる。
　それでも、脳の一部にはまだ思考力が残っていた。そしてその部分で、クライトンは明らかに激怒しているにもかかわらず、どうしてこうも冷静なのかと考えていた。クライトンからどなりちらされたのであれば、これほど怖くはなかっただろう。ほんとうに殺されるかもしれないと思ったのは、彼の悪意に満ちたささやきや、冷徹な自制心ゆえだった。これがこの世で過ごす最期の数秒となり、ゆっくりと容赦なく命を絞り取っていくクライトンの端正で落ち着いた顔を見つめながら死んでいくことになるのかと思った。

　だが、攻撃してきたときと同じように、クライトンはふいに手をゆるめた。投げ捨てるようにして、ビリーの首を手放した。あお向けになっていたビリーは、首をつかみ、空気を求めて咳き込んだ。腫れあがった咽頭にようやく空気が押し込まれると、あえぎながら言った。

「なんなんだよ？　ちびらせやがって」

「これはそのにおいなのか？」クライトンは悠然と椅子に腰かけ、ビリーの汚れがついていでもいるように淡々とポケットチーフで手を拭った。リネンのスポーツジャケットの胸ポケットにチーフを戻すと言った。「ルイス・ゴセット・ジュニアは、『愛と青春の旅だち』のこの台詞でオスカーを獲った。そのとき彼はデヴィッド・カルーソの首を絞めていた」

「あんたもルイスなんとかってやつも、クソ食らえだ」ビリーも映画は好きだが、クライトンの映画に対する思い入れにはいらだちを感じはじめていた。「しょんべんをしてくる」

バスルームに入ると、用を足し、グラスに水を汲んで飲んでから、首の痣を調べた。そのとき、クライトンをいやなやつだと思った。だが、いまにして思うと、まだ序の口だった。

ビリーは身支度をして部屋に戻った。L字形で角の欠けたバラ色のフォーマイカのカウンターを境にして、リビング兼寝室の空間とキチネットとが隔てられている。そして見苦しい部屋の中央には、肥溜めに咲いたモクレンのように、輝ける青年が坐っていた。あまりに非の打ちどころがないので、自分が引きこもっているモーテルの部屋がますますいやになった。

「あいつらがおまえの写真を手に入れたぞ」

クライトンの声の調子に心臓が小さく跳ねた。その平板さにだ。不安を隠すため、ビリーは靴をはこうとベッドの端に腰かけた。

「あいつらがおまえの写真を手に入れた」クライトンがくり返した。「昨日の夜、テレビで流れたんだ」

「観たよ。それがどうした?」靴をはき終わると、立ちあがって、ぶらっとキチネットまで行った。

「今朝ここへ来たのは、おまえが立ち去っているのをこの目で確認するためだ。なのにおまえはここにいる。二週間になるぞ……あれから。あの日の午後のうちにアトランタを発つ約束だっただろう、ビリー。そういう計画だった」

「おれが好きこのんでここにいると思ってんのか?」うんざりした顔でモーテルの部屋を見まわし、客人に不備を気づかせた。「計画じゃ、おれはとんずらすることになってた。とうにいなくなってた。ただ、金の問題が計画どおりじゃなかった。それも計画の一部だったろ。おれは毎日、ラップトップでケイマン諸島の銀行口座を確認してるが、いまんとこ残高はゼロだ。あんたが預金するのをうっかり忘れたのか？　計画のその部分だけ都合よく忘れちまったのか？」

「いいや」クライトンは穏やかに答えた。「でも、条件に関するおまえの記憶にはあやふやな部分がある。条件によると、おまえが誰にも追跡されることなくアトランタを出たとき、金を入金することになってる。ぼくとしてはおまえが容疑者として捜索されることがないのを確かめるため、それなりに待たなきゃならなかった。それで納得いけば、おまえに金を支払う」

　ビリーは鼻を鳴らした。「おれは昨日今日、生まれたわけじゃないぞ」

「喉元を過ぎたら、ぼくの約束は信じられないってか？」クライトンはわざと傷ついたように首をすくめた。「それはないだろ。ぼくがあそこまでしてやったのに」

　さりげない指摘だったものの、効果は絶大だった。ビリーはそれ以上、その話を深めなかった。「コーヒーは？」

「いや」

　自分のためにコーヒーメーカーをセットした。「やつらが公表したおれの写真なんか、冗談みたいなもんさ。クソの役にも立たない」

「ぼくにはあれで充分おまえだとわかったぞ」

「そりゃ、あんたがアトランタでおれのことを知ってる唯一の人間だからさ」

「おまえの元カノもおまえのことを知ってる」

クライトンが彼女のことを持ちだすとは、青天の霹靂だった。できれば、彼女がアトランタに住んでいることを忘れてもらいたかった。「あくまで〝元〟だっての」と、ビリーははねのけるようなしぐさをした。「それに、彼女はおれがここにいるとは思っちゃいない。外見をすっかり変えたからな。髪型にしろ、服装にしろ。あのぼやけた写真じゃ、彼女の知ってるビリー・デュークだとは気づかない。仮に気づいたところで、警察沙汰に巻き込まれるもんか。この前、警察に泣きついたとき、ひどい目に遭ってるからな」

「おまえが考えてるような女じゃないかもしれない」

「いや、そうさ。おれは彼女を知ってる。そんなことはしない。安心してろ」

クライトンはくつろいでいるようだった。そこに腰かけて、タッセルのついたローファーで暇そうに宙を蹴っていた。攻撃に入る直前の爬虫類がくつろいでいるようなものだ。

「監視カメラに気をつけろって、言わなかったか？」彼が尋ねた。

「言われたさ。だがな、カメラに映らずに、どうやってホテルに忍び込むんだ？　出入り口にはみんなついてんだぞ。少なくとも、あのホテルは古いから、セキュリティシステムが時代遅れだった。新しいとこだとエレベーターのなかやら、各階やら、そこらじゅうにカメラがある。もしあんたのポール伯父さんが女とやってんのがバックヘッドの〈リッツ〉だったら……話は変わるが、なんでふたりはあのホテルにいたんだ？　もっと新しくて、しゃれたホテルじゃなくてさ」

「この街にある数少ない私有ホテルだからさ。所有者がポール伯父さんの古い友人だったんだ。そいつは二、三年前に死んだが、伯父さんには感傷的なところがあった」

「なるほどな。ま、それがこっちにゃ好都合だったってわけさ。流行の最先端をいく忙しいホテルだったら、別の計画を練らなきゃならなかった」

「いまとなってみれば、別の計画を練るべきだった」

ビリーはかぶりを振って、その発言を退けた。「火曜日に女と昼を過ごすのは絶対で、おれにはあいつがあそこにいて、それが何時から何時までかわかってた。そういう情報があったから、計画が立てられた。それに、あんたは彼女の前で、おれにあいつを撃たせたがった。あんたはそこんとこ、念を押してた」ガラスの容器にある程度のコーヒーが溜まると、バーナーから持ちあげてカップに半分注いだ。なにかつかめるもの、支えになるものができて嬉しかった。「ほんとにいらないのか?」

「ああ、いらない」

クライトンに凝視されていると、落ち着かなくなる。ビリーは負けじとコーヒーを吹いて冷ましながら、湯気を透かして彼を見返した。攻勢に転じるときだ。

「おれはあんたが来て驚いたよ、クライトン。あんたはおれがいないと思ってたかもしれないが、おれたちは金輪際、絶対に連絡を取りあわない約束だったろ。何週間もひとりだったから、話し相手ができて嬉しいが、はっきり言って、約束違反には腹が立ってんだ」

「昨日の夜、おまえがテレビにデビューして、事情が変わった。リスクを冒してでも、おまえが消えたのを確認しなきゃならなくなった。ところがまだこうしておまえがいたおかげで、おまえの長居はもう歓迎されないと告げて、ついでに、いったいなにを考えてたんだと尋ねる機会が与えられたわけだ」

針先のように鋭い口調だった。ビリーは刺されたように反応した。「なんのことだ?」

「強盗だよ。あのくだらないマスク」

「工夫しろと言ったのは、あんただろ。強盗に見えるようにってさ」

「あれじゃ誰も騙せない」

そう言ったときのクライトンは動いていなかったが、ビリーは彼の内側が振動して、表面の皮一枚で怒りを抑え込んでいるのを感じ取った。おれに腹を立てるとは、いったい何様のつもりだ? 偉そうにふるまうクライトンにむかっときた。大金持ちだかなんだか知らないが、そこまでの特別扱いは許されない。

「いいから、安心してろって。なあ、おれはビリー・デュークだぞ。捕まりゃしないさ。全身、完全に守られてる。声は変えてたし、着てた服はマスクを含めて全部燃やした。サングラスは壊して、ゴミ箱に捨てちまった。

拳銃はバラバラにして、街じゅうの雨水管にばらまいた。仮に警察が全部を見つけて、組み立てなおしたとしたって——そんな可能性は万にひとつもないがな——あの銃は追跡できない。銃番号を削り取ってあるし、あの銃が火を噴いたのは、あんたのやさしい伯父さんの頭を撃ったときの一回きりだ」クライトンが反応しない。ビリーはじりじりして、こうつけ加えた。「な、警察はおれを犯罪に結びつけられない。だろ?」

「おまえがホテルのなかにいたことは証明できる」

「何百っていう、ほかの人間たちと一緒にな。もしおれだと気づかれて、質問されたって、おれにはちゃんと説明できる。おれは電話を使うためにホテルに入ったんだ」

「電話を使うため?」

「ロビーの隅にある公衆電話だよ。おれは仕事を求めて、新聞の求人広告に問いあわせをしてた」背後に手をまわし、酒場で拾ってきた折りたたんだ新聞の束をつかんで、クライトンに見えるように掲げた。「赤ペンで丸く囲んだ求人広告。星印をつけたやつ。問いあわせ先の名前は書き留めてある。ホテル周辺の仕事に絞った。おれの携帯電話は故障してて、あのホテルが便利だった。エアコンが効いてるし、連絡するには静かだからさ。あそこを何日か事務所代わりにしてるうちに、ポール・ホイーラーが撃たれた日になった。

もし警察がロビーからの電話を調べたら、おれが四日間毎日、あのへんに電話をかけてたのがわかる。それはこの新聞で印をつけてある広告の番号だし、おれは求人広告について問いあわせてた。

そのうち二カ所には直接出向いて、応募書類をもらってきた。一枚も出しちゃいないがな。そんなわけで、おれにはあそこにいる理由があったたし、そいつは反論の余地のない通話の記録と、おれが話した相手とで確認できる。

でもって、いわゆる強盗殺人事件が起きた日のおれは、三時四十五分に将来雇い主になってくれそうな人間のひとりと会うことになってた。あんたには、あんたの伯父さんと女がいつも三時までにあそこを出ると聞いてた。あの日は彼女が特別サービスでもしてたんだろう。部屋を出たのが三時を十分まわってた。階段室からふたりがいたスイートのドアを見てたおれには、えらく長く感じた。で、ふたりが部屋を出るなりマスクとサングラスをつけて、大急ぎで八階におり、エレベーターのボタンを押した。簡単じゃなかったんだぜ。でも、うまくやったろ?」

クライトンが笑顔になっていた。「ああ」

「疑ってたのか?」

クライトンは肩をすくめ、ビリーに疑問をいだかせた。自分が首尾よくやってのけると、この男は完全には信じていなかったのかもしれない。

クライトンのことは気に入らないが、認められたいという思いはある。「おれは大騒動になる前に悠々とロビーを抜けた。約束の時間に間に合うように」

「ほんとに行ったのか?」

「人事課の姉ちゃんの面接を受けたよ。おれのことを気に入って、おれの資格証書はすばらしいと褒めてくれたよ。もし全部の書類に記入してたら、つまんねえ仕事をくれたろうな」

ふたりで大笑いしたあと、クライトンが言った。「ぼくに渡せよ」

ビリーの笑い声が途絶えた。「なにを?」

「エレベーターに乗っていた連中から取りあげた貴金属さ。おまえが捕まったとき、伯父さんの腕時計を持ってちゃ具合が悪い」

「よしてくれよ、クライトン、あんたがあれを欲しがってるなんて知らなかったぜ。全部捨てちまった。そりゃあ、胸が痛んださ。あの腕時計だけで、二万ドルはするだろう」

「五万だ」

「嘘だろ、五万だと？ ま、いまさら言っても遅いがな。ゴミ収集の連中が見てないうちに、裏のゴミ箱に投げ捨てちまった。圧縮されるのもこの目で見てた。残りは街じゅうのゴミ箱に捨てておいた。ホームレスが指輪やら、時計やらを見つけるかもしれねえが、仮にそいつらが警察に届けたとしても——いや、ありうるぞ——おれとは結びつけられない」

それでもクライトンは、いっさいまばたきしない目でこちらを見ていた。いまビリーは、そのとき大金持ちの仮面をくぼませてやりたくなったのを思いだしている。卑下する必要はない。ふたりは相棒であって、上下関係はないのだから。クライトンを圧倒して畏れさせたくて、ビリーは尋ねた。「サツから話を聞かれたときに、殺害現場の写真を見せられたか？」

「なぜそんなことを訊くんだい？」

「いや、どうかなと思って」無頓着そうに言った。

「いや、見てないよ。うちの父親には見せたと思うけどね」

「あんたがエレベーターのなかの様子を見たら、おもしろがっただろうにな」ビリーはクライトンに引き金を引いたときの高揚感を伝えながら、しだいに興奮をつのらせていった。

「どうなるか自分じゃわかってるつもりだった。ほれ、映画だって観てるしさ」ビリーはにやりとした。「ところが、どっこい！　ずっとでかい音がして……」銃声を表わすために両手を使った。「エレベーターのなかが地獄絵に変わちまった」

むかついたことに、クライトンはビリーがつくりだした血みどろの場面にも、コメントひとつ述べなかった。「いつここを発つんだ、ビリー？」

「いつだか言ったろ」

「ケイマン諸島の口座に金が入ったときか？」

「そこんとこが片付いたら、あとはおさらば《アディオス》さ。あんたとは二度と会わない」

「完璧だ」

「ああ、計画どおりさ」

クライトンがゆっくりと立ちあがった。「ただし、ぼくのほうにもひとつ気になる点が残ってる」そして笑顔になったが、それはビリーの心臓を跳ねあがらせるような笑みだった。

「気になること？」

「ぼくはおまえが言うほど安心できなくてね。なかでも気がかりは、おまえの元カノさ」

跳ねあがった心臓が、こんどは早鐘を打ちだした。「彼女はおれがジョージアにいることすら知らないんだぞ」

クライトンの笑顔が悲しげにゆがむ。「ビリー、相棒に嘘をつくもんじゃない」

「嘘なもんか」

クライトンが顔を近づけてきて、ささやいた。「アリエルと話をしたよ」

ビリーはコーヒーをもどしそうになった。「あんたが？　いつ、どこで？」

「電話の件も知ってる」

それでもシラを切ろうと、ビリーはつっかえつっかえ言った。「で、でんわ？　なんの話だ？　電話ってなんだよ？」

「ぼくに向かって息巻くなよ、ビリー。ぼくの言う電話がなんなのか、おまえにはわかってるはずだぞ」

「いいや、全然」あらんかぎりの熱意を込めて否定した。金持ちのろくでなしの目に自分がどれほどあわてふためいて見えたか、いまならわかる。「いいか、アリエルがなんと言ったか知らないが、彼女にはおれがここにいることなんか、わかりっこないんだ。そういう約束だっただろ？　相棒なんだぞ、あんたとおれは」

「だからこそ、秘密は持っちゃいけないのさ。いまこうして話をしているのは、おまえの元カノがぼくたちに二度とつきまとわないようにしようと、決めたからだ」

「なにを企んでるんだ？」

「ぼくに任せておけよ」

「言ってるだろ？　彼女のことは心配いらねえって」

「ふむ……」クライトンがウインクした。「念のためってとこかな」

ビリーは急いでカウンターをまわったために、角に腰骨をぶつけた。両手を上げて、手のひらをクライトンに向け、これまでつねに役に立ってくれた子どもっぽくておどおどした笑みを浮かべた。「わかったよ、おれの負けだ。彼女の家に何度か電話した。ほんの気まぐれだよ。悪態ついたり、笑ったりさ。たいしたことじゃないだろ?」

クライトンは腕時計に目をやり、ドアのほうを見た。「マッサージ師との約束がある」

「ちょっと待てって。おい、なにをするつもりなんだ?」

「マッサージを受けるよ」答えたクライトンは、ミサの手伝いをする少年のように無邪気だった。「ああ、おまえの元カノのことか?」考え込んでいるように唇を引き絞るのを見て、ビリーは殴ってやりたくなった。「なあ、おまえにあんなことをして、ひどく裏切ったんだから、厳しく罰してやらなきゃならないだろ? 彼女はなんの容赦もしなかったんだぞ」

「まだガキなのさ」ビリーは無頓着に聞こえるように、声の抑揚を調整した。「それにおれのほうだって、彼女に対してまともな態度じゃなかったしな」

「ぼくに任せてくれよ、ビリー。その問題を片付けておけば、ぼくたちふたりともずっと成功を確信できる」ビリーは戸口までクライトンのあとをついて歩いた。クライトンがノブに手を伸ばすと、ビリーは一瞬、衝動に屈して、彼より先にノブをつかんだ。

「どこにも行かせないぞ、クライトン。まずはそのことを話しあって、はっきりさせなきゃならない」

クライトンは驚くと同時に不快そうだった。「脅しみたいだな」

「脅しじゃない。その件について誤解がないようにしときたいだけだ」

「ぼくたちは完璧に理解しあってると思うけどな」言いながら、鋭い目つきでノブをつかんでいるビリーの手を見おろした。ビリーはノブをまわして、ドアを開けた。

戸口を抜けきる直前、クライトンが立ち止まって指を鳴らした。「忘れるところだったよ。プレゼントを置いておいた。テレビのところにある。楽しんでくれ」

彼の言うプレゼントとは、映画のDVDだった。

ビリーはまだその映画は観ていない。時間をかけて熱いシャワーを浴びたかったからだ。身だしなみも服装も隙ひとつないクライトンしか見たことがないにもかかわらず、彼は悪臭を放っていた。ただでさえひどい部屋を、これ以上ひどくする方法などなさそうなものなのに、クライトン・ホイーラーはそこにいることによって、部屋を汚《けが》していった。

シャワーは多少役に立った。だが、一日じゅう不安感に身を炙《あぶ》られるようだった。クライトンの発言の内容や言い方のすべてを肯定的にとらえようとしてみたものの、不吉な含意があるのは火を見るより明らかに思えた。その予感が不快な汗のように皮膚に貼りついて、シャワーですら洗い流せそうにない。クライトン・ホイーラーに出会わなければよかった、とここへきてビリーは思いだしていた。

最初に近づいてきたときのクライトンは、守護天使のように見えた。お先真っ暗な状況に現われたのだ。彼は人生に徐々に入り込んできて、ビリーはそれを許した。いや、実際は歓迎した。なぜならクライトンが赤の他人を――そう、ビリーを――苦境から救いだしてくれたからだ。その感謝を表わす方法として、お返しをするのは当然のことに思えたし、なによりクライトンは、人を丸め込むのがうまかった。

そしてクライトンが言ったとおりに事が運んだ。ポール・ホイーラーは死に、それはひとえにビリー・デュークの功績だった。事件のあとに続く日々、テレビで関連する新しいニュースを観るたび、誇らしさを抑えることができなかった。大胆な行動ひとつで、マイナーリーグでプレーしていた人間が、ワールドシリーズに出て満塁ホームランをかっ飛ばしたような喜びがもたらされた。

肥溜めのようなこの場所に閉じこもっているうちに、一日一日が長く退屈になっていったが、将来のことを考えて自分を慰めてきた。ケイマン諸島の銀行に開いた自分の口座に約束の十万ドルが振り込まれれば、あとはここを出るだけだ。良心の呵責は感じなかった。手をかけたのはひとり、しみったれたじいさんで、甥に惨めな人生を強いる専制君主だったのだから。そしてビリー・デュークは金持ちとして残りの人生を送り、自分もクライトンも、計画どおり罪に問われることはない。

だが、今朝のクライトンの態度はあまりに薄気味が悪かった。彼の言ったこと、ふるまいのいちいちが神経にさわり、彼とのパートナーシップは思い描いていたようにバラ色に終わらないのではないかという疑いが芽生えた。クライトンがアリエルのことを持ちだしたのはたんなるこけおどしで、こちらの反応を測るためなのかもしれない。クライトンはその件についてはお互い理解しあっていると言ったが、そうなのか？　金は振り込むと言ったが、ほんとうか？

ビリーは一日じゅう、クライトンと協力関係を結んだのは大失敗だったのではないかという恐怖と闘ってきた。

だがいま、鏡に映る自分に向かって自問した。あのろくでなしは、なぜおれの首を絞めて殺しかけた？　それになぜ、おれはなすがままになっていた？

ふいに目もくらむほどの激しさで、はっきりわかった。ビリーはふがいない自分を罵倒した。クライトン・ホイーラーの思う壺にはまりかけていた。これこそがクライトンのやり口なのだ。不安に取りつかれて、まんまとその手に乗りかけた！

こうもやすやすと他人に操作されそうになった自分を笑い飛ばした。クライトン・ホイーラーのような金持ちはこういうことをする。なにげない忠告を重ねることで、じわじわと恐怖を染み込ませるのだ。そうやって他人に対して力を行使する。クライトンから心理戦をしかけられ、以前と同じように屈するところだった。

「ちくしょう！」

ビリーは大股で部屋に戻り、クライトンが今朝坐っていた椅子に向かって中指を突きたてた。あのときのクライトンはあまりに完璧で、無敵の存在に見えた。せっかく伯父を消してやったのに、あとからそのやり方に難癖をつけるとは、何様のつもりだ？　厚かましいにもほどがある。自身は危ない橋を渡らずにおいて、よく文句などつけられたものだ。

おまえはオオカミだぞ、とビリーは自分に言い聞かせた。才気煥発な策略家で、直感とずる賢さを武器にして生き延びてきた。野心にはやるマシンなのだ。よみがえった自信ににやつきながら、膝をついて、ドレッサーのいちばん下の抽斗から黒いベルベットの袋を取りだした。「おれは昨日今日、生まれたわけじゃないぞ」

くつくつ笑いながら、クライトンにまったく同じことを言ったのを思いだした。クライトンは例の陰湿な目つきでこちらを見た。あの目を見ると殴り倒したくなる。ほんとに、そうしてやればよかった。

クライトン・ホイーラー本人は利口なつもりでいるが、実体は大違い。ビリー・デュークほどの男が、ほんとうに逃げ口を用意していないとでも思っているのか？　ものごとの解決法はひとつではなく、ビリーはつねに本来の計画がうまくいかないときに備えて別の選択肢を準備している。

紐を引っぱって袋の口を開け、中身をベッドにふり落とした。だいたいは捨てても惜しくない安物だが、怖がっていた中年女のひとりがしていたダイヤモンドのイヤリングは数千ドルの価値があるかもしれない。

しかしホイーラーの時計は、重要な取引材料となった。

そしていま、あらためて考えてみるに、ジュリー・ラトレッジもそうだ。

クライトンにとって伯父と同じくらい彼女がいらだちの種であることは、最初から感じていた。だから、伯父を彼女の目の前で、できることならその腕のなかで死なせることにこだわり、何度もビリーに念を押した。やがて聞くのもいやになったビリーがそう伝えると、以来クライトンは、今朝になるまで伯父の愛人の話を持ちださなかった。

しかし、可能なかぎり機会をつかまえたりつくったりする要領を心得ていたビリーは、アトランタに着くとすぐに、ジュリー・ラトレッジの生活をあらゆる面から調べあげた。内密に調査したのにには、クライトンよりも彼女と組むほうがいいかもしれないという考えがあったからだ。場合によっては寝返ろう、つまり裏切りもありうると思っていた。

たとえば、彼女のところへ行ってクライトンの計画を話し、彼女が恋人の命を救う別の計画を——そして、よりビリーにとって実入りのいい計画を——考えつくかどうか見定めてもよかった。

これなら双方が得をする。違うか？

だが、最終的にその案は却下した。ひとつには、彼女はしゃれた画廊を持ち、お上品な身なりをしているが、クライトン・ホイーラーほどの大金は持っていなかった。自宅にしても、申し分のない家ではあるが、クライトンが住んでいる高層建築とはくらべものにならない。そう、クライトンから禁じられていたにもかかわらず、ビリーはその建物を見にいった。そして長い目で見て、最善の策はジュリー・ラトレッジに近づくことではなく、クライトンの計画に従うことだと判断した。

一度は、ポール・ホイーラーに会って、甥がポールのために用意している計画を打ち明けようかとも考えた。だが、ホイーラーは融通の利かない人物だと聞かされていた。警察に通報されたら、元も子もない。そうなれば自分は刑務所に送られる一方で、クライトンは王子のような暮らしを続けることになる。

クライトンのような金持ちがビリー・デュークのようなペテン師とぐるになるなど、誰が信じるだろう。そしてそれこそが、ビリーの悩みの種だった。いまこの状況で自分が捕まれば、刑務所にぶち込まれるのは自分ひとりだ。

ビリーはポール・ホイーラーの腕時計を手に持ち、なめらかな表面を親指でこすった。こんちくしょうめ！　こいつをくわえて放さなかったのは、賢い選択だった。五万ドルの価値があるからではなく、この時計を持っているかぎり、クライトン・ホイーラーに対する影響力をある程度保てるからだ。

とはいえ、どう使ったらいちばん効果があるだろう？　できるかぎり波風を立てず、しかも儲かるように、クライトンから離れなければならない。もちろん、逮捕されることなく。

一計を案じなければならない。

だが、頭は休息を必要としていた。ひとつの問題を必死に考えつづけていると、往々にして論理的な解決策がつっかえて出てこなくなる。

そこで、クライトンが置いていったＤＶＤをプレイヤーにセットして、頭のなかで考えをめぐらせながら、ゆったりと映画を楽しむことにした。

17

ジュリーが呼び鈴を押すこと三度。ようやく彼が出てきた。

彼は別れたときと同様、ジーンズをはき、白いシャツの袖を肘まで折っていたが、それがいまはくたびれて見える。シャツの裾は出たまま、髪はハリケーンなみの強風に吹かれたように逆立っている。目は血走って、濡れていた。悲嘆に暮れるひとりの男の姿がそこにあった。

彼はジュリーを見ても、これといって感情を表わさなかった。驚きもなければ、喜びもなく、迷惑そうでもなかった。鋭い悲しみに面やつれしていた。

ジュリーは彼の名を、ただ彼の名前だけを、思いやりを込めて小声で呼んだ。

彼はなにも応えず、ドアを開けたままにして、玄関ホールを引き返していった。ジュリーはなかに入り、玄関のドアを閉めた。彼について角を曲がると、その先はこぢんまりとした部屋だった。壁の二面は造りつけの本棚になっている。きちんとしているけれど機能的で、見せびらかすための本棚ではない。ひとつきりの窓は細長く、鎧戸が閉めてあった。

家具は最小限だった。コンピュータと新聞の束と未開封の封書がのったデスクがひとつ。

肘掛け椅子がひとつ。そしてタバコ色の革張りのラブシートがあって、そこにデリクはぐったりと横になり、詰めものをした肘掛け部分を枕代わりに、腕で両目をおおっている。

駆けつけたはいいけれど、ジュリーにはどうしたらいいかわからなかった。デリクは愛してやまないマギーが殺されたと告げるなり電話を切った。ジュリーは衝動のおもむくままに行動した。ベッドから起きあがって、着替えをし、電話を受けてから数分後には彼の家へと急いでいた。

デリクの住所は、まだ彼がクライトンの弁護士になるのを妨害するという計画ができる前に確認してあった。ハーバーシャム通りはアトランタでも有数の高級住宅地で、バックヘッドのなかを蛇行するその道沿いの多くの家と同じように、デリクの自宅も木立に囲まれた奥行きのある敷地に建っていた。建物自体は古く、本来の魅力をまったく損なうことなく修復されている。こんなときでなければ、こまごまとした部分を観察して楽しんだだろう。

だが今夜は、設備の整った家屋より、その持ち主のほうに関心が向かっていた。目的地へと急ぎながら、なにが自分を走らせるのか考えもしなかった。だがいまは、悲しみに暮れる彼のもとへ押しかけたのが得策だったのかどうか自問している。

そろそろと肘掛け椅子に腰をおろした。「なにか持ってきましょうか?」

彼はかぶりを振った。

家のなかは静まり返っていた。時計が時を刻む音ひとつ、材木のきしむ音ひとつせず、深さ五十メートルの水底にいるように、静けさが鼓膜に押し寄せてくる。帰ったほうがいいかもしれない。これ以上、彼の邪魔をせずにただここを出る。そっと抜けでれば、彼には気づかれず、ジュリーがいたことも覚えていないだろう。だが、なにかに押しとどめられて、椅子の端に腰をかけていた。

　ついに彼が腕をおろして、こちらを見た。ただ目を向けただけで、無言だった。

「帰ったほうがいい？」

「なぜ来たんだ？」

「それは……」ジュリーはこう言いかけて、黙り込んだ。あなたにとってマギーがどれほど大切だかわかっているから。大切なものを失うのがどれほどつらいかわかるから。だが、突如として自分がここへ来た理由に思いあたり、気分が悪くなった。ここへ来たのは、謝るためだった。

「わたしがいなければ」くぐもった声で言った。「マギーはいまも生きていたわ。ごめんなさい。わたしのせいで」

はじかれたように席を立って、玄関に急いだが、デリクに呼び止められた。「きみがマギーを殺したんじゃない」デリクが起きあがった。「やったのはあいつだ。あの最低のクソ野郎だ。あいつがマギーを殺した」

　彼は両膝に肘をつき、頭を抱えて、髪に指を通した。彼の底なしの絶望がジュリーの核心に触れた。ラブシートまで行き、隣に腰かけると、彼の肩甲骨のあいだに手を置いた。「マギーとはどれくらい一緒にいたの？」

彼がデスクチェアの隣にあるラグに目をやる。彼が仕事中にマギーがうたた寝をしていた場所なのだろう。「十年」

「あなたに関する記事の多くに、マギーのことが書いてあったわ。あなたの忠実な伴侶と表現されていた。あなたと同じくらい、マギーはみんなに知られていた」

彼が小さな笑いを漏らして、手のひらのつけ根で目を拭った。「マギーもそれを知っていた。写真を撮られるときは、あいつ、ポーズをとったりしてさ」

「そのことを考えて。彼女がどれほど愛され、あなたをどれほど愛していたか。一緒に過ごしたいい時間のことだけ考えるのよ」

彼が顔を上げて、ホームオフィスの開いたドアを見る。「むずかしいな。少なくともいまは」

彼の視線をたどっていたジュリーは、また横顔に目を戻した。顔がこわばっていた。「アセンズから戻ってきて、マギーを見つけたの？」

「帰りに寄り道して、途中で食べるものを買った」ふたたび太腿に肘をつき、目元に親指をあてがった。「『ゴッドファーザー』のあの場面、知ってるだろう？　ベッドに競走馬が」

ジュリーは開いた唇のあいだから細く息を漏らすと、つぶやいた。「ひどい」

彼が目を押さえていた手をおろして、こちらを見た。「ああ。おれは男であることを忘れて、悲鳴をあげた。やつはおれを傷つけたかったんだ。おれを苦しめ、最悪の衝撃を与えたかったんだろう。そのとおりになった」

呼び鈴が鳴った。ジュリーはびくっとして、警戒の目で彼を見た。

「たぶん警察だろう。きみが呼び鈴を鳴らしたとき、彼らだと思った」

「ずいぶんのんびりしたお出ましね」

「急ぐ必要はないと言ったんだ。いまさらどうにもならない。ちょっと行ってくる」

ひとりで玄関に向かう彼に、ジュリーはついていった。やけに若くて要領の悪そうなふたり組の制服警官だった。いかにも警察学校を出たばかりといった風情で、経験不足を無表情とそっけなさで埋めあわせようとしている印象があった。

警官たちはきわめて形式的なあいさつをデリクと交わした。デリクが手振りで二階を示す。

「左側の最初のドアだ」

ジュリーは警官たちが上に向かうのを見ながら、小声でデリクに言った。「まるで機械ね。これから目にする場面のショックで、少しは人間らしくなるかもしれないわ」

「どうかな。彼らはおれの評判を聞いている。捜査のまねごとはするだろうが、アトランタ市警が総力を挙げてマギー殺しの犯人を追跡するとは思えない。あのふたりに期待できるのは、報告書を提出することだけだろう。それでも警察に連絡をしたのは、この件を記録に残したかったからだ」

ふたたび呼び鈴が鳴った。「たぶん獣医だ」彼は言った。「手を貸してくれるように頼んだんだ……マギーを……」

彼は玄関に行き、同じ年ごろの男を招き入れた。急いで着替えてきたらしく、擦り切れたジーンズに色褪せた〈アトランタ・ファルコンズ〉のTシャツを着ている。ひょっとすると、頼まれた仕事を片付けたあとは、着ているものを捨てることになるとわかっているからかもしれない。

獣医とデリクは抱擁を交わした。感情的にならざるをえない状況に置かれた男同士の、ぎこちない抱擁だった。デリクは後ずさりをすると、ジュリーを指さして小声で紹介し、ジュリーと獣医は抑揚のない声でそれに応じた。

デリクが獣医に言った。「こちらだ」ジュリーの脇を通りすぎざま、こう告げた。「上には来ないでくれ」

ジュリーはキッチンを探した。電化製品とカウンターの卓面は光沢があって、染みひとつない。あまり調理をしない人のキッチンだ。コーヒーメーカーは最新式すぎて、タンクに水を入れてワイヤーメッシュのフィルターにコーヒー豆をセットしたはいいけれど、どうやってスタートしたらいいかすぐにはわからなかった。

勝手口の近くにマギーのドッグフードと水の皿があったので、食品庫のなかに移動しておいた。つらい記憶を呼び起こすものだからだ。

ふたりの警官がキッチンにやってきた。二階に向かったときほどはしゃちほこばっていない。どちらもジュリーをざっと見たが、黙ってキッチンを通り抜け、勝手口から外に出ていった。

朝食用のコーナーにある窓から、警官たちの懐中電灯の光が地面にちらつき、茂みを撫でるのが見えた。警官のひとりは、犯人が隠れているとでも思っているのか、木の枝に光を向けた。だが、どちらも本格的な捜査はせず、出ていって数分もすると戻ってきた。片方がセキュリティシステムの制御ボックスを懐中電灯で軽く叩き、もう片方がうなずいた。

「セキュリティシステムに手を加えられたとお考えですか?」ジュリーは尋ねた。「ドアノブの指紋は採るんですか? 外に足跡は残っていましたか?」

質問を無視して、警官のひとりが尋ねた。「あなたの名前は?」

ジュリーは告げた。

「ふつうの綴りですか?」

「はい」

「ここにいたんですか?」

「いつですか?」

「彼が犬を見つけたときです」

ジュリーはかぶりを振った。「わたしがここに着いたのは、あなた方のほんの数分前です」

それ以上は尋ねず、ふたりはペアとして一列になってキッチンを出ていった。

デリクの予測は正しかった。いちおうの手続きは踏んでいるが、捜査のまねごとにすぎない。ジュリーはふたりについて階段の下まで行き、そこでデリクと合流した。警官ふたりが押し殺した声でデリクと話しているあいだは、後ろに下がっていた。片方がメモを取っている。デリクはいくつか質問を発し、おざなりな回答を受け取った。

ペンを走らせていた警官がメモ帳を閉じた。もう片方がまた連絡しますとデリクに言っているのが聞こえた。デリクはふたりを玄関まで送り、警官の片方が敬礼して言った。「犬のことはお気の毒でした、ミスター・ミッチェル」

デリクは返事もせずにドアを閉めた。ジュリーを一瞥したものの、ホールを抜けて、無言のまま階段をのぼりだした。

ジュリーはキッチンに引き返した。コーヒーができていた。マグカップとスプーンを見つけだしたちょうどそのとき、物音が聞こえたので家の表側に向かった。デリクと獣医が黒いビニール袋を両側から持って、階段をおりてきた。デリクは涙を流していた。

ジュリーは玄関に先回りしてドアを開け、脇によけた。ふたりがビニール袋を家から通りへと運んでいく。その先には獣医のピックアップが停めてあった。ジュリーが開いた戸口に立って見ていると、ふたりはそっと袋を地面に置いてから、トラックの開閉板をおろし、ビニール袋を持ちあげて荷台にのせた。

獣医が離れ、デリクひとりが残された。ジュリーには彼が長いあいだその場に佇んでいたように感じられたが、感情が強く揺さぶられたせいで、時間としてはそれほど長くなかったのかもしれない。ふいにデリクがビニール袋に手をやって、なにかを言った。そして開閉板を上げて閉じた。

ジュリーから見ると、獣医は並大抵でないこまやかさを見せ、無言でトラックの運転席に乗り込んで、そのまま走り去った。デリクはもはや立っていられないようだった。通りに顔を向けたまま縁石に坐り込み、しばらくそこを動かなかった。肩が震えていた。彼が時間を必要としているのがわかったので、ジュリーも戸口から動かなかった。

やがてデリクは立ちあがると、のろのろと家に引き返してきた。彼の白いシャツはもはや白くなかった。ジーンズは血で黒っぽくなっている。玄関まで来ると、彼は言った。「シャワーを浴びてくる」そしていま一度、階段をのぼった。

十五分たっても彼が戻ってこなかったので、ジュリーはマグカップにコーヒーを注いで、上に運んだ。彼の寝室はすぐにわかった。その部屋だけ明かりがついていたからだ。隣接するバスルームへのドアは閉まっていた。その奥から、水の流れる音がする。ベッドはマットレスだけになり、その中央に黒く濡れた染みがあった。人間よりも大きく、ジュリーがこれまでに見たなによりも不快だった。

マギーの死体が入っていたのと同じような袋が、封をして部屋の片隅に寄せてあった。デリクの寝具と服だろう。ベッドがあるのと反対側の壁に、オークションで落札した絵がジュリーが梱包した木枠のまま立てかけてあった。まだ前夜のことなのに、遠いむかしのようだ。

水の音がやんだ。何分かすると、彼が腰にタオルを巻いてバスルームから出てきた。ジュリーはマグカップを差しだした。「冷めてしまったかもしれないけれど」

「いや、ありがたいよ」彼はマグを受け取ったものの、コーヒーを見つめたまま口をつけようとしなかった。「酒のほうがいいな」

「うちに行きましょう」ジュリーはそのときふと閃いたにもかかわらず、決然と言った。

「身支度して」

クライトンはロビーからコンドミニアムに入ると、立ち止まって郵便物を回収した。たたんだ紙が、真鍮の郵便受けの狭い差し入れ口に突っ込んであった。それを開いてすばやく目を通すと、悪態をつきながらエレベーターに向かった。

ビリーが会いたいと言ってきた。いますぐ。大きな文字で書き、アンダーラインが引いてあった。

手のなかでメモを握りしめた。あのばかは実際にこの建物に入ってきて、郵便受けにメモを突っ込んだ。どんな状況でもいっさい連絡してくるなと、くどいほど注意しておいたのに。

もちろん、自分が今朝モーテルに出かけていってその約束を破ったのは承知しているが、ビリーには許されない特権だ。

エレベーターで自分の部屋まで行き、バスルームに直行した。すべての壁が鏡張りになっている。裸になってシャワーの蛇口をひねった。あの弁護士の犬ころのせいで、ひどく汚れてしまった。

殺すというアイディアは、数日前から頭の片隅にあった。ホームセンターの〈エース〉で道具を揃え、『ゴッドファーザー』のあの場面を再現したくなったときに備えて、塗装工用のオーバーオールまで買った。

今日、デリクがクライトンに対してはたらいた無礼が飼い犬の悲運を招いた。アセンズで発情した十代の少年のようにジュリーと抱きあっているところを目撃したことで、いくらか溜飲が下がった。ところがそのあとデリクは身のほど知らずにもクライトンを叱りつけた。そこでデリクがアトランタへの帰路、買い物に立ち寄ったとき、神の配慮とばかりに先回りをして、犬を片付けた。

生業として盗っ人の弁護をする人間なら、警報装置をセットせずに外出してはならないことぐらいよく心得ているはずだった。クライトンにはその点だけが気がかりだった。それと、犬の吠える声と。だが、〈バーガーキング〉のドライブスルーが問題を解決してくれた。犬は何度かうなったり吠えたりしたものの、チーズバーガーを投げてやると、喉を詰まらせそうな勢いでがっついた。

あっけないほど短時間で処理できた。

そのあと、デリクの自宅の裏庭にある茂みに隠れて、服の上に着ていたみっともないオーバーオールと長靴と手袋を脱ぎ、それらをゴミ袋に詰めて、帰宅途中のスーパーマーケットのゴミ箱に捨ててきた。続いて強力な手持ちの高圧スプレーガンのある洗車場に立ち寄り、喉を切り裂いたナイフと、仕事の仕上げに使った弓鋸《ゆみのこ》の血糊を洗い流した。

だが、体から饐えた血のにおいが立ちのぼってくる。血のにおいがいいのは、新鮮なときだけだった。

いまクライトンは体を洗いながら、指示に従わないビリーのことを考えていた。置いていったメモからはいらだちや、やっかいの種になりかねない絶望感の深まりが感じ取れた。

内側から皮膚が痒くなるような強い焦燥感は、理解ができる。もちろん、自分にはどうしたら衝動を抑えられるかわかっているが、ビリーに同じ能力があるとは思えなかった。だからこそ、リスクはあるにしろ、あの男の決死の呼びだしに応じるには注意を払わなければならない。

石鹸を泡立てて洗い流すのを二度くり返したころには、頭のなかに計画が練りあがっていた。体を拭き、髪をふだんより濃い色に見せるジェルで後ろに撫でつけた。ジーンズもTシャツも黒にした。

キッチンに急ぎ、食品庫や冷蔵庫から持っていくものを取りだして、さっき立ち寄った高級スーパーマーケットでもらった内側がアルミ張りのトートバッグに詰めた。

自宅の建物に入って三十分後には、同じドアから外に出ていた。今夜はポルシェよりも目立たない車にしなければならない。SUVなら黄土色の縁取りのあるネイビーブルーだ。内装はめいっぱい凝っているが、外からは、アトランタおよびその周辺の通りを走っている無数の車の一台にしか見えない。だからこそ、今日はこれに乗っていった。これならアセンズでも、デリク・ミッチェルの自宅周辺でも、人目につかない。

しかも念には念を入れて、その車のナンバープレートを今週に入って二度取り替えた。

その運転席にまた坐るのは、気が進まなかった。今夜はすでにかなりの距離を走っている。アセンズまで走ったあと、急いでデリクより先に戻ってきた。そして犬を片付けた。チーズバーガーのおかげで仲良くなれたとはいえ、デリクが彼だけの聖域にしているに違いないべッドにのせるのは重労働だった。

すでに今日は一日分、たっぷり動きまわった。できることなら涼しくて暗いホームシアターの安らぎに包まれて、無尽蔵に集めた映画の数々に浸っていたい。

だが、〝男には面倒でもやらねばならないことがある〟。コリン・ファース、『ラブ・アクチュアリー』

モーテルから車を見られるのを避けるため、往来の多い通りから離れて、すでに今日の営業を終えているカーペットの安売り店の陰に車を停めた。トートバッグを持ち、モーテルの隣にあるみすぼらしいラウンジの駐車場を横切った。駐車場は車でいっぱいだった。いい、いい、なんと好都合な、とクライトンは思った。ラウンジのドアとモーテルのドアをつなぐ舗道へつながる小道まで見つかったのだ。

ビリーの部屋は、背後に伸びた一翼の、一階の端にあって、車の行き交う通りからは離れていた。目的の部屋に向かいながら、ちらりと背後をふり返ったが、クライトンが見るかぎり、今朝と同じように誰も自分の到着には気がついていない。ここは人から注目されたい人間にとって、その欲求を満たしてくれるような場所ではなかった。

ドアを一度ノックした。ほとんど間をおかずにビリーがドアを開け、クライトンを見るとほっとして脱力するのがわかった。「助かったよ。来てもらえないかと思ってた」

クライトンは靴のつま先でドアを押し、部屋のなかに入った。室内は蒸し暑く、ビリーの不安のにおいがした。「非常事態を察知してね」トートバッグをキチネットに運び込み、カウンターの上に置いた。「にしたって、うちのコンドミニアムに入るとは、なにを考えてるんだ?」

「誰にも見られちゃいないよ」

「自信があるのか?」

「間違いない。おれのことアホだと思ってるのか?　捕まりたくないのは、あんたの比じゃないんだぞ」

ビリーはいまだ精いっぱい虚勢を張っているが、クライトンはその生意気な見せかけに亀裂が生じだしているのを感じ取った。やはり早急に手を打たなければならない。この男が完全に崩壊して、すべてを台無しにしてしまう前に。

トートバッグからビール瓶を取りだした。「おまえが閉所ノイローゼになりかかってるんじゃないかと思ってね。ビールでもどうだい?」

「いいね」

「栓抜きは?」

「あんたの後ろの、いちばん上の抽斗んなかだ」

クライトンは錆びた栓抜きを探しだして、ビールの栓を開けた。瓶の口まで泡が上がってきて、カウンターに垂れた。床にもいくらかこぼれたので、ペーパータオルを切り取り、かがんで床を拭いた。ビリーはそんなあれこれもどこ吹く風、クライトンが床を拭くのに時間をかけていることにも気づいていないようだ。ただ、檻のなかの動物のように部屋のなかをそわそわと歩きまわっていた。

片付けを終えると、クライトンは回れ右をしてビール瓶を差しだし、ビリーはそれを奪うように手に取ると、喉を鳴らして直接瓶から飲んだ。「ありがとな」

「どういたしまして」

「あんたは飲まないのか?」

「ぼくは酒は飲まない」

「そうだった。忘れてたよ」ビリーははじめて気づいたようにトートバッグを見たが、あまり興味を示さなかった。両肩をまわしたのは、攻めの姿勢を示すためなのだろう。「聞いてくれ、クライトン……」

「聞いてるよ」

「おれはそんなことは望んじゃいない」

クライトンはトートバッグから食べ物や食器を取りだしはじめた。ビリーの言いたいことはよくわかっていたが、すっとぼけてみせた。「そんなことって?」

ビリーがビールをあおる。「これ以上は誰も傷つけんなってことさ。な?」

「ああ。今朝の話に戻ったのか。なんでそう気にするんだい?」にこりとして、デリカテッセンで買ってきたハムのパッケージを開けた。「それはおまえじゃなくて、ぼくが心配することだし、ぼくのほうはまったく心配してない。だからおまえも気に病まなくていい。おまえはハムが好きだろうと思ってね」

「彼女のことは契約に入ってない」

「最初はね。でも、ぼくは臨機応変だから。ビール、もう一本どうだい?」

ビリーはいらだっているようだったが、それでも、ハムは好きだと答え、ビールのお代わりにも応じた。

クライトンはビリーに背を向けて二本めの栓を抜きつつ、視角の端でビリーが落ち着きなく動いているのを見ていた。クライトンには見せたくないのだろう。ビリーはジーンズの尻で両手を拭い、首筋に片手をやった。唇の隅のむけた皮を歯で引っぱっている。

　クライトンは空瓶を引っ込めて、栓を抜いたばかりの瓶を置いた。「サンドイッチを食べるかい?」

「ああ、もらおう。今日はろくに食ってないんだ。冷蔵庫にマヨネーズがあるぞ」

「デリカテッセンでマスタードを買ってきた」

「いいね」

クライトンはバースツールの片方に顎をやった。「坐ってろよ、ビリー。おまえを見てると、不安になってくる」ビリーは席についても、落ち着くどころではなかった。スツールの下段の横桟に足をのせて、貧乏揺すりをしている。それとは対照的に、クライトンはゆっくりと順序立った動きでふたり分のサンドイッチを準備した。パンにマスタードを塗り、ハムをはさむ。「スイスチーズと、プロバローニのどちらがいい?」

「どっちでも」クライトンを見ながら、ビリーが言った。「あんたはそんなことしなくていいんだ」

クライトンはわざと取り違えたふりをした。「ほんと、気にするなよ。おまえはもう何週間も缶詰の食事なんだから。たまには違うものが食べたいだろうと思ってさ」

「いいかげんにしてくれ、クライトン。あんたはおれがなにを言ってるかわかってる。くだらないサンドイッチの話じゃないんだ。あんたが彼女を殺す必要なんかないんだ」

クライトンは手を休めることなく、パンの上にチーズとハムを重ねた。

ビリーはカウンターに肘をついて、前のめりになった。「彼女はポール・ホイーラーなんてやつのことは、なにひとつ知らない。おれが関係してるとは、頭をかすめもしないさ」

「かすめるかもしれない」

「ありえない。あるはずないだろ?」

「ものごとには流れというのがあるんだぞ、ビリー。ほんの小さなことに足をすくわれたりするんだ。おまえは相棒だから、ぼくにはおまえを守る義務がある」

「いいや、ない。今夜あんたに会いたかったいちばんの理由は、おれたちに上下関係はないと伝えたかったからだ。おれは離れるよ。明日には。あんたの言ったとおりだ。ホイーラーをやったらすぐにアトランタを出りゃよかったんだ。今夜の六時のニュースに黒人の刑事が出てたんだが、あんたも観たか?」

「いや、見逃した」

「そうか。実はおれが仲良くなった求職先の秘書のひとりが、監視カメラの写真からおれに気づいて、警察に電話しやがった」

「おまえに関する情報はないんだろう？　本名だって知らないんだろ？」

「ああ」

「住所とか、電話番号とか」

「教えてない」

「だったら、問題ないさ」クライトンは、いまはもう汚れを洗い流して消毒してあるが、さっきデリクの犬の処理に使ったひじょうに鋭利なナイフを持参していた。そのナイフをトートバッグから取りだし、サンドイッチを半分に切ると、紙皿にのせてカウンターのビリーのほうにすべらせた。「食べて」

「どうも」

「どういたしまして」クライトンは自分のサンドイッチにかぶりついた。「うん、自分で言うのもなんだけど、うまいよ。黒胡椒つきのハムって、おいしいと思わないか？」

ビリーもサンドイッチをひと口食べ、咀嚼しながらビールで胃に流し込んだ。「それで、あんたはいいんだな？」

「いいって？」

「このまま放っておくことがさ。おれは街を出る。あんたには二度と会わないし、お互いこれ以上の連絡はしない。で、ほかには誰も死なない」

クライトンはビリーの目を見返しながら次のひと口を食べ、思案顔で口を動かした。「びっくりさせるなよ、ビリー。ぼくたちが出会ったころには、彼女のことをさんざん悪く言ってたじゃないか」

「自分が言ったことは覚えてる。当時はそう思ってたんだ。でも、いまとなったら……」ビールをごくりと飲み、サンドイッチに手を伸ばしたが、気を変えたらしく、皿に戻して額を撫でた。

「なにを考えてるんだい、ビリー?」

「いまおれの頭んなかにあるのは、あのクソったれの映画のことさ」

クライトンはナプキンで口を拭いた。「どの映画?」

「あんたが今朝置いてったやつ」

「観たのか?」

「ああ」

「すばらしかっただろう?」

「胸が悪くなった。あの男、あの人殺しは、ぶっ壊れてる。やつの出てくるあの場面——」

「どの場面のことかわかるよ。あれは特徴的なシーンなんだ。残虐さが写実的に表現されていて、効果は——」

「なんにしろ」ビリーは興奮気味に言った。「あの場面が頭から離れない」

クライトンはささやいた。「その気になったか?」

「なわけねえだろ」

クライトンはウインクした。「少しもか?」

「いいかげんにしろ、クライトン。まったくだ」

クライトンは笑いたくなった。自分は愉快でたまらないのに、かわいそうに、ビリーのほうはそうでもないらしい。彼に対する哀れみすら湧いてきそうだった。

「いいか、クライトン、おれはあの女にむかっ腹を立ててた。一度は、〝殺してやる〟なんてことも口走ったかもしれない。だがな、本気じゃなかった。口先だけさ」テレビを手で指し示す。「あの女にあんなことが起きるのは、望んじゃいない」

「ビリー、いまさら偽善者面するなよ。おまえはぼくの伯父さんの脳みそを吹き飛ばして、エレベーターじゅうに飛び散らせたんだぞ。今朝、そう言って自慢してたじゃないか。それにぼくの記憶に間違いがなければ、ぼくがおまえの作品の写真を見てなくて残念がってた」

「それとこれとは話が違う」

いまだおもしろがりながら、クライトンは言った。「そうか? その違いとやらを、教えてくれよ」

「おれはホイーラーを知らなかった。好きも嫌いもなかった。それに、あれは一瞬のできごとで、殺された本人もなにがあったか気づいちゃいない」

「そういうことか」クライトンは皿を脇に押しやり、手のパン屑を払った。自分の分のサンドイッチを食べ終わっていた。「ぼくがおまえを裏切った恋人を殺しても、情け深ささえあればいいんだな」

「違う。いや、そういうことじゃなくて……」座面が急に熱くなったように、突然ビリーがスツールから立ちあがった。「そういうことはいっさいすんなって言ってんだ」

「それが当然だよな、ビリー」クライトンは残ったハムとチーズを淡々とくるみなおし、マスタードの蓋を閉めた。ナイフをつかみ、鋭い切っ先をビリーの皿に向けた。「もういいのかい?」

「ああ、ありがとう。なにが当然なんだ?」

クライトンは紙皿ともども食べ残しを一ガロンサイズのビニール袋に入れると、空のビール瓶を含むすべてをトートバッグに戻しはじめた。「ハーシーズのキスチョコは?」

「いや、いい。で、なにが当然なんだよ?」

クライトンはアルミ箔をむいて、チョコレートを口に投げ入れ、アルミ箔のほうはトートバッグに落とした。「彼女はぼくにとっても不安要素なんだよ。本来ならおまえが排除するのが筋さ。だって、おまえの女なんだからな。でも——」にこりとする。「おまえにとってそれがどんなにむずかしいことか、ぼくにはわかる。相反する気持ちに引き裂かれるのも、無理ないさ。だから、おまえが苦しまなくていいように、ぼくが面倒を引き受けるよ」

ビリーはビールとサンドイッチをもどさずにいることに苦労しているようだった。「あんたに——」

「ポール伯父さんの時計をくれるのかい?」

「え? いや。言ったろ、奪ったもんは全部捨てたって」

　クライトンはビリーの目を見てから、むさ苦しい室内をじっくりと見まわした。「ほんとのほんとか？　ぼくがここを家捜ししても、貴金属類の袋が見つからないと、命に懸けて誓えるかい？」

「誓う」

「それとおまえの携帯」

「なんだよ？」

「携帯。この部屋の電話を使うほどおまえはばかじゃないだろう？」

「携帯といったって、使い捨てのやつさ。強盗の前に買ったんだ」

「アリエルから聞いた――」

「おれはなにも言ってないぞ。言ってるだろ、何度か電話して、すぐに切ったって。彼女がおれからの電話だと言ったとしたら、勝手にそう思ってるだけだ」

　クライトンは手のひらを上にして、前に出した。

　ビリーは唇の皮を気にしていたが、ドレッサーまで行くと、抽斗から携帯電話を取りだし、クライトンに渡した。クライトンはズボンのポケットにしまった。

「がたがた言うほどのことじゃないだろ」ビリーはぶつくさ言った。「逆探知したって、おれだとわからないんだぞ」

　クライトンは笑顔になった。「これでずいぶん気分がよくなったよ」ためらってから、言い足した。「いまさら言うまでもないだろうけど、もしeメールを送って――」

「そこにおれのラップトップがある」ナイトテーブルに置いてあった。「調べりゃいいだろ。もちろんeメールなんかしちゃいない。コンピュータを使うのは、あんたから教わったパスワードで銀行の口座をチェックするときだけだ」

「最後にチェックしたのはいつだい？」

「昨日だ」

「今日の昼近く、つまりここを出てすぐに入金したよ。でまかせじゃないぞ。いま調べればわかることだ」

ビリーがふいに言った。「金はいらねえ」

「なんだって？」

「十万ドルはあんたが持っててくれ」

クライトンは小声で笑った。「その寛大さには感謝するけど、ぼくにとってこれほど有効な十万ドルもなかったからね。おかげで、心が狭くてしみったれのポール伯父さんから自由になれた」

「おれに金を払う必要はない。ただ、殺さないでくれ……彼女を……」

「そうか。おまえの元カノを殺さないことだけが条件なんだな」クライトンは悲しそうにビリーを見て、かぶりを振った。「でも、ビリー、ぼくは殺したい。おまえのために殺してやりたいんだ。あの売女はおまえを裏切った。一度ならず二度までも」

「二度？」

「ほら、何者かが警察に電話をかけて、おまえの正体をばらしたろ」

ビリーが汗ばんだ額を拭い、ふたたびテレビに視線を投げる。間違いなく、顔色がさっきよりいちだんと悪くなっていた。「あんたは……どうやって……」

「おっとっと」クライトンは人さし指を振った。「ぼくはおまえにポール伯父さんの殺し方を指示しなかった。ぼくも自分で手口を決めさせてもらうのが、公平ってものだ。楽しみにしててくれよ。彼女が見つかったときは、ニュースになるから」

「いつ実行するつもりだ?」

「スマッシュカットって知ってるかい?」

「スマッシュ……いや、知らないな。なんだ?」

「編集技法でね。ふいに場面をぶった切るんだ。それで観客にショックを与える。ものすごく効果的で、衝撃度は抜群。そんなふうにするつもりだ。誰もなにが起こるか予期できない。なかでも彼女は」もうビールが入っていないのを確かめるため、二本めの瓶を振ってから、トートバッグに収めた。

「それはさておき、おまえがアトランタを出るのはいい考えだ。ぼくたちはもう会わないほうがいい。おまえなら、環境の変化にも耐えられるよ」クライトンはあざ笑うような顔つきで、室内を見やった。「憂鬱な部屋だな。おまえがおかしくなるわけだ」

ペーパータオルを水で濡らし、栓抜きを拭いて抽斗に戻した。そのあとカウンターを拭き、使ったペーパータオルはトートバッグに入れた。周囲を見まわして忘れ物がないことを確認し、バッグを手に取って、両腕で胸に抱えた。「悪いけど、ドアを開けてもらえるか?」

ビリーはいつしか泣き言をやめ、いまはひたすらクライトンを追いだしたがっているようだった。急いで戸口に近づき、ドアを開いた。「じゃあな、クライトン。あんたと知りあえてよかった」

「この先は会うこともないな」

「ああ。いい人生を送ってくれ」

「立ち去るときは、手がかりを残さないように、くれぐれも気をつけてくれよ。おまえのも、ぼくのもだ、ビリー。どちらかというと、ぼくのほうかな」

「前に言ったとおり、おれだって捕まるのはごめんだ」

「捕まるぐらいなら、死んだほうがましさ」クライトンは一拍おいて、こうつけ加えた。

「だろ?」

18

形ばかりにしろ、押し問答になるなり、理由を尋ねられるなりするだろうとジュリーは覚悟していた。だが、うちに行きましょうと言った数分後、彼は清潔なジーンズとポロシャツに着替え、スニーカーをはいて階下におりてきた。

家を出ると、ふたりしてジュリーの車に乗り込み、十分間、言葉も交わさず車を走らせた。車を降りたジュリーがガレージから直接キッチンに入ると、彼がついてきた。ジュリーはハンドバッグをテーブルに置き、キャビネットに歩み寄った。「ポールが亡くなってからお酒は買い足してないの。でもバーボンとウォッカならあるわ。冷蔵庫には白ワインのボトルもあるし」昨夜、栓が抜かれていたボトルではない。あれはもう捨ててしまった。

「バーボンをもらうよ」

「水は？」

「氷だけでいい」

飲み物をつくり、キッチンの真ん中に立つ彼のもとへ運んだ。彼は錬鉄製のタオル掛けを見ていた。そこにはもうなにもかかっていない。

「形見だったのに、あの男に台無しにされたわ。タオルを捨てたの」

バーボンを飲みながら、デリクはレンジの上に吊るされた鍋や、フレーバーオイルやビネガーの入ったボトル、料理本がならんだ棚、使いやすいように配置された台所用品を眺めていた。ほとんどなにも置かれていない彼のキッチンとは対照的だった。

「料理、するんだな」質問ではなかった。

「フランスに住んでいたときに覚えたのよ」

ふたりの目が合った。「ホイーラーのためにも料理をしたのか?」

「しょっちゅうよ」

彼はもうひと口バーボンを飲んだ。

「なにか食べる?」

「いや」

ぶっきらぼうだがきっぱりとした返事だったので、それ以上は尋ねなかった。「あなたに見せたいものがあるの。でも少し時間がかかるから、眠いようなら明日にしましょう」

彼は顔を伏せると、氷の入ったグラスを軽くまわした。「今夜は眠れそうにない」

ジュリーは気の毒そうにうなずくと、身ぶりでついてくるように伝え、先に立ってリビングに移動した。「楽にしてて」と声をかける。デリクがソファに腰をおろすと、テレビやビデオを置くために壁面にしつらえられた棚に近づいた。

準備をしていると、デリクが尋ねた。「クライトンがここに来たのはいつだと思う?」

「ハウスキーパーは昼の十二時までしかいないから、時間なら午後いっぱいあったわ。フォーマルドレスは昨日の朝、画廊に持っていっておいたの。向こうで着替えれば、そのままイベントに出られるから」

「やつはどうやってこの家のセキュリティシステムをすり抜けたんだろう?」

「室内の感知器が何回か誤作動で警報を鳴らしたことがあったから、設定は解除してあったの。機器を交換する時間がなかったし、市から罰金を科されても困るし。あなたの家のセキュリティシステムはどうやってすり抜けたのかしら?」

「アセンズできみに会うために大急ぎで家を出たから、セットし忘れた」

ジュリーは話をしながらDVDをケースから取りだし、プレイヤーに挿入した。

「映画を観るのかい?」

リモコンを使って画面のメニューから再生を選択すると、ジュリーはソファに坐った彼の隣に腰をおろし、DVDケースを渡した。「ヒッチコックよ」

彼はタイトルを読みあげた。「『見知らぬ乗客』か。観たことないな」

「古い作品で、古典だと言う人もいるわ。クライトンもそのひとりよ」

デリクが気のない様子で視線を画面に向ける。しかし数分もしないうちに、これまで何十年ものあいだ観客たちがみなそうしてきたように、彼もまたロバート・ウォーカー演じる不気味な資産家の殺人犯に魅了された。映画がはじまって一時間ほどたったころ、デリクはジュリーの手からリモコンを奪って、一時停止ボタンを押した。「クライトンとビリー・デュークは交換殺人をしたんだな」

「クライトンと誰かがね」ジュリーは画面上に大写しにされた俳優の顔の静止画像を見つめた。その穏やかな物腰と優しげな声によって、冷酷な殺人者の邪悪さはみごとにおおい隠されている。「クライトンはこの映画を参考にしたのよ。以前、ダグとシャロンの家で食事をしたとき、彼はヒッチコック作品のすばらしさを、なかでもこの映画がいかにすごいかを延々としゃべっていたわ。脚本の細部まで正確に記憶していた。『サイコ』『鳥』『裏窓』。ヒッチコックの作品にはこれより有名なものがいくらでもあるけど、クライトンはこの作品がとくにお気に入りだった。たぶん資産家という立場に自分を重ねあわせたのね。強烈なナルシストで、病的なエゴイストだから」

「彼は写真映りの悪さを理由にカメラを避けている」

「それもあるかもしれない。いずれにせよ、わたしはクライトンがポールを撃った犯人であるはずがないとさんざん叩き込まれたあとで、彼がこの映画のことを話していたのを思いだして、DVDを注文して観てみた」冷ややかにほほ笑む。「ポールが殺されたときにクライトンがテニスをしていたのもきっと偶然ではないわ」

デリクは画面に目をやった。「もうひとりの登場人物はプロのテニスプレーヤーか」

「クライトン流の、ささやかな内輪向けジョークよ」

デリクは前のめりになって、グラスをコーヒーテーブルにのせた。氷はすっかり溶け、中の液体がハーブティーのように薄い色になっている。映画とそれが持つ意味にすっかり気を取られ、バーボンのことを忘れていた。

デリクが立ちあがり、ゆっくりと室内をめぐりだした。ときおり足を止めてはフレームに入った彼女とポールの写真や、三冊組みになったアンティークのフランス語の本、グリーンのアジサイのドライフラワーが入った花瓶を眺めている。こちらに背を向けて立ち止まると、画廊の談話室で絵を見ていたときのように、腰に両手をあて、壁にかかった絵を見つめた。

「あの太った男の絵よりそちらのほうがお気に召した？」

デリクは彼女のほうに戻ってくると、にやりと笑った。「ずっとね」

ふたりは長いあいだ見つめあった。きっと彼も、あの日ふたりが交わしたきつい言葉とその口論の原因を思いだしているのだろう。ジュリーはようやく口を開いた。「わたしの仮説をどう思う？　わたしが変なのかしら？」

「そんなことはない」

「深読みしすぎだと思う？　あの映画の脚本をまねているなんて、わたしが都合よく考えすぎているの？」

彼はオットマンに腰をおろしてテレビに近づくと、静止した白黒の映像を凝視した。「この男は父親が殺されれば、遺産が早く手に入ると考えている」

「クライトンの場合は父親じゃなくてポール伯父さんね。それにこの映画同様、ふたりのあいだはうまくいっていなかった」

「このテニスプレーヤーと同じ列車に乗りあわせた資産家は、彼と食堂車で昼食を食べながら、奥さんを殺してやろうかと持ちかける」

「妻は浮気をくり返す身持ちの悪い女で、妊娠しているけれど、テニスプレーヤーは自分の子どもではないと確信している。それに彼にも深く愛する恋人がいた。だから離婚したくてたまらないのに、妻は首を縦に振らない。でも、映画の主人公だけあって、彼は妻の死を願ってはいない」

「一方、資産家は交換殺人の約束を勝手に結んでしまう。そしてテニスプレーヤーの許可もなしに、彼の妻を殺害する」

「彼女の殺害シーンは、彼女の眼鏡のレンズに映しだされる」

「卓越した表現手法だ」

「じかには観るに堪えないシーンだもの」

デリクはふたたびあらすじの続きを話しだした。「こうして資産家は自分の側の約束を果たすため、テニスプレーヤーの妻を殺害した。さて、こんどはテニスプレーヤーがお返しをする番だ。資産家はテニスプレーヤーが自分の父親を殺してくれるものと期待する。もちろん、テニスプレーヤーは尻込みをする」

「列車のなかでこの頭のおかしな資産家に交換殺人を持ちかけられたとき、テニスプレーヤーはまさか本気だとは思わず、ただのたわいないおしゃべりだと考えていた。ぼくには死んでほしいやつがいる。きみにも死んでもらいたいやつがいる。じゃあ、交換殺人ってのはどうだ？　被害者には縁もゆかりもない人間が殺しをする。互いに接点はない。であれば誰にも気づかれない」

デリクは顔をしかめた。「もし発砲したのがビリー・デュークで、彼がクライトンに代わってポールを殺したのなら、クライトンは彼のために誰かを殺すだろうか?」

「彼がこの映画をなぞっているのなら、ありうる話よ。もちろん、絶対とは言えないけど」

「とりあえず、そうだと仮定してみよう。クライトンの望みは叶えられた。ポールは亡きものとなり、クライトンにはなんの疑いもかからない。ただ……」そう言って彼はジュリーを見た。「ビリー・デュークがいる。もしおれがクライトンなら警戒する」

「いまでは顔写真までテレビに出ているのだから、なおさらね」

「あれにはクライトンも焦っただろう。警察がビリー・デュークを見つけるより先にクライトンが彼を始末したとしたら――」

「ポール殺害の罪から逃げおおせる」ジュリーは小さな声でその先をしめくくった。「わたしが恐れているのは、ビリー・デュークがもう殺されていて、ふたりをつなぐ線が途絶えていることよ。もしそうなら、クライトンはすでに完全に罪を逃れたことになる」

デリクはオットマンから立ちあがり、部屋の端から端まで歩くと、ふたたび彼女の前に戻ってきた。「この推理をサンフォードとキンブルには話したのか?」

「いいえ」

「だったら、なぜおれに話した? それも、どうしていまなんだ?」

「その両方の質問への答えはひとつ、マギーよ。いまのあなたは、口にするのもおぞましいクライトンの残酷さを身をもって知っているわ。わたしは彼に良心はないとずっと言ってきた。そんなこと、もう聞かされるまでもないでしょうけど」

デリクがしげしげとこちらを見た。「おれはこれまで言い逃れやでたらめをふるいにかけ、偽りのない真実だけを拾いだす訓練を積んできた。だから、見きわめをつけるのは得意としている」

「ええ、そうね。いまもあなたはわたしの正しさを感じ取ってくれている」

「だが……」

「わたしのことは信頼できないし、わたしはクライトンを憎んでいる」

デリクは話の続きを待って、骨に突き刺さるほど鋭い目つきでこちらを見ていた。

ついにジュリーは折れた。「わかったわ。実を言うと、以前ダグとシャロンの家であることがあったの。わたしたちはテラスでバーベキューをしていたわ。ポールは蚊に刺されやすいたちで、その夜もひどく刺されていたので、わたしはプールハウスに虫除け剤を取りにいったの。

クライトンはそのプールハウスでわたしを待ち伏せしていた。そこで起こったことは、彼があなたに説明したとおりよ。ただひとつ違うのは、襲ったのは彼で、わたしではないってこと。彼はズボンのファスナーをおろすと、勃起したペニスを無理やりわたしに握らせ、言うとおりにしないと大声をあげると脅した。ポールはすぐに飛んでくる。自分の恋人が自分よりずっとハンサムで若い甥に痴漢行為をはたらいているのを見たら、どう思うか考えてみろ、と。

それでも、わたしはなんとか彼から逃げだした。結局、彼は大声をあげることも、騒ぐこともなかった。ただのこけおどしだったのよ。ただわたしを辱めたかっただけ。そのままバーベキューを乗り切りたかったけれど、彼がそばにいると思うだけで、耐えられなかった。彼はわたしと目が合うたびにウインクしたり、思わせぶりなそぶりを見せた。見ているだけで吐き気がした。結局、ポールに頭が痛いと言って、ふたりで帰ったの」

「ポールにその話はしなかったのか？」

「ええ」

「どうして？」

「ポールはクライトンとの折りあいが悪いせいで、ダグやシャロンとまでぎくしゃくしていたから。彼の家族、とくにダグはポールにとってとても大切な人だった。あの兄弟のあいだに溝をつくる原因にはなりたくなかった」彼女は手のひらを上に向け、両手を上げた。「さあ、これですべてよ。まさに偽りのない、本物の真実」

「なぜ、その話をもっと早くに教えてくれなかった？」

ジュリーはしばし彼の視線を受け止めた。「飛行機での一件があったから……」うなだれた。「だから言えなかったの」

デリクは背を向けると、もう一度部屋の隅まで歩いてから戻ってきた。「わたしの推理をサンフォードとキンブルに伝えたほうがいい？」

「彼らはケイトから話を聞いて以来、きみとビリー・デュークがぐるだとにらんでいる」

「その誤解は解くことができるわ」

「そう簡単にいくかな？　彼らにこんな荒唐無稽な話をしても――」

「あなたは荒唐無稽だと思っているの？」

彼は足を止めた。「ジュリー、おれは依頼人にいつもこう言っている。おれがどう思うかは関係ない、大事なのは陪審員がどう考えるかだと。いまの場合、陪審員はサンフォードとキンブルだ。きみはこのビリー・デュークという男を知らないと証明できるか？」

「できないわ」

「そうだ。だとすれば刑事としては、きみとやつは関係があると考えるほかない」

「だったら、どうしろというの？　クライトンが殺人の罪を免れるのを、ただ手をこまぬいて見ていろと？」

その口調に怒りを聞き取ったデリクは、ジュリーにかがみ込むと、人さし指で自分の胸を叩いてみせた。「やつを捕まえたいのはこのおれも同じだ、ジュリー。あいつをとっ捕まえてミンチにしてやりたい。やつがマギーにしたことは重罪だ。だが警察は捜査をしない。検事がクライトンの犯行だと証明してくれることもない。法廷での裁きでおれの気持ちが晴れることも金輪際ないだろう」体を起こすと、ジュリーに背を向けて気を鎮めてから、ふたたび彼女に向きなおった。「あいつがとてつもなく狡猾なのはこれでわかった。だとすれば、こちらはその上を行くしかない」

「どうやって？」

「ドッジというのは、誰なの？」

「うちの調査員だ」

「わたしのことを探ったっていう、あの男？　あなたが命じればなんでもやる便利屋ね」

　ジュリーの皮肉を聞き流して、デリクは続けた。「そうだ、とても便利な男だ。ビリー・デュークの捜査についてなにかわかったら報告するように言ってある。だが、直接ビリー・デュークを捜させよう。警察より先になにかをつかめるといいんだが」

「警察でさえ見つけられない相手を、そのドッジという人はどうやって見つけるの？」

「知らないほうがいい」デリクはつぶやき、話題を変えた。「ポール・ホイーラーはクライトンに逮捕歴があると言ってたかい？　少年犯罪で捕まったことは？」

「聞いたことがないわ。あなたの調査員には調べられないの？」

「まず無理だろうが、やるだけやらせてみよう」

「彼、大忙しになるわね。それで、わたしは容疑者リストのトップに格上げされていないかのように、ふつうにしていていいのかしら？」

「弁護士はいるのか？」

「ネッド・フルトンよ」

「ああ、彼か。彼ならいい。優秀な弁護士だ。朝いちばんに電話をして、ケイトが刑事たちと会ったことを話すんだ。それがどういう意味を持つかは言わなくてもわかる」

「あなたはどうするの?」

「おれは明日の九時に裁判所に行かなきゃならない」腕時計に目をやった。「七時間後だ」

「よかったら、ゲストルームに泊まって」

「ありがとう、だが——」ふと言葉を切ると、深くうなだれて、額をこすった。「帰って、マギーを外に出してやらなきゃと言いそうになった」デリクはおろした手を強く握りしめ、もう片方の手のひらにこすりつけた。「あのクソ野郎。警察を呼ぶんじゃなかった。ショックが少し薄れたら、代わりに怒りが湧いてきた。クライトン・ホイーラーを見つけだしてこの手で殺してやりたい。あいつは今回の件をおれとの個人的な戦いにした。ならばこちらも、素朴かつ原始的な方法で反撃してやる。目には目をだ」

ジュリーは薄い笑みを浮かべた。「たしかにそれはそそられるわね。でも、その前に映画を最後まで観たら?」

デリクはかぶりを振った。その顔にはふたたび疲労が滲みはじめている。「もう充分だ。お言葉に甘えて今晩はここに泊めてもらって、朝タクシーを呼ぶよ。明日、新しいマットレスを買わなきゃな」

「警察がまた見たいと言ってくるかも」

「それはないだろ」

「今晩、眠れそう?」

「一睡もできそうにない」

「案外眠れるかもしれないわ。疲れきっているようだから」

「そんなにひどい顔をしているかい？」

ジュリーは彼の頬に触れようと片手を上げたが、すぐに引っ込めた。「怒りと喪失感が顔に出ているわ」

「その両方に交互に襲われてる」

「わたしにもその気持ちは痛いほどわかる」

無駄のない動きでテレビと明かりを消すと、ジュリーはついてくるようにと身ぶりで指示し、客用の寝室に向かった。すっきりと片付いたその部屋はアーストーンでまとめられ、赤やアニマルプリントがところどころにアクセントとして配されている。

「ベッドはキングサイズじゃないけど」

だがデリクが見ていたのは部屋ではなくジュリーだった。ベッドには目もくれない。

「バスルームはあそこよ」ジュリーは部屋の反対側のドアを指さした。「必要なものは全部揃っていると思うけど――」

「ジュリー」デリクは彼女がふり返るのを待った。ふり返ったジュリーは視線をポロシャツのロゴマークに注ぎ、なかなか目を上げなかった。だがついに観念したらしく、ようやく彼と目を合わせた。「今晩、駆けつけてくれたお礼をまだ言っていなかった」

「お礼なんてよして、デリク」申し訳なさそうにうつむき、ゆっくり首を振る。「あなたがなんと言おうと、やっぱりマギーを失うことになったのはわたしのせいよ」

デリクは彼女の頬に手を添えると、そのまま顔をあお向かせた。「おれたちが一緒にいるところをクライトンに見られた」

ジュリーは絶句して、呆然と彼を見つめた。

「アセンズでだ。だがそれがはじめてじゃない。昨日の夜、おれがここできみといるのを見て、そのあと〈コールター・ホテル〉までつけてきたんだ。ロマンティックな嵐がどうしたとか、車の窓が曇っていたとか言っていた。おれたちがいつ、どこで会ったのかは知られていないが、おれがやつの〝告発者〟と性的関係を持ったと言って非難されたよ。いや、もっと下卑た言葉を使っていたが、おれがやつの弁護を引き受けない理由を知ってキレたのさ。やつは、依頼を断わったうえにその理由も明かさなかったおれへの報復として、マギーの頭を切り落とした」デリクは込みあげるものをこらえて、言葉を続けた。「きみのことは二次的な要因でしかない」

「でも、この騒動にあなたを引きずり込んだのはわたしよ」

「引きずり込んだ？　きみに飛行機の通路を引きずられた覚えはないよ」目に暗く険しい光を浮かべて、一歩ジュリーに近づいた。「だが、ほかのことはすべて覚えている」

ジュリーもあのときのことをはっきりと覚えていた。それを知ったら、デリクはさぞかし喜ぶだろう。今夜、ジュリーはあのときの一部始終をありありと思いだしていた。いま、すぐそばに立って、彼の熱を感じ、こうして彼の指先でやさしく顔を撫でられると、またもや記憶がよみがえってくる。あぶない。かがみ込んできた彼の唇がいまにも首筋に迫ろうとしているとあれば、なおさらだ。

ジュリーは体を離し、頭を後ろに引いた。「ゆっくり休んでね。おやすみなさい」

デリクが手を伸ばして、手首をつかむ。「一緒にいてくれ」

「だめよ、デリク」

「隣で横になっていてくれるだけでいい」

ジュリーはたしなめているとしか思えない目つきで彼を見ると、つかまれていた手を引き戻した。

デリクは髪を指で梳きながら、小さく悪態をついた。「なぜだ？　もう秘密は明るみに出た。クライトンには知られている。まもなくダグの耳にも入るだろう。いまさらなにが問題になる？」

「問題なのは――」

「妊娠しているのか？」

「よしてよ、そんなことあるわけがないでしょう」

「お腹にポール・ホイーラーの子がいるのなら――」

「妊娠なんかしていないわ！」

彼は頰の内側を嚙みながらこちらを見ている。その全身からいらだちを放っていた。「彼を愛していたんだな」

「ええ」

「彼自身を？　それとも彼がきみにしてくれたことをか？　ポールはきみを不幸な結婚から救いだし、ビジネスを起こす手助けをして、きみをプリンセスのように大切にした。きみは彼に頻繁に手料理をふるまい、火曜日の午後を彼と過ごした」

ジュリーのなかで、怒りの炎が燃えあがった。「わたしのことをそんなふうに思っているの？　もしそうなら、あなたもクライトンと同じよ。わたしとポールの関係は、あなたが考えているようなものじゃないわ」

「愛だったと？」彼は意地の悪い言い方をした。

「ええ、そうよ」

「どちらにとっても、愛だったと？」

「ええ」

「きみとホイーラーの双方が同じくらいに？」

「どうしていつもこの話に引き戻すの？　なぜ信じてくれないの？」

「飛行機できみがおれを捜しだしたからだ」

「理由はわかっているはずよ」

「それだけが理由だと思えればどんなにいいか。だが、おれが触れたとき、きみは濡れていた」

ジュリーは口を開いたが、言葉が出なかった。

「それにきみはイッたじゃないか、ジュリー」彼は傲然と言い放った。「きみはイッった」

クライトン・ホイーラーは頭がぶっ壊れているとしか思えない。

ドアを閉めたビリーは両膝に手をついて体を折ると、何度か大きく息をついた。

あの男には決定的におかしいところがある。なにかが完全に欠落している。うつろで、冷たくて、まるで宇宙で光を吸い込んでる穴のようだ。これまで会った誰よりも薄気味が悪い。

クライトンが自分の人生に現われた日のことを呪わずにいられない。あいつも、あいつの絶対確実な計画もとんでもないくわせものだった。話がうますぎると気づくべきだったのだ。だが、クライトンから本人の言うところの〝計画〟を聞いたとき、芝居の幕はもう上がっていたんじゃないか？　つまり、選択の余地のないまま、芝居に巻き込まれたというわけだ。

だがビリーにしても、被害者面はできない。

そうだ、ビリーはみずから進んでその計画に乗った。いそいそと、と言ってもいいぐらい積極的に。ビリーを引き寄せたのは、クライトンの上品な魅力、すなわち金持ちの魅力だった。クライトンは、ビリー・デュークの憧れのすべてを具現化したような男だった。そのせいで彼の虜となり、億万長者の輝きが自分にも少しはうつるのではないかと思ったのだ。

しかも愚かなことに、自分の実力と才能と機転がクライトンに見込まれたと信じていた。

だが、もはや過去のことだ。下してしまった決断をいまさらくつがえすことはできない。いまするべきは被害を最小限に抑えること。この泥沼から無傷で這いあがる手を考えなければならない。だが、逃げなければいけないのは刑事訴追だけではない。クライトン・ホイーラーからも逃げなければならない。このふたつをくらべた場合、クライトンから逃げるほうがむずかしいかもしれない。

悪魔と取引するなら、死ぬまで警戒しなければならない。すぐに気づかなかった自分がばかなのだ。クライトンがビリー・デュークという未解決の問題を放置しておくわけがない。ビリーはみずからを恐ろしくあやうい立場に追い込んでしまった。そういえば今朝も今夜も、クライトンは部屋にあるものにはいっさい触れず、触ったものはすべて持ち去った。DVDのケースにしても、指紋はきれいに拭き取られているだろう。

つまり、ビリー・デュークとクライトン・ホイーラーを結びつけるものはなにもない。もし警察がいま、このドアを蹴破って入ってきたとしたら、罪に問われるのは自分ひとり。ビリーの持ち物のなかには強奪してきた貴金属もある。いまとなってみると、あれを手近においておいたことも愚かなことに思えてきた。それに自分が逮捕されたあと、あの十万ドルがいつまであの口座にあるかわかったものではない。クライトンがネットに接続し、いくつかキーボードを叩けば口座はたちまち空になる。

ふたりを結びつけるのはアリエルだけだった。クライトンに注意しろと忠告するため、ビリーは知っている番号に一日じゅう電話をかけつづけたが、彼女は仕事に出ているらしく、そしていまの彼女がどんな仕事をしているのかビリーにはわからなかった。もしいまアリエルに近づけば、すぐに警察に通報され、ホイーラー殺人の容疑で即刻逮捕されるだろうし、刑務所にぶち込まれたら、もう誰のことも守ってやれなくなる。

あの映画のシーンと同じことをクライトンがむかしの彼女にするのではと考えただけで、吐き気がした。結局彼女とはうまくいかなかったけれど、つきあっていたころは彼女のことを愛していた。ビリーなりのしかたで、本気で愛していたのだ。

彼女を死なせたくないなら、なにがなんでも考えろ！

自分を破滅させるものは、しっかりと把握している。

こんどは、なにが自分の武器になるかを考えなければならない。

抽斗つきのドレッサーに歩み寄ると、貴金属の入った袋を取りだし、それをベッドに置いた。さらに、バックアップ用に買っておいたもうひとつの携帯電話も取りだす。万が一、クライトンに気づかれたときの用心だった。「おれは昨日今日、生まれたわけじゃないぞ」ビリーはつぶやいた。

これが持てる武器のすべてだった。これだけとも言えるが、持てるものを最大限活用する以外に道はなかった。ビリーは新しい携帯電話を開くと、登録してあった短縮ダイヤルを押した。誰も出ないまま、呼び出し音が何度か鳴る。電話を切った。もう一回かけてアリエルの留守電にメッセージを残そうかとも考えたが、聞いてもらえるとは思えない。ビリーの声を耳にしたとたん、消去してしまうだろう。とにかく彼女と話をしなければならない。今夜のうちに、なんとしても。

かつて自分と関係があったというだけで死ぬことになる若い女の命を救い、同時に自分自身を守るすべを考えなければならない。だが、そんな方法があるのか？

クライトンと出会った日からこれまでのやりとりのすべてを頭のなかで再現していると、彼がくどいほどくり返していた言葉がよみがえってきた。ぼくが伯父さんの殺人で疑われることは絶対にあってはならない、と彼は言っていた。「対等な交換だ。それがフェアというものさ」そして今夜、帰るときもやはり彼は言った。「立ち去るときは、手がかりを残さないように、くれぐれも気をつけてくれよ。おまえのも、ぼくのもだ、ビリー。どちらかというと、ぼくのほうかな」

つまり、それこそが、いま直面している問題を解決する鍵じゃないのか？

クライトンから逃れる唯一の道は、彼を誰からも疑われないようにすることだ。伯父殺しの企みがばれることは絶対にないと彼が得心すれば、もうこれ以上の殺人を犯す意味は失われる。そうだ、おそらく。

そう考えながら、ビリーはベルベットの袋を見、電話を見、ふたたび袋を見た。そして突然、ふたつのことを同時に思いだした。ひとつはクライトンがくり返し言っていた言葉。もうひとつは何年か前、自分がひどい窮地に陥っていたときに人から言われた言葉だ。あのころは最悪の窮地に思えたが、いまの状況にくらべれば、ただの子どものお遊びでしかなかった。

それでもあのときは、まさに絶体絶命と思われた。告発どおりビリーは罪を犯しており、弁護の余地もなかった。だが彼の弁護士はさほど気に病むふうもなく、ビリーにこう言ったのだ。弁解のしようがないときは、弁解はせずにほかのやつに罪をなすりつけろ、と。

「いいか、ビリー、きみの抗弁は詰まるところひとつしかない。〝ほかのやつがやったんです〟だ」

そのずる賢い弁護士の言葉がまざまざとよみがえると、ビリーの口から思わず大きな笑い声が出た。こいつはいい、やっぱりおれは天才だ！

クライトン・ホイーラーは自分をいっぱしの悪党だと思っているのだろうが、たとえやつでも、このビリー・デュークさまを出し抜くことはできない。

19

彼は遅刻することなく裁判所に到着した。

案の定、ジュリーの家のゲストルームでは一睡もできなかった。明け方、電話でタクシーを呼んだが、車が来るまで三十分かかり、そのあいだずっと路肩に坐っていた。

昨夜、ジュリーはさっさと彼から離れると、自分の寝室に入って、腹立たしげにドアを閉めた。結局、そのドアはひと晩じゅう開かず、彼はジュリーに会わずに家を出た。

出迎えてくれるマギーのいない自宅は、ひどくがらんとしていた。寝室に入ると、ベッドのマットレスに残る黒々と湿ったロールシャッハテストの跡が目に飛び込み、吐き気に襲われた。シャワーを浴び、大急ぎで着替えて、十五分もしないうちにまた家を出た。

車で事務所へ向かった。ありがたいことにマリーンはすでに来ていて、コーヒーができていた。湯気の上がるカップを手渡しながら、探るような目でこちらを見たマリーンは、すぐに彼の目が充血しているのに気づいた。「眠れなかったみたいですね」

「マギーが死んだよ」

絶句するマリーンに昨夜のできごとを話し、ただジュリーのことや、彼女の家に泊まったことは黙っていた。

「クライトン・ホイーラーのしわざだっていうのは確かなんですか？」

「ああ、間違いない」当面、この件についてはそれしか言いたくなかった。「十一時にスタッフミーティングを招集してくれ。裁判所に出廷する予定がないかぎり、出席させろ。彼らが現在抱えている案件について、簡潔な、とにかく簡潔な、現状報告を求める」

たとえ身辺でなにが起こっても、デリクには法律事務所を運営するという仕事がある。だがいまは、仕事と責任があることがありがたかった。この怒りのエネルギーを向ける先がなければ、いますぐクライトン・ホイーラーを見つけだし、みずからの手で殺しそうだったからだ。仕事ですべてをまぎらわせることはできないものの、ふたつをくらべれば、怒りのはけ口としてはましだ。

「ミーティングが昼までかかるようなら、昼食を手配してくれ。ランチ休憩はなしだ。ランチの約束があるものには、キャンセルさせろ」

彼が矢継ぎ早にくりだす指示を、マリーンは猛烈な勢いで書き留めた。デリクはいっきにコーヒーを飲み干し、時計を見た。「うちのハウスキーパーに電話をして、二階に上がるときは気をつけるように伝えてくれ。それから、隅にある袋は捨てておくこと。あと、マットレス店にも電話だ。彼らに――」

マリーンは指示をさえぎった。「デリク、その手配はすべてわたしがやっておきます。今夜帰宅されるまでには新しいマットレスが入っているようにします。それより、あなたのことが心配だわ。大丈夫ですか?」

「大丈夫なもんか」マリーンの目に気遣いの色を見るや、またもやつらくなってきた。「ぐずぐずしていると法廷に遅れるな」ドアへ向かいながら、顔だけ後ろに向けて彼女に告げた。「それからドッジと連絡を取ってくれ。この審問は一時間で終わる予定だから、そのあとここで会いたい」

そして、ジェイソン・コナーの裁判延期を求めるために裁判所に向かった。地方検察局がようやく証拠開示ファイルを送ってきたのは昨日の午後、彼がホイーラー家の人びとと面談した直後のことだった。

いまにも爆発しそうで、目が疲れていたものの、それでも自信たっぷりの態度で法廷に入り、身体を拘束された状態で、ほとんど無反応の依頼人にあいさつをした。殴りたくなるほど態度が悪いが、それはともかく、目前の仕事に集中することにした。証拠開示ファイルをなかなか送ってこなかった検察の瑕疵《かし》を指摘し、滔々と裁判の延期を訴えた。

二十分間にわたる激論の末、検事は言った。「裁判長、ファイルは作成直後に弁護人へ送付されました。多忙なミッチェル氏がファイルに目を通す時間がないと主張するのであれば、そもそも彼はこの事件の弁護を引き受けるべきではなかった。彼がこの弁護を引き受けたのは、たんに新聞の見出しを自分の名で飾りたかっただけなのでしょう」

デリクは嬉しくて検事にキスしたいぐらいだった。検事に好きなだけ言いたいことを言わせておけば、判事が裁定を口にする前から、自分に有利な決定が下されるのがわかる。結局、この強情なティーンエイジャーからなにかを聞きだす期間として、裁判までにさらに一カ月の期間を稼ぐことができた。

デリクは少しのあいだ依頼人とふたりにしてほしいと頼み、拘置所の看守に許可をもらった。「ジェイソン、きみが助けてくれないかぎり、ぼくにもきみを助けられない」

つねに険しい表情をした少年ながら、ジェイソンはハンサムだった。黒い髪に黒い瞳、体は小柄で、唇をいつもへの字にゆがめている。「おれがどうやってあんたを助けんだよ?」

「なにか手がかりをくれ。きみを弁護する材料がいる。証拠開示ファイルには目を通した。どうしてきみがナイフを両親に向けたのか、その点を争わないかぎりきみは負ける」

そう言って返事を待った。だがなにも返ってこない。ジェイソンが足を動かし、足枷《あしかせ》が音を立てたが、それ以外にはなんの反応もなかった。

デリクは重ねて言った。「じゃあ、ぼくが思っていることを言ってやろう。きみはただの大間抜けだよ。タフなふりをしてるだけの意気地なしだ」

少年がこちらを見た。目が怒りに燃えている。「あんたにおれのなにがわかる?」

ようやく少年の注意を惹くことができたので、デリクは身を乗りだした。「その態度を改めて、ぼくになにか手がかりをくれないかぎり、きみが死刑囚監房に送られるのは確実だ」

「だから言ってんだろ、頭にきてたんだって」

デリクは手のひらでテーブルを力いっぱい叩いた。「〝頭にきた〟じゃ通らないんだ、ジェイソン。ガキってのは親に頭にくるもんなんだ。だからって、殺したりはしない。いいか、ちゃんと聞け。ぼくはきみを助けようとしてるんだぞ」

「誰が助けてくれって言ったよ?」ジェイソンが勢いよく椅子から立ちあがり、看守が駆け寄ってきた。「いいから、ほっとけっての」デリクに向かってひと声そうどなると、彼は看守ともみあいながら連れていかれた。

デリクが肩を落として書類をブリーフケースにしまっていると、廷吏のひとりがやってきて一通の封筒を手渡した。「男性から、あなたに渡してくれと頼まれました。渡せば、内容はわかるはずだと言ってましたよ」


デリクが戻ってきたとき、ドッジは法律事務所のある建物の陰でタバコを吸っていた。彼もまたマリーンと同じように探るような目を向けてきたが、デリクのやつれた様子についてはなにもコメントしなかった。鉢植えの土でタバコをもみ消し、デリクについて建物に入ってきた。エレベーターにはふたり以外誰もいなかった。

デリクは言った。「ジェイソン・コナーは死刑になってもかまわないと腹をくっている」

「アホなやつだ」

「昨日の夜、マギーをクライトン・ホイーラーに殺された」

ドッジが鋭い目でこちらを見た。

事務所に入り、自分のオフィスへと歩きながら、デリクは凄惨な場面を省くことなく、昨夜のできごとの一部始終をドッジに話して聞かせた。

「あの人でなしのクソ野郎め」ドッジがつぶやいた。

「聞こえましたよ」マリーンが声をかけた。

「訴えりゃいいだろう」

訴えりゃいいだろうは、ドッジお気に入りの悪態だった。つまり、悪態のなかでも、汚い言葉を使わないほうのお気に入りだ。

マリーンはタバコの臭気を払うかのように顔の前を手であおぎながら、デリクに何枚かメモを渡した。「緊急の用件はありません。スタッフミーティングは全員出席。みんなにはビシッとしてくるように言っておきました」そして、口調をやわらげてつけ加えた。「獣医さんから電話がありました。亡骸をどうするか教えてほしいとのことです」

デリクはうなずくと自分のオフィスに入り、ドッジがそのあとを追ってきた。「どうするつもりだ?」

「火葬にする」

「一日、二日待ったほうがいいな」ドッジが言った。「警察がもう一回、マギーの亡骸を調べるかもしれない」

デリクは小ばかにしたようにせせら笑った。「裁判所に行く前に、第二ゾーンの本部に電話をした。昨日うちに来た制服警官たちは今朝は非番だったが、彼らの上司と話せた。報告はあがっていた。事件番号を教えてくれて、捜査は継続中だと言っていた。なにかわかったら連絡をくれるそうだ」

「で、おとなしく待つつもりはないんだろ？」

「ああ」

「やつが犯人だと、どうしてわかる？」ドッジはデリクのデスクの向かいにある椅子に腰をおろした。

デリクは裁判所で渡された封筒を上着のポケットから取りだし、ドッジのところまで行った。好奇の目で封筒を見たドッジは、封筒から一枚の紙を引っぱりだし、二行にわたってタイプされた文章に目を通した。

「〝ウェットワークはどうだった？〟。マイケル・ダグラス。『ダイヤルM』」ドッジはデリクを見あげた。「〝ウェットワーク〟ってのは、手を血で汚すってことだ。マイケル・ダグラスがこれとどう関係してんだ？　なにか隠れた意味があるのか？」

「クライトン・ホイーラーは、映画に関する生き字引きで、古い映画もすべて知っている。彼がマギーにしたことは――」

「『ゴッドファーザー』か」

「ああ」

「世も末だな」

「ああ」

ドッジは紙を封筒に戻すと、向かいのデスクへとすべらせた。「そいつを証拠として警察に渡すのか？」

「たいして役には立たないだろうが」

「おれらがこうやってさわったとあれば、なおさらだ」

「どうせ警察は調べやしない。だが、ダウンタウンの犯罪捜査部《CID》に送るよう、要請してみる」

ドッジが顔をしかめた。「犯罪捜査部は殺人事件で手いっぱいだぞ」

「なにか手がかりが見つかるとは、おれも思っちゃいないよ」

「なんでこのホイーラーの野郎はあんたを恨んでんだ？　彼の代理人になるのを断わったからか？」

デリクはデスクの椅子に坐ると、何度か椅子を回転させながらむさ苦しい調査員を見つめていた。自分の頭と心と魂を探ってみたが、ドッジを信頼できない理由はどこにもなかった。

「ドッジ、おまえに聞いてもらいたいことがある」

「口ぶりからして、あとでおれを殺しちまいたくなるようなきわどい話らしいな。だとしたら、聞きたかないぞ」

デリクは暗い顔で笑うと、フランスから帰国する機内での一件を皮切りにすべてをドッジに打ち明け、クライトンがおそらくビリー・デュークという男と交換殺人をしたのではないかというジュリーの推理で話をしめくくった。

話が終わると、長い沈黙が訪れた。ついにドッジが口を開いた。「一服させろ」

「アドバイスをくれるまではだめだ」

「弁護士先生、この事務所の頭脳はあんただだぞ。人をトラブルから救いだして大金をもらってんのはあんただろ」

デリクは、この年上の調査員の不平がましい言葉を一種の引き延ばし作戦とみた。いま聞いた話を消化する時間がいるのだろう。その時間を与えるため、デリクは立ちあがり、窓辺に近づいた。外に目を向け、渋滞を苦労して進み、約束に遅れないように急ぎ、雑用をこなし、日々のいらいらに対処しながらふつうの一日を過ごしている人びとを羨望の目で眺めた。

あのジュリー・ラトレッジの顔をのぞき込んだ瞬間から、日常は消えてしまった。いまこんな騒動に巻き込まれているのは彼女のせいだった。それにもし彼女がいなければ、いまでもマギーは生きていただろう。だが同時に、彼女がいなかったら自分はクライトン・ホイーラーの弁護人を務めていた。あの頭のおかしい男の弁護人を務めるなど、考えただけで吐き気がする。たとえ相手がジェイソン・コナーのようなチンピラであっても、死刑執行のその日まで弁護人の任を果たす覚悟はできている。しかし相手がクライトン・ホイーラーなら、たとえ交通違反の弁護でもごめんこうむる。

まるで彼の心を読んだかのように、ドッジが言った。「クライトン・ホイーラーみたいな野郎は、なにがなんでもこの社会から抹殺しなきゃならん。缶ビール一ケースと百ドル札でそういう仕事をするやつを何人か知ってるぞ」

「ドッジ」

「こちとら本気だ」

デリクは小さく笑った。「本気なのはわかっているし、そそられる申し出でもある。だが、おれはあいつの人生を終わらせるんじゃなく、台無しにしてやりたい」

「マギーのために？　それともそのラトレッジって尻軽女が言うように、ポール・ホイーラー殺しの黒幕がクライトンだと思ってるからか？」

デリクはジュリーを尻軽女と呼んだ部分を無視して言った。「彼女の言うことにも一理あるんじゃないかと思いはじめてる。おれはあのヒッチコック映画をほとんど観たが、あれに出てくる悪党の気味悪さはまさにクライトンそのものだった。魅力的で、ハンサムで、口がうまくて、金持ちだ」

「そのうえ頭がおかしいときてる」ドッジが言った。「おれもその映画は観た。はるかむかしのことだがな。最初の女房に——いや、あれは二番めだったか——家を追いだされちまって、向こうの頭が冷えるまで、やむなくモーテルに二晩泊まったんだ。古い映画館でヒッチコック映画特集とかいうのをやっててな。部屋のテレビにはケーブルチャンネルがなかったから、そこでやってる映画を全部観た」

言葉を切ると、ドッジは思案顔で頬をかいた。「その女がなにを言ってくるか、あらかた予想はつく。あの男がものすごい映画マニアだとか、そのほかもろもろを持ちだしてくる。マギーにそんなことをするとは、恐ろしい悪魔だとかな」

ドッジの話にはまだ続きがあるのを察し、デリクは窓からふり返った。「で？」

「いや、なんでもない」ドッジは軽くポケットを叩き、タバコを探すふりをした。

「いいから、続きを言えよ」

　ドッジは肩をすくめた。「人に腹を立てるあまりそいつの犬を殺しちまう。そういうことは珍しくない」

「この件もそういうことだと言うのか？　クライトンは、弁護人になるのを断わったおれを恨み、腹いせに犬の首をはねたと？　詰まるところ、それだけの話だと？」

「さあ、どうだかね」デリク同様に不機嫌な声だった。「いちおう、言ってみただけさ」

「言いたいことがあるんなら、はっきり言え」デリクはデスクに戻って腰をおろすと、視線をそらそうとするドッジが観念してこちらを見るまで、彼を凝視した。「前回同様、今回も、ジュリー・ラトレッジがおれをあやつろうとしてるってことか？」

「おれが言ってんのは」ドッジが苦しそうな声で言った。「女が自分の望みを叶えるときのいちばん確実な方法ってのは、哀れなおれたち男のスケベ心を利用することだってことさ。これだってよくある話だ」

「だが彼女はそれを利用していない。おれに触れさせようともしないんだぞ。機内でのあのとき以来一度もだ」

「だが、あんたはさわりたい」

　こんどはデリクが目をそらす番だった。

「そして彼女にもそれはわかってる」

　デリクはなにも答えなかった。

「おあずけを食わされれば食わされるほど、あんたはその女が欲しくなり、欲しくなればなるほど、冷静にものごとが見えなくなる。硬くなっちまった男のナニと、まわりが見えない愚かさってのには密接な関係がある」

デリクはは じかれたように立ちあがり、そのはずみで椅子が回転した。「そうか、じゃあ、あんたの説が正しいとしよう。警察同様、あんたも彼女がポール・ホイーラーの殺害を計画し、こんどはその罪をクライトンに着せようとしていると考えているんだな」椅子の背をしっかりとつかみ、身を乗りだした。「だがな、ドッジ、彼女はあの男を愛していたんだぞ。その男を殺して、なんの得がある？」

「さあて、おれの知ったこっちゃないね。それにそれが真相だとも言ってない。ただ、そういう可能性もあるってことを頭の片隅に入れといてもらいたいだけだ。彼女に不利な点があるのはあんたにだってわかってる。サンフォードとキンブルだってばかじゃない。それどころか、どちらもそれぞれに優秀だし、ふたりあわせりゃ恐ろしく切れる。なにかおかしいと思ってなきゃ、あいつらが彼女に注目するはずがないんだ。

彼女の家のなかに荒らされた形跡がなかったと言ったのは、あんただぞ。あんたはクライトン・ホイーラーが家に押し入って持ち物を引っかきまわした、クライトンに駐車場で脅されたっていう彼女の話を鵜呑みにしてる」

「彼女はマギーを殺していない。あのときはおれが一緒だった」

「でも、あんたは家に帰る前に寄り道をしてた。それに別れ際の彼女は、唾を吐きかねないほど怒ってたんだろ」

「彼女はマギーを殺していない」

ドッジは口調をやわらげた。「それはそうかもしれん。でもほかのことは……?」言葉を切り、もう一度苦しげに息を吸い込んだ。「あんたが思ってるほど清廉潔白な女じゃないかもしれないんだぞ。あんたのキャリアや評判や人生を台無しにしかねないものにからめ取られる前に、もう一度、あの女を客観的に見てみろ。あんただって、こんなくだらんことですべてを棒に振るほどばかじゃないはずだ」

デリクはドッジをにらみつけた。

「いくらふくれたって、おれに腹を立てたって、真実は変わらんぞ。それに、腹を割って話せと言ったのはそっちだ」ドッジは弁解するようにつけ加えると、小さく舌打ちをして、ぶつくさと独り言をつぶやいた。「おれだって、自分がなにを言ってるかはよくわかってるさ、弁護士先生。女ってもんは手練手管で男を陥れる。そいつを証明する経験はおれにも山ほどある。いったん女に狙われたら……」デリクを見て、悲しげに首を振った。

デリクは敵意むきだしの態度を改めると、デスクに戻った。こんなに疲れたのははじめてだった。力なく椅子に体をあずけた。ドッジが自分のためにあえて苦言を呈してくれたのはわかっている。ドッジをまっすぐ見つめ、悲しげな声で尋ねた。「それで、あんたのアドバイスは?」

「手を引け」

デリクはじっと彼を見つめた。

「やっぱりな」ドッジはため息をつき、ふたたびポケットを叩いた。「そうはいくまいと思ったよ。ただ、期待したかっただけだ」

「ジュリーがこの手の込んだストーリーをでっちあげたのか、あるいはクライトンがポール・ホイーラー殺害を企んだのか。この謎の鍵を握るのは、ポールを殺した実行犯だ」

「そのビリー・デュークって野郎か？」

「当面は彼がいちばんの手がかりになる。ドッジ、そいつを見つけられるか？」

答える代わりに、ドッジは立ちあがりドアへ向かった。

「それともうひとつ」

ドッジがふり返った。

「クライトン・ホイーラーに少年事件の犯歴があるかどうか調べられるか？」

ドッジは顔をしかめた。「ずいぶんむずかしい注文だな」

「無理か？」

「まあ、モーセは死海を割ったからな」

「割ったのは紅海だよ。やってみてくれるか？」

ドッジはふたたびドアに向かったが、デリクはもう一度呼び止めた。ドッジがうめき声をあげる。「頼むから、一服させろ」

「ジュリーのことだが、あんたの疑問には正当性がある。指摘してくれて、感謝してる」

ドッジはほっとした顔になった。「なに言ってんだ。おれは、あんたに説教を垂れる立場じゃない。それに彼女については、おれのほうがまったくの的外れって可能性もある。だといいんだがな。ただ、確実なのは……」

「なんだい？」

「その女、あんたをほんとうに虜にしちまったらしい」


その日の朝、画廊に出勤したジュリーは、奥の部屋でケイトと和解をした。ケイトはジュリーを待っていて、ジュリーがドアの敷居をまたぐや、ふたたび謝りはじめた。

「昨日の晩も言ったけど、わたしに謝る必要も、言い訳をする必要もないのよ」ジュリーは言った。「あなたには知っていることを警察に伝える義務があった。それは正しい行為よ」

ふたりして抱きあったのち、ケイトは店番のために展示室に向かい、ジュリーはこの数日ほったらかしていた書類の処理に取りかかった。十一時半に、最初の電話がかかってきた。接客で手が離せないケイトに代わり、ジュリーが二度めの呼び出し音で受話器を取った。

「〈シェ・ジャン〉です」

応答がない。かけてきた相手が電話口にいるのはほぼ間違いなかったものの、「もしもし」と二度くり返しても反応がなかったので、そのまま電話を切った。

その二時間後、また同じ電話がかかってきた。ジュリーは「もしもし」と一度だけ言ってから、こんども電話を切った。

三度めの電話は画廊を閉める直前にかかってきた。ケイトが宅配便の受領書にサインをしていたため、このときもまたジュリーが電話に出た。「〈シェ・ジャン〉です」黙ったまま数秒間待つと、「いいかげんにしなさい」とつぶやき、腹立たしげに受話器を置いた。

「誰なの？」

「いたずら電話よ」

ケイトは宅配便で届いた箱をジュリーのデスクにのせた。「今朝、あなたが来る前にも二回かかってきたのよ」

「聞いてないわ」

「最初は間違い電話だと思ったの。二回めはそのまま切って、とくになにも思わなかった。いまの話を聞くまでは」

ジュリーは電話をかけてきた相手の番号を調べたが、〝非通知〟になっていた。

ケイトは迷惑な電話だとしか思わなかったらしい。「そのうちあきらめて、かけてこなくなるって」ケイトは言いながら荷物をまとめ、帰宅の準備をはじめた。「ジュリー、ちょっと飲んでかない？　早めにどこかで夕食をとってもいいし」

「ありがとう。でも帰る前にこの仕事を片付けたいから」

「わかった、じゃあ、明日」ケイトはやさしく彼女の肩に触れ、裏口から出ていった。

ジュリーは壁の時計に目をやり、デスクの上にある小型テレビのスイッチを入れた。夕方のニュースが映しだされる。まるまる三十分観ていたが、ポールの殺害についても、ビリー・デュークの捜索についても、いっさい触れられなかった。ほっとするべきなのか、落胆するべきなのか、よくわからなかった。

今日のうちに刑事たちが来て、ケイトが昨日警察に話した、画廊にやってきた男のことについて訊かれると思っていた。いざというときに駆けつけてもらうため、ネッド・フルトンにも待機しておいてほしいと伝えておいたが、結局、警察からの連絡はなかった。自分と自分が知らないその男とのつながりを求めて警察が時間を浪費していると思うとたまらない。だができることはなにもなかった。ありもしないそんなつながりを捜す不毛な捜査を中止するよう警察に告げる手はひとつだけあるものの、それはそのことを教えてくれたデリクを裏切ることでもある。

デリク。

今日、彼からなんの連絡もなかった。驚くようなことではないが、これもほっとするべきなのか、落胆するべきなのか、よくわからなかった。けれど、施錠を確認するために正面ドアに行ったころには、自分が落胆しているのがわかった。

昨夜の彼の言葉にはとまどったし、そのことに腹も立てていたけれど、朝、声をかけることも、メモを残すこともなく彼がいなくなると、その怒りも消えてしまった。彼はゲストルームのベッドをきちんとベッドメーキングまでして、そこにいた痕跡すら消したようだった。

倉庫に戻る途中、開けたままの談話室の前で立ち止まった。そこで深呼吸をしたらデリクのひげそり用石鹼の香りがしてきそう。そんな思いに誘われてふと談話室に入り、彼が嫌っていた男のヌード画に近づいた。まともな人間のなかにこれに大金を払うやつがいるのか、と彼が尋ねたのを思いだし、笑みがこぼれた。

あの日、画廊に現われた彼を見たときはひどく動転した。彼こそが、この世でもっとも会いたくない人物だった。だが同時に、再会したくてたまらない相手でもあった。彼のことはすべて覚えていた。その姿勢、手の形、髪の生え方、さらには顎に残ったほとんど目に見えない傷跡も、すべてだ。事前に彼の写真をたくさん見ていたので、そうした身体的な特徴が実際に機内で会う前から頭に入っていた。

一杯、おごらせてくれないか？　そう言って彼が見せた不道徳なまでに魅力的なほほ笑みを思いだすと、いまでも胸がドキリとする。人知れず恨めしげな笑みを浮かべて、ジュリーはささやいた。「最初のひと言から、わたしはあなたのもの」

「『ザ・エージェント』の台詞だな」

心臓が大きく跳ねた。恐怖に息を呑み、とっさに後ろをふり返った。開いたままの戸口にクライトンが立ちふさがっていた。足を交差させ、だらしなく脇柱に寄りかかったその顔には、こちらをあざけるような表情が浮かんでいる。「こんな貧弱なイチモツを持ったデブ男の絵に欲情してるのか？」そしてさらに気取った口調でこう続けた。「それとも、あのイケメン弁護士のことを妄想してたのかい？」

いまここで恐怖や嫌悪をあらわにすることはできない。ジュリーはあえてきつい口調で尋ねた。「クライトン、いったいなんの用？」

「なんだよ、ジュリー。ずいぶんとんがってるじゃないか。きみはぼくの伯母さんも同然。どうしているか様子を見に寄ったんだよ」

「今日、電話をかけてきたときに、そう訊けばよかったでしょう?」

「電話?」

「いたずら電話なんてばかげているし、あなたらしくないわ、クライトン。無力な動物の首を切るほうがずっとあなたらしい」

「まったく話が見えないね。いたずら電話だとか、首切りだとか」舌打ち。「ほんとさ、ジュリー」

ジュリーは息苦しくてたまらなかった。彼への嫌悪感で喉が詰まった。その苦しさに背中を押された。「画廊はもう閉店したの。あなたは家宅侵入をしているのよ。さっさと出ていって。もし出ていかないなら警察を呼ぶわ」

するとクライトンがカクテルテーブルからコードレス電話を取って、突きだした。「呼んだらいい。おもしろいシーンになる。きみと、ぼく、そしていまやきみを疑っているふたりの刑事がこの小さな談話室で角突きあわせる。ぼくは、きみに呼ばれて来たと言う。伯父さんのポールという邪魔者もいなくなったから、あの日のプールハウスでの続きをやろうと誘われたと」

「誰があなたの言うことを信じるかしら。デリクは信じなかったわ」

クライトンは驚いたように片方の眉を上げた。「デリクが信じなかった?」

「彼には実際になにがあったか話したの」

「向こうがあの話を持ちだしたのか?」

黙っているジュリーを見て、クライトンはゆっくりと笑みを浮かべた。

「だけど、彼がそんな話を持ちだしたこと自体、きみを疑ってるからじゃないのか。まあ、気を落とすなよ。きっと刑事たちのほうはもう少し耳を貸してくれる」クライトンは手にした電話を振った。「番号を押そうか?」

ジュリーは彼を押しのけ、戸口を抜けた。「出ていかないと、ほんとうに通報するわよ」

大股で倉庫のほうに歩いた。背筋を伸ばし、恐怖で心臓が喉元までせりあがっていることを気づかせまいとした。マギーの件を見ても、彼が暴力に訴える可能性はおおいにある。

そのとき、肘を彼につかまれ、壁に押しつけられた。体で押さえつけられて、首に手をまわされた。「おまえはポール伯父さんとやるのが好きだったんだろ?　奇特な女もいたもんさ。でも、あのイケてるデリク・ミッチェルとやるほうがずっと楽しかったろうに。ただし、ぼくとやるのがいちばん気に入る」ジュリーの体は押さえ込まれていた。逃れようともがいても、身の毛もよだつような勝利の笑みを誘っただけだった。

「放して」

「ジュリー、きみはぼくの生活をかきまわすのが好きらしい。あの弁護士を味方につければ、ぼくに勝てると思ってるのかい?」

「クライトン、後悔することになるわよ」

「なにを? いったいどうするつもりだい?」首にまわされた彼の指に力が込もった。「ぼくはきみの手に負える相手じゃないんだよ、ベイビー。悲しいかなその高すぎるプライドと愚かさのせいで、きみはそれに気がついてない。きみのそのやわらかい肌が無傷なうちに、引きさがるんだな」

と、急に手を放して、ジュリーが身を守るように両腕で体を抱くのを見てにやりとした。

「その甘美な肌を全身くまなく舐めまわしたいって気がないわけじゃないぞ。〝ずっと、そうしたいと思ってた〟と、『パラサイト』でロバート・パトリックが言ってただろ。それに、あのポール伯父さんがきみの体のなににあんなに虜になったのかも前から知りたかった。でもね、愛しのジュリー、残念ながらその淫らなお楽しみは次の機会に取っておかなきゃならない。今晩はデートがある」

それだけ言うと、彼はゆったりとした足取りで奥の部屋へと歩いていった。デスクを通りすぎざま、つと足を止め、そこにあった包みを見た。「荷物を開けるのを忘れないで」

彼は裏口から外に出ると、きちんとドアを閉めた。身を縮め、壁に寄りかかっていたジュリーの足はひどく震え、立っているのがやっとだ。

だがしばらくすると、壁伝いに奥の部屋に戻った。よろめくようにして彼が出ていった裏口まで行き、しっかりと鍵をかけた。かけ終わるとくるりと体の向きを変え、ドアを背に寄りかかり、荒い息をついた。

おぼつかない足取りでデスクに戻り、電話に手を伸ばした。だがすぐに思いなおして、そのままにした。クライトンがここに来たのは、この状況を彼の有利に、つまりはジュリーに不利に利用できると確信しているからだ。たぶんジュリーが刑事に通報するのを期待しているのだろう。そしてジュリーがたわごとを言っているように、あるいはいかにも怪しく見えるように、事実を歪曲するつもりなのだ。

そのとき、デスクの上の荷物が目に留まった。

送り状を見ただけでは、ほんとうの送り主はわからない。とりたてて危険なようには見えないが、さっきこの荷物を見て言ったクライトンのなにげない言葉が気になった。

ごくふつうの箱からおぞましいものが出てくる、そんな映画のようなシーンが脳裏をめぐった。

静まり返った画廊は物音ひとつしない。机の抽斗を開け、カッターナイフを取りだすあいだも、聞こえるのは激しく打つ自分の心臓の鼓動だけだった。ナイフの刃を出して粘着テープにあてると、皮膚を切り開く手術用メスのような勢いでいっきにテープを切り裂いた。箱の縁のテープもすばやく切り、ナイフを傍らに置く。

手がすっかり冷えきり、箱の蓋の片側を折り返し、もう一方を折り返したときもボール紙の感触はほとんど感じなかった。箱のなかには緑色のこまかな発泡材が入っていた。よくある梱包材だ。どう見ても安全そのものに見える。

両手の指を開くと、すぐに握りしめて、勢いよく体に引き寄せた。いくつか大きく深呼吸をし、意志の力で心臓の鼓動を鎮める。不安を抑えつつ、両手をふたたび箱へ伸ばした。一瞬、猛烈な恐怖に襲われたが、それをふり払い、ふわふわと軽い梱包材の中に両手を突っ込んだ。緑色の小片が腕に跳ね返り、箱からあふれ、デスクや床に飛び散った。だがそんなものには目もくれず、両手で箱のなかを探っていく。

気泡シートに包まれたなにかが手に触れた。

両手でつかんで、箱から出す。

それがなにかに気づいた瞬間、小さな声をあげた。もう立ってはいられず、床にしゃがみ込んだ。全身がわなわなと震えていた。口からすすり泣きが漏れる。

それは客のために特別に注文した茶色いガラスのボウルだった。

それだけのこと。

息を整えようと坐り込んだまま、クライトンが帰っていった戸口を凝視した。

彼のあざ笑う声が聞こえたような気がした。

20

デリクの事務所はいま公判中の案件を十件以上、そしてその三倍の数の係属中の案件を抱えていた。彼はどの案件にも精通しており、たとえ法廷で依頼人の弁護をするのが事務所のほかの弁護士でも、弁護の準備には直接かかわっていた。

長いスタッフミーティングを終えると、デリクの頭のなかはさらに整理して処理しなければならない情報でいっぱいになった。それでも携帯電話に出て、ドッジが「見つかったぞ」と言うのを聞いたとたん、脳の焦点が絞られて、誰のことを言っているのかピンときた。

「どこにいた？」

「空港近くのしけたモーテルだ」

「どうやって見つけた？」

「その隣の飲み屋によく顔を出す垂れ込み屋がいてな。そいつがモーテルのフロントにいる韓国人の姉ちゃんに惚れてるもんだから、のこのこ出かけていって、彼女にビリー・デュークの写真を見せたのさ。そうしたらその女、急にそわそわしだした。そう電話があったんで、女に会いに行ってきた。ちょいと握らせてやると、テレビで公開されたビリー・デュークの写真を見てすぐにぴんときたと認めたよ。もう一ヵ月近く滞在してるが、宿帳の名前は違うそうだ」

「彼女はなぜ通報しなかったんだ?」

「不法滞在者だからさ。その女、パニック寸前になっちまって、なだめるのに二百ドルかかったぞ。強制送還を怖がってる」ドッジは言葉を切り、息を継いだ。「まあ、垂れ込み屋には彼女とのロマンスをあきらめてもらわなきゃならんだろうが、とにかくビリー・デュークは見つかった。部屋のドアをノックして、あいさつでもしてくるか?」

「いや、サンフォードとキンブルに連絡しなければならない」

「そうか?」そんな必要ないだろうとばかりにドッジが言った。

「ビリー・デュークはどんな車に乗ってる?」

「韓国人は知らないって言ってた」

「もしやつがモーテルを出たら、尾行して、すぐに知らせてくれ。やつの部屋のドアから目を離すなよ」

電話を切ったデリクはマリーンに、サンフォードかキンブルに電話をつないでくれと頼んだ。「誰が電話に出ても、緊急だと言ってくれ」

電話がつながるのを待ちながら、ジュリーに電話をしようかと考えたが、ドッジの忠告が引っかかって、やめておくことにした。もし彼女の言っていることが事実なら、ビリー・デューク逮捕の知らせはすぐ耳に入るだろう。だが、彼女が嘘をついていて、デュークが共犯者だった場合、彼がまもなく逮捕されると知らせることは、法を破ることになる。

さしあたり、デリクの高潔さは守られた。


帰宅してもまだジュリーの体は震えていた。画廊にクライトンが突然現われたせいで、すっかり動転していた。認めたくはないけれど、クライトンには自分を恐怖に陥れる力がある。彼一流の病的な心理ゲームにまんまと引っかかり、ごくふつうの小包が恐ろしくてなかなか開けられなくなったのだ。

ガレージに車を入れるやいなや、リモコンでガレージのドアを閉めた。だが、自宅のガレージにいても、まだ恐怖を拭い去ることができない。喉に食い込んだクライトンの指の力や、彼の体に乱暴に押さえ込まれたときの感触がよみがえり、ハンドルにかけた手に顔を伏せて、大きなため息をついた。

バーの外で、画廊のなかで、会うたびに彼の暴力性は増している。我慢が利かなくなっているのだろうか？

ガレージには日中の熱がこもっていた。すぐに汗で肌がべたつきはじめたのに、クライトンへの恐怖で体の震えが止まらない。おそらく、ポールの殺害を企てたときに彼がはじめたなにかはまだ終わっていないのだろう。ジュリーはそれを強く感じた。そしてクライトンは自分に対してなんらかの脅威を感じている。そうでなければ脅したり、引っ込んでいろと警告したりしないはずだ。なにかが起ころうとしている。でもなにが？　彼がどんな犯罪をもくろんでいるのかも、被害者が誰なのかもわからないのに、どうやってそれを食い止めたらいいのだろう？

あまりの暑さにたまりかね、車の外に出た。

あの侵入事件以来、ガレージからキッチンまで、家じゅうのドアに鍵をかけるようになった。ジュリーは鍵を使ってドアを開けた。

欠陥の多い侵入感知センサーではあるけれど、いまやほんのいっとき家を離れるときでさえ、律儀にセットするようになった。また、在宅時でもセキュリティシステムをオンにしている。

だからキッチンへのドアを開けるときも、警報音が鳴るものと思っていた。だが警報は鳴らなかった。けたたましい警報音よりも、それが聞こえないことのほうが驚きで、その静けさがかえって不吉で恐ろしかった。

心臓が激しく打ちはじめた。うっすらとかいていた汗がいまや滝となり、アドレナリンの駆けめぐる全身をびっしょりと濡らす。息をすることさえむずかしい。さまざまな可能性が頭を駆けめぐるなか、ジュリーは必死に自分に言い聞かせた。パニックを起こしてはだめ、理性的にならなければ。そう、パニックを起こすのはまだ早い。

もしかしたら、ハウスキーパーがセキュリティシステムをセットし忘れて帰ったのかもしれない。

いいや、それはありえない。今日はハウスキーパーが来る日ではない。昨日、家じゅうの大掃除をしたので、来てもらう必要がなかった。

今朝、システムをセットするのを忘れたのかしら？　ジュリーは記憶をたどり、今朝の行動を思いだそうとしたが、ドアに鍵をかける前、セキュリティシステムを設定したのは間違いなかった。

ハンドバッグをそっとキッチンテーブルに置き、靴を脱いだ。裸足のまま忍び足でカウンターまで歩き、木製の包丁差しから肉切りナイフを抜き取った。ナイフにはノコギリ状の長い刃がついているが、拳銃のほうがなお心強い。だが拳銃は、ベッドの下に戻してある。キッチンのドアへと忍び寄ると、足を止め、耳をすませた。

家は墓地のように深閑として、聞こえるのはみずからの激しい鼓動だけだった。

五分後、長くじっとしていたせいで、張りつめた筋肉がひくつきはじめた。ジュリーは意識して筋肉から力を抜いた。またもやクライトンの心理ゲームにひっかかったの？

ほんとうに、今朝セキュリティシステムをセットしただろうか？　今朝はデリクに腹を立てていた。昨日言われたきみはイッたという言葉に、次には謝罪の言葉もなく帰ってしまったことに。あるいは、いやたぶん、彼のことで頭がいっぱいで、セキュリティシステムをセットするという新たな習慣をうっかり忘れたのだろう。

それでもジュリーは、体の前にナイフを構え、侵入者の痕跡を探して家のなかを歩いた。なにかが動かされた形跡はない。リビングを出ると、寝室につながる廊下を恐るおそるのぞき、ふたたび足を止めて、耳をすませた。だが、なにも聞こえない。

忍び足のまま、ゲストルームに近づいた。ベッドはデリクが出ていったときのまま、寝室のドアは開け放たれている。用心に足を止めることなく、部屋の奥に向かった。バスルームは例によって、いつ来客があってもいいように整えられている。勇気をふり絞ってクロゼットを開ける。芝居がかったしぐさでドアを勢いよく開けたときは、われながら滑稽だという気分に襲われた。クロゼットにはハンガーがいくつかかかり、その上にはたたんだ毛布が一枚あるだけだ。その滑稽さをしめくくるように、腹這いになってベッドの下をのぞき込んだ。

立ちあがって首を振り、廊下に戻る。自分の寝室のドアも開いていた。寝室まであと数歩。そのとき突然、男が視界に飛び込んできた。まるでお化け屋敷の化け物のように、その不吉な影は突然、飛びだしてきた。

恐ろしいものに出会うかもしれないという覚悟はあった。それでも、悲鳴を押しとどめることはできなかった。

デリクが通りをはさんで〈パイン・ビュー・モーテル〉の向かいにあるバーベキュー・レストランに出向くと、ドッジはカウンターに坐っていた。カウンターの前にはモーテルの全景と周囲の建物がよく見える大きな窓がある。デリクは彼の隣のスツールに腰かけ、乾いたソースの上に肉を食べつくされた骨がのった皿を脇に押しやった。

ドッジが言った。「ここのリブ、なかなかいけるぞ」

「いや、遠慮しとく」

レストランの従業員は十人ほどの客にバーベキューやサイドディッシュの皿を運んでいるが、従業員もほかの客も、警察が張り込んでいることには気づいていない。

デリクが小声で言った。「このブロックの端に、パトカーが二台いた」

「反対側の端にも一台いた。モーテルの裏の通りにも二台。それから刑事もだ」

デリクはドッジが目顔で示した方角に目をやった。ロビーの前になんの変哲もないセダンが停まっている。ネオンサインの光のなか、デリクは車中にふたつの人影を認めた。運転席に男がひとり、助手席には女がひとりいる。

「彼女、以前は情報を流してくれたんだがな」ドッジが前触れもなく言った。

「以前は？」

「取り決めをしたのさ」

「どんな取り決めだい？」

「取り決めは取り決めだ。だが、うまくいかなかった。彼女と話をするときは、知らんぷりしててくれよ」

「口は堅いよ」

サンフォードとキンブルが到着したのを見て、ふたりは話を中断した。刑事たちはモーテルの事務所前に車を停めた。キンブルが車を降り、なかに入っていく。金魚鉢でも眺めているようだ。キンブルがフロントデスクの上の呼び鈴を鳴らした。例の韓国人女性が表と裏の部屋を仕切るビーズの暖簾《のれん》をかき分けて出てきた。キンブルがバッジを見せる。

デリクはドッジに言った。「サンフォードと取引をしたよ。もし、彼女が協力してキンブルにキーを渡したら、彼女のことを国土安全保障省に通報しない約束だ」

「信じんのか？」

「まあ、無理だろうな」

事務所に入って六十秒後、キンブルは鍵をふりまわしながら出てきた。サンフォードが覆面パトカーを降り、キンブルとともに通りに面してならぶ客室の前を進む。角を曲がってL字形の廊下の長いほうを歩くふたりの姿は、頭上の照明が黄色の光を注ぐ明るい場所に来ると見え、照明と照明のあいだの暗がりに来ると見えなくなった。

いちばん端の部屋まで残り数メートルとなると、ふたりは歩をゆるめ、ドアをはさんで両側に立った。サンフォードが拳銃の銃身でドアを軽くノックする。応答はない。彼がなにか言い、もう一度ドアを叩く。それでもまだ応答がない。サンフォードがうなずきかけると、キンブルが身を乗りだし、鍵穴に鍵を差し込んだ。次の瞬間、ふたりは勢いよくドアを開いて、室内に飛び込んだ。

待機していたふたりの刑事たちも車から飛びだした。拳銃を抜き、客室へと走っていく。

「よし、行こう」デリクはバーベキュー・レストランのドアを押し開けて外に走りでた。通りを渡ったところにはドッジの息はすっかりあがっていた。ついてきてはいるが、重機の排気装置さながらに荒い息をしている。

客室の手前まで来ると、部屋からさっき待機していた刑事たちが出てきた。まるで緊迫感がなく、銃は外からは見えない場所にさげたホルスターに戻されていた。

女性刑事が、ドッジに気づいて足を止めた。「あんた、いったいこんなところでなにしてるのよ?」

「おれがやつを見つけて通報したのさ」

「それはおめでとう。でもひと足遅かったわね。彼ならいないわ」

「ちくしょうめ!」デリクが小さく悪態をつく。

彼女の相棒がデリクに目を留めた。「なんでここにいるんです? ペリー・メイスンごっこですか?」続いてドッジに話しかけた。「あんた、まだ彼のところで働いてるのか?」

「ああ、いい医療保険に入れてくれたんだ」

男性刑事は道にペッと唾を吐くと、そのまま舗道を遠ざかった。「事務所に戻ってる」

彼が声の届かないところまで行ったのを確かめてから、ドッジは女性刑事に尋ねた。「部屋に入れてもらえないかな?」

「そんなことできるわけないでしょ」

ドッジは大きなため息をついた。「なあ、ドラ、あのときはしようがなかったのさ。電話がかかってきたんだから」

「結局、あたしに請求書を押しつけてったわよね」

「こちらの弁護士先生に大至急来いって呼ばれたのさ」

「あのディナー、二十二ドルもしたのよ」

「だから悪かったって謝ってんじゃないか。まあ、落ち着けって。そう怒んなよ」

彼女はドアが開け放たれたビリー・デュークの部屋をちらっとふり返った。「サンフォードに見つかったら、たいへんよ」

「喜んでくれるさ」

「あたしが先にあんたに会ったって、彼に言わないでよ」

「きみはフロントの女性から話を訊いてるのか？」デリクが訊いた。

彼女はうさんくさそうにデリクをじろりと見た。「さあ、どうかしら」

「彼女に訊いてくれないか――」

「ミスター・ミッチェル、あなたに指図されるいわれはないわ」

ドッジが女性刑事に一歩近づいた。「ドラ、先生がそんなことするはずないだろ。でも、もしなにかおもしろいことがわかったら――」

「やめてよ、ドッジ。あたしはキンブルにがみがみ言われるのもいやなの」すたすたと歩きだす。

「おまえさんを上にしてやったの、忘れたのか？」

彼女は足を止めず、背中を向けたまま、ドッジに中指を突き立てて見せた。

ドッジがくすくす笑う。「愛を感じるねえ」

ドッジはデリクについて、モーテルの部屋の戸口に向かった。クロゼットを引っかきまわしていたサンフォードが、ふたりの気配を察してふり返った。手袋をはめた手を腰にあてる。

「情報を感謝する、ミスター・ミッチェル。だが、だからといってここに入っていいわけじゃない」

「みんな顔見知りってわけかい?」ドッジが尋ねる。だが、誰も答えない。

デリクが言った。「ビリー・デュークがいた形跡は?」

「ビリー・ウッドよ」バスルームから出てきたキンブルが答えた。サンフォード同様、彼女もラテックスの手袋をはめているが、なにも持っていない。「彼はその名前でここに滞在してたの。チェックインしたときに、一カ月分の部屋代を現金で払って。ホイーラーが撃たれる十日前のことよ。そのあと、モーテルのフロントの女性が彼を見たのは一度だけ。裏にあるゴミ箱にゴミを捨てに行く姿を見たそうよ」

「あんた、彼女とは数秒しか話してなかったろ」ドッジが言った。

キンブルがほほ笑む。「わたし、聞き込みが得意なの」

「じゃあ、どうしてやつを見つけられなかったんだ?」

くたばれ、といわんばかりの目でキンブルは彼をにらみつけた。サンフォードにはこのやりとりのいちいちが迷惑そうだ。「ミスター・ミッチェル、どうしておたくの調査員に彼を捜させたんだ?」

「個人的な関心があるんです」

「もはやホイーラー家の弁護人ではないと聞いたが」

「ええ、違います」

「じゃあ、どうしてそんなにこの男を見つけたい？」

「ノーコメントとしておきましょう」

「あなたの犬の件と関係があるの？」

こう尋ねたキンブルにデリクは鋭い視線を向けた。彼女が肩をすくめる。「今日、聞いたのよ。ご同情申しあげます、心から」

不思議なことだが、デリクはその言葉を信じ、彼女の真心を感じた。「ありがとう」

「ほんとうに気の毒だった」サンフォードも言った。「むごいことをするやつがいるもんだ」

それ以上マギーの話になる前に、ドッジはさっき話題に出たゴミ箱のことを尋ねた。「そいつは調べさせてるのか？」

キンブルはたちまち刑事の顔に戻った。「こっちは素人じゃないのよ。内容物はこれから警官がすべて調べるけど、ビリー・デュークだかなんだかがゴミを出したあと、ゴミが収集されてしまった可能性もある。フロントの女性が彼をいつ見たかはっきりとしないの。ゴミはもう埋立地に運ばれてしまったかもしれない」

「車はどうだ？」

「不明だ」サンフォードが答えた。

「フロントの女性は彼の車を見てないと言ってる」キンブルが言った。「車はどこか歩いていける場所に停めてあると思うけど、部屋への出入りは徒歩だったそうよ。いま警官たちにこのあたりの聞き込みをさせてるわ」

ドッジが悲観的な見解をつぶやいた。「このあたりのことは、垂れ込み屋がいないとわからんぞ。少し金を使う覚悟をしとくんだな」

これに異論を唱えないところを見ると、ふたりの刑事も同意見らしい。

デリクは捜査に関する話をドッジに任せ、自身は室内に入らずに戸口の外に立っていた。証拠が残っているのなら、それを台無しにしたくない。ドッジと刑事たちのやりとりを聞きながら、その部屋とそこにいた男の感触をつかもうとした。

なんとももの悲しい部屋だった。漆喰の壁には目立つ染みがいくつもあり、天井には雨漏りの跡がある。ベッドは乱れたままで、シーツは何週間も洗濯していないかのように薄汚れていた。デュークが自分でゴミを捨てに行ったのだとしたら、ハウスキーパーサービスもないのだろう。キンブルの後ろ、開け放たれたバスルームのドアの先には、うっかり落としたのか、投げ捨てられたのか、タオルが何枚か床に落ちていた。

だがどこを見ても、個人的な持ち物はひとつもない。あるのはただ部屋の備品だけだ。

「外出じゃないな。もうここを出たんだ」デリクは落胆の声を出した。

サンフォードが顔をしかめる。「そのようだ。クロゼットに服は一着もないし、ドレッサーの抽斗も空っぽだ」

「バスルームも、あるのは悪臭だけ」キンブルが言った。「配管設備がよくないみたい」

「バスルームの洗面台は調べたか?」ドッジが訊いた。

「まだ水滴が残ってたわ」とキンブル。「つまり、ここを出てまだ間がないってこと」

「バスルームに窓は?」

「大人が通り抜けられるほどの大きさはないわ」

「おれは今夜六時十分からずっとここを見張ってた」ドッジが言った。「そのあいだ、やつはこのドアを使ってない。つまり、おれが着いたときにはもうここを出てたのさ。だが、洗面台の水滴が乾いちまうほど前じゃない」

「午後のなかばぐらいか?」サンフォードが口をはさんだ。

ドッジが片方の肩をそっけなくすくめる。

「わたしが知りたいのは、やつがいつここを出たかより、どこに行ったかだ」じれたデリクが口をはさんだ。

「そいつを知りたいのは、こっちも同じだ」とサンフォード。

「でも、彼とあの殺人事件を結びつけるものはひとつも見つかっていないわ。もしかしたらたんなる出張中のビジネスマンかもしれない」

だがデリクには、キンブルが本気でそんなことを思っているわけではないのがわかっていた。「クレジットカードの代わりに現金で支払う出張中のビジネスマンなどいない」

「そのうえふたつの名前を使ってる」ドッジがつけ加えた。「とりあえず、おれたちが知ってるだけでふたつある」

キンブルがつけつけと答えた。「はい、はい、わかりました」

デリクはむさ苦しい部屋をぐるりと見まわした。「この部屋の雰囲気からして、ここはやつのアジト、潜伏先だったという気がする」

「同感だね」ドッジが金属製のゴミ箱を差した。「空っぽだ」

「バスルームのゴミ箱も空よ」キンブルが言った。

「ここを出ていくとき、痕跡を消していったというわけか」デリクが言った。

「目に見えるものはなにもない」サンフォードは携帯電話を取りだした。「とりあえず指紋採取させてみよう。データベースと照合できる指紋が採取できるはずだ。偽名を使うやつはたいていの場合、それまでにどこかで逮捕されて、指紋を採取されてる。少なくともやつの本名ぐらいはわかるだろう」

キンブルはキチネットに移動すると、目に見えるものを大きな声で報告した。「皿は洗ってあるわ。ゴミ箱は空。でも床にモップはかけてないみたいね。べたべたしてる」しゃがみ込んだキンブルの姿が、カウンターの奥に隠れた。数秒後に立ちあがると、サンフォードに意味深長な視線を投げた。

「なにか見つかったのか？」デリクが尋ねる。

キンブルはかぶりを振った。「いいえ。彼がここにこぼしたものがなにか調べたほうがいいかもしれないと思っただけ」顔をしかめる。「それよりあなたたち、なぜまだここにいるの？　警官でもないのに。帰るようにと言ったはずよ」

ドッジがデリクをつついた。「もういいか？」

「ああ」それでもデリクはその場を離れるそぶりを見せなかった。

「なんだ?」ドッジが訊く。

「なにかが引っかかるんだ」

「そこでなにをひそひそやってる?」サンフォードが訊いた。

その問いを無視し、デリクはもう一度ゆっくりと室内を眺めた。視線がテレビを通りすぎ、すぐにまた戻る。なにが引っかかっていたのか気づいたのだ。この部屋にあるものはすべてが時代遅れなのに、テレビだけはかなり新しいらしく、DVDプレイヤーが内蔵されていた。

「DVDプレイヤーを調べてみてくれ」

サンフォードはけげんそうな顔でデリクを見ると、リモコンを探し、ベッドの上でくしゃくしゃになったシーツのあいだから見つけた。リモコンを使ってテレビをつけ、DVDのトレイを開くボタンを押す。音もなくトレイが出てきた。なにもない。

サンフォードがもの問いたげにデリクを見る。

デリクは落胆のため息をついた。「なにかあるかもしれないと思ったんだが」


アリエルは香水をスプレーし、最後にもう一度鏡に映る自分の姿を確かめてから、バッグを手に取った。三日前にアイスクリームをやけ食いしたあと、ろくでもない男のせいでデブになるなんてばかばかしいと思いなおした。パパがいつも言っていたとおり、落馬の恐怖を克服する唯一の手段は、もう一度馬に乗ることだ。

今夜は遊びに出かけて、ぞんぶんに楽しんでやる。

そうよ、あんな男、クソ食らえ！

彼女は慎重にドアのデッドボルトをかけた。車に向かう途中、お向かいの住人から声をかけられた。内心うんざりしたが、愛想よく手を振り、返事を返す。「こんにちは、ハミルトンさん」老婦人は独り暮らしで寂しいらしく、しょっちゅうアリエルを呼び止める。しかも、決まって急いでいるときに。というか、そんなふうにアリエルには感じられた。

「アリエル、ちょっと待って！」

年長者をうやまうように躾けられたアリエルは、車にバッグを放り込むと、ハミルトン夫人が足を引きずりながら歩いてくるのを待った。

「おたくのお花、すてきですね」近づいてくるハミルトン夫人に声をかけた。夫人の庭はこの通りいちばんのみごとさで、手入れをすべて自分でやっているのが夫人の自慢だった。

「あら、ありがとう」ハミルトン夫人は呼吸を整えるように、シミの浮いた手を胸にあてた。

「あなたのことが心配でね」

「あら、どうしてですか？」

ふだん、ハミルトン夫人から言われるのは、ちゃんと食事をしているかとか、あまり夜遅くまで遊んでいてはいけないとか、日焼け止めを塗りなさいといったことだ。だから「今日、あなたが仕事に出ているときに男性があなたを訪ねてきたのよ」と言われたときは、驚いた。

「男性？」

「それがドラッグをやってるみたいでね」夫人は声をひそめた。「なんだかすごくいやな感じの人だったの」

「どんな人でした?」

アリエルの心臓がドキドキしだした。老婦人が語る男の人相がまさにビリー・デュークそっくりだったからだ。とはいっても、それはかつて出会ったころのビリーではなく、ホテルの監視カメラに写っていたビリーだ。

「なんの用事だったのかしら」

「あなたの家のまわりをコソコソ嗅ぎまわって、窓をのぞき込んだりドアを乱暴に叩いたりしてたのよ。それでわたし、道路越しに叫んでやったの。彼女なら留守よ、見てわからないの、ってね」

ほかのときなら、その光景はコミカルなものに思えただろう。けれどこのときのアリエルには笑みを浮かべるどころではなかった。

「そうしたらその男、すごい勢いで道路を渡ってきたのよ。わたし、あわてて家に入って、網戸の鍵を閉めたんだけど、その男、両手を振って興奮して叫びだしたの。〝頼むから助けてくれ! 〟って」

「助けてくれ?」

「どうしてもあなたと話がしたいって。生死にかかわる問題なんだ、あなたの職場を知らないかって訊くのよ。前の職場に電話をして、もうあなたはいないって言われたんですって」

「最近、仕事を替えたんです」ああ、ほんとうに転職してよかった。

「そうしたらその男、あなたの携帯電話の番号を訊いてきたの。だから、言ってやったわ。そんなものは知らないけど、もし知っていてもあんたには教えない。さっさと消えないと、警察に通報するよと脅して、目の前でドアを思いっきり閉めてやったわ。そのあとブラインドの隙間からのぞいたら、車に乗っていなくなっちゃったわ」ハミルトン夫人は心配そうにアリエルを見た。「ねえ、アリエル、もちろんわたしが口出しすることじゃないんだけどね、あの手の人とはつきあわないほうがいいと思うの」

「大丈夫です、ハミルトンさん。そんな人とはつきあってませんから」アリエルはしっかりと老婦人の手を握った。「もしまた彼が来たら警察に通報してください」

「もちろんですとも！　あなたも気をつけてちょうだいね」

アリエルはそうすると約束し、老婦人は自分の庭に戻っていった。家に引き返して警察にビリーが来たことを通報しようか。でもそんなことをしたら、また彼とかかわることになる。アリエルは、それだけはしないと、自分自身とキャロルに約束していた。あとは、彼がハミルトン夫人の警告に恐れをなし、今後寄りつかないことを願うしかない。

ビリー・デュークに今晩の楽しみを邪魔されてなるものか。そう誓ったものの、華やかなバーに入っていったときもまだ、もやもやとした不安感を拭いきれずにいた。

そしてその不安は、店の奥のカクテルテーブルに寄りかかる、すばらしく優雅でハンサムなトニーを見るといっそう強くなった。

21

ジュリーの悲鳴が廊下に響き渡った。

男は一歩前に踏みだすと、戸口の両側の柱に手をついて体を支えた。人間のものとは思われない蠟のような肌。目は深く落ちくぼんだ眼窩の奥にある。

ジュリーはきびすを返して走りだしたが、男が追いすがってきた。ジュリーの肩をつかんで、ふり返らせ、そのままこちらに倒れ込んできた。ジュリーの持つナイフが彼の体に突き刺さり、ナイフの柄まで深々と沈む。彼は口を開けて悲鳴をあげようとしたものの、代わりに胃の腑から噴きだした気持ちの悪い胆汁がジュリーの胸に飛び散った。

ジュリーは恐怖に絶叫した。

押しのけようとしても、男が肩に両腕を垂らしておおいかぶさってくる。なんとか男を払いのけようともがくジュリーの姿は、奇妙なダンスを踊っているかのようだった。男はしっかりとしがみついていた。

突然、彼の体が痙攣しだした。しがみつく力を失い、あお向けに倒れた。体が激しく震え、堅木張りの床にぶつかる肩の骨と踵が騒々しい音を立てた。

ジュリーは男をまたぎ、おぼつかない足取りで寝室に入った。ナイトテーブルの上のコードレスフォンをつかみ、夢中で緊急番号の911を押した。音がしない。電話を投げだすと、床に落ちる大きな音がした。キッチンにあるハンドバッグのなかに携帯電話が入っている。ジュリーはあわてて廊下に駆け戻った。

男の痙攣は治まってきていた。体から突きでたナイフの柄を見ないようにしながら、その傍らに膝をついた。「いま助けを呼ぶわ。でも、電話を取ってこなきゃならないの。すぐに戻ってくる。だから……」

男の目は開いていたが、天井をにらむばかりで、ジュリーを見ていなかった。もはやこちらの声が聞こえるどころか、そこにいることさえわかっていないのだろう。早くも別の世界にいってしまったようだ。そのとき、男の全身が大きく波打った。

そして完全に動かなくなった。


ドッジとともに通りを渡ったデリクは、バーベキュー・レストランの駐車場に着くと同時に、ビリー・デュークの部屋から猛然と飛びだしてきたキンブルとサンフォードの姿に気づいた。

ふたりは全速力でモーテルの事務所のほうに走っていた。サンフォードは乗ってきたセダンの運転席にすべり込み、車のルーフに脱着式の赤色灯をのせた。もう一方のキンブルは事務所の戸口に首を突っ込み、フロントの韓国人女性から事情を訊いていたドラとその相棒になにやら大声で指示を飛ばすと、すぐさまサンフォードの車に飛び乗った。サンフォードがエンジンをめいっぱいにふかし、車はゴムの焦げた臭いをあたりに撒き散らしながら猛スピードで走り去った。

デリクはドッジを見やった次の瞬間、ふたりは言葉も交わさずにデリクの車めがけて走りだした。デリクが運転席に、ドッジが助手席にすべり込む。ドッジがドアを閉めるより先に、デリクはアクセルを踏み込んだ。

「どういうことだ?」車のあいだを縫うように進みながらデリクが尋ねた。サンフォードに遅れまいとスピードを上げるが、いかんせん、屋根に光るサクランボがないぶん分が悪かった。

「わからんが、緊急事態だな」

「ビリー・デュークか?」

「かもな。タバコ吸ってもいいか?」

「あんたはどう思う?」

張りつめた沈黙のなか、ふたりは車を走らせた。十分後、ドッジが口を開いた。「あんたの自宅の方角だぞ」

「というより、ジュリーの家のほうだ」覆面パトカーが彼女の家の方角に向かっているのに気づき、胸がざわつきだした。「まさかな」

「なんだ?」

デリクは答えなかった。彼女の家の周囲が救急車の赤色灯に照らしだされているのを見るや、急ブレーキを踏み、ギアをパーキングに入れた。気をつけろ、と叫ぶドッジの声を聞く間もなく歩道を走りだし、なにごとかと集まってきた近隣の人びとの群れをかき分けながら前に進んだ。

ジュリーの家の芝生にはすでに立ち入り禁止テープが張りめぐらされている。それをくぐって、玄関へと走った。制服警官に行く手を阻まれた。「おい！　立ち入り禁止だぞ！」

「なにがあったんだ？」

「こちらにお住まいですか？」

「いや」

「ご家族ですか？」

「いや」

「じゃあ、離れててください」

「わたしはデリク・ミッチェル、弁護士だ。いったいなにがあったんです？」

警官は顔をしかめ、周囲を見渡した。「殺人事件です」

デリクはその場にへたり込みそうになった。「誰が……」訊き終えるより先に、感情が込みあげ、喉が詰まった。その様子が警官の同情をかったらしい。

「ちょっとここで待っててください」警官はきびすを返すと、戸の開け放たれた玄関へと歩きだした。

「待ってなんていられるか」警官の横をすり抜けて玄関に走り込んだが、目の前にもうひとりの警官が立ちはだかり、あやうく突っ込みそうになった。警官が両手でデリクの胸を押さえ、行く手を阻む。「いったい誰の許可で入ってきたんです？」

「邪魔するな！」デリクは警官の手を振り払おうとしたが、その手はびくともしなかった。そのとき、後ろからやってきたさっきの警官に両腕をつかまれた。「放せ！」

「まあ、落ち着いて。静かにしないと手錠をかけるぞ」

「いいから放せ！」

そのとき、リビングの戸口に、恐ろしく深刻な顔をしたホーマー・サンフォードが現われた。「ミッチェル？　またあなたか。いったいどうしてここにいるんだ？」

デリクは目を血走らせてサンフォードの表情を探った。「ジュリーか？」しわがれ声で尋ねた。

サンフォードはしばし彼を凝視してから、頭でひょいと背後の部屋を指した。デリクはそちらに向かおうとしたが、体が動かなかった。警官たちにまだ体を押さえられている。「放してやれ」サンフォードが命じ、制服警官たちが手を放した。デリクはつんのめるようにリビングに駆け込んだ。死人のように青ざめた、しかし生きているジュリーの姿を見たとたん、足を止めた。

室内は温室のように暖かいのに、ソファに坐った彼女はシェニール織りの膝掛けにくるまれていた。その膝掛けの下の衣服はぐっしょりと濡れている。血と、いやな臭いのするなにかで汚れている。顔色はパン生地のように蒼白で、デリクに向けたその目は黒々として、ひどく大きく見えた。

痩せて長身の黒人男性が、らせん綴じのノートを手に暖炉の近くに立っていた。気の弱そうな男だった。昨夜、デリクがテレビをよく見ようと坐っていたオットマンには、デリクが知っているもうひとりの年配の刑事——グラハムだかグラントだかという名だった——が坐っていた。ならんで坐るジュリーとロバータ・キンブルに向きあう恰好だった。

数秒にわたってその奇妙な光景が続いたあと、グラハムだかグラントだかがサンフォードに命じた。「彼をここから追い払え」

「わたしはデリク・ミッチェルです」

「あなたが誰かは知っている。わたしは今回の事件の捜査を指揮しているグラハム巡査部長だ。自己紹介はこのへんにして、さっさとこの犯行現場から出ていってもらおう」

「わたしはミズ・ラトレッジの弁護士です」

ジュリーはかすかに目をみはったが、なにも言わなかった。一方キンブルはソファの下から突つかれたかのように驚きの表情になり、サンフォードはなにかつぶやいたようだったが、定かには聞き取れなかった。

グラハムがジュリーに向きなおった。「もう弁護士に連絡したんですか？」

「いいえ……救急番号の911以外には電話していません」

「わたしたちをつけてきたんでしょう」キンブルが説明した。「彼もビリー・デュークが滞在していたモーテルにいたので」悔しそうにつけ加える。「実はデュークを見つけたのは彼なんです。というか、彼が雇っている調査員ですが」

「ミスター・ミッチェル、あなたはどうしてデュークを捜してたんですか?」グラハムが訊いた。

しかしデリクが答えようとしたそのとき、刑事の視線は彼の背後に向けられ、デリクも思わずふり向いた。遺体袋をのせたストレッチャーが、フルトン郡検死センターの捜査官の指示のもとふたりの救命士によって運びだされようとしていた。これまで裁判で多くの証言をしてきたその捜査官は、顔見知りのデリクに軽く会釈をしたが、話しかけてはこなかった。代わりにグラハムに「検死のスケジュールが決まったら連絡します、巡査部長」と告げた。

「現段階でわかることは?」

「救急救命士が到着したときには、すでに死亡していました。争った形跡と外傷が認められます。腹部には、ごく一般的なキッチンナイフが刺さっていますね」それだけ言って、ストレッチャーとともに出ていった。

デリクはサンフォードに話しかけた。「ビリー・デュークか?」

「まだ身元はわからない」

そこでグラハムが立ちあがった。「わからないことがまだたくさんある。ミズ・ラトレッジ、署までご同行いただいて事情をお聞かせ願えますか?」

「いまですか?」

「その前に着替えてもいいでしょうか？」

「ええ、いまです」

グラハムは少し考えてから答えた。「では、キンブル刑事が付き添います」こんどはキンブルに向かって言った。「彼女の着衣は証拠物件だからな」

キンブルに付き添われたジュリーが前を通ったとき、デリクは彼女の手をつかんだ。ジュリーが途方にくれたような、まごついたような顔でこちらを見る。デリクは抱きしめてやりたい思いを必死に抑え、弁護士の体面を保ちつづけた。「じゃあ署で会いましょう、ミズ・ラトレッジ。わたしの同席なしには、誰にもなにも言わないように。わかりましたね？」

彼女はうなずき、ありがとうと小さくささやいた。

デリクは、心配するなというように彼女の手を強く握ってから、その手を放した。膝掛けを引きずりつつジュリーが廊下に出ていく。デリクの前を通りすぎざま、キンブルが意味ありげな目で彼を見てつぶやいた。「興味は深まる一方よ」

たしかに彼女の言うとおりだった。

一時間後、ジュリーは事の一部始終をグラハム巡査部長と、まだ彼女の前ではひと言も発していない若手の黒人刑事に説明した。ジュリーの見るところ、まだ刑事になって日が浅く、グラハムの指導を受けているのだろう。サンフォードとキンブルが隣の部屋でマジックミラー越しにこちらを見ているだろうことは、容易に察しがついた。

デリクはプロに徹して、ジュリーの隣に坐っていた。ジュリーがグラハムと彼の若い相棒とともに警察署に着くと、デリクはすでに来ていた。警察署までの車中、ジュリーはグラハムたちとひと言も交わさなかった。たぶんグラハムにも、デリクのいないところでジュリーに質問などしたら、あとで大騒ぎされるのがわかっていたのだろう。

若い刑事はビデオカメラの調整を終えると、グラハムに親指を上げて見せた。グラハムは今日の日付と時間、そして同席者の名前を言ってから、なにがあったのかを話してほしいと丁重にジュリーに頼んだ。

ジュリーは話した。裏口から家に入り、警報が鳴らないのに気づいたときのことから、ビリー・デュークが体を痙攣させ、まったく動かなくなったあの恐ろしい瞬間までのことを思い出せるかぎりすべて話した。

話し終えると、室内はしばし沈黙に支配された。やがてグラハムが口を開いた。「ありがとうございました、ミズ・ラトレッジ」

「わたしの依頼人は警察への協力を惜しみません。さて、もしこれで終わりなら――」

「まだ終わりじゃありません」グラハムはデリクに言うと、ふたたびジュリーに話しかけた。

「いまのお話では、あなたは被害者を名前で呼んでいましたね」

「ビリー・デュークという名前だと聞いたので」

「誰からです?」

「サンフォード刑事とキンブル刑事です」

デリクが言った。「彼は侵入者で、被害者ではありません」

「それには議論の余地がありますね、ミスター・ミッチェル。ミズ・ラトレッジは肉切りナイフを持っていたがビリー・デュークは丸腰だった。そしていま、彼は死体安置所にいる」

「丸腰だったんですか？」ジュリーが驚いて訊き返した。

「ポケットナイフすら持っていませんでした」グラハムが答えた。

「知りませんでした」彼女が弱々しく言った。「わたし、てっきり――」

「彼に傷つけると脅されましたか？」

「彼があそこにいただけで、わたしの依頼人は脅されたも同然です」

「わかりました、ミスター・ミッチェル」そう言いながらも、やはり非難がましい目でグラハムはジュリーを見つめていた。「警報装置が鳴らなかったとき、どうして家を出なかったんです？　なぜすぐに警察を呼ばなかったんですか？　家に誰かがいると思った、とおっしゃっていましたね」

「誰かが〝いるかもしれない〟と思った、と言ったんです」

「どう違うんです？」

「怖いと思うと、人間はついあらぬ想像をします。それでわたし、自分はただ怖がりすぎているのだと思いました」ジュリーは絡みあわせた指に目を落とした。力が入りすぎ、指が骨のように白くなっている。「数週間前、とてもショックな経験をしましたので」

「ポール・ホイーラーが撃たれたとき、あなたは彼と一緒にいらしたんでしたね」

「あれ以来……落ち着きません。なにに対してもひどくびくびくしてしまって。今回もそのせいかと思いました」

「侵入者がいるなんて妄想だ、とあなたは思ったわけだ」

「ええ」

「それでもナイフを持って家のなかを点検してまわった」

「万が一、妄想ではなかったときのために」

「妄想じゃなかった場合、あなたは相手を刺し殺すつもりだったんですか？」

「その質問には答えなくていい」デリクがあわてて止めた。

グラハムもそれ以上は追及しなかった。「あの男を見たとき、誰だかわかりましたか？」

「恐怖でなにがなんだかわかりませんでしたし、ビリー・デュークだとも思いませんでした。直接会ったことはなくて、見たのはあの監視カメラの写真だけですから。正直なところあのときは、まるでゾンビのようだと思っただけでした。死人みたいに青白くて、肌も人工的な感じがしました」

ジュリーはできるだけ詳しく彼の様子を描写した。「彼はわたしのほうに近づいてくると、戸口で体を支えるような恰好をしたんです。こんなふうに」戸口に前のめりの姿勢で立っていたビリー・デュークの姿をまねてみせた。「なんだか具合が悪そうでした。もしかしたら怪我をしていたのかもしれません。とにかくひどくつらそうでした。だからわたしのほうに倒れ込んできたのでしょう。わたしを襲おうとしたとは思えません。もちろん思い違いかもしれませんけれど、彼がわたしを襲うために近づいてきたとはどうしても思えないのです。わたしに助けを求めていた気がします」

「助けをね」

「彼女はそう言っているんです」デリクがピシリと言った。「歩く屍《しかばね》のように見えたその男は、彼女の寝室から出てくると、彼女に向かってきた。誰もがそうするように、彼女もきびすを返して逃げだした。すると彼は彼女をふり向かせ、立っていられない体を支えてもらおうとするようにおおいかぶさってきた。そのビデオにも残っているはずですよ」

「ありがとうございます、ミスター・ミッチェル。お話しいただいたことは、わたしもちゃんと覚えていますよ」

「じゃあ、どうしてそうくどくど質問するんです？　どの部分がわからないのでしょう？」

「わたしが彼を刺したのではありません」ジュリーが言った。「彼が自分でナイフに倒れ込んできたのです。そして、痙攣しだしたのです」

「さっきもそうおっしゃっていましたね」刑事が言った。

　ジュリーは刑事の疑わしげな目を見つめ返した。「事実です」

「そして彼は、あなたに向かって吐いた」

「わたしの服をごらんになったはずです」

「そして床に倒れ込んだ」

　ジュリーがうなずく。

「そこで彼は痙攣するみたいに激しく震えだし、その後、ひきつけを起こしたように何度か体を震わせて、事切れてしまった」

「ええ、そうです」

「しかし、その原因は腹をナイフで刺されたからだとも考えられる」

　ジュリーは答えなかった。

「あなたは緊急番号のオペレーターに、家にいた侵入者が死んだと通報していますね」

「ええ。最初は家の電話を使いましたが、つながりませんでした。それで携帯電話を取りに行こうとしたのですが、その前に彼が死んでしまったのです」

「彼が死んだとどうしてわかったんです？　じかに触って、脈を確かめたんですか？」

「いいえ。でもわかりました。あの目を見れば……わかります。それで、バッグを置いてあったキッチンに、携帯を取りに行きました。９１１に電話をしたあとは外に出て、救急車が来るまで玄関ポーチにいました。救命士が彼を診て、亡くなっていると教えてくれました。すぐに最初の警官たちが到着しました。あなた方が来るまでは、その警官たちが一緒にいてくれました」

「そのあとのことは、そちらでもよくご存じのはずだ」デリクが口をはさんだ。「わたしの依頼人はもう帰りますが、その前になにか訊いておきたいことは？」

　グラハムはまだひと言も発していない例の若い刑事を見たが、彼は黙って首を振った。グラハムがマジックミラーに目をやる。すぐにサンフォードとキンブルが部屋に入ってきた。

ジュリーはふたりを交互に見つめた。グラハムが彼らをここに呼んだ理由はわからない。不安になってデリクを見ると、彼もふたりが入ってきたのを気に入らないようだった。デリクはおもむろに立ちあがった。「みなさんずいぶん長い時間働かれるようですね」

「あなたもね」キンブルが言った。「今夜は、なぜかどこに行ってもあなたがいる。あなたの雇ってる調査員がどうしてビリー・デュークを捜していたのか、まだ説明してもらってないんだけど」

「わたしの依頼人にご質問は？」デリクが言った。

「ミスター・ミッチェル、あなたはいつホイーラー家から彼女へ鞍替えしたの？」

「おや、わたしへの質問ですか」

「わざとらしいことを言わないで」キンブルがむっとした声を出した。

「ちょっと妙でね」サンフォードが言った。

「なにがです？」デリクが訊き返した。

「最初、あなたはホイーラー家の弁護士だった。だがそれを辞めて、こんどはミズ・ラトレッジの弁護士になった」

「わたしの履歴をおさらいしていただいて恐縮ですね」彼はジュリーの肘の下に片手を添えて立つように合図をすると、話を切りあげにかかった。

だがそれをさえぎるようにキンブルが前に進みでた。「ちょっと待ってください」ジュリーを見おろした。「あなたは以前にも、そしていまも、ビリー・デュークには一度も会ったことがないとおっしゃっている。さっき彼があなたの家で死ぬまで、本人に会ったことはないと」

「ええ、面識はありませんでした」

「では、〈パイン・ビュー・モーテル〉に行ったことは?」

「答えなくていい」デリクがジュリーを止めた。

「いいえ、大丈夫よ」ジュリーはデリクに言うと、キンブルの質問に答えた。「〈パイン・ビュー・モーテル〉なんて聞いたこともありません」

「ほんとうに?」

「答えなくていい」

「ええ、ほんとうです」デリクの制止にもかかわらず、ジュリーは答えた。

「あのむさ苦しいビリー・デュークの部屋には不似合いなものを見つけまして」キンブルはブレザーのポケットから小さなビニール袋を取りだした。それを手のひらにのせ、ジュリーに差しだす。「ボタンをなくしませんでしたか?」

このときジュリーは、足元の床ががくんと落ちた気がした。

袋のなかには裏にクロムめっきの鳩目がついたパールボタンが入っていた。それは、象牙色のシャルムーズのブラウスのボタン、デリクもよく知っているボタンだった。

傍らに立つデリクからも、罪悪感と当惑のほてりが発散されるのがはっきりとわかる。しばし全員が黙り込み、ついにサンフォードがジュリーをうながした。「ミズ・ラトレッジ?」

「わたしは――」

「ただのボタンです」デリクがすかさず口をはさんだ。「そんなものいくらだって売っている。誰が持っていてもおかしくありません」

「ミズ・ラトレッジ、これはあなたのボタンですか？」

しかしデリクはそれ以上取りあわず、ジュリーの腕を取って立ちあがらせた。「残忍な殺人事件の参考人として警察が捜していた男が、今晩わたしの依頼人の家に現われた。彼女は命の危険を感じていた。彼はわたしの依頼人を襲い、誤って刺された。そして不幸なことに命を落とした。だが、その死因が刺されたことによるものか、ほかにあるのかは、司法解剖が終わるまでわからない。さあ、これでいいですね。なにかわかったら、わたしに連絡してください」


クライトンは〈シェ・ジャン〉を出るとき、ジュリーに今夜はデートだと言ってきた。だが、実は希望的な観測にすぎなかった。もちろん、アリエルをつかまえることはいつでもできる。家はわかっているし、職場も知っているからだ。だが、できれば、彼女との再会はできうるかぎり偶然のように見せかけたかった。

アリエルが習慣にこだわるタイプであることを期待して、ふたたび〈クリスティーズ〉を訪れ、壁際に置かれた高いカクテルテーブルに陣取った。物陰になっているが、こちらからは店内全体が見渡せ、とくに入り口はよく見えた。ここに立っていれば、彼女が店に入ってきたらすぐにわかる。今夜も乗ってきたのはポルシェではなくSUVだった。駐車係に顔を覚えられたくなかったからだ。身なりもいつものスーツより目立たない、デザイナーズジーンズに麻のスポーツジャケットとくだけたものにした。

たとえ誰かに見られても、おそらく彼のことがわかるものはいないだろう。両親の希望に反して、チャリティイベントや社交の場にはほとんど同行しない。そのような場所には、新聞の社交ページ用の写真を撮るためにカメラマンたちが群がっている。顔や名前が世間に知れ、身元が簡単にばれるようになるのは避けたかった。

なにもわかっていない母は、息子のカメラ嫌いを内気な性格のせいだと、ほほ笑ましく思っている。父がどう思っているかはわからない。きっと、なんとも思っていないのだろう。クライトンが徹底して写真に撮られるのを避けるのは、醜いからだと思っている人もいるだろう。しかし実際は人目につかないようにするのがむずかしいほどハンサムだった。だからこそ目立たないようにするすべを身につけ、いまや注目の的になる代わりに、壁紙のように背景になじむことができるようになっていた。

自分の正体に気づかれたくないときは、物陰に隠れて、注目を浴びることをいっさい避けた。とくに今夜は人の記憶に残らないことが重要なので、クラブソーダをオーダーしたときもウェイトレスには軽口を叩かず、ほかの誰かと目を合わせることも、言葉を交わすこともしなかった。まだ宵の口で、店も満員ではないため、誰かと相席になるまでもなくテーブルを独占できた。

来店して一時間ほどたったころ、アリエルがひとりで店に入ってきた。前回よりさらにおどおどして不安げだった。自信のなさを埋めあわせるようにきついアイメイクをしているものの、それがかえって裏目に出ている。店に入ってくると、なにげなさを装ってブロンドの髪を払ったが、そのしぐさはわざとらしく、まったく自然には見えない。

彼女は店に入ってすぐのところで足を止め、客席に目を走らせた。クライトンがいるのに気づき、体をこわばらせる。その顔に迷いがよぎったのが、傍目にもはっきりとわかった。積極的に迫ってきて約束をちらつかせたあげく、彼女を置き去りにして傷つけた男。無視するべきか、あなたは最低だと罵倒するべきか、あるいはもう一度、気に入られるようにふるまうべきだろうか？

彼女はひとつめの選択肢を選んだ。もう一度、もったいぶったしぐさで髪を払うと、カウンターまで歩いて、これ見よがしに指を鳴らしてバーテンダーを呼んだ。

彼女がぞっとするようなパステルグリーンのマティーニを受け取るのを待って、クライトンはのんびりと彼女に近づいた。

「〝ごめん〟じゃすまないな」

彼がいることにはじめて気づいたように、アリエルはふり向いた。無言だった。

「あのときは突然、呼ばれてしまってね。きみはトイレにいたから、約束を果たせなくなったと伝えられなかったんだ」

アリエルはふたたびマティーニに目を戻した。クライトンのことも、彼の謝罪も、気にも留めていないといわんばかりに、通りかかったバーテンダーにほほ笑みかける。

「アリエル、どうしても帰らなければならない用事ができたんだよ。どうしようもなかった」

アリエルがマティーニのグラスをカウンターに乱暴に置き、べたべたした液体がテーブルに飛び散った。「あなたは女と一緒に帰ったって駐車係が言ってたわ」

「ぼくのアシスタントだ」

その答えにアリエルの意気込みはそがれた。「アシスタント?」

「あの日、家族はぼくのことを必死で捜していた。ぼくは夜遊びを楽しんでいたから、携帯にかかってきた家族の電話にも出なかった。それで、アシスタントが捜しにきた」

「どうして?」

「姪が」そう言ってカウンターに目を落とし、グラスの下にたまった水をこすった。「レイプされてね」

「レイプ? そんな!」

こんなときにぴったりの嘘に、彼女は予想どおりの反応を見せた。クライトンは大きなため息をついた。「相手は、姪が友人だと思っていた男だった」

アリエルは目を皿のように丸くし、気遣いと怒り、そして思いやりを示した。

「そいつは車で、姪をひとけのないところに連れていったんだ。そして彼女に……口を使わせたあげく……」それ以上はどうしても言えないというように、言葉を呑んだ。

アリエルが彼の手を握る。「それ以上は言わないで」

実を言うと、クライトンはあのかわいいアリスン・ペリーをドライブに誘ったときのことをこうして語るのを楽しんでいた。あれは運転免許を取ったばかりで、免許取得と十六歳の誕生日を祝い、両親がBMWのオープンカーを買ってくれた直後だった。

車を見たアリスンは驚き、オープンカーには乗ったことがないと言った。だが、いよいよおもしろくなってきたころには、彼女の悲鳴をくぐもらせるためにオープンカーの屋根を閉めなければならず、最後には、彼女を黙らせるために殴らなければならなかった。

その後、その一件をめぐってクライトンと彼女の言い分が争われた。しかし最終的には、内密にしておいたほうが〝子どもたちのためだ〟という説得をペリー家側が呑み、警察の捜査続行を断わることとなった。口止めのためにはかなりの金が支払われたが、クライトンに科せられたのは厳しい説教だけだった。

彼は驚いて目を丸くしているアリエルに言った。「アシスタントはぼくがときどきここに来るのを知っていたんで、ここにも捜しにきた。彼女が来たとき、きみはちょうどトイレに行っていたから、ぼくは……」

「もういいわ。よくわかったから」アリエルが彼の手をやさしく押さえた。

「きみの苗字を聞いてなかったね」

「ウィリアムズよ」

「住所も、電話番号すら聞いてなかった。きっときみは怒っただろうね」

「すごくがっかりしたわ」

アリエルの頬に触れた。「悪かったね」

「姪ごさんの具合はどう?」

「大丈夫だ。もちろん、心の傷が癒えることは絶対にないだろうけれど」

「その男は捕まったの?」

「まだ正式には起訴されてないんだ」

「どこかに閉じ込めて、その部屋の鍵を永久に捨ててもらいたいわ」

「やつもそのほうがいいだろうな」

「どうして?」

「いつかぼくがそいつに会ったら、そいつはきっと刑務所のほうが安全だったと後悔することになるからさ」

アリエルの顔が賞賛の念に輝いた。クライトンは彼女のためにもう一杯マティーニを注文し、もっと静かな席に移ろうと提案した。店は混みはじめてきている。さっきまでいたテーブルはほかの一団に占領されていたので、クライトンは店の片隅のもっと静かで暗い席にアリエルを連れていった。二杯めのマティーニを飲み終え、すっかりほろ酔い気分になった彼女は、さらに何杯かお代わりをした。

しばらくするとクライトンは腕時計に目をやり、小さくなにかつぶやいた。

「なに？」とアリエル。

「今夜は両親と一緒に姪を見舞うことになってってね」

「まあ」

「まだここにいるかい？　それとも車まで送ろうか？」

　クライトンが帰るのなら、アリエルにもそれ以上ここにいる気はない。クライトンは、彼女が駐車係を使わなかったと知って喜んだ。「だって、高すぎるもの」とアリエルは言いながら、クライトンとともに建物の裏にまわり、路地を横切って、オフィスビルの裏にある従業員用の駐車場に歩いていった。一日の仕事が終わったいま、駐車場に残っているのは彼女の車だけだった。あたりには誰もいない。

「アリエル、わかってくれてほんとうに嬉しいよ」

「そんなこと気にしないで。それよりわたし、気の毒でたまらないの。そのかわいそうなお嬢さんのことも、そのご家族のことも」

　会話が途切れた。クライトンは両手を彼女の二の腕にあて、そっと撫でた。「がっかりしたかい？」

「トイレから出てきたとき？　めちゃショックだったわ。こんなこと言うべきじゃないんでしょうけど、でもほんとうにショックだったの」

「埋めあわせをさせてもらうよ」かがみ込んで、そっと彼女の頬に唇をあてた。「明日の夜、会えるかな？」

「ええ」アリエルが顔をめぐらせ、唇を重ねあわせる。

クライトンは、リンゴのリキュールが強く香る彼女の吐息で吐きそうになった。思わず小さなうめき声をあげたが、欲望から声が出たように装うのを忘れなかった。「きみの家に行ってもいいかい？　ふたりきりになりたいんだ。まずいかな？」

「そんなことないわ。いまルームメイトは留守だし」

彼はあわてて顔を離し、しかめっ面をつくった。「ルームメイト？　男、それとも女？」

彼女がおかしそうに小さく笑う。「女よ」

クライトンはほほ笑んだ。「よかった。じゃあ、アパートにはぼくたちふたりだけだね？」

「っていうか住んでるのは一軒家なの。そこにわたしたちふたりだけよ」

クライトンはもう一度かがみ込み、こんどは耳に顔をすり寄せた。「いいね。でも明日の夜、そのルームメイトが突然帰ってくる心配はないのかい？」

「ないわ」

「どうして言いきれるの？」

アリエルはルームメイトのキャロルは秋から教職に就くことになっているけれど、学校がはじまるまではウェイトレスとして生活費を稼ぐのだと話した。そして息もつかせぬ勢いで、キャロルと、彼女が働いているアセンズのいかしたスポーツバーについて語り、かわいくて人気のある彼女はたっぷりチップを稼ぐのだと言った。「それに」アリエルは目をぐるりとまわした。「男の人って胸の大きい子が好きでしょう。とくに大学生の男の子たちは」

アリエルがはにかみながらその退屈な話をさらに数分続けたので、クライトンはもう少しで彼女を絞め殺しそうになった。「酔っ払いの車ばかり走ってる深夜の道を毎晩往復するのはいやだからって、そのバーで働いている女の子の家に泊まることにしたの。その子、語学研修で夏のあいだスペインに行ってるから、キャロルはそこをまた借りしてるのよ」

彼女が息継ぎのために言葉を切ると、クライトンがすかさず口をはさんだ。「ということは、その……いいときに邪魔されるってことはないわけだね?」指先でアリエルの胸を軽く触り、彼女がそれに気づいたのを確かめるために目をのぞき込んだ。

アリエルはちゃんと気づいたらしく、浅く、早い息遣いでささやいた。「ええ、心配はゼロよ」

「完璧だ」もう一度キスし、アリエルの体を車に押しつけて、舌を口に差し入れた。そしてすぐに体を離し、両手で顔を包み込んだ。「じゃあ、明日の夜、いいね?」

アリエルがうなずく。

住所と何時に行ったらいいかを尋ねると、アリエルは夕食をごちそうするわと言った。なにか持っていこうか? いいえ、体ひとつで来て、と彼女は答えた。「じゃあ、明日はデートだ」もう一度すばやく濃厚なキスをしてから、彼女を放して後ずさりをした。「姪がぼくに会いたがっているのを忘れないうちに、失礼するよ」

「そうね、早く行ってあげなくちゃ」アリエルは車の鍵を開けて乗り込み、イグニッションをまわしてから窓を開けた。「じゃあ、明日の夜」

クライトンは茶目っけたっぷりに彼女の鼻のてっぺんに触れた。「ぼくがどれほど楽しみにしているか、きみには想像もつかないだろうね」

22

デリクの車に乗ったジュリーは、運転席に坐って運転に集中している彼の顔を見た。「警察はわたしを逮捕しなかったわね」

まだ行き先は聞いていないけれど、自宅でなければ、どこでもよかった。それに、たとえ帰りたくても、犯行現場になった以上、家で一夜を過ごすことは許されないだろう。

「逮捕はするさ」デリクが言った。「明日だ。もし逮捕状が取れれば今夜かもしれない」

「警察はきっとブラウスを見つけるわ。うちのクロゼットにかかっているの。クリーニング店から引き取ってきたばかりで、ビニール袋から出したとき、ボタンがひとつなくなっているのに気づいた」ちらりと彼を見た。「機内で落としたと思っていたの」

「ジュリー、きみのブラウスのボタンが、どうして〈パイン・ビュー・モーテル〉のあのむさ苦しい部屋にあったんだ?」

「わからない」

「おれはきみの弁護士で、警察じゃない。もしあそこに行ったのなら、そう言ってくれ」

「よくそんなことが言えるわね」

赤信号で車を止め、デリクは彼女を見た。「おれはきみを助けようとしてるんだ」

「わたしを嘘つき呼ばわりして?」

信号が青に変わり、後続車がクラクションを鳴らした。デリクは小さく悪態をつくと、急いで交差点を走り抜けた。車内の空気に敵意が満ちる。ついに彼が口を開いた。「じゃあ、あのボタンがきみのものだとして、あれがあの部屋にあった理由をどう説明する?」

「クライトンよ。わたしの部屋に忍び込んだとき、ボタンを取っていった。わたしとビリー・デュークを結びつけるために、なにかちょっとしたもの、なくなっていてもわたしがすぐには気づかないものを盗んだのよ」

「侵入者はクライトンじゃなかったかもしれない。ビリー・デュークという線もある」

「いいえ、間違いなくクライトンよ。自分はおまえたちみたいなばかじゃないと言わんばかりの、いかにも彼らしいやり方だもの」デリクを見た。「それを刑事たちに言うつもりだった。あなたに無理やりあそこから連れだされなければ」

「そんな話を彼らが信じると思うか」

「あなたでさえ信じてくれないんですものね」

「たしかに筋は通っている。きみが言うように、いかにもクライトンらしいやり口だ」

「でも?」

「ジュリー、きみにはそれが証明できない」

「証明するのは警察の仕事でしょう」

「それはそうだ。だが、彼らの疑いを打ち消せるに越したことはないんだ。現状では、きみがやってきたことすべてが妙に見える。たとえば昨日、きみはハウスキーパーに家じゅうを大掃除させている」

「クライトンがいたと思ったら、とても我慢ができなかったから——」

「おれにはわかる。でもきみは彼がそこにいたことを証明できない。すべてを消毒したいまとなっては、なおさらだ。それにこのおれにしても、宣誓の下では、きみの家に侵入者の形跡はなかったと言わざるをえない。きみが家を掃除させたと聞いて、サンフォードとキンブルにはピンときたんだろう」

ジュリーはいぶかしげにデリクを見た。

「うわさになってるんだ。ドッジが警察で聞き込んできた。きみのしたことは、証拠隠滅ととられかねない。もし、この話が再度出たときのために訊かせてくれ。どうしてすべてをハウスキーパーに消毒させた?」

「クライトンに持ち物を調べられたのよ。家じゅうが汚れている気がしたわ」

「その気持ちはわかる」彼は言った。「おれの家も、もう二度とむかしと同じようには思えないだろう」とりあえずその話は切りあげ、クライトンから受け取った手紙のことを話した。

「あんなことをしたのに、それだけでは足りなくて、彼はあなたをからかったのね」

「おれに自分を追わせたいのさ。無残に殺されたマギーを見るやいなや、おれがあいつを追うと思っていたんだろう。だが、おれがそうしなかったんで、手紙を送ってよこした。まさに闘牛士が振りまわす赤いケープだ。とても無視なんかできやしない。やつを叩きのめしてやりたかった。だが、そんなことをしたら、やつの思う壺だ。どうせならやつを裁きの場で叩きのめし、永久に社会から抹殺してやりたい。

手紙は警察に提出した」デリクは続けた。「だが、あれは証拠としては問題がある。当然、警察はおれが自分でタイプしたと思うだろう。しかも何人もの人間が触れているから、決定的証拠とは見なされない」

「マギーの件について、警察はクライトンから話を聞いたの?」

「おれの知るかぎりでは、聞いていない。だが警察に、誰かに恨まれていないかと訊かれたときは、真っ先にやつの名前を挙げておいた」

「彼は生来の嘘つきよ。マギーのことを話したら、なんのことかわからないととぼけていたわ」

「なんだって?」一瞬ジュリーに視線を投げたが、車を運転していたのですぐに道に戻した。

「いつのことだ?」

「画廊を閉めてすぐにいきなりやってきたの。ケイトが帰るのを待って、裏口から忍び込んだんだと思う」

「鍵をかけていなかったのか?」

「まだわたしがいたから、ケイトは鍵をかけなかったんでしょうね。もしかしたらクライトンが合鍵を持っていたのかもしれない。それくらいやりかねない人だから。とにかく彼が突然現われて、ほんとうに怖かった」ジュリーはそのときのことを話した。わたしはそのなかに恐ろしいものが入っているかもしれないと震えあがった。家に帰ったとき、びくびくしていたのはそのせいなの。さっき刑事たちに言ったとおり、不安で、怖くてたまらなかったけれど、怖がってばかりいるから、ばかなことを考えるんだと思っていた。だから、警報が鳴らなくても家を出なかったし、警察にも通報しなかった」そして、ひっそりとつけ加えた。「直感を信じるべきだったのよ」

ビリー・デュークが息を引き取ったときのことを考えると、体が震えた。こまかなことまで、くっきりと記憶に焼きついている。彼の姿、におい、ナイフが肉を貫いたときの感触。肌に張りつくシャツ越しに感じたあの血糊のべっとりとした温かさ。なにか話そうとする彼の喉から聞こえたごぼごぼという音も、痙攣する体が床に激しくぶつかっていた様子もありありと覚えている。

目に涙があふれ、車のボンネットの先の道路がぼやけた。「彼の死因があのナイフ以外のものだとわかるといいのだけれど。そうでないと、わたしはこれからどうやって生きていったらいいかわからないわ」

デリクが手を伸ばして、そっと手を握ってくれた。「ジュリー、きみは命の危険にさらされていたんだ」

「もしかしたら、そうじゃないのかも」

「きみが彼を刺したわけじゃない。彼がナイフにおおいかぶさってきたんだ」

「ええ、そのとおりよ。だとしても……」

「考えないようにしないとな。ほら、もうすぐ着くよ」

「どこに？」

ふたりが数分後に到着したのは、〈コールター・ホテル〉だった。デリクは正面に車を停めて、ジュリーを見た。「おれたちの家はどちらも台無しだ。ここでいいかな？」

「どんなところでもいいわ」

「〝どんなところ〟でも、ここほどのサービスをしてくれるところはないさ」

車を降りたデリクは、助手席側にまわってドアを開けた。ドアマンがデリクの名を呼び、あいさつをする。「部屋はあるかな？」

「ミッチェルさまのためでしたら、もちろん、ご用意させていただきます」

数分後、ベルマンは最上階のスイートルームのドアを古めかしい真鍮製の鍵で開け、ふたりをなかに案内した。リビングと寝室はフレンチドアで仕切られ、そのドアには薄い織物が張られたガラスパネルがはめ込まれている。とりあえず、いま必要なものはないとデリクが告げると、ベルマンは部屋を出ていった。

「ここはチンツ（光沢のある平織り綿布）が好きみたいだな」フロアランプのスイッチを入れながらデリクが言った。

ジュリーがにっこりした。「そうね。でも、すごくすてき。それより、あなたがチンツを知っているなんて、驚いたわ」

「母が友人の家の室内装飾をやってるんだ。素人芸だけどね」

「その話を聞かせて」

「まずはなにか食べよう」

「わたしは食べられないわ、デリク」

「とにかくなにか口に入れないと」

デリクは夕食にトウモロコシとカニのチャウダーとグリーンサラダ、それから皮の硬いロールパンを注文し、ジュリーは自分が食べられることを発見した。デリクは彼女のために白ワインもあわせてオーダーし、自分はミニバーのウイスキーを飲んだ。食事が終わると、ルームサービス係がやってきてテーブルを片付けてくれた。

ジュリーはワイングラスを手にソファに歩み寄り、その隅に腰をおろした。靴を脱ぎ、足を折って坐る。「どうしてここにしたの?」

「さっき言ったろう? おれたちの家がどちらも血で汚されてしまったからだ。マギーの血。そしてビリー・デュークの血」

たしかに彼の言うとおりだった。だがそれだけだろうか? ジュリーがじっと見つめると、デリクはついにばつの悪そうな笑みを見せた。「きみを匿《かくま》いたくて、ここにしたんだ。とりあえず、まだ見つかってほしくない」

「刑事たちにってことね。わたしは逮捕されるの?」

「わからない。だが、きみの家を家宅捜索するのは確実だ。なにせ犯行現場だからね。だが、万が一を考えて捜索令状をとってくるだろう。そうすれば家じゅうをひっくり返すことができる」

「わたしの人生がひっくり返されたように」

デリクはそれについてはなにも言わなかった。

「警察がなにかを見つけることを心配しているの?」

「ああ。だが、きみが嘘をついていると思っているからじゃない。クライトンがきみの言うとおりの人間だと思うからだ。あのボタンを盗んでビリー・デュークの部屋に仕込むほどの知恵がまわるなら、きみとデュークのふたりを共犯と思わせるためのどんな細工をしているかわかったものじゃない」

彼女はワインに目を落とし、指先でグラスの縁をなぞった。「怖いわ」

「だろうな」

「今日、画廊でほんとうに怖い思いをしたの。彼に危害を加えられるかもしれないと思った。もちろん身体的によ。それでつい、その怯えを見せてしまった。見せたくなかった。平静を装いたかったのだけれど——」

「きみだって人間だから、しかたないさ」

彼女の弱々しい笑みに、笑みを返した。「どうやらそうみたいね」ジュリーはワインをひと口飲むと、グラスを傍らのテーブルに置き、両手を膝の上で組んだ。大きく深呼吸をし、息を整える。「ねえ、デリク、なにか話して。なんでもいいから別の話が聞きたい。あなたのお母さんの室内装飾の話がいいかもしれない」

デリクが声をあげて笑った。「ただの趣味だよ。でもなかなか才能はある。友人たちに壁は何色に塗ったらいいか相談されているうちに、気がつくと家全体を改装してるんだ」

それから半時間、デリクは家族の話をしたが、その生き生きとした口ぶりが家族に対する愛情の深さを物語っていた。デリクの兄は公認会計士で、妻と十代の娘ふたりとともにオーガスタに住んでいるという。「上の子はこの秋、大学生になる。信じられないよ。お下げ髪のあの子が、擦りむいた膝小僧にキスしてってべそをかいてたのがつい昨日のことみたいだ」

デリクの姉はヒューストン出身の麻酔医と結婚し、看護師の仕事を辞めた。「義兄は好人物なんだが、ひどく退屈な人でね。一緒にいると酒を飲んでなくても眠くなる。九歳から四歳まで三人の息子がいる。彼らを引き連れて、ルーヴルを見てまわるのは大仕事でさ」

ジュリーは笑い声をあげた。「そうでしょうね」

「展示作品を傷つけるんじゃないかと冷や汗ものだったよ。そんなことをしたら国際的な事件になる。『行儀の悪いアメリカ人観光客、ルーヴルで大暴れ』とか、『米国の非行少年、国宝級の骨董品を破壊する』なんて見出しが新聞に躍りかねない」

声をあげて笑うのは、なんと気持ちがいいのだろう。

「でも実際は、みんないい子たちだ」デリクは安楽椅子にゆったりと背中をあずけ、揃いのオットマンに足をのせていた。スーツの上着を脱ぎ、ネクタイをゆるめ、シャツの袖をまくりあげた両腕を、頭の後ろで組んでいる。「なんでおれはこんな話をしてるんだ？　こんどはきみの話を聞かせてくれよ」

「わたしのことはよく知っているでしょう。ドッジに調べさせたんだから」

「その件については謝るよ」その謝罪は心からのものに聞こえた。「当時は、おれの依頼人であるホイーラー家の利益を最優先に考えていた。きみについての調査は、その仕事の一環だったんだ」

「でも、あなたがすべてを知っていると思うと、ある意味、気が楽だわ。秘密をすべて知られているっていうことだもの」

「そうかな？　きみに関する事実は知っているが、そのほかのことはほとんど知らない」

「そんなことないわ。わたしがアートが大好きなのは知ってるでしょ」

「でも、あの太った男に特別な感情を持ってるわけじゃないよな？」

ジュリーがまた笑った。「まさか。でもお客さんのためにも、偏見は持たないようにしているの。扱っている作品のなかには、自分の家には飾りたくないものもある」

「じゃあ、おれが買ったあの絵はどうだい？　あれは許容範囲かい？」

「あれは好きよ。あなた、いい趣味してる」

「ありがとう」

「それから、あなたはわたしが料理好きなのも知っている」

「腕前のほどは知らないけどね」

「すごく上手なのよ」

「その言葉、証明してもらえるかな？」

「そうね、そのうちいつか」

　このやりとりは、ふたりの未来を否定していない。だが、ふたりの未来を約束するものでもなかった。ふたりともそのことに気づき、ぎこちない沈黙が訪れた。

　沈黙の末に彼が言った。「きみの両親はどんな人たち？　両親とは仲がよかったのか？」

「何度か衝突したことはあったわ。よくある話。でも全体的には幸せな家庭だった。パパはママひと筋だったし、ママもパパを愛し、ふたりともわたしのことを愛してくれていた」

「なんだか意外そうな言い方だな」

「意外というわけではないけれど、たぶん感謝しているんだと思う」

「どうして感謝なんだい？」

　しばらく考えたあと、ジュリーが答えた。「わたしをみごもったとき、ママはすごく若かったの。夫と子どもの面倒を見ながら、学校を卒業して仕事をはじめるのはたいへんだったと思う。でも、パパが手のかかる夫だったとか、そういうことでは全然ないの。それにわたしも扱いのむずかしい子どもではなかったし。でも……ママにはほかの選択肢を考慮するチャンスがなかった。旅行をしたり、ほかの仕事を試したりして、学校の事務以外にやりたい仕事があるかどうかを考えることができなかった。すごく早い時期に家庭を持ってしまったから。そういう道を選んだことに後悔はなかったのかしらと思うことがたびたびある」

「お母さんがきみやきみのお父さんを恨んでいると感じたことがあるのかい?」

「いいえ、一度も。ママはわたしとパパを絶対的な愛で包んでくれた」そう言うと小さく肩をすくめた。「そのことはいつもすごいと思う。だからわたしは感謝している」

デリクは坐りなおすとジュリーの視線をとらえ、証人に重要な質問を尋ねるときのようにじっと見つめた。「きみとポール・ホイーラーのことを家族はどう思っていた?」

「パパはママより十歳近く年上で、わたしがポールに出会う数年前に亡くなったの。ママは、わたしがフランスで苦労しているのを知っていたから、ガンにかかっていることをかなり悪くなるまで教えてくれなかった。わたしがポールと出会ったことは知っていたけれど、わたしたちが一緒にいるのは見たことがないわ。

母が危篤だという連絡をもらったとき、ポールは帰国する飛行機代を出してくれた。でも、母の臨終には間に合わなかった。ポールが一緒に来てくれてありがたかった。母の死にすっかり打ちのめされていたから。亡くなるときにそばにいられなかったんだもの。もしあのとき彼がいてくれなかったら、どうなっていたかわからない。彼はとても力になってくれた」

「そういう人だったらしいね」

またもふたりのあいだに沈黙が流れ、話題を変えようとジュリーは口を開いた。「あなたが担当している裁判のこと、新聞で読んだわ」

「どのケースだい?」

「ジェイソン・コナーの裁判」

彼はため息をついた。「あれはむずかしい案件でね」

「あんなことをした彼をどうやって弁護するの？　彼は両親を惨殺したのよ」

「たしかに、彼は両親を殺害した罪に問われている」

「両親はめちゃめちゃに切り刻まれていたと、新聞には書いてあったけど」

「『激情の末の犯行』っていうあの記事か。おれも読んだよ」彼は皮肉な口調で言った。「陪審員候補者たちがあれを読んでいないことを願うばかりだ」

「彼は以前から問題児だったとも書いてあった」

「それは事実だ。だが、学校をサボった、マリファナを吸った、ちょっとした盗みをした、喧嘩をした、といった非行行為と、ふたりをいっぺんに殺害する行為とは、まったく次元が違う。あの無礼で生意気な少年は、人間すべてを憎んでる。おれのことも、彼を助けようとするおれの努力も、余計なお世話だときっぱり言われたよ」

「あなたが弁護料を無料にしたっていうのはほんとう？」

「ああ」

「どうして？」

「あの無礼で生意気な少年には、とおりいっぺんの申し立てをするだけの国選弁護人よりましな弁護をしてくれる人間が必要だからだ。もともと彼の形勢は不利で、おれが命を救わないかぎり、死刑は確実だ」なにか言おうとしたジュリーをさえぎった。「ジュリー？」

「なに?」

「コナーの件を話すと、おれたちは喧嘩になる」

たしかに彼の言うとおりだった。「じゃあ、わたしの件を話しましょう。あなた、自分でわたしの弁護士を買って出たんだから」

「きみにはおれが必要に思えた」

「それについてはお礼を言わないと」ジュリーはからかうように片方の眉を吊りあげた。「わたしの弁護料を無料にする気はないみたいだけど」

デリクがにやりとした。「きみには、二倍の料金を請求するよ」

軽口めかしてはいたけれど、ふたりが抱える問題が、それまでの居心地のよかった室内に悪臭のように広がった。「あなたがわたしの家に来たとき、キンブルがグラハムに言っていたわね。あなたはビリー・デュークが滞在していたモーテルから、彼女たちを追いかけてきたって」

「そのとおりだ」

「そんなところでなにをしていたの?」

「ドッジがやつの居場所を見つけて電話をしてきた。おれはそれをサンフォードに知らせ、彼とキンブルがそこに駆けつけた。だが、おれたちが先回りしてたんで頭にきたのさ。さらに悪いことに、デュークの部屋はすでに片付けられていた。ゴミも、彼の痕跡も残っていなかった」

「クライトンの痕跡もってことね」

デリクがうなずいた。「彼らに言ってＤＶＤプレイヤーを調べさせたが、なにも入っていなかった」

「彼とビリー・デュークを結びつけるものはなにもなかった」

「そのようだ」

「でも警察はビリー・デュークとわたしを結びつけることができる」

「その話はしたくないと、さっききみが言ったんだぞ」デリクはオットマンから足をおろし、立ちあがった。「少し眠ったらどうだ？」顎で寝室を示す。「おれはソファで寝るよ」

「バスルームを使いたいんじゃない？」

「ああ、ありがとう」

デリクがフレンチドアの向こうに消えた。

ジュリーは所在なく窓辺に近づき、木製の鎧戸の羽板《はいた》を一枚開けた。夜空には雲ひとつなく、月は四分の一ほど欠けている。下の通りは静まり返り、一見したところ自分たちの様子をうかがっている人物は見あたらなかった。

デリクが寝室から出てきた。「さあ、もういいよ」

ジュリーは鎧戸を閉めて、ふり返った。「あの嵐の夜、クライトンがわたしたちをここまで追ってきたときのことを考えていたの。いまもそのへんにいるかもしれない。彼に見張られていると思うとたまらない。彼はもはやたんなる目ざわりな存在というだけではないわ。

前はたんに不愉快なだけの存在だったけれど、それが邪悪な存在に変わってしまった」

「今日の画廊での一件より前に、彼がきみに手をかけたことは？」

「はじめてよ。〈クリスティーズ〉では腕を思いきりつかまれ、壁に押しつけられたけれど、今日はそんなものじゃなかった。手荒な扱いというより、攻撃だった」

「アセンズで会ったときの彼は卑劣で皮肉たっぷりだった。脅しの言葉を口にしたり、偉そうなことを言ったりしていたが、それとマギーの首を切ることのあいだには大きな距離がある。ドッジには、非行歴がないかどうか調べるように頼んでおいた。調べてはみるがむずかしいだろうと言っていたよ」

ジュリーはクライトンについてわかっていることをひとつひとつ考えていった。「連続殺人犯の犯行は加速するというわよね？　殺せば殺すほど、その頻度が高くなると」

デリクはうなずいた。

「クライトンが画廊に来たことをサンフォードとキンブルに言っておいたほうがいいかしら？　彼がなにを言い、なにをしたかを教えておくの」

「彼らもマギーのことは知っていたよ。お悔やみは言ってくれたが、クライトンとの関連性については触れなかった」デリクはジュリーの顎の下に指を添えてあお向かせると、彼女の顔を左右に傾けて首を調べた。「青痣はないな」

「首はそれほど強く押さえられなかったの。体でわたしを壁に押しつけたわ」

「たとえそれを通報して刑事が彼に事情を聞いたところで、せいぜい画廊に行ったことだけを認めるぐらいで、そんな乱暴はいっさいしていないと否定するのがおちだ。そうなれば打つ手はない」

「でも、あなたはわたしを信じてくれるのよね?」

「依頼人にそう訊かれるたびに、もちろんと胸を張れたらいいんだが」デリクがにっこりした。「とにかく少し眠ったほうがいい」

直接的な答えを避けられたのを感じながら、ジュリーは寝室に入って、フレンチドアを閉めた。彼には質問をたくみにかわす特別な才能がある。さいわいそれはジュリーの得意技でもあった。


それから半時間ほど、デリクはあお向けになって天井を見つめながら、眠れと自分に言い聞かせていた。だが、どうしても眠れない。ソファが小さすぎることもあるが、眠れないのはこの部屋のせいではない。眠りを妨げているのは、この部屋にジュリーがいるせいだった。この二十分、寝室からは物音ひとつ聞こえてこないものの、彼女も眠っていないのがわかる。フレンチドアをおおう薄い布地越しには、部屋の明かりも、彼女が動く気配も見えない。それでもなぜか、ジュリーが自分同様に眠れずにいるのが手に取るようにわかった。

小さく悪態をつくと、勢いよく毛布をはぎ、床に足をおろして立ちあがった。シャツに手を伸ばしたが、すぐに思いなおし、シャツは椅子の上に残しておいた。裸足のままフレンチドアに歩み寄り、そっと開ける。ドアは音もなく開いたが、そのとたん彼女が窓からふり向いた。見張りでもするように、窓辺で外を見ていたのだ。ジュリーはホテルに備えつけられた白いテリークロスのバスローブをまとい、耳たぶから足首まですっぽり隠れていた。

永遠にも思える長いあいだ、ふたりは部屋の両端に佇み、見つめあった。自分がいつ彼女に歩み寄ったのか覚えていない。覚えているのは、彼女に手を伸ばし、恐るおそる「もしきみに触れたら、おれを押しのけるかい？」と訊いたことだけだ。

ジュリーが息を呑み、かぶりを振った。

ジュリーが逃げだすかもしれないと思いながら、ゆっくりとローブの帯を解き、内側に手を差し入れた。指の関節でそっと腹部を撫でると、彼女の体に震えが走った。「ジュリー、怖いのかい？」

「ええ、すごく」

「なにが怖い？」

彼女は一瞬閉じた目をすぐにまた開いて答えた。「これ、かしらね」

だが、デリクが肩からローブを落としても、ジュリーは逆らうことも、逃げることもしなかった。ローブが腕をすべってカーペットを敷いた床へと落ちる。ブラジャーは、飛行機のなかでつけていたものと同様の、レースのついたタイプだった。ブラジャーのカップの上に胸が盛りあがっている。デリクはそのなめらかな谷間を指でなぞり、彼女の顔を両手で包んだ。「どんな嘘をついてもかまわない。でも、このことにだけは嘘をつかないでくれ」

「ええ。つかないわ。いまも、そしてこれからも」

声が震えている。同じように震えている唇に、唇を重ねた。前回とは違い、ふたりはゆっくりと吐息を交わしあい、唇を合わせたり離したりをくり返した。やがて、どちらからともなくキスを深めた。抑制や臆病さはどこかへ消え、彼女のキスのすばらしさだけが記憶によみがえった。実はフランスから帰国して以来、彼は自分のキスにセクシーに反応したジュリーの唇の記憶が突然、それも思いもしないタイミングでよみがえることに閉口していた。しかしどんなに鮮やかな記憶も、現実の彼女の唇とはくらべものにならない。

彼女の背中に手を伸ばしてホックを外した。ローブ同様、ブラジャーも床に落ちた。そのまま体を引き寄せ、しっかりと抱きしめた。自分の胸に押しつけられたやわらかく豊かな乳房を感じながら、彼女と素肌を重ねている感触にわれを忘れた。

果てしなくキスをくり返す。情熱に呑み込まれ、息をすることも忘れてキスを重ねるうちに、ついに息が続かなくなって、ふたりは顔を離した。息を整えるジュリーは、デリクの胸に額をあずけ、顔を左右に揺らしながら濡れた唇をすりつけている。やがて手を伸ばして髪に指を絡めると、続きをねだるようにデリクの顔を引き寄せた。

パンティの後ろの部分にはほとんど布地がなかった。そのヒップを両手で抱きしめ、彼女の下半身を自分に押しつける彼の手のひらが燃えるように熱い。彼女の喉から漏れた低い声が振動となって彼女の口、そして彼の舌へと伝わり、彼を狂おしい思いに駆り立てていく。

デリクは顔を上げると、彼女の目を見つめたままズボンのボタンを外し、ファスナーを下げた。ジュリーはいったん離れ、彼が着ているものをすっかり脱いだときには、ベッドにあお向けになって、彼へと手を差し伸べていた。

かがみ込んで横たわったジュリーからパンティを脱がせたデリクは、彼女の太腿のあいだに手を置き、手のひらで彼女の敏感な部分を包み込んだ。ふたりは数秒間見つめあい、触れあうよりさらに熱烈な情熱をその目で交わした。彼女のもっとも敏感な場所を手のひらの付け根でゆっくりとこねるように撫でていく。彼女が息を呑み、腰のくびれがそりあがった。

そして体を重ねた。ジュリーの体内へと深く身を沈めながら、彼女の頭の両側に置かれた手のひらにみずからの手のひらを重ね、指をしっかりと絡みあわせた。ふたりはまもなく絶頂を迎え、デリクにはもはや自分がしがみついているのが彼女なのか、それとも奈落の底に落ちていくみずからの魂なのかわからなくなった。


「あなた、そこで眠ってしまうつもりなの？」

「ここで死んでもかまわない」デリクがつぶやいた。「幸福な死だ」

ジュリーは小さく笑うと、指で彼の髪を払った。「あなたの服のセンス、大好きよ」

「なに？」

「あなたの服装が好きなの。これまで会ったなかでいちばん着こなしの上手な男性のひとりだわ」

「すばらしいセックスの余韻を味わっているっていうのに、きみはそんなことを考えてたのか？　おれの服のことを？」

彼女の口からまたも笑いが湧きあがった。「その服を着ていないあなたも好きよ」

「ほんとに？」

「ええ」

一拍おいて、こんどはデリクが言った。「おれはなにも着ていないきみのほうが好きだな」そう言って頭を起こすと、自分がおおいかぶさっていた場所をじっくりと眺めた。「ああ、絶対にそうだ。なにも着ていないほうがいい」

それまで頬をのせていた柔らかな毛にキスをすると、そのまま上へ、彼女の腹部へと唇を移動していった。無精ひげの伸びた顎をこすりつけると、彼女の腹が引っ込む。「おっと、失礼」デリクはささやいた。

「気にしないで。そのチクチクする感じ、好きよ」

「もしそれがあそこでも……」

彼女の頬が熱くなった。「あそこならとくに……」

「あのやわらかな場所には、痛いんじゃないかと思ってた」

「あなたのやり方なら、そんなことないわ」

彼女と同じハスキーな声でデリクが応じる。「そいつはよかった」

お礼の代わりに彼女の乳房に順繰りにキスし、そのうち一方の乳房だけに集中して、舌で先端をもてあそんだ。その様子をじっと見ていたジュリーは、デリクの顔に触れ、親指でくっきりとした頬骨をなぞった。込みあげる感情で、全身が船の帆のようにふくらみそうだった。「デリク?」

「なんだい?」

「気を散らさないでくれるかな。おれは一週間でもこうしていたい」

「デリク?」

「一週間なんて待てないわ」

頭をもたげたデリクは、顔を見るなりジュリーの欲望に気づいたらしく、すぐに反応した。流れるような動きで体を重ねてきて、ふたたびなかに入ってきた。

ジュリーは彼のヒップを両手で押さえた。「動かないで。まだ、だめ。ただ、あなたを感じていたいの」

その言葉に応じた彼が、頭を落としてゆっくりと唇をむさぼる。しばらくして顔を上げると、ジュリーの頬が涙に濡れているのに気づいて、表情を変えた。「ああ、ジュリー。痛いのかい?」

「いいえ、そうじゃないの」ジュリーは体を離そうとする彼にしがみついた。

「じゃあ、どうしたんだ?」

「わたし――」

「ホイーラーか?」不安と恐怖に満ちた声で彼が尋ねる。「彼のことで泣いているのか?」

「違うわ」ジュリーがささやいた。「あなたのことでよ」

「おれの?」

「こんなこと、もう絶対にないだろうと思っていたの。わたし、考えてなかったから……」言葉を切り、口の端の涙を舐めた。

「なにを？　なにを考えてなかったんだい？」

「こんなこと、期待してなかったの」手を彼の背中に這わせ、肩をさすった。彼の髪に、眉にさわり、最後に触れた唇に指先が留まる。やっと聞こえるような小声で彼女はささやいた。

「あなたに期待してはいなかったの」


ジュリーが目を覚ますと、バスルームのドアは閉じて、シャワーの水音が聞こえていた。体を伸ばし、あくびをしながら、今日一日、のんびりと昨夜のできごとを思いだしていられたら、あのすばらしい一瞬一瞬をもう一度味わえたらと思った。充分に堪能したと思っていたけれど、デリクの手や口を思いだすと、体がエロティックな記憶と新たな欲望で疼く。もう一度、彼に感じさせてほしかった。幸せと、愚かさを。

そして恐ろしいほどの悲しみを。

デリクが蒸気を従え、バスルームから出てきた。裸だけれど、それを気にも留めていない彼に対して、ジュリーのほうは当惑に頬を赤く染め、シーツを引っぱって胸を隠した。いまさら見せた羞恥心が、彼のほほ笑みを誘った。

「もう遅いよ。さっきこっそりのぞいた」

その言葉と彼の口調を聞いただけで、下腹部がずきりと疼いた。「おはよう。いつ起きたんだい？」

「十秒くらい前よ」

彼の欲望の印もあらわにベッドに歩み寄ると、縁に坐って、シーツを彼女から引きはがした。片方の手を太腿のあいだに差し入れ、もう一方の手で彼女の手をペニスへと導く。ジュリーは屹立した先端をそっと撫でた。「こんなことしてる時間、あるの？」

「ぐずぐずしてられないぞ」

言うなり親指を使って、ジュリーをあえがせた。「全然、問題ないわ」

二度めのシャワーを終えてバスルームから出てきた彼は、ボクサーショーツをはいていた。ジュリーはシーツを引きあげたまま、「なにかニュースはある？」と尋ねた。

「きみがニュースになってるよ」

ジュリーはフレンチドアの向こう、テレビのあるリビングに目をやった。

すぐに目をデリクに戻した。「きみが起きる一時間前に起きて、テレビのニュースを観た」

デリクはベッドに歩み寄ると、かがみ込んで彼女の顔を両手ではさんだ。「地元の全テレビ局が、報道クルーをきみの家の外に待機させて、ポール・ホイーラーを殺害した容疑者が、昨日謎めいた死を遂げた、と報じている。レポーターたちは、仕事に出るダグのことも待ち伏せしていた」

ジュリーがつらそうなうめき声をあげた。

「彼はレポーターたちに、兄の親しい友人がその殺人者を知っていたのかも知れないと聞いて驚いている、と言っていた」

「悪夢だわ」

「事態は好転する前に、いったんひどくなるかもしれないな、ジュリー」

「だから気分が悪いんだわ」

デリクが顔から手を離した。「問題の解決を祈っていても、なにも進展しない。今日は、つらい日になるな。さっさと起きたほうがいい」

「昨日、ここに来たときの服しかないわ」その服を探してジュリーはあたりを見まわした。

「ホテルのボーイに、アイロンをかけるように頼んでおいた」ジュリーに軽くキスし、フレンチドアのほうに歩く。「朝食を注文しよう」

とても食べられそうになかったが、ジュリーはなにも言わず、ベッドを出てバスルームに向かった。シャワーを浴び、ホテルのシャンプーで髪を洗い、ヘアドライヤーで髪を乾かした。化粧品はハンドバッグに入れてあった化粧直し用のものしかない。鼻に少しパウダーをはたいて、頬紅を差し、リップグロスをつける。これでよしとするしかない。

着るものがまだ戻ってきていないので、昨夜着ていたバスローブをまとってデリクのいるリビングに入った。ルームサービス係がすでに朝食を運んできていた。デリクが皿のひとつにのっていたシルバーのカバーを取る。「ここのチーズブリンツ（薄いパンケーキでチーズ、ジャムなどをくるんで焼いたユダヤ料理）は、高カロリーを覚悟するだけの価値がある」

「デリク、わたしには食べられないわ」

「昨日の夜もそう言っていたよ」

デリクがジュリーのために椅子を引いて、ポットからコーヒーを注いでくれた。彼が言ったとおり、ジュリーの高ぶった胃でさえ何口か食べずにはいられないほど、ブリンツはおいしかった。「これからどうすればいい?」二杯めのコーヒーを飲みながらジュリーは尋ねた。

「当面、成り行きを見守ろう。きみの置かれた状況がはっきりするまで、きみを人前に出したくない」

ジュリーはドアに目をやった。「ここのスタッフはわたしのことを通報するかしら?」

デリクは首を振った。「彼らはおれが連れてきた人間のことはなにも訊かないし、おれも話さない。ここの自慢は秘密厳守にある。それに、このホテルには長年、かなりの金を使っているから、おれには貸しがある」

ジュリーはフォークの先でブリンツのひとつをつついた。「あなたがここで女性の依頼人と一夜を過ごすのにも、彼らは慣れているの?」

デリクはカップをソーサーに戻し、彼女が目を上げて自分を見るのを待った。「そんなことはこれまで一度もないよ」

くすぐったいようなばつの悪さを隠すために、ジュリーはコーヒーをひと口飲んだ。デリクがテーブル越しに手を伸ばし、彼女のあいているほうの手を取って、指を撫でた。「きみがフランスに行く前に出会っていたらどうなっていただろう? きみがポール・ホイーラーと会う前に出会っていたら」

「会ったとたんに、大嫌いになったかも」

「そうは思わない」彼が小さな声で言う。

「ええ、そうね」彼女もささやき返した。

「恋に落ちて、結婚して、子どもをつくっていたかもしれない」

ジュリーは喉が詰まって、声が出なかった。

デリクがふたたび手を伸ばして、頬に触れてきた。「それが現実になる可能性はまだあるんだ、ジュリー。この一件がすべて終われば、ともに人生を歩むことができる」

しかし甘いひとときは、部屋に置かれた電話が鳴るけたたましい音によって打ち砕かれた。

ふたりは同時に電話に目をやり、すぐ不安そうに互いを見つめた。デリクが立ちあがって電話に出る。ジュリーを見つめたましばらく相手の話を聞くと、「わかった」とそっけなく答えて電話を切った。「ドッジだ。階下に来てる。これから上がってくる」

23

ドッジがノックすると、デリクがドアを開けた。部屋に入ったドッジは、ジュリーを見るとうなずいた。「こんなことだと思った」

デリクが紹介した。「ジュリー・ラトレッジだ、こちらはドッジ・ハンリー」

あいさつ抜きで、ドッジが続けた。「ひどいヅラをつけた、横柄でコチコチのフロント係に、今朝あんたは邪魔されたくないだろうと言われたぞ。ひとりじゃないってにおわせてたのさ。だがおれは、あんたがそれほど愚かだとは思いたくなかった」

「コーヒーでもいかが?」

ドッジはデリクのボクサーショーツに目をやってから、ローブにくるまれて坐っているジュリーに視線を移した。

「着替えがなくて」デリクが言い訳めいた口調で言った。「アイロンがけに出しているところなんだ」

ドッジがうなるように言った。「そりゃあ好都合だ」

裸の胸の前で腕を組んだデリクは、それがどんなに間の抜けたポーズに見えるかに気がついた。「ここに来たのは中傷のためか、石を投げつけるためか、それとも最新状況を伝えるためか?」

「いい話はない」ドッジはぼそっと答えた。テーブルに歩み寄り、ジュリーの皿を見おろす。「もう食わないのか?」

「よかったらどうぞ」

ドッジは食べ残しのプリンツをつかんでブリトーのように平らげると、仕上げに指についたリコッタチーズとストロベリーソースをきれいに舐め取った。「おれのほうは朝めしを食う時間もなかった。電話に追われてたんだ」

「誰からの電話だ?」デリクが尋ねた。

「ゆうべ買収した全員からだ。この件にかかった経費を聞いたら、さすがのあんたも腰を抜かすぞ。だが、悪いとは思えない」ポットからデリクのカップにコーヒーを注ぎ、がぶ飲みした。

「収穫は?」

「彼女の家を家宅捜索したとよ。屋根裏のたる木からはじめて、徹底的にな」

「おれに当てさせてくれ」デリクは言った。「ボタンの取れたブラウスが見つかったんだろう? やっぱりな。だが、デュークのモーテルの部屋で発見されたボタンがジュリーのブラウスから外れたものだという証明にはならない。ありふれたものだ」

「ここは法廷じゃないし、おれは陪審員じゃない」ドッジが言った。「弾はとっときなよ、弁護士先生」ジュリーを見る。「いずれあんたに必要になるだろう」

「ほかには?」

ドッジはジュリーが坐っている小さなテーブルの向かいに腰をおろし、正面から話しかけた。「マットレスの下から拳銃が見つかったぞ」

「護身用にポールからもらったものなの」

「彼が撃たれた銃と口径が違ってラッキーだったな」

デリクが口をはさんだ。「もし指紋が検出されたのなら、おれのものもついているはずだ」

ドッジは顔色を失ってボスを見あげた。「そりゃなによりだな」

「言ったはずだ。彼女の家のなかに入ったとき、電気が消えて、彼女が銃を――」

「わかった、わかった」ジュリーのほうに向きなおって話を続けた。「銃のことは忘れろ。いまのはいいほうのニュースだ。あんたの友だちのホイーラーは高級時計をつけてたな」

「パテック フィリップよ。強盗に盗られたわ」

「そうだったな。だったら、サンフォードとキンブルがあんたの家で、あの日盗まれた一切合切とその時計が一緒にあるのを見つけたときどれだけ興奮したか、想像がつくだろ?」

デリクが見ると、彼女の顔から文字どおりに血の気が引いた。「ありえない」

「残念ながら事実さ、ミズ・ラトレッジ。あんたを含む強盗の被害者たちが目撃したという、黒いベルベットの小袋に全部入ってたのさ。クロゼットの靴箱のなか、黒いサテンの靴の上にあった。そういやキンブル刑事があんたの靴のコレクションに感心してたぞ」

ジュリーは虚空を見つめていた。袋が見つかったということ以外、ドッジの言葉は届いていないのかもしれない。デリクが名前を二度呼ぶと、ようやくわれに返った。デリクを見あげた彼女の目は、驚きにみはられていた。

「彼が置いたんだわ。ビリー・デュークが。彼はわたしの寝室から出てきた。あのとき隠したに決まっている。貴金属を持ってきて、わたしの家で見つかるように置いていったのよ」

ジュリーはせっぱ詰まった顔でデリクとドッジを交互に見くらべた。デリクは自分がどんな表情を浮かべているかわからないものの、ドッジの顔にははっきりと疑いが表われていた。

ジュリーは追いつめられた動物が敢然と敵に立ち向かうように、椅子から立ちあがった。

「もしわたしが強盗殺人の首謀者なら、盗品をずっと持っているなんてばかなまねをすると思う？　靴箱に隠すなんて？」

ドッジは答えなかった。デリクは髪に指を差し入れた。「もちろんするはずがない」

「だが寝返った相棒があんたの家で見つかるよう仕組んだのかもしれんぞ」

ジュリーはテーブルの端に小さな拳を置き、ドッジのほうに身を乗りだした。「わたしには相棒などいない。わたしの寝室からふらふらと出てくるまで、あの男を見たことは一度もないの」

「そしてたまたまあんたが腹の位置に構えていた、刃渡り二十センチの肉切りナイフに身を投げだしてきたって言うのか？」

「もういい、ドッジ」デリクがさえぎった。「ほかに情報は？」

ドッジはジュリーから目をそらし、デリクに向きなおった。「警察はあのむさ苦しいモーテルから指紋を採取し、あらゆるデータベースにかけた。すぐにあるＩＤがヒットしたよ。ウィリアム・ランダル・デューク」

ドッジはしわくちゃのスポーツジャケットの胸ポケットから手帳を取りだして、つるつるの青いカバーを開いた。「われらが王子さまは二件の軽犯罪を起こしたが、服役したのはごく短期間だった。三年前重犯罪にレベルを上げ、オレゴンで恐喝罪に問われた。関係をもった女を恐喝したと訴えられたんだ。やつは、金は稼いだものの――ちなみに一万ドルだ――サービスの対価だと主張した。証拠はすべて状況証拠で、基本的に女とやつの言い分しかなかった。結局無罪になったよ。

一年後、こんどはシカゴにひょっこり現われ、ストーカー行為の容疑で起訴された。だが、相手の女がデュークとの関係について夫に嘘をついていたことがわかった」そこで顔を上げ、デリクとジュリーの顔を見くらべた。「やつはどうやらご婦人が好きなようだ。そして、ご婦人のほうもやつを好きになるらしい。シカゴでも起訴が取りさげられた。

先に進もう。二、三カ月前、ネブラスカでまたもや恐喝事件の裁判にかけられた。こんどは中年の未亡人から、数千ドル分の金品を巻きあげられたと訴えられた。その女とデュークは数カ月間ねんごろな時間を過ごしたらしいが、その後、女が機嫌を損ね、訴えられることになった。ところが彼女が裁判で証言する前の夜、地方検事によればそれでデュークも終わりだったらしいが、未亡人が死体で見つかった」

「死体？」

「完全なる死体だよ、弁護士先生。スーパーマーケットの駐車場で殺されてたのさ。牛乳を買いにきたらしく、車の横で死体と一緒に見つかったよ。牛乳はまだ冷たく、遺体は温かった。犯人はあとかたもなく消えていた。誰もなにも見ていない。〝幽霊に首を絞められたみたい〟だとは、死体を見つけたガキの言葉だ。アルバイトの少年でショッピングカートを集めにいって見つけたんだ」

「デュークが殺したのか？」

ドッジは薄笑いを浮かべた。「鉄壁のアリバイがあったよ。逃亡の恐れがあったんで、保釈が認められなかった。郡の客人だったんだ」

「拘置所にいたのか？」

「きつく閉じ込められていたといえば、それは――しっかり閉じ込められていたさ」ドッジは言いなおした。「地方検事は全力を尽くしたが、重要証人が死んでしまえば、ほかに打つ手はなかった。陪審員はランチタイムも含めて二時間で戻ってきたよ。デュークは無罪を言い渡された。未亡人殺しは未解決のままだ」

デリクもジュリーもいまの話をかみ砕くあいだ、無言のままだった。やがてデリクが口を開いた。「やつはネブラスカからここに来たのか？」

「いつアトランタに来たのか正確なところは誰も知らない。就労記録はなし。少なくとも正規の社会保障番号での就労はな。ネブラスカの事件のあとホイーラーが殺される三日前にホテルの監視カメラに映るまで、ずっとなりをひそめてた」ドッジは手帳を閉じ、ポケットに戻した。「これでウィリアム・ランダル・デュークの人生は終わりだ」

「家族がここにいるのか?」

「いま調査中だが、それはなさそうだ。生まれはワシントン州、父親はいなかった。やつが八年生のとき母親が自殺し、以来児童養護施設に入ってた。明らかになっている血縁関係はない」

「やつは二度も重犯罪で裁判にかけられながら、無罪になっている」ドッジが言った。「そこでやつのようなずる賢いチンピラが、これまでまんまと罪を逃れてきたのに、なぜミズ・ラトレッジの家に押し入り、盗品を置くようなばかなまねをしたのかという疑問が出てくる」

ふたりの男が答えを求めてジュリーを見た。彼女はバスローブの袖に手を入れ、両肘をつかんでいた。「持っているのを見つかるのが怖かったから」

「じゃあなぜ、近くのどぶにでも捨てなかった? そもそもアトランタでなにをしてたんだ? ホイーラーをやったあと、さっさと町を出りゃいいだろ?」

どれも筋の通った疑問だったが、ジュリーには答えられなかった。

そのときやけに大きな音でドアが叩かれた。デリクがドアを開けると、客室係がおはようございますとあいさつをして、きちんとアイロンをかけハンガーに吊るしたふたりの服を差しだした。「ありがとう」デリクはハンガーを受け取り、チップを渡そうと無意識にポケットに手を伸ばしたが、そこでズボンをはいていないことを思いだした。

「持ってるぞ」ドッジがドアに歩み寄り、客室係に五ドル紙幣を渡すと、彼女に続いて廊下に出ていった。

「どこに行くんだ?」

「タバコだ。頼むからズボンをはいてくれ。それから下のフロントに電話を頼む。タバコを吸ったらすぐに部屋に戻るとあの堅物に言っておけよ。煩わしい手続きは二度とごめんだ」

そう言って、のしのしと廊下に出ていった。

デリクはドアを閉めた。ジュリーはハンガーを受け取り、なにも言わずに寝室に向かった。

「ジュリー?」

彼女がふり返った。「あなたのお仲間はわたしの言葉をなにひとつ信じていないわ」

「あの男は誰の言葉も信じない」

「あなたはどうなの?」ジュリーはしばし彼を見つめ、それから言った。「あなたは一度も尋ねたことがないわね、デリク」

「なにをだ?」

「わたしがポールを殺したかどうか」

「そうだな」

「訊いてよ」

試されていると気づき、デリクは一瞬ためらった。「殺したのか?」

「いいえ」

なにも答えないでいると、ジュリーの表情がしだいによそよそしくなり、つい一時間前、ほんとうにあれほどすばらしい時間を過ごしたのかどうか確信がもてなくなった。あのときの彼女はデリクを求めるあまり、体を緊張させつつ、歓びに表情をやわらげていた。ゆうべ情熱の涙を流していた目が、いまは冷淡だった。激しいキスでいまも腫れている唇には、皮肉と悲しみが滲んでいる。「そう言いはる依頼人ばかりでさぞかしうんざりしているんでしょうね」

手の震えでなんでもないはずの動作にも集中することができないせいで、服を着るのに時間がかかった。リビングルームに戻ったときには、ルームサービスのテーブルが片付けられ、ドッジも戻ってきていた。彼はソファに腰かけ、手帳を開いていた。

デリクは歩きまわり、鎧戸を開け放った窓の外にときどき視線をやっていた。バターのような陽光が模様のあるカーペットに筋を投げかけている。たいがいの人にとって、気持ちのいい日なのだろう。

ジュリーが入ってきたのに気づくと、デリクは足を止め、すぐに要点に入った。「きみの家から数ブロックのところに車が乗り捨てられていた。なかにはダッフルバッグがあって、服や洗面道具、雑誌なんかが入っていた。車内から指紋が採取され、じきにその車がデュークのものだと判明するはずだ。やつはそこに車を置いてきみの家まで歩いていった。きみの寝室の窓のひとつがこじ開けられていたから、そこから侵入したんだろう」

「警報装置はどうしたの？　窓には全部センサーがついているのよ」

「電話線が切られていた」

「だから最初の911が通じなかったのね。電話が使えなくなってたなんて」ドッジの顔を見ながら、ジュリーは続けた。「セキュリティシステムを無線信号のものに切り替えようかと思っていたところよ」

「そのほうがいい」彼は軽く受け流した。

「ほかには？」ジュリーが訊いた。

デリクはドッジにそこからは頼むと合図した。「鑑識の連中はモーテルの部屋と同じくらい徹底的に車を調べるぞ」

「わたしに関する証拠は見つからないわ」

ふたりの男は顔を見あわせた。その意味を察したジュリーは、昨夜デリクがいかにも心地よさそうに坐っていた椅子の肘掛けに腰をおろした。「もう見つかったのね？」

ドッジが言った。「あんたのものらしき髪の毛が助手席のヘッドレストで見つかった。クッションのけばに絡まってたのさ。〝あんたのものらしき〟と言ったのは、検査のため研究所に送られることになってるからだ」

「わたしはビリー・デュークの運転する車には一度も乗ったことがないわ。クライトンがわたしのヘアブラシから髪を抜き取ったのよ、ブラシかどうかはわからないけど。わたしは知らない！　わかっているのは、絶対の確信をもって言えるのは、これがクライトンのしわざであることだけ。すべてがよ。ビリー・デュークの裁判のときに、クライトンがネブラスカにいたかどうか調べて」

「わけがわからんぞ」ドッジが言った。

「ビリーのためにクライトンがその未亡人を殺したのよ」

「あの列車の映画のシナリオみたいにか？」

ドッジの口調は冷ややかだったが、ジュリーは気にかけなかった。「そのとおりよ。クライトンは、ビリーの不利になる証言をさせないために彼女を殺し、そのお返しにこんどはビリーがクライトンのためにポールを殺したんだわ」

「なぜアトランタのプレイボーイがオマハの恐喝事件のことを知ってるんだ？」

「わからない」

「未亡人と盗癖のある恋人の話題は、ネブラスカじゃ大きなニュースだったかもしれんが——」

「どうやって知ったかなんて知らない！」ジュリーは大声で彼の言葉をさえぎった。「でもクライトンのしわざよ」それからデリクに向かって訴えた。「わからない？　彼は天才なの。大胆不敵で、良心ってものがないからなにも恐れない。きっと誰かが殺人の罪を着せられる映画を何百本と観ているに違いないわ。わたしを犯人に仕立てる手段を知りつくしているの。彼にとってこれはゲーム、楽しんでいるのよ……」自分がせっぱ詰まったヒステリックな声を出しているのに気づき、これ以上言うまいと唇を引き結んだ。

しばらくすると、ドッジが咳き込んだ。咳払いをして、唾を呑み込む音がした。「デリクからクライトンが昨日画廊に現われたと聞いたぞ」

「わたしを脅しにきたのよ。あなたは信じないでしょうね、それとも大げさに言っていると考えるのかしら」

「なあ、ミズ・ラトレッジ。おれが考えているのは、この男がいなくなれば世界は少しましになるだろうってことだ。もしマギーを殺したのがこいつだとしたら、やつはとんでもないサディストだ。だがやつの写真を、モーテルのフロントにいた韓国人女性やそこに住んでいる連中や、あんたとポール・ホイーラーがよろしくやってた〈モールトリー〉のスタッフに見せたが、誰も確認できなかった。やつの高級車もな。きっと人目を惹いたはずだろう」

「彼はほかにも車を持っているわ。SUVかなにかを。何台も持ってるんだと思う」

ドッジは手帳に書きつけた。「調べてみよう」だがジュリーはそれが彼の最優先事項になるとは思わなかった。

「クライトンは私生活を人目に触れないようにしているわ。つまり、あなたは彼をプレイボーイと呼んだけれど、そうではないの。プレイボーイはきれいな女性を連れて歩くものでしょう。贅沢なパーティを開き、同じような仲間とつるむ。人の注目を集めたくてしようがない。でもクライトンは違う。あんなにうぬぼれが強いのに、人とのつきあいや注目を避けたがるのは変だと思わない?」

「金持ちってのは、注目を浴びるのを好まないやつが多い」

「でもクライトンの場合は、性格と矛盾しているわ。なにか理由があるはずよ。逮捕歴があるかどうか確認した？」

「今日はいろいろ忙しくてね」ドッジはいらだたしげに答えた。

この数分ではじめてデリクが口を開いた。「電話のことを話せよ」

ジュリーは背を向けて窓辺に立っているデリクのほうを見たが、彼はこちらをふり返ろうとしなかった。

「ビリー・デュークは死んだとき携帯電話を持っていた」ドッジはふたたび胸ポケットに手を伸ばし、紙きれを引っぱりだした。「友だちの女性警官が、高級レストランでのディナーと引き替えに探りだしてくれた。これがその電話からかけられた全通話記録だ。最初の発信がおとといの晩、つまり新しい電話ってことだな」

「クライトンの番号は載っていない」とデリク。

「やつはビリー・デュークから電話を受けたことはないと主張するだろう」

ドッジはその紙をジュリーに渡した。「ところが、その一方……」

ジュリーは下線が引かれている番号に目を留めた。「画廊の電話だわ」

「昨日は五回かけてる」

「かけてきたわ。というか、あれは彼だったのね」

デリクがふり返って、厳しい表情を向けた。

「わざわざ話す理由がなかったからよ」身構えるように答えた。「昨日は画廊で三回無言電話を受けた。わたしの言葉を信じなくても、ケイトに訊けばいい」

「彼女が子機で聞いてたのか？」

「いいえ。でも彼女も無言電話があったと言っていたの。見て、どれも通話時間が短いでしょう。一分かそれ以下よ」

「六十秒あればずいぶん話せる」

ジュリーはドッジに向けて紙を振った。「これはデュークが電話をかけたという証明にしかならないわ。誰かが彼と話したという証拠にはならない」

デリクがドッジを見ると、彼は眉をひそめて口を開いた。「だとしても情勢は好転してないぞ。デュークが一度はあんたを訪ねて画廊に行ってたんだから」

「あの男に会ったことは一度もないのよ」

「じゃあなぜやつはあんたに会いにいったんだ、ミズ・ラトレッジ？」

「わたしには見当もつかない」

「ほんとにか？」

「ほんとうよ」

「ふむ」ドッジはしばし彼女を見つめたあと目をそらし、ポケットを叩きはじめた。

それは神経が高ぶっているときの癖らしく、デリクにも伝わったようだった。「どうした、ドッジ？」

ドッジは身じろぎをやめた。デリクをちらりと見、それからジュリーに目を転じた。ふたたびデリクに視線を戻したとき、その顔には同情が浮かんでいた。「警察が最後に掘りあてたのは、弁護士先生、大鉱脈だったぞ」

「どういうことだ」

ドッジはジュリーのほうに顔を向けつつ、デリクから目をそらさなかった。「彼女が知ってるから、訊いたらいい」

ジュリーの内側ですべてが音を立てて崩れはじめた。自分をおおっていたものがはがれ落ちていくのがわかる。いずれ表沙汰になることはわかっていたが、その前にクライトンと仲間のビリー・デュークがポール殺しの犯人だと判明することを願っていた。

「なんだ?」デリクは迫り、ジュリーもドッジも答えようとしないのを見ると、いらだたしげにくり返した。「おい、なんなんだ?」

ジュリーは口を開こうとしたが、舌が口の上側にはりつき、彼の名前を口ごもるだけで精いっぱいだった。

ドッジが体を起こしてドアに向かい、ドアノブをつかんでから部屋をふり返った。「あの火曜はいつもの昼下がりの逢瀬じゃなかったのさ。彼女とホイーラーはあの日あることを祝ってた。だろ、ミズ・ラトレッジ?」

まだ口が利けないまま、ジュリーはうなずいた。

「サンフォードとキンブルは上司のところに行って、強制捜査を要請した。上司はホイーラーの弁護士に圧力をかけたが、弁護士は首を縦に振らず、関連ファイルを差し押さえなけりゃならなかった」

「なんのファイルだ?」とデリク。

「ポール・ホイーラーの遺言さ。書き換えてたんだよ。まだ検認は終わっちゃいないが、ミズ・ラトレッジが彼の全財産を受け継ぐことになってる。会社の株も不動産も。最後の一セントまで」

その言葉が弔いの鐘のように響き渡り、あとには重苦しい沈黙が続いた。

デリクは信じられないという思いと、かろうじて抑えつけている怒りがないまぜになった表情で、ジュリーを見つめた。

彼女はゆっくりと右から左に首を振った。いまなにかを口にすれば、間違った言葉になる。

ドッジが言った。「外にいる」


数分後、デリクは、天候が許せばホテルが三時から五時までハイティーを供している中庭に行ってドッジに合流した。日陰で過ごしやすく、ツタにおおわれた煉瓦塀で三方が囲まれ、通りに面している側は低木の植え込みで隔てられている。中央には彫刻をほどこした石造りの噴水があり、竪琴を持った天使に少しずつ水が流れ落ちていた。

ふたりはしばらくそれを見つめていた。

デリクは、ドッジがフィルターのないキャメルをくゆらせている錬鉄製の小ぶりのテーブルについた。しばらくはどちらも身じろぎしなかった。デリクはハチドリがハイビスカスの花から花に飛び移るのを眺め、ドッジは虚空を見つめたまま、タバコを吹かしていた。

やがてドッジがデリクを見やった。「彼女とやったのか?」

「飛行機以来?」

「朝食以来」

デリクは鼻をフンと鳴らした。「まあ、実質的には」

ドッジはうなずいてタバコを揉み消した。続けてもう一本火をつける。「彼女は遺言のことをひと言も口にしなかった」

「ああ」

「タイミングが悪かったな」

「そうだな」

「いまはなんと言っている?」

「なにも。その隙を与えなかった。外の空気を吸って、頭をすっきりさせたいと言ってきた」

「すっきりしたか?」

「ほど遠いよ」

「で、これからどうするつもりだ?」

「知るかよ」デリクは立ちあがって、苔むした煉瓦の敷石を行きつ戻りつしはじめた。

「彼女は弁護士にネッド・フルトンを雇ったと言わなかったか?」

「ああ、優秀な男だ」

「おれにアドバイスさせてもらえるんならな、弁護士先生、フルトンに任せて、このすったもんだから手を引くんだな」

デリクはなおも足を止めず、ドッジもタバコを吸いつづけた。しばらくして、ドッジが口を開いた。「そうするつもりはないんだろ?」

デリクはうろつくのをやめ、真っ赤なパラソルほどもある花の上に止まっているハチドリを見つめた。「彼女ははめられたという気がしてしょうがないんだ、ドッジ」

「ずいぶん芝居がかった台詞だな」

「そこが問題なのさ。マギーの頭を切り落としたことは芝居がかっている。だがクライトンとその大胆さを芝居のなかのことと片付けるわけにはいかない。邪悪な男だが、とらえどころがない。ジュリーが言ったように、良心をもちあわせていないんだろう。うぬぼれが強く、すべてを思いどおりにし、そして逃げおおせることができると百パーセントの自信をもっている」

「それにホイーラーを殺す、彼女と同じ動機がある」ドッジが考えを口に出した。「遺産だ。伯父が遺言を変えるつもりでいるのを知って、その前に殺そうと思ったんだろう」

「あるいはすでに書き換えられたのを知って、腹いせに殺したか」

「もしそうなら、なぜ彼女も始末しない?」

デリクは考えをめぐらせた。クライトンの性格やジュリーが語ったことをすべて思い起こした。「それじゃあおもしろくないからだろうな」

「おもしろくない?」

「やつは内輪のジョークが好きなんだ。もし伯父殺しの罪をジュリーにかぶせることができれば、彼女が犠牲になったことを笑えるうえに、彼女は遺産に手を出せなくなる。有罪が確定すれば、やつと両親は新しい遺言を取り消すことができるだろう」

「殺意をもった愛人に騙された大富豪か。甥が相続人に復権する」

「そのとおりだ。そしてクライトンはひと笑いするのさ」

ドッジはタバコの空箱を握りつぶし、思案顔で次のひと箱を開けた。「筋は通るな。理論的には。だが、クライトン・ホイーラーとビリー・デュークをつなぐ線はまだなにも見つかってないんだぞ」

「出てこないだろう。やつは驚くほど頭が切れる。ずっとなにかが引っかかっていたが、それがなにかわからなかった。だがジュリーが、やつはスポットライトを避けつづけていると言ったとき、はっきりわかった。はじめておれのオフィスに来たとき、そのあともだが、あの男はなににも手を触れなかったんだ。飲み物のグラスにも椅子の腕にも、ドアノブにもだ。おれかマリーンが毎回ドアを押さえていた。握手すらしなかった」

「痕跡をまったく残さないということか」

「物的証拠がないんだ」

「それとは反対に、ジュリーのほうは腐るほどある」ドッジは、デリクとジュリーが一夜を過ごしたホテルの部屋のほうに顎をしゃくってみせた。「警察は昼めしまでに令状を取るぞ。賭けてもいい」

「ビリー・デューク殺しでか?」

「ああ。それともホイーラーか。好きなほうを選べ。両方かもしれん」

「状況証拠しかないんだぞ、ドッジ」

「二、三日拘留するあいだにもっと証拠を見つけるさ」

「仕組まれたもの以外はなにもない。それは間違いない。彼女はポール・ホイーラーを愛していた」

「おれたちは莫大な金の話をしてんだぞ、デリク」

ドッジにファーストネームで呼ばれたのははじめてだった。そしてこれほど穏やかに、真剣に話をしているのも。彼がいまそうしていることの重要性を見過ごすわけにはいかない。デリクは言葉を重ねた。「彼女はあの男を愛していたんだ、ドッジ。信じてくれ、こう言うのは愉快じゃないが、事実だ」

デリクがじっと見つめると、ドッジが態度をやわらげた。「いいだろう。いくら金を積まれても、彼女がポール・ホイーラーを殺すはずがない。死ぬまでそう言いつづけてりゃいいが、それだけじゃあ問題はなんも解決しないぞ」

「たぶんクライトンからはなにも出てこない。答えはビリー・デュークにある」デリクは一瞬考え込んでから、口を開いた。「ジュリーは、デュークの顔が真っ青で、ふらふらで、助けが必要に見えたと言っている。検死結果はいつ出る?」

「すべてはその結果しだいだから、刑事たちが検死官をせっついているはずだ」

「情報を絶やすなよ、ドッジ。聞いたことはすべて知らせてくれ」

「高くつくぞ」

「その女性警官に——ドラだったか?——高級レストランで三回ディナーをおごると約束しろ。反撃材料になる情報がいる。ビリー・デュークの車で発見されたダッフルバッグの中身からはじめてくれ」

「もう話したろ」

「できれば完全なリストがほしい。それから——」

「おれは小便に行く暇もないのか?」

「今日はな。クライトンの逮捕記録をあたってくれ」

「もう調べた。大したもんはなかったぞ。飲酒および麻薬の影響下での運転歴すらな。何度かスピード違反切符を切られただけ。それで全部だ」

「少年時の記録は?」

「慎重に探ってみたが、とても近づけなかった」

「やるだけやってみてくれ」

「そのあいだ、あんたはなにをするんだ?」

「上に戻って、依頼人と協議する」

アリエルがビリー・デュークの死を知ったのは、その朝テレビをつけたときだった。次々と明らかにされる情報に驚き、このニュースを聞いたかどうかキャロルに電話しようと思いたった。キャロルからはかかわるなと言われていたから、もちろんデュークの身元を特定するのに果たした役割は伏せるつもりだった。自分としてもこのまま縁を切りたい。それでもやはり、自分が警察のホットラインにかけた匿名電話のことが何度もニュースでくり返されるのは気分がよかった。

ビリーがジュリー・ラトレッジの家で死んだことはショックだった。警察の担当刑事のロバータ・キンブルがはっきりとは言わないまでも強くにおわせていたのは、ビリーは心臓発作などが原因で死んだのではなく、ミズ・ラトレッジがなんらかの形で関係していたということだ。

なぜ大富豪の恋人をもつ彼女のように上品な女性が、ビリーみたいな詐欺師とかかわったのだろう。でもそういえば、あの富豪はかなり年上だったから、彼女を満足させられなかったのかもしれない。その点、そこはビリーの得意分野だ。その気になれば、彼は愛想よくチャーミングにふるまい、人を楽しませることができる。ジュリー・ラトレッジは彼のような詐欺師の恰好の標的になっただろう。

ニュースに夢中になるあまり、気がつくと三十分が過ぎていた。このままでは一日の予定が狂ってしまう。よりにもよって今日という日に。やるべきことがたくさんあるのに！

今夜のディナーデートは完璧に事を運びたかった。五時半までは職場を離れられないが、夕食は七時半の約束なので、朝のうちにできるだけ準備をしておかなければならない。

急いで着替えをしてキッチンに立つと、オリーブオイルで焦げ目をつけたローストビーフを電気鍋《クロックポット》に入れた。このまま一日火を通しておき、帰ってきたら野菜を加える。それにサラダも用意しなくては。最後にシャーベットをデザート用のグラスに入れて、冷凍庫に戻した。

ゆうべ帰宅したときにテーブルはセットしておいた。アップルマティーニでほろ酔い気分になり、トニーと再会した喜びに酔いしれながら。彼は自分を見捨てたのではなく、ほんとうにもう一度会いたがっていた。ふたりきりで。しかも彼は邪魔が入らないかどうか、ひどく気にしていた。

これが脈ありでなかったら、なにがそうだというの？

家を出がけに、最後にもう一度ダイニングテーブルをふり返り、キッチンとテーブルを隔てるスクリーンかなにかがあればよかったのにと思った。キャンドルがあればムードが出るかもしれない。帰りに花とワインを買うときにそれも追加しよう。赤ワイン。ビーフと合うもの。トニーはそういうことに詳しい気がする。赤ワインと赤身の肉の相性がいいことを。

それからコンドームもひと箱買わなければ。

女だって期待する。

カーラジオをつけるとトップニュースが流れ、もちろんビリーのことも触れられていた。最後に電話がきたときは、彼がなにか言いかけるとすぐに切って受話器を外して、それきり電話がかからないようにした。それがおとといの晩のことだ。

隣のハミルトン夫人が、今朝のニュースになっている男と、昨日アリエルに会いに来た男が同一人物ではないかと疑ったりしなければいいのだけれど。死ぬ直前に。ぞっとする。ビリーがなにを言いたかったのか、考えずにはいられなかった。

「生死にかかわる問題なんだ」彼はハミルトン夫人に言ったそうだ。聞いたときは言葉の綾だと思ったけれど、そうではなかったらしい。道に外れたビリーの生き方は、悲惨な結果を招いた。彼は死んだ。同じ人間として悲しむ一方、彼のことで悩む必要がなくなってほっとしてもいた。

ビリーを頭から締めだして、今夜のトニーとのデートのことだけを考えよう。

24

デリクがホテルの部屋に戻ると、ジュリーは携帯電話でケイトらしき相手としゃべっていた。ビリー・デュークが自宅に現われて、そこで死んだことの恐ろしさを語っている。

「残念だけれど、報道は正しいわ。彼がナイフで刺されたのはほんとうよ。でも……」ちらっとこちらを見たジュリーは、デリクが指で首を切るしぐさをしているのに気づいた。「いま捜査中なのよ、ケイト、だからそのことを話すわけにはいかないの」

それから自分は無事で、どうにか落ち着いてきているから安心するように伝え、追って連絡するまで画廊の運営をお願いと頼んだ。「すぐに戻れることを願っている」と会話をしめくくった。

「居場所を教えたか?」ジュリーが電話を切るや、デリクは問いただした。

「言わなかったわ」

「よかった」

「法的に言って、わたしは逮捕を避けているの?」

「まだだ」

「あなたのオフィスのほうはどうなってるの？　戻らなくていいの？」

デリクはかぶりを振った。「マリーンに電話して、最新状況を知らせた。今日は一日外出だと伝えておいた。問い合わせのあしらいは心得ているよ」

「うまくかわすの？」

「そのとおり」

「ほかの依頼人は？」

「緊急事態に陥っているのはきみだ、だからきみが最優先事項さ」

「ありがとう」

「ただじゃないぞ。あとで請求する。きみなら払えるだろう」最後に小声でつけ加えた。

ジュリーは眉をひそめた。「それこそ聞きたくなかったたぐいの言葉ね」

「だから話さなかったのか？　いやみを聞きたくなかったから？　それとも莫大な遺産を相続することがたまたま頭から抜け落ちていたのか？」

「いつそれを会話にすべり込ませればよかったの、デリク？」

「いつだって」

「たとえば？」

「最初に会ったとき」

「赤の他人に話すようなことではないわ」

「ああ、たしかに言いにくかっただろう。おれたちが寝る前とあともな」ジュリーは顔を赤らめたが、元に戻る前にデリクはさらにたたみかけた。「その次の日はどうだ、おれが画廊に寄ったとき?」

「あなたはひどく怒っていて、話を聞くどころじゃなかった」

「ゆうべ話したってよかったじゃないか」

それについてはジュリーも無言だった。話す必要もなかった。彼に向けた顔がすべてを物語っている。デリクはいらだちのあまり悪態をつき、窓辺に寄って外を見渡したあとジュリーのほうをふり向いた。「遅かれ早かれ明らかになったことだ。きみだってわかっていたはずだぞ」

「遅ければいいと思っていた。怖かったの。こんな形で明らかになるなんて」

「だったらなぜ、自分からおれに話さなかった、ジュリー?」

「あなたがこう反応するのがわかっていたから。すべてひっくり返るとわかっていたからよ」

「ひっくり返るに決まっているだろう!」デリクは頭に血がのぼっていた。「これできみは犯罪学の歴史において最古の動機をもっていることになった。刑法第一〇一条だ」

「わかってるわ!　あなたにどんなふうに見えるか。サンフォードやキンブルもそう。あらゆる人がよ」

「それでも、いまほど悪くはなかっただろう」

ジュリーの怒りがふっと消えた。「黙っていたのは間違っていたわ。いまならわかる」

デリクも態度をやわらげた。「きみに対するのと同じくらい自分に腹が立った。きみがなにかを隠していることはずっとわかっていたんだ」

「ほんとうのことを言うと、もっと怒ると思っていたわ」

「一晩じゅうきみと愛しあった男としては、はらわたが煮えくり返るほど腹が立っている」腕を振って、部屋を隔てているフレンチドアを示した。「あそこで、なにひとつ……。おれたちは……。きみは……」いつもの能弁はなりをひそめていた。悪態をつき、両手ではねのけるようなしぐさをした。「そちら方面のことはあとで対処しよう。いまはきみの弁護士として——」

「まだわたしの弁護士でいてくれるの?」

「ゆうべきみの弁護士だと宣言したばかりだぞ。すぐに降りたりしたら、警察からひどく疑われる。怒りにかかずらっている余裕はない。非生産的な感情だからな。いまさら悔やんでもしかたのないことを悔やむこともだ。味方になってくれると思っていた陪審員を見誤り、信頼性があると思っていた証人が見込み違いで、依頼人の嘘が法廷であらわになっても、やり直しはきかない。そこで終わりだ。それに折りあいをつけて前に進まなければならないんだ」デリクはオットマンに腰をおろし、彼女に向きあった。「じゃあ、大事なことから片付けよう。サンフォードとキンブルはいつこの話が出てきたか知りたがるだろう」

「ポールが遺言を変えたことと? 一年も前に思いついて、ずっと言いつづけていたわ。わたしはそんなことしないでと頼んでいた」

「それは信じてもらえないだろうな、ジュリー」

「でも事実よ」

「あれほどの金に誰が背を向けられる?」

「わたし。実際にそうだったから。でもポールは聞く耳をもたず、弁護士に新しい遺言をつくらせた。あの火曜の朝、ランチの前にサインをすませていたわ」

「それでお祝いだったわけだ」

「彼のお祝いよ。わたしのではないわ。彼は嬉しそうだった。わたしは……」

「嬉しくなかった?」

「不安だった。トラブルになるのがわかっていたから」

デリクは一瞬考え込み、ポールの弁護士は新しい遺言をどう考えていたかと尋ねた。「弁護士はホイーラーに書き換えを思いとどまるよう説得していたのか?」

「ふたりの会話は聞いていないわ。でもポールが亡くなったあとで会ったとき、彼はとても親切だった。遺言の検認を急ぐつもりがないことは、はっきりと伝えておいた」

「クライトンは急いでいたろうな」

「弁護士が押しとどめていたわ」

「つまり、ホイーラー家の人間はクライトンが相続人でないことに気づいていないのか?」

「そのはずよ。ポールはできるだけ長いあいだ伏せておくと言っていたから。クライトンがなにをしでかすか不安だったんだと思う。ポールはわたしへの愛情を隠そうとしなかったし、クライトンもそれが気に入らないことを隠そうとしなかった」

「きみを脅威と見ていたんだ」

「でもそうすると、彼がわたしではなくポールを狙った理由がわからない」

「ドッジもそう言っていた」デリクはドッジに話したことをジュリーにも語って聞かせた。

「あなたの言うとおりでしょうね」ジュリーは少し考えをめぐらせたあとで言った。「もしクライトンがわたしを殺していたら、ゲームはまったく違ったものになっていたでしょう。彼のゲームはまだ続いているんだわ」デリクのほうに身を乗りだした。「ビリー・デュークはわたしの家でなにをしていたの、デリク？」

彼はわかりきったことを述べた。「強盗ときみを関連づける証拠をしこんでいたのさ」

「それが証明できれば――」

「無駄だ」

ジュリーは驚いた。「どうして？」

「そうすると、ビリー・デュークの単独行動か、あいつが相棒であるきみを裏切ろうとしていたように見えるからだ。いずれにしても、クライトンは安泰だ」

「ビリー・デュークはクライトンのためにやっていたのよ」

「たぶんな。だが、先走って刑事に話すんじゃないぞ、ジュリー」

「どうして？」

「警察はもしクライトンがずっと貴金属を持っていたのなら、なぜきみの家を荒らしたときに隠さなかったのかと訊くだろう」

「そのことは知られていないわ」

「いずれわかる。絶対に。そしてそれが大掃除した唯一の理由だと考える。やけに徹底的だったときみのハウスキーパーがケイトに話し、彼女が刑事に話した」

「それに意味があると考えるのね」

「だてに刑事をやっているわけじゃない」

ジュリーは肩を落とした。

「おまけに――」

うめき声をあげた。「おまけがあるの？」

「ビリー・デュークは武器を持っていなかった。つまりこちらは、あいつが危害を加えようとしてきみの家に行ったと強く主張することはできない」

「わたしたちが友人だったように見える」

「少なくとも知りあいだったと」

「でも招き入れたわけではないわ。押し入ったのよ」

「考慮の対象にはなるが、たいした意味はない」

ため息が漏れた。「状況は悪いのね？」

「きみに嘘をつく気はない、ジュリー。ああ。向こうは動機をつかんだことになる」

「新たな遺言ね。でも機会はどう？　いつわたしがビリー・デュークとこれを仕組んだというの？　昨日まで会ったこともないのよ」

「その一方で証拠が山ほどある」とデリク。「通話記録。ビリーが画廊に現われたこと。部屋に落ちていたボタン、車で見つかった髪。すべて状況証拠だが、全部積みあげて、ポール・ホイーラーの財産を結びつければ、野心家の検事がよだれを垂らすには充分だ」

ジュリーは立ちあがってバーに歩み寄り、ソフトドリンクの缶を開けたが、口をつけずに下におろした。「それなのにクライトンはなんの嫌疑も受けない」

「残念ながらそのとおりだ。実行犯は死に、いまのところやつらを結びつけられる人間はどこにもいない」

「ふたりはどこで知りあったのかしら？　ネブラスカ？」

デリクは憎まれ口を叩いた。「クライトンのような洗練された都会人がオマハでなにをしていたっていうんだ？　オマハの三万フィート上空を通過することを考えるだけでやつが身震いするところが目に浮かぶよ」

「ビリー・デュークをリクルートしに行ったのよ」

「交換殺人をするために」

「ポールと未亡人を交換した」

「かもな」

彼の疑念を察して、ジュリーは尋ねた。「なに？」

「まずはクライトンのオマハでの足取りをたどる必要がある。もしビリー・デュークが拘置所にいたんなら、やつらはどこでその取り決めをしたんだ？　クライトンが拘置所を訪ねたのかもしれないが――」

「そんなばかなまねはしないわ」とジュリー。「拘置所では記録が残るもの」

「まさしくそう言おうとしたところだ。もしクライトンがスーパーの駐車場で誰にも見られることなく、〝幽霊のように〟彼女を絞め殺したんなら、あいつは――」

「誰かに知ってもらいたいと思うはず」

こんどはデリクが面食らう番だった。「それはおれが言おうとしたことじゃない。さっきやつは人目を避けたがると言ったことと矛盾するぞ」

「いいえ、しないわ。内輪のジョークなのよ。いかにも彼らしいわ。映画の話に戻るけれど、あのあと、資産家がパーティに現われるシーンが出てくるの。

テニスプレーヤーの奥さんが殺された話で街はもちきりになっている。パーティの最中に、とあるお調子者のおばあさんがどうやって人を絞め殺すんだろうって言いだすの。そこへ資産家がやってみせようと進みでる。彼はおばあさんの首に手をかける。もちろん、そのテニスプレーヤー以外、誰も彼が実際に犯した殺人を再現していることを知らない」

ジュリーはソファに戻った。「クライトンは逮捕を免れながら、みせびらかしたいと思っているはずよ。とくにわたしたちには、自分の利口さを誇示したがる」

「おれたちまでジョークに巻き込みたいんだな」

「そうよ、そのオチがどんなものだか想像したくもないけれど」

デリクが立ちあがって、その場を行ったり来たりしはじめた。「あいつとビリー・デュークの関係を証明しなければならない」

ジュリーは、ドッジが残していったビリー・デュークの携帯電話の通話記録を手に取った。

「デュークが何度も電話をかけた先は画廊だけではない」もうひとつの番号を示した。「この番号にもひと晩じゅうかけつづけている」

「ピザの出前かもしれない」

「いいえ。あなたとドッジが外に出ているあいだに電話してみたら、人の声じゃなくて、自動応答の留守番電話につながったの」

「おれたちが気づいたんなら、サンフォードとキンブルも気づいてるはずだ」デリクは携帯電話を取りだして、短縮ダイヤルでドッジにかけた。

彼はただちに電話に出た。「いい勘してるな。ちょうどかけようと思ってたとこだ」

「実は通話記録のことだが――」

「すでにチェック済みだ」

「それで？」

「アリエル・ウィリアムズ、二十七歳。会社員だ。キンブルが職場を訪ねて、ビリー・デュークのことで聞きたいことがあると言ったら、死ぬほどビビってたらしい」

「知りあいか？」

「やつの写真がテレビに出たあと、警察に身元を通報したのは自分だと認めたそうだ」

「言葉を濁していたようだが、ふつうに考えて、いまとなっちゃ認めたくないむかしの彼氏だろう」

「ふたりの関係は?」

「どこで知りあった?」

「ネブラスカだ。彼女にはデュークが無罪になったことが許せなかった。刑務所送りになればよかったと言っていたらしい、そこがふさわしい場所だと。こっちに移ってきて、デュークからあとを追ってきたと電話があったときは、幸せにはほど遠い気分だったそうだ。とっとと失せて、自分にかまうなと言ってやった。だが、やつはしつこかった。ミズ・ラトレッジにしたように、無言電話をくり返した」

デリクはスピーカーに切り替えて、ジュリーにも聞こえるようにした。ドッジがそう言ったとき、彼女のほうをうかがうと、満足げな顔を見せた。

「彼女は、ネブラスカを出て以来、ビリー・デュークの姿を見たことは誓ってないと言っている。で、今朝ニュースで死んだことを聞いても、気の毒だとは思わなかったと」そこでドッジは言葉を切り、苦しそうに息継ぎをした。

「クライトン・ホイーラーのことはなにか言っていたか?」

「おれの知るかぎりじゃないな」

「訊いてくれ」

「わかった。もうひとつ。『フレンジー』って映画は知ってるか?」

「いや」デリクがジュリーを見ると、彼女もかぶりを振っていた。

「まあ、おれもどんな意味があるのかはわからんが、なんにしろ」と前置きして言った。

「そのDVDがデュークのダッフルバッグのなかに入ってた」

「ジュリーが手をまわしていたなんて、信じられない」チーズビスケットにバターを塗りながら、シャロン・ホイーラーが言った。

ダグはほとんど手つかずのままの昼食の皿を押しやった。「わたしは信じない」

「ぼくは信じるな。彼女はどうも信用がならなかった」クライトンは、グラスにアイスティーを注ぎ足すようルビーに合図した。「彼女とポール伯父さんのあいだにはなにか……妙なところがありましたからね」

「妙？」

「ええ、お父さん。妙なところです。それがなにかはわからないけど、たしかにありました」ルビーが――あからさまに不機嫌に――彼のグラスにアイスティーを注ぎ足した。クライトンが反対の手をつかんで甲にキスすると、彼女はさっと手を引っ込めてぶつぶつ文句を言いながらよたよたと遠ざかった。「ありがとう」クライトンは抑揚のない声で背中に声をかけた。

ルビーのふくれっ面も、今朝バスルームのテレビをつけたときから続いている陽気な気分に水を差すことはなかった。ビリー・デュークがジュリー・ラトレッジの自宅で、どうやら刺殺されたというのだ。

そのニュースを聞いた瞬間、クライトンは勃起した。ジュリーが彼を刺した。ビリーは死に、ジュリーが捜査の対象になっている。

最高だ！　けちのつけようがない！

おれは天才か？　地ならしはしてあった。ジュリーのブラウスから取ったボタンをモーテルの部屋のキッチンの床に落とした。髪の毛をビリーの車にしこみ、警官が〈パイン・ビュー・モーテル〉でビリーの死体を見つけるよう仕向けた。殺害され、証拠がジュリーをまっすぐ示すように。

だがこのほうがなお好都合だ。こちらのシナリオのほうが、ジュリーがいっそう犯人らしく見えるし、娯楽的な色彩も強い。

そもそものはじめから、ビリーの運命は決まっていた。ビリーが役目を果たしたあと、長く生かすつもりはなかった。しかし、元恋人が彼女にふさわしいむごたらしい死を遂げるのを見届けさせてやるつもりはあった。

だが、ビリーはそのタイミングを考えなおさせるまねをしてた。まず、クライトンのコンドミニアムに来て、メモを届けるという行為に及んだ。ばかなことをしたものだ。ビリーの「まだガキなのさ。それにおれのほうだって、彼女に対してまともな態度じゃなかったしな」という感傷的な言葉を聞いて、性格証人として出廷する女のことを何度となく口汚く罵っておきながら、結局のところビリーは彼女にぞっこんなのだと考えずにはいられなかった。そういう心理状態にある男はきちんとものを考えられないし、無分別なことをしかねない。たとえば自白とか。

だから、バイバイだ、ビリー。一緒に仕事ができてよかったよ。

さいわい、〈パイン・ビュー・モーテル〉には、準備を整えて向かうことができた。ビリーはビールが好きだった。おのれの不幸を嘆くあまり、クライトンが栓を抜くのに時間がかかりすぎているのに気づかなかった。なにひとつ疑っていなかった。

あとになって、真夜中にでも、さしこみを覚え、吐き気をもよおし、前後不覚に陥ったときにでも思い至ったろうか。

おそらくビリーはハムが傷んでいたのかもしれないと考えたはずだ。あるいはチーズ。それともウイルス性胃炎を疑ったかもしれない。

だが、実際のところ、ビリーの殺害には少しもスリルを感じなかった。最期を見届けられなかったからだ。もし見ていたら、もっと気分が盛りあがっただろう。最後の晩餐をともにしたとき、おれはこの男を殺している最中だ、死ぬのを見ているのと同じことだと言い聞かせた。

それでもほんとうは退屈だった。あの犬の動脈から血しぶきが噴きだすのを見たときのほうがはるかに興奮した。

とはいえ、印象的ではあったし、すべてを叶えることはできない。

クライトンはビリーの遺体が腐臭を放ちはじめる前に、もう一度あの気のふさぐモーテルに戻り、盗んだ貴金属を探すつもりだった。なぜなら、あのごうつくばりが貴金属を捨てるはずがないからだ。銃は、本人が言ったとおり、処分しただろう。いくらビリーでも凶器をいつまでも持っているほど愚かではないはずだ。だが貴金属には利用価値があり、ビリーは派手な服に目がなかった。

クライトンみずからが後片付けをするというやっかいな問題は、なぜそうしたのかわからないが、ビリーがジュリーの家を訪れたときに消えてなくなった。理由は一生わからないだろう。おそらくビリーは強盗殺人と自分を結びつける証拠を処分しようとしていたのだ。だがなぜ見つかる危険を冒してまでそんなことを?

まあ、いまとなってはどうでもいいことだ。ビリーがジュリーの家で死んだことはクライトンの有利に働き、関心があるのはそれだけだった。自分の容疑は晴れ、ジュリーはこれ以上ないほど有罪に見える。

やったね。

このすばらしい逆転劇を祝うため、今朝シャワーを浴びるとすぐに、速攻で女の子をよこしてくれるマダムに緊急電話をかけた。熟練のフェラチオを受けているところに、父親が電話をかけてきた。興奮を押し殺して、はい、ジュリーのニュースは聞きました、呆れて言葉が出ませんね、と言うのは至難の業だった。

ダグは息子に、家族が一致団結することが大切だと諭し、マスコミとは話をしないほうがいい——いや、するなと厳命した。まるでクライトンがそうしかねないというように。「会社に出るのはやめて」とダグは続けた。「こっちでわたしとお母さんと過ごさないか？　もう一度態勢を整えて、この件に関する出方を決める必要がある」

クライトンは、父親にもよくわかっていたように、出社するつもりなどなかったが、心が浮き立つあまり、防衛態勢のことで父親と口論する気にならなかった。

屋敷の表の通りに集まった報道陣に短い声明文を出したあと、ダグは書斎に引っ込んで書類仕事にかかった。シャロンは午前中いっぱいを〝すべてが終わった〟ときに開くディナーパーティの準備に費やした。クライトンはボールマシンでバックハンドの練習をしたあと、ひと泳ぎした。ルビーに昼食はテラスで食べるかと訊かれたので、それはいい考えだと答えた。

外は暑すぎもせず、快適だったので、ゆっくりと食事をとった。

シャロンが言った。「クライトン、あなたほんとうにジュリーがあのビリー・デュークとかいう男と手を組んで、ポールを殺したと信じてるの？」

「だって、そうとしか見えないじゃありませんか。うーん、ルビーみたいに上手にチキンサラダをつくれる人間はいないよ」それから、父親の皿に目をやった。「食べないんですか？」

「ああ」

「ジュリーとはあまり共通点がなかったわね」シャロンはパールのネックレスを無意識にもてあそびながら言った。「ガーデンクラブに入らないかって誘ったときも断わられてしまって。でも、とても感じがよかった。それにポールを心から愛しているようだったし」

「ほんとうに愛していたさ」ダグがきっぱりと言った。「それは間違いない」

　クライトンは目を見開いてみせた。「いつも彼女の肩をもつんですね」

「肩などもっていない。事実を述べているだけだ。どんなふうに見えようが、ジュリーが……犯罪者と結託してポールを殺したなど、わたしは絶対に信じんぞ。われわれの一致した見解は」語気を強めて息子を見た。「われわれはジュリー・ラトレッジを心から尊敬し、あらゆる点から見て彼女は、ポールがそうであったように彼に献身的に尽くしていた、今後の捜査によって、疑いがすっかり晴れることを確信している、というものだ。いいな？」

　シャロンはテーブル越しに手を伸ばして夫の手に触れた。「もちろんよ、あなた」言うべきことを言い終えると、ダグは椅子を後ろに引き、立ちあがった。「書斎にいる」

「まだ悲しみが癒えてないのよ」ダグが家のなかに入ると、シャロンが言った。「ポールを思いだすと気持ちが揺れてしまう。少し話してくるわ」そう言ってテーブルを離れ、夫を追ってなかに戻った。

　クライトンはあくびをしながら伸びをすると、テーブルに影を落としているライブオークの枝のあいだから空を見あげ、今日はこれからどうしようかと考えた。〈パイン・ビュー・モーテル〉に戻ってポールのパテック フィリップを回収する必要がなくなったからだ。すべてが終わってしまったいま、クライトンは拍子抜けし、喪失感すらあった。気に入りの映画から着想を得た、複雑な計画が完璧に遂行《エクスキュート》（処刑の意もある）されたのだ。お粗末さま。

はじまりは、テニスのコーチがほかのプレーヤーの指導に時間をかけていたことだった。最初は待たされることにむかっ腹を立てていたが、それが吉に転じた。めったに新聞は読まない。想像のほうが実際のできごとよりおもしろいからだ。自分の頭によぎるものとくらべると、現実のドラマが色褪せて見えた。

けれどもその日、カントリークラブの壁打ちの練習場はいっぱいだったので、コーチを待つあいだほかにすることがなかった。しかたなく誰かが置いていった新聞を拾ってめくりはじめたとき、アトランタの若い女がネブラスカ州オマハの裁判所に出廷し、恐喝で起訴された男について証言することになったという小さな記事を見つけた。

クライトンがなによりおもしろいと思ったのは、検察側の主張が元恋人であるこのアトランタの女と、被害者の未亡人の証言にかかっていることだった。

気の毒に、とクライトンは思った。この男はどちらの女にも死んでほしいと思っているだろう。

テニスのレッスンを待つのはやめにした。

その代わり、いつものポルシェではなく、気まぐれで買ったきり二、三度しか乗っていなかったランドローバーに乗った。生まれてはじめて〈ウォルマート〉に行き、できるだけ見苦しい服を買った。いちばん度の弱い老眼鏡を手に入れ、一時的に髪の色を変えるヘアカラーを買った。

二日かけてオマハまで行き、仮名を使ってモーテルにチェックインした。翌日、裁判所に着くと、ちょうど裁判がはじまるところだった。到着した未亡人を地元のマスコミが取り囲んだ。有名人になったことにご満悦の彼女は、青白く、だらしなく、したたかそうで、クライトンに言わせれば、恐喝の被害者としてはミスキャストだった。

ビリー・デュークはまるで説得力のない、ひとりよがりなにやにや笑いを浮かべていた。

クライトンは裁判を報じる地元の新聞記事を読みあさり、モーテルのテレビで片っ端からニュース番組を見た。アトランタ出身の若い女は、証言のあいだずっと泣きじゃくっていたらしい。性格証人として呼ばれた彼女が描いた被告の図は、お世辞にも立派な人物とはいえなかった。

彼女はビリー・デュークと肉体関係があったことを認め、いずれ結婚に至るほんとうの愛だと思い込まされたと訴えた。わたしに結婚の約束をする一方で、未亡人を騙していたんです、と。

ビリー・デュークは卑劣な悪党だ。だが犯罪者かどうかはその未亡人の証言によって決定される。彼女は頭に血がのぼった状態で法廷に登場し、ビリーにとどめを刺すだろう。

クライトンは二日間にわたって未亡人のあとをつけ、チャンスをうかがった。

二日めの夕方、彼女がスーパーマーケットに立ち寄った。外に出て車に戻ろうとする彼女に、愛想笑いを浮かべて歩み寄り、テレビに出ていた方ですかと話しかけた。気をよくした未亡人はにっこりし、つけまつげを瞬かせ、巨大な胸を突きだして、そうよと答えた。

ばか女め。クライトンはむかつきを覚えた。喉以外の部分には手を触れないように気をつけた。それ以外は、拍子抜けするほど簡単だった。

陪審員が評決に達したときには、オマハにも〈ウォルマート〉の吊るしの服にも黒髪にも、辟易していた。

ビリー・デュークに無罪が言い渡されてほどなく、クライトンは彼の自宅に赴き、命を救った人物だと名乗りでた。口も利けないほど驚いている相手に、お返しにしなければならないことを説明した。ビリーはクライトンの豪胆さにすっかり感銘を受け──あるいは怯えたのかもしれないが──自由の身になったことを感謝し、やすやすと説得に応じた。十万ドルをちらつかせると、まだ残っていたためらいだか道徳心だかがきれいに消えた。

ビリーはそれなりに抜け目のない男だが、クライトンの比ではなかった。足元にも及ばない。おまけにビリーには感動的な特記事項があった。〝かわいいやつ〟に愛着をもっていることだ。彼女は殺さないでくれと訴えた。

「じきに終わる」

「なにが?」クライトンは、母親が来るまで、自分が声を出していたことに気づかなかった。母は手にデミタスカップとソーサーを持っていた。「エスプレッソはいかが?」

「けっこうです」

「お父さんはポールの弁護士と電話でお話ししてるわ」

おしゃべりが続いていたが、クライトンは聞いていなかった。ビリーと違ってかわいいやつに対する思い入れもない。それにやり残しがあるのは気に入らなかった。ビリーが彼女の家に何度も電話をかけていたのなら、意図的であるにせよそうでないにせよ、クライトン・ホイーラーの名前を出していないとは言いきれない。

「テレビ局のバンが門の外の芝生にタイヤのあとを残してったわ」母親はまだしゃべっていた。「他人の財産に少しも敬意を払わないのね」

それに、きっと楽しいしな。クライトンは唐突に立ちあがった。「すみません、お母さん。出かけなくちゃ」

「出かける？　今日は一緒に過ごすんじゃなかったの？　ダグはそのつもりにしてるのよ。きっと怒るわ」

「大目に見てくれますよ」

「なんて説明したらいいの？　そんなに大切な用？」

クライトンは腰をかがめて母親の頬にキスしたあと、体を起こしてウインクをした。「デートなんです」

25

キンブルがアリエル・ウィリアムズの職場で話を聞いていたとき、サンフォードはフルトン郡検死センターでビリー・デュークの検死に立ち会っていた。刑事たちは二手に分かれて急をしのぐことにし、コインを投げてどちらがどちらに行くかを決めた。サンフォードが負けた。

彼はダブルミントを二袋持ち込み、ビリー・デュークの内臓が取りだされるあいだ、何度も口に放り込んだ。処置が終わると、副検死官は縫合を助手に任せ、シンクで手を洗った。ほっとしたサンフォードは予備見解を尋ねた。「失血死ですね？」

「ナイフによる傷が命取りだったと考える蓋然性は高い。大量出血で事切れただろう。あっという間に」副検死官は手を振って水を切り、ペーパータオルを二枚引きだした。「だがわたしの理解では、刺されてから数分以内に救命士が現場に到着したはずだ」

「そのとおりです。911が到着したときの正確な時刻がわかっています」

「被害者が外傷センターでただちに手当てを受けていたら、刺し傷がもとで死なずにすんだ可能性がある」

「つまり?」

「つまりこの男は失血死する前に死んだということだ。死因は別にある」

「どんな?」

「あとで知らせる」

サンフォードが警察署に戻ってまもなく、キンブルがやってきて塩味のクラッカーをひと箱デスクに置いた。「これは?」

「検死のあとは胃がむかつくわ。クラッカーがいちばんよ」

「気が利くな」彼はすぐに二枚食べた。「彼女の言い分は?」

キンブルはアリエル・ウィリアムズの尋問を再現した。「わたしの印象では、嘘はついていないわね。ふたりの関係について語ったところはいくぶん腑に落ちない点もあったけれど、話しづらいことだったからだと思う。あの会社で働きはじめてまだ日が浅いらしく、同僚たちはみんなぽかんとしていたわ。彼女は怯えていて、なにも知らないように見えたわ。薄情に聞こえるのはわかっているけれど、ビリー・デュークにつきまとわれ、苦痛をもたらされることがなくなってほっとしていると言ってた」

サンフォードはもう一枚クラッカーを食べた。「ジュリー・ラトレッジのことはなにか言ってたか?　デュークから彼女のことを聞いたとか?」

「いいえ」

「そうは問屋が卸さないか」不満げに言った。デスクの電話が鳴り、サンフォードが受話器を取った。「どうも、先生。早かったですね。ええ、教えてください」しばらく耳をすませた。「死因がなんですって？」身を乗りだし、ペンとメモ帳をつかむと、走り書きした紙をキンブルのほうにすべらせた。

それから一分間、彼は口をはさむことなく相手の話に耳を傾けていた。そして、「時間枠は？　ふむ。ふむ。わかりました。今日はセンターにいらっしゃいますか？　訊きたいことが出てくるかもしれませんので。よかった。すぐに知らせてくれて感謝します」電話を切った。

「毒性肝臓壊死？」キンブルがメモ帳に書かれた言葉を読みあげた。「毒殺ってこと？」

「検死官はアセトアミノフェンの過剰摂取だと考えてる」

「タイルノール（鎮痛剤の商標名）とか？」

「アセトアミノフェンとプロポキシフェンを混ぜたもののようだ、薬局で気軽に買えるものじゃなく、処方箋の必要な鎮痛剤だ」

「たしかなの？」

「街の薬局でしょっちゅう渡されるパンフレットを読んでないのか？」

「そのことじゃないわ」キンブルがむっとした顔で答えた。「どうして検死官はビリー・デュークの死因が特定できたの？　ちゃんとした薬物検査をする時間はなかったはずよ」

「長年の経験にもとづいた推測だよ。救急医療室にいたとき、こういうのを何度も見てきたそうだ。この鎮痛剤はありふれたものだから、よく自殺に使われる。患者をひとり亡くしたことがあると言ってた。その男はダルボセットをひと瓶丸ごと、つまり三十錠だか四十錠だかをいっきに飲んだあと、十時間ほどたってから気が変わったらしい。911に電話して、救急医療室に搬送され、一般的な解毒剤を投与された。通常は時間内に服用すれば助かるらしいが、そいつが飲んだのは半端な量じゃなかったし、時間がたちすぎたんだ。飲んでしまった薬をなかったことにはできなかった。検死官はもちろんデュークの内臓を正式に検査をするが、結果は間違いないと言ってた」

「じゃあ、ジュリー・ラトレッジの家に着いたときには、ビリー・デュークは死にかけていたってこと?」

「そのようだな」サンフォードはらせん綴じの手帳を開いてメモを読んだ。「グラハムのチームによれば、ミズ・ラトレッジのベッド、寝室の床、トイレで吐しゃ物が見つかった。彼女が帰宅して見つかるまで、デュークはしばらくあそこにいたんだろう。検死官が言うには、急に意識がもうろうとし、大まかに言ってクソみたいに気分が悪くなるそうだ」

「過剰摂取は意図的なもの? 自殺かしら?」

「もしそうなら、なぜわざわざ彼女の家に行く?」

「どうしてもそうせざるをえない事情があったのよ」キンブルがため息をついた。「とにかく、デュークが具合が悪そうで、助けが必要に見えたと言っていたのは嘘じゃなかったのね」

「それでもやはり」サンフォードは手帳を閉じながら言った。「彼女が鎮痛剤を処方されていたかどうかを知りたいところだな」

「やあ、リンジー。悪いところに来たかな？」

ビーズをあしらったドレスではなく、ジーンズとだぶだぶのTシャツという恰好でも、デリクの赤毛の友人は美しかった。輝くばかりの髪を今日は無造作にまとめている。彼女は興味津々といった顔をデリクとジュリーに向けたあと、一歩脇に寄ってふたりをなかに招き入れた。

デリクが頬にキスをした。「先に電話すればよかったんだが、バタバタしてて」

「聞いたわ。あなたたちふたりの名前がニュースに出てたの。彼女の弁護士なの？」

「昨夜からね。リンゼイ・グラビュー、こちらはジュリー・ラトレッジ。ジュリー、リンゼイだ」

リンゼイがジュリーにほほ笑みかけた。「オークションの夜にお会いしたわね」

「お詫びしなければ」とジュリー。「こんなふうに突然押しかけてしまって」

「なにか困ってるの？」

「ちょっとね」デリクが言った。「でもおれたちを家に入れたからって、きみが法を犯すことにはならない程度だよ」

リンゼイが笑った。「ギャングに追われてたって、あなたなら入れてあげる。遠慮しないで。ちょうどベランダで植木の移し替えをしてたの」ふたりはリンゼイについて奥に進み、きちんと片付いているけれど生活感のあるキッチンに向かった。

「ジャクソンは?」デリクが尋ねた。

「友だちの家よ。五時に迎えにいくことになってるの。なにか飲む?」

「わたしはけっこうです」ジュリーが答えた。

「実を言うと、映画を観にきたんだ」デリクは来る途中にレンタルショップで借りてきたDVDが入っているビニール袋を持ちあげた。「テレビを借りていいかな?」

「いいけど、あなたのはどうしたの?」

「家に帰りたくなくてね。それにジュリーの家は、今朝警察が捜索したから使えない。ひどいことになっているはずだから」ふたりが夜を過ごしたホテルの部屋には、DVDプレイヤーがなかったことは伏せておいた。「いろいろ入り組んでいてね、リンジー、でもこの映画がヒントを与えてくれると期待している」

「なんの?」

「よくわからないんです」ジュリーは正直に答えた。

ジュリーは、リンゼイがとやかく言わずにこの状況を受け入れてくれたことに感謝した。彼女はキッチンの隣の部屋を指し、デリクに言った。「あなたが取りつけたんだから場所はわかるわね。冷蔵庫のなかのものは自由に飲んで。用があったら、呼んでね」

ジュリーはデリクに続いて、リンゼイと息子が大半の時間を過ごしているらしい小ぢんまりした部屋に入った。サイドテーブルにはゲームボーイが置かれ、ソファの下からはスパイクのついた運動靴が突きだしている。トランプ用テーブルにのっているジグソーパズルはやりかけのままだ。コーヒーテーブルの下段には読み込まれた本が積み重ねられ、壁かけ式の薄型テレビの下の棚にはDVDがならんでいた。

「テレビをあげたの?」

「去年のクリスマスにね」

「今年は?」

「Wii」デリクはジュリーの表情を読み、肩をすくめた。「ジャクソンを甘やかしてることはわかってる。でも楽しいし、あの子は小生意気でわがままな子どもじゃない。リンゼイがちゃんと気をつけている」

ふたりはソファに坐り、デリクがリモコンを操作して映画をスタートさせた。「観たことあるか?」

「いいえ」

「おれもだ」冒頭のクレジットの途中でデリクが言った。「おれたちはいま映画館の後ろの席にいる。代わりにいいことしないか?」ジュリーがじろりとにらむと、デリクがにやりとした。「あれからだいぶ時間がたってるぞ」

「その半分の時間はわたしに腹を立てていたじゃない」

「だからといって、きみに飛びかかりたくないわけじゃない」

ジュリーの手を取り、親指で誘いかけるように手のひらに円を描きはじめた。腕を駆けあがる感覚は甘美だったが、ジュリーはこうつぶやいた。「冒頭のシーンを見逃すわよ」

これもまたヒッチコックのスリラー映画で、ロンドンの連続殺人鬼が出てくるおぞましい内容だった。デリクは大半を早送りして飛ばし、暴力的なシーンを探していった。「暴力シーンにしか興味がなくて、ほかの部分を飛ばす変態になった気分だよ」

肝心の場面は映画ならではのショッキングなものだった。そのシーンが終わると、デリクはDVDを止めた。ふたりは目にしたばかりの映像に心を乱され、しばらくのあいだ口が利けないでいた。やがてデリクが長いため息を漏らした。「きみもおれと同じくらいショックを受けたか?」

ジュリーはうなずいた。

「血のない暴力だ」

「『見知らぬ乗客』と同じね。残酷で、計算しつくされている」

「それにあの犯人と同じだ、こいつもすごく――」

「明確な意志をもっている。冷酷で、残忍で」

その後は黙って最後まで観た。終わると同時にリンゼイが入ってきた。「もうすぐ五時よ。ジャクソンを迎えにいかなくちゃ。なにか買ってくるものでもある? テイクアウトの食事とか?」

「いや、大丈夫だ。こんな頼みを聞いてくれて、きみのやさしさには頭が下がるよ」デリクは立ちあがって、彼女のそばに寄り抱擁した。「戻ってきたときには、もういないかもしれない」

「出かけるなら、鍵をかけて警報装置をセットしてってね。暗証番号は知ってるでしょ」

ジュリーも立ちあがった。「ほんとうにありがとう、リンゼイ」

「気にしないで。次に会うときは、状況がよくなってるといいわね」ジュリーにやさしくほほ笑みかけたあと、デリクの耳元になにかささやいて、彼の頬にキスをした。

リンゼイが出かけたのを確認したあと、ジュリーはデリクに尋ねた。「なんて言われたの？」

デリクはベルトのホルスターから携帯電話を抜き取り、画面をチェックした。「マナーモードにしていたんだ。ドッジから二回電話があった。あいつの話を聞きたくなくてね」

「リンゼイはわたしのことでなにか言っていたの？」

「おれたちがくっついて嬉しいってさ」

「どうしてわかったのかしら」

「たぶんおれを見るときの、きみのうっとりした瞳に気づいたんだろう」

ジュリーがにらみつけると、デリクが笑った。「女の直感てやつか？　おれにはわからないが」無頓着に肩をすくめつつ、電話をいじりつづけた。「伝言は残っていない。つまり悪い知らせということだ」

「リンゼイにわたしのことを話してあったの？」

「そういうわけじゃない。でもあのチャリティの晩に彼女を送っていったとき、ポール・ホイーラーに敬意を払ってしかるべき時間をおいたら、きみを誘ったほうがいいと言われたよ」

「リンゼイに?」

「ああ。だがおれは急いでいない、なぜならすでにきみとファックしたからって——」

「なんですって?」

デリクはまっすぐ彼女の顔を見て、にやりとした。「冗談だよ」

「飛行機でのことは話していないのね?」

「もちろん。おれは彼女の息子の名付け親だぞ、そんなこと口が裂けても言えるもんか」それから短縮ダイヤルでドッジに電話した。「だが彼女がきみに電話しろとせかしたのはほんとうだ。きみは頭がよくて、品があり、美人で、おれが必要とする女性そのものだとね」

「あなた、なんて答えたの?」

デリクは笑顔を向けた。「おせっかいな仲人はいらない、おあいにくさま、とかなんとか。それからきみの家にまっすぐ車を走らせ、あやうく撃たれそうになった。やあ、ドッジ。申し訳ない、ちょうどいま——」

ジュリーにも電話機を通してドッジの声が聞こえてきた。うろたえているようだ。

デリクがさえぎった。「いや、おれたちはちゃんと服を着ている。いまリンゼイ・グラビューの家だ。映画を観るために来たのさ。ビリー・デュークが——わかった、ちょっと待て」スピーカーに切り替えた。「いいぞ。これでジュリーにもきみの話が聞こえる」

前置きもなく、ドッジが尋ねた。「ミズ・ラトレッジ、処方箋の必要な鎮痛剤を飲んだことはあるか？」

「どうして？」

「いいから答えてくれ」

「この春に」

「検死の内部情報を手に入れた」嬉しくなさそうな声だった。

「デュークはナイフで刺されたことが原因で死んだの？」

「いいや。だがあんたにとってはそのほうがよかったかもしれん。それなら正当防衛を主張できた」

デリクの心配そうな視線を浴びながら、ジュリーはリンゼイの家のソファに坐り込んだ。ドッジの口からなにが飛びだすのか気が気でなかった。

「検死官は、ビリー・デュークが処方箋の必要な鎮痛剤の過剰摂取によって死んだと考えてる」

ドッジはそこで言葉を切り、ジュリーもしくはデリクからの反応を待った。デリクは黙ったままジュリーの顔を見ていた。

ジュリーはお手上げだというしぐさをした。「ポールの頭には、一緒にコースをまわれるようにわたしもゴルフのレッスンを受けるべきだという考えがずっとあったの。でもわたしはまったく向いてなくて、全然上達しなかった。腰を痛めたとき、しめたと思ったほどよ。

レッスンをやめる口実ができたから。医者から抗炎症薬と意識が飛ぶほどの鎮痛剤を処方されたわ。怖くなって、最初の晩に二錠飲んだだけ。一日ベッドで寝ていたら、抗炎症薬だけで痛みがほとんどなくなったから、鎮痛剤は必要なくなった」

「家宅捜索で警察が薬棚をさらったときは、処方された鎮痛剤なんぞ見つからなかった」とドッジ。「だがキンブルがあんたのかかりつけの薬局に電話した。処方は三月だ」

「残りの薬を持っていたのか、ジュリー？」

「ええ」デリクに向かって答えた。「また腰が痛くなったときのために手元に置いておきたかったの。クライトンがわたしの家に来たときに瓶ごと持ち去ったのよ。わたしが気づかないはずないわ。翌日でなくても、掃除をしたときに」

短くも意味深長な沈黙のあと、ドッジが言葉を続けた。「サンフォードが調査をした。この手の過剰摂取の場合、嘔吐や黄疸《おうだん》、失見当、会話や歩行の障害、痙攣といった症状が出るそうだ。あんたがビリー・デュークについて警察に供述したとおりの症状さ」

「決定的とはいえない」とデリクが言った。「ほかの病気でも同じような症状が出る」

「これから正式な薬物検査が行なわれる。やつの肝臓はほかの理由でだめになったのかもしれない。それでも……」

「わたしに不利な状況証拠がまた増える」

どちらもそれを否定しなかったので、ジュリーはふたりが同じ考えでいるのがわかった。

「これでいっそうわたしへの疑惑が強まったわね、ミスター・ハンリー」

ドッジは痰の絡んだ咳をした。「いや、ミズ・ラトレッジ。実を言うと、あんたに謝らなきゃならない」

デリクが眉を吊りあげた。「どういうことだ？」

「あんたがにらんだとおり、クライトンには少年事件の犯歴があった。五分だけ見せてもらったが、あんたの疑惑が正しかったと確信するのに充分だった。やつはぶっ壊れてる。ネタはごまんとあったが、目玉だけ紹介しよう。あれを見たいまは、時間切れになるのが怖くなった」

デリクとジュリーはずっと顔を見あわせていた。ドッジの声と同じくらい真剣な面持ちで、どちらも口をはさまなかった。

「クライトンの通っていた学校にジェリー・ボスコムという同級生がいた。ノースカロライナにあるお上品な私立学校さ。クライトンはロッカールームでジェリーにセックスしようと誘われたんで、ハンティングナイフで彼の小指を切り落としたと主張した。いやけっこうと断わるんじゃなく、そいつの体を一生不自由にしたわけだ。

ボスコム少年は誓って同性愛の傾向はなく、そんな誘いはかけてないと反論した。警察はクライトンにそもそもロッカールームにハンティングナイフを持ち込んでなにをするつもりだったのかと尋ねた。捜査が進められたが、ホイーラー夫妻がボスコム家を訪ね、仲介人を通じて意見の相違を解決することができるはずだともちかけた」

デリクが口をはさんだ。「ジェリーが同級生を誘惑した変態だと知られたくなければ、この件は忘れろと、やんわりと脅したんだな」

「なんにしろ」とドッジ。「クライトンは起訴されず、この問題はうやむやになった」

「金のやりとりがあったのか?」

「あんたはどう思う、弁護士先生? 翌年の夏にいこう。クライトンは十五歳でキャンプに出かけてた。サラ・ウォーカーという少女がクライトンにレイプされたと訴えでた。ホットドッグパーティで酔っ払っていたことは認めてる。その後クライトンにふたりで森に散歩に行こうと誘われた。一時間後によろよろ出てきたときには、陰部から血を流してた。半狂乱だった。クライトンの言い分によれば、処女だとは知らず、彼女の導きに従い、望むものを与えてやっただけらしい」

「もちろんその子に乱暴にしてくれって頼まれたんでしょうね」ジュリーが皮肉たっぷりに言った。

「クライトンは〝荒っぽいセックス〟と呼んでた。供述書にそう書いてあったのさ。女の子は錯乱状態に陥った。カウンセリングを受けるはめになり、自分の部屋から出られなくなった。彼女の両親は地方検事に立件するよう迫ってたんだが、突然キャンプに参加していたほかの少年たちが手淫やフェラチオといった行為について証言すると名乗りでた。サラはごく狭い意味で処女というだけで、森に誘われてたら自分たちも仲間のクライトンと同じような行動に出ただろうと」

「クライトンに仲間なんていないわ」ジュリーは言った。

「ばらまく金には困らんがな」唾を吐く音に続いて、ドッジの声がした。

「おれが推測するに」とデリク。「その件は立ち消えになった」

「サラ・ウォーカーが証言を拒んだんで、嫌疑は消えた」

「ウォーカー家の懐が満たされたのか?」

「ファイルには書いてなかったが、そうでないほうには賭けんね」ドッジが言った。「まだある。軽微なもんだが、子ども時代にさかのぼる。ある男の通報によれば、女房と寝ててふと目を覚ましたら、クライトンがベッドのそばに立ってじっと見てたそうだ。夢遊病だということになったよ。それからシャロン・ホイーラーの爪の手入れに訪れたネイリストが、やつが〝興奮した状態〟で自分をさらけだしたと訴えている。クライトンは自慰をしていたことは認めたが、彼女が見ていたのは知らなかったととぼけ、じゃあなぜ、彼女の靴に精液がかかっていたかという疑問が生じた。だがな、そのネイリストは、突然アメリア島の高級スパに就職しちまった。

もうひとり、アリスン・ペリーという少女がやつの十六歳の誕生日にデートに出かけた。クライトンは誕生祝いに買い与えられたコンバーティブルに彼女を乗せ、そしてアナルセックスをした。避妊の確実な方法として合意したはずだという言い草だった」

「吐き気がしてきた」デリクは両手で顔をこすった。

「刑務所に入ったことはないの?」

「一度もないよ、ミズ・ラトレッジ」

「訴えでた被害者たちをホイーラー夫妻が買収してきたのよ」

「それから途中途中で役人どもに賄賂をつかませたんだろう」とドッジ。「ほかになにをしでかしてるか知らないが、あのクソガキは逸脱行為を続けてきた。おれの考えでは、ついに殺人までレベルを上げたってことさ」

ジュリーが乾いた笑い声をあげた。「おかしいのはクライトンなのに、わたしが重要参考人なのね」

「つねに一歩先んじるよう心がけてくれ、ドッジ」デリクが言った。

「そのつもりだ」

デリクは電話を切った。深く考え込んだ様子で、電話で唇を軽く叩いている。

「これからどうするの?」ジュリーはテレビを指し示した。「この映画は突破口にはならなかったわね」

「これに意味がないと片付けるのはまだ早い」映像が映っているかのように真っ黒なテレビ画面を凝視し、それからジュリーに目を転じた。「ビリー・デュークは〈パイン・ビュー・モーテル〉での時間をやり過ごすために、DVDを何枚か持っていたわけじゃない。持っていたのは一枚、これ一枚きりなんだ。なぜこの映画なんだ? おれは今日まで聞いたこともなかった。クライトンがビリーに渡したのか? いつ? そしてどこで?」片方の拳でもう片方の手のひらを思いきり叩いた。「くそ! なぜあのふたりを結びつけられない?」

「望みをかけるとしたら、ビリー・デュークの身元を通報した女の子ね。でもドッジの話では、なにか役立つような情報をキンブルに提供できたわけではないみたいだけど」

　ふいにデリクが歩きまわるのをやめた。「前に刑法第一〇一条は、金のあるところに動機ありだと話したのを覚えているか?」

「ええ」

「刑法第一〇二条は知ってるか?」

「さあ」

「誰もが嘘をつくと思え」

　クライトンは、表でサウンドバイト（政治家などの発言をメディアが断片化して伝えること。本来の趣旨とは異なる場合が多い）を狙っている記者たちを避けるため、通用門から両親の屋敷を抜けだした。自分のコンドミニアムに戻り、一時間半自宅のトレーニング器具を使い、体が汗で光るまで運動を続けた。タオルで汗を拭うと、こんどは日焼けベッドに寝てむらにならないよう体を焼いた。それから十五分間スチームシャワーに入って、体内の老廃物を浮かびあがらせた。次に熱いシャワーで石鹸を洗い流し、最後に水風呂に飛び込んで毛穴を引き締めた。フロスを使ってから歯を磨いたところ、思いきりこすったので、吐きだした歯磨き粉に血が滲んでいた。

　爪を切ってやすりで磨いた。角質除去パックをしてから香りのよいローションをつけると、肌が張ると同時にピリピリした。最後にヘアブラシとドライヤーと格闘して終わりだ。

　服を着る前にバスルームの鏡張りの壁の前に立ち、幾重にも映しだされる自分の姿に惚れぼれと見入った。磨きあげた裸体をあらゆる角度から見ることができる。欠点はひとつも見つけられなかった。

後ろ姿はアドニスの彫像のようだ。完璧に均整がとれ、肩から腰のラインは引き締まって非の打ちどころがない。持ちあがった尻は両脇がわずかにくぼみ、美しいカーブを描いて太腿に続いている。テニスコートで費やした時間がみごとなふくらはぎをつくりだしていた。

クライトンはさらに時間をかけて正面を観賞した。なにもかも愛でずにいられようか? 輝く髪。アクアマリン色の瞳。どれほど腕がよくて高額の美容整形外科医でも、これ以上整った鼻はつくれまい。形がよく官能的な唇は、色素が濃すぎず薄すぎずの絶妙な色合いだ。張りだしたエラと尖った顎のおかげで口元がかわいらしくならずにすんでいる。

胸毛は生えないたちだった。もしあったら抜いていただろう。胸毛は野蛮人が出てくる映画を彷彿とさせる。大きな動物の骨にしゃぶりつき、汚い歯をした女と同衾《どうきん》する毛むくじゃらの男たち。寒気がする。

胸はなめらかで金色に光っていた。乳首をつまみ、硬くなってくると、快感が痛みに変わるまでつねりあげた。ペニスがピクリと頭をもたげ、やがてふくらんで大きくなった。あまりの美しさに目に涙が滲んだ。

ゆっくりと手でしごきはじめた。何人もの自分に囲まれた自分と愛しあうという歓びを心ゆくまで味わった。クライマックスを迎えたあとは、消耗しつつも高揚感に包まれていた。まだ袖を通したことのない服を着た。今夜は特別だから、最高の自分を見せたかった。残念なことに、それを知っているのは自分だけだ。いかにみごとに映画のプロットを現実のドラマに置き換えたか、人と分かちあえたらどんなにいいだろう。

ビリー・デューク殺しはジュリーの手柄になっている。同様にポール伯父さん殺しの手柄はビリーのものに。誰も、今後も永遠に、ビリーがただの操り人形だと知る者はいないだろう。クライトンこそ黒幕だと。

当然の評価が得られないのは実に残念だ。だが人から認められないことは、特別な栄光のために支払わなければならない代価だった。十代のころから、クライトンはある事実を受け入れていた。自分以外の人間は誰も自分が天才であることを知らない――知りえない――という事実だ。

もちろん被害者を除いて。

今夜の主演女優は群を抜いて世間知らずときている。わけのわからないうちに死ぬだろう。百万年かかってもそれがやってくるのを目にすることはあるまい。完璧なる一打が。

26

散々な一日だったとはいえ、アリエルは七時半までにディナーの用意を完了していた。ローストビーフの香ばしいにおいが狭い家に充満している。サラダは冷蔵庫で冷やされ、カベルネソーヴィニヨンもちゃんと栓を抜いて空気に触れさせている。テーブルの中央にバラを活けた鉢を飾り、先が細いキャンドルを脇に配置して、いつでも火がつけられるようにしてある。

几帳面なアリエルは、着替えの前の十二分間をシャワーと化粧直しにあてていた。サンドレスはホルターネックで、罪深いほどスカート丈が短かった。

無駄毛を剃った脚にローションを塗り、ハイヒールのサンダルをはく。髪をふくらませたあと、むきだしの鎖骨と胸の谷間に香水をつけ、ループ型のゴールドのピアスをつけて準備完了だ。

七時三十分にキャンドルを灯し、玄関の窓から外をのぞいて、通りに彼の姿がないかどうか目を凝らした。ポルシェでやってくるのかしら？　つましい家がならぶこの通りにポルシェが轟音をあげながら入ってきて、わたしの家の前に停まったら近所の人はいったいどう思うだろう。

七時三十五分、ローストビーフがパサパサになっていないかどうか確かめた。

七時四十五分になるとやきもきしはじめたが、さほど心配はしていなかった。きっと渋滞に巻き込まれているのだろう。フリーウェイの路肩でパンクしている車があると、みんなが野次馬根性でのろのろ運転をはじめて流れが悪くなるほどだから、追突事故でもあった日には完全にストップしてしまう。

七時五十分になったとき、もしまたすっぽかされたら死んでしまうと思った。ほんとうに。どういうこと？　アリエルをひどい目に遭わそうっていう週なの？

昼間、上司の部屋に呼びだされて、がっしりした女性刑事に紹介されたときは気を失いそうになった。「きみに訊きたいことがあるそうだ」

そんな生易しいものではなかった。

それから三十分、刑事はビリー・デュークのことで容赦ない質問を浴びせてきた。もうあの男は死んだ、永遠に頭から締めだそうと決めてから一時間とたっていなかった。死んでまで迷惑をかけるなんて、いかにもあの男らしい。

アリエルは、警察のホットラインに匿名の電話をかけたのは自分だと打ち明けた。善良な市民であることをアピールできると思ってのことだ。だがそう簡単にはいかなかった。ロバータ・キンブルはしつこくオマハでのことを質問してきた。「そこで一緒に住んでたの？」

「いいえ。まさか。何度かアパートに泊まってったことはありますけど、それだけです」

刑事はアリエルがビリーと最後にいつ会ったのかという点にとりわけ興味をもっていた。

「裁判以来、会ってません」彼が昨日家に来ようとしたことは言わなかった。

刑事はビリーが何度も電話をかけてきたことを指摘した。

「でも彼はなにも言わなかったし、わたしもです。毎回すぐに受話器を置きました」

「あなたのルームメイトはどう？　彼女が話したのでは？」

「いいえ。キャロルはこの夏アセンズに行ってます」

さらにビリー・デュークから、ポール・ホイーラーかジュリー・ラトレッジの名前を聞いたことはないかと尋ねられた。

「いいえ。それははっきりお答えできます。ミスター・ホイーラーが殺されるまで、おふたりの名前は聞いたこともありませんでした」

すべての質問に正直に答えたが、自分から進んでは話さなかった。やがて刑事は彼女が知っていることをすべて話し、これ以上質問を重ねても時間の無駄だと納得したようだった。協力に感謝して、引きあげていった。

アリエルは興味津々の同僚たちを尻目に、警察に質問を受けたからといってべつに動揺しているわけじゃないという顔を装って仕事に戻った。楽しい時間ではなかったけれど、なんとか無事に乗り切った。ビリーは死んだ。もう女を食いものにすることはできない。彼女がちょっとした知りあいだったことなど、みんなじきに忘れるだろう。

ふたたびアリエルは、もうこれ以上、死んだビリーにはなにも、とくにトニーとの夜を台無しにはさせまいと心に決めた。仕事が終わるころには、刑事の訪問を含めビリーがらみのなにもかもを頭の外に追いやり、夜を楽しみに待っていた。

万一に備えて、電話には出なかった。帰宅してからあいだを置いて何度もかかってきたが、知らない番号だったし、発信者の名前も表示されなかった。ロバータ・キンブルがなにか思いついてかけてくるといけないので、留守番電話にしておいた。

トニーでないことはわかっている。携帯も自宅も、番号を教えていないからだ――伝え忘れたわけではない。キャンセルされるのが怖くて、あえて教えなかったのだ。

八時になっても、彼は現われなかった。あきらめるしかない。どうしたら二度もこんなまねができるの？　そしてどうしたら二度も引っかかれるの？　彼はきっと世界一間抜けな女だと思っているだろう。仮にわたしのことを考えることがあればだけれど。

八時十五分になると、キャンドルを吹き消して着替えのために寝室に向かった。泣きながらサンダルを脱ぎ捨て、手を上げて首のリボンをほどこうとしたとき、玄関から小さくノックの音がした。

心臓が跳ねあがって胸を突き破るかと思った。あれだけひどい男だと思っていたのに、あれだけ汚い言葉で罵っていたのに、その瞬間にすべてが吹き飛んだ。嬉しくてめまいがしそうになりながら、ドアに駆け寄りさっと開いた。

彼の名前が口のなかで消えた。

アリエル・ウィリアムズが街の反対側でやきもきしながらデート相手を待っているころ、デリクは携帯電話に向かって叫んでいた。「彼女がだんまりを決め込んだと? どういう意味だ?」

「だんまりの意味を知らんのか?」ドッジがどなり返した。

「だんまりの意味は知ってるが、彼女との関係は修復されたんじゃないのか? おれたちが求めているのは住所だけだぞ」

「念のために言っとくがな、弁護士先生、あんたは警察署一の人気者ってわけじゃないんだぞ。あんたのおかげで何人ものろくでなしが晴れて自由の身になった。さらにこんどはコナーのガキを釈放させようとしてる。現場に最初に到着した警官が証拠を台無しにして、無罪を証明する証拠を隠蔽《いんぺい》してると騒ぎたててな。警官はO・J・シンプソンの裁判以来、被告側弁護人にご立腹なんだ。最初の裁判のことだぞ」

「言いたいことはそれで終わりか?」

「ただの愚痴だ。おれにも少しは言わせろ。少年事件のファイルを手に入れてやったろ。あの男のチンポコをしゃぶったも同然だってのに、ありがとうのひと言もない」

「悪かった。ありがとう」

「どういたしまして」

「だがどうしても住所がいるんだ、ドッジ」

「わかってる。でもアトランタ警察の一兵卒があんたの犬を殺した犯人を捜そうともしないんだぞ。アリエル・ウィリアムズの住所ひとつにしろ、あんたに情報を与えないのは当然だろう。それにおれもそこまでドラに無理強いできん。彼女はふたりの子どもを抱えるシングルマザーでな。仕事を失うわけにはいかんのだ。もしミズ・ラトレッジの家に捜索が入るタイミングや検死の結果を流したのが知れたら――」

「わかった」デリクは疲れた様子で額をこすった。車内のコンソール越しにジュリーを見ると、携帯電話でケイトと話をしていた。かぶりを振っているところを見ると、自分より運に恵まれているとはいえないようだ。

ドッジの話は続いていた。「警察はデュークの死について尋ねるために正式にジュリーを捜しはじめた、で、各所の締めつけが強まってる」

「ベストをつくしてくれているのはわかっている。だがなんとしてもその住所がいる。アリエル・ウィリアムズがすべての鍵になるかもしれない」

「それより……」

「なんだ?」

「クライトン・ホイーラーって野郎の本性がわかってきたら、その娘のことがなんだか心配でな。彼女がデュークの身元を警察に通報したことは、やつのお気に召さないはずだ」

「彼女を早く見つけなければならない理由が増えたな。女友だちのところに戻ってくれ。下にも置かない扱いをしろよ」そう言って、デリクは電話を閉じた。

数秒前に通話を終えていたジュリーは、もの問いたげに眉を吊りあげた。

「訊かないでくれ」デリクは言った。「ケイトの首尾は？」

「アリエル・ウィリアムズが働いている会社に電話したら、時間外だから緊急用の番号が案内されたらしいわ。そこにかけたらまた留守番電話で、名前と番号、用件を残せば折り返し電話をかけるというメッセージが流れた。

　アリエル・ウィリアムズが名前を載せているかもしれないと思って、電話帳も見たそうよ。ウィリアムズという姓は何千もあって、正しい組みあわせのものは見つかっていないし、彼女が迷惑電話を受けていたのなら、載せているかどうか疑わしいわね。

　グーグルの検索でフェイスブックとマイスペースにアリエルのページが見つかったそうだけれど、どちらにも自宅の住所は書かれていないし、いちばん新しい投稿が二週間前。メールを送ったそうよ。返事はなし。引きつづき捜すと言っていたわ」ジュリーは冷たくなったフレンチフライを手に取って、しげしげと眺めたあと、興味を失って元に戻した。「こんなことをケイトにさせるなんて、いやな気分」

「彼女は手助けをしたがってる。本人がそう言っていたんだぞ。きみに内緒で警察に話したことを気に病んでるんだ」

「ケイトが手伝いたいと言ってくれている気持ちは本物だと思うわ。でもわたしは逃亡者よ。ケイトは逃亡を幇助《ほうじょ》していることになる」

「誰も彼女にきみの居場所を訊いていない」

「刑事からの電話に出ないから。わたしだとわかっている電話以外には出ないの。故意に避けているのよ」

「その点は証明できない。もし警察がきみの居所を訊いたとしても、彼女は胸を張って知らないと答えることができる。事実だからな」デリクはフロントガラス越しにマクドナルドの金色のアーチのネオンサインを見つめた。ふたりはドライブスルーで注文し、車を停めてビッグマックを食べながら電話をかけていた。

デリクは、アリエル・ウィリアムズも、威圧的なロバータ・キンブルよりも自分たちになら心を開いて多くのことを語ってくれるのではないかと期待をかけていた。ともかく試す価値はあると考え、リンゼイの家を出てから何度もアリエルに電話をかけたが、そのたびに伝言メッセージがくり返し流れた。

およそ三時間、ふたりはドッジが彼女の自宅住所といった有益な情報を手に入れるのを待っているが、彼の努力はまだ実を結んでいない。アリエルの個人情報を入手できる自動車局や税務署にいるスパイには連絡がつかず、彼の友人の女性警官はだんまりを決め込んでいる。

「もっと甘い言葉をささやいてみるそうだ」デリクが言った。

「甘い言葉をささやくドッジなんて想像できない」

「かなり無理があるな」

ジュリーはハンバーガーの残りを紙で包み、手をつけなかったフレンチフライとともに袋に戻した。「そのあいだわたしは正義から逃げつづけるのね。警察はわたしを有罪にできると思う？」

「まさか」

「本心なの、それとも客観的な、専門家としての意見?」

「警察がつかんでいる材料では、きみを有罪にできない。首を懸けてもいい」

ジュリーは弱々しい笑みを浮かべた。「もう懸けているはずだけど」

「これからも懸けつづけるよ」

「裁判にかけられて有罪を宣告されるより、クライトンが野放しになっているほうが怖いわ。彼は邪悪な人間よ、デリク」

デリクは自分のゴミを彼女と同じ袋に入れた。「反論の言葉もないよ。マギーがあんな姿で見つかってから、家には一度しか帰っていない。帰りたくないんだ。マギーのいない家にひとりでいるなんて考えられない。あれは無分別な残虐行為だ。純粋に性根のゆがんだ人間の犯行だよ。きみの言うとおり、クライトンは邪悪な男だ。

やつはおれの大切なペットを殺しただけでなく、おれの家を汚《けが》した。もう二度と前と同じには戻らない。そのことを思うたび、ふつふつと怒りが湧いてくる。それにマギーの姿が目に浮かぶたび……」それ以上続けられなくなって、デリクは黙り込んだ。

コンソール越しに身を乗りだして、ジュリーは両手で彼の顔をはさみ、唇にやさしくキスをした。

体を離したとき、デリクの目がせわしなくジュリーの顔を探った。彼がささやき声で言った。「朝食のとき話した、出会って恋に落ちる話を覚えてるか?」

ジュリーはうなずいた。

「で、なにが言いたいと思う?」

彼女を意味ありげに見つめていると、携帯電話が鳴った。受話器を開く。「ドラが落ちたと言ってくれ」

「結婚しなけりゃならんかもしれん」


「アリエル・ウィリアムズさんですか?」

ふたりを見た瞬間、若い女の嬉しそうな笑顔が消えた。紅潮した頬から、ジュリーは彼女が泣いていたのだとわかった。マスカラが滲んでいる。靴を除けば、静かに自宅で夜を過ごすのではなく、特別な機会のための装いだ。向こうに、消したばかりらしいキャンドルから煙が立ちのぼっているのが見えた。

「アリエル・ウィリアムズさんですね?」ジュリーはくり返した。

言葉が出ないらしく、彼女は頭を上下に動かした。

「ジュリー・ラトレッジといいます」

相手ははっと息を呑んだ。「知ってます」

「どうして?」とデリクが尋ねた。

アリエルが彼に視線を移した。「テレビで観ました。ニュース番組で」

「わたしはデリク・ミッチェルです」相手がなにも言わず、またなんのしぐさも見せなかったので、先を続けた。「お話ししたいことがあります」

「なんのことで？　もしビリーのことだったら、知ってることは全部警察に話しました」下唇がわずかに震えている。「それにいまはお話しする気分でもないので」

「ビリー・デュークがどうやって死んだか知っていますか？」ジュリーが尋ねた。

「あなたが刺したかなにかしたんでしょう」

「検死官は薬物の過剰摂取による肝不全が死因だと考えています」

泣いたばかりでまだ光っているアリエルの目が大きく見開かれた。「ドラッグをやってたなんて知らなかった」

「彼はわたしが身を守るために構えていたナイフに倒れ込んだのだけれど、死因はよく使われている薬の過剰摂取でした。飲ませたのはわたしではありません。わたしたち、ミスター・ミッチェルとわたしは、クライトン・ホイーラーという男のしわざだと考えています」

ジュリーは一度言葉を切って、ふたたび続けた。「お願いです、アリエル、少しだけなかに入れてもらえないかしら？　約束します、長居はしません。とても大切なことなんです。そうでなければこんな迷惑はかけません」

彼女はふたりの顔を見くらべ、やがてため息をついた。「もう同じことだわ」

ドアの先はすぐリビングだった。アリエルはソファを指し示して、ふたりに坐るようにうながした。生成り色のカバーに鮮やかな色のクッションがアクセントになっている。そのソファと曲げ木のロッキングチェアがこの部屋のメインの家具だ。不揃いのテーブルと電気スタンドがふたつずつあり、窓辺に手入れの行き届いたイチジクの木が置かれ、額縁に入った外国のポスターが壁にかかっていた。予算は限られているが、配色とバランスにセンスがある人間による飾りつけで、ジュリーはパリではじめて住んだアパートを思いだした。きちんと片付いた、居心地のいい部屋だ。

　アリエルはロッキングチェアに腰をおろした。ジュリーが見たところ、突然自分たちが玄関先に現われたことをさほど気にするふうはなかった。ダイニングテーブルには食器とグラス、花、キャンドルが用意され、ワインはコルクが抜かれていたが、手つかずのままだ。

　ジュリーはアリエルがもの憂げにそちらに目をやったのに気づいた。「お客さまがいらっしゃるの?」

「ええ、でも……遅れてるみたい」

　それで消したばかりのキャンドルとマスカラが流れる頰の説明がついた。

　デリクが言った。「彼は損をしたな。このすばらしいにおいと、その悩殺的なドレス」

「ありがとう」アリエルは頰を染めた。「それで、なにを知りたいんですか?」

「ビリー・デュークと知りあったいきさつから聞かせてもらえないか」

　彼女は目をみはってみせた。「あの日を呪ってるわ。友だちとクラブに出かけたんです」

「オマハで?」とデリク。

　アリエルはうなずいて肯定を示した。「わたしたちがいたクラブにビリーがやってきたの。その晩は一緒に飲んで、それから定期的に通ってくるようになった。彼はキュートで気さくだった。しゃれた恰好をして、いい車に乗り、気前よくみんなにお酒をおごってた。自慢したがりで、色男を気取り、いつもお金をちらつかせてたわ。でもなんの仕事をしているのかは決してはっきり言わなかった。いまではその理由がわかるけれど。正真正銘の詐欺師だったのね。たかり屋だった」

「彼が未亡人とつきあって、彼女から金をむしり取っていたことを、そのときは知らなかった?」

「もちろんよ! でもだんだんうさんくさい男じゃないかって、疑うようになって」

「どういうところが?」

「約束をすっぽかすし、なにかを訊いてものらりくらりかわすし。何日も姿を消したかと思うと、いきなり花とワインを持って現われるんだけど、どこに行っていたのかは言葉を濁すの。全部ふた股をかけてる男がやることよ」そこでジュリーのほうを向いた。「でも、女ってそうでしょう。頭ではわかってることを認めたくないのよ」

アリエルはふたたびテーブルに目をやった。その気落ちした表情を見て、ジュリーは切なくなった。彼女はやさしい子のようだし、傷ついている。やがてアリエルはふたりのほうに視線を戻した。「ビリーが逮捕されたとき、新しい生活をはじめるチャンスだと思ったの。キャロルに話して――」

「キャロル?」デリクが尋ねた。

「ルームメイトよ」

「オマハを離れてどこか新しいところに移ろうって説得したの。それで一緒にここにやってきたわけ。すぐに気に入ったわ。食べ物も、人の話し方も」そこで急に眉をひそめた。「ビリーが恐喝で起訴されたとき、そんなに驚かなかった。裁判やなんかもね。それなのに釈放されるなんて！　信じられなかった」

「検事の仕事がずさんだったんだ」デリクは言った。「被害者の証言だけで事件を組み立てたのが間違いだった。未亡人が死んだ瞬間、そいつの負けだ」

アリエルは不思議そうに彼を見た。ジュリーが口添えした。「彼は被告側の弁護士なの」

「そう」

デリクが話を続けた。「ビリーはきみを追ってアトランタまで来たんだね」

「それも信じられなかった。新しい場所での新たなスタートが台無しになっちゃった。最初に電話をかけてきて名前を名乗ったとき、頭にきて受話器を叩きつけたわ。携帯の番号は知られてなかったけれど、家の電話には何度もかけてきた」

「彼の手口は知っているよ」とデリク。「なにも言わないんだろう。きみが電話を切るまで」

きまり悪げにアリエルは首をすくめた。デリクはジュリーを見、ジュリーは彼も嘘に気づいたのだとわかった。「あの刑事さんに——ミズ・キンブルでしたっけ？——ビリーとは一度も話してないと言ったの。でもそれは必ずしも正確じゃなくて。わたしがホットラインに電話して彼の名前を告げた晩、ここに電話してきた。ばかげた電話にうんざりして、どなりつけてやった。あんたはどうしようもない男だ、無言電話なんて子どもっぽいことはやめろって。もちろん彼はやめなくて、死ぬ前の晩までかけつづけてきた。わたしの知らない番号でかけてきたから、うっかり出てしまった。でも彼だった」

ジュリーは身を乗りだした。「ビリーはなにか言った?」

「言おうとしたけど、はっきり聞こえなかった。わたし――」アリエルは口元を手でおおった。「嘘でしょう。あのときすでに薬を飲まされてたの? 助けを求めてたの? わたし、受話器を外してしまって」しょげた様子で言った。

「また無言電話だと思ったんだろう?」デリクがやさしく言った。「それが彼の声を聞いた最後かい?」

アリエルは不安げに下唇を嚙みしめながら、デリクとジュリーの顔を交互に見つめた。これ以上ないほど後ろめたそうな顔をしており、どんなにがんばってももっともらしく嘘をつけない娘なのだとジュリーにはわかった。ロバータ・キンブルは質問のしかたがまずかったのだろう。

デリクは怯えている仔馬をなだめるように、彼女の名前をやさしく呼んだ。「ほかにもまだあるのかい?」

アリエルはしばしためらったのち、堰を切ったように話しだした。「ビリーは昨日ここにきたの。わたしは仕事に行ってたんだけど」向かいに住む老婦人の話をした。「彼がうちのドアを叩いているのを見たそうなの。大声で話しかけて、なにか用かって訊いたんですって。すると生死にかかわる問題でわたしと話がしたいって答えた。まともな様子じゃなかったって。はっきり言うと、ドラッグをやってると思ったって。おばあさんの大げさな話だと思ってたけど、そうじゃなかったのね。とにかく彼女は恐ろしくなって、家に駆け込んでドアに鍵をかけたの」

目に涙があふれた。「いま考えると、助けを求めに来たのね。それなのに、ああ、ひどいことしちゃった。だって、あの男には我慢できなかったけど、ペテン師だったけど、死にかけてたんなら……」涙がこぼれ落ち、頬を伝った。「どうして病院に行かなかったのかしら?」

デリクが答えた。「きっと致死量の薬を飲んだことに気づいていなかったんだろう」

「もし病院に行っていたら、逮捕されていたわ」とジュリー。「それは望まなかったはずよ」手を伸ばしてアリエルの握り拳を包み込んだ。「でもあなたの気持ちはよくわかる。彼はわたしの家にひそんでいたの。警察はしばらくのあいだいたと考えているわ。数時間かもしれない。わたしがポールを殺したように見せかけるために、証拠の品を置きに来たんだと思う。でも同時に死にかけてもいたのね。それは知らなかった。わたしは自分が襲われたと考える人なら誰でもとる行動をとったわ」

「あなたが彼を殺すつもりだったとは一度も考えなかった」アリエルは応じた。「ニュースで事件を聞いたとき、なにか理由があるはずだと思った。でも過剰摂取。そんなことって。薬を飲ませたのは誰だと考えていると言ってた?」

「ポール・ホイーラーの甥のクライトンだ」デリクが答えた。

「聞いたことのある名前だわ。その人もテレビに出てた?」

「いいえ」ジュリーはデリクに目をやりながら言った。「表には出ない人だから。名前を聞いたことがあるのは、警察が何度か彼を尋問したからじゃないかしら」

アリエルの目が光った。「アリバイがあったのね。いま思いだした」

「だがジュリーとぼくは、クライトンが伯父さんを殺そうと共謀したと考えている」

「ビリーと?」

「そうだ。ふたりはオマハで取り決めをしたんだ。クライトンがビリーに不利な証言をしようとしていた未亡人を殺し、そのあと、ビリーに借りを返すように迫った」

「そんな」アリエルは頭のなかでそれらの情報をつなぎあわせた。「じゃあ、ビリーが用済みになったんで、その甥は彼を消すことにしたわけ?」

「わたしたちはそう考えているの」ジュリーは言った。「でも残念ながら立証はできない。だからあなたのところに来たのよ。なにか与えてくれるんじゃないかと思って」

「たとえば?」

「たとえばクライトンとビリーをつなぐものだ」デリクが答えた。

「ごめんなさい。それは無理よ。彼の口からクライトンという名前は聞いたことないもの」

「オマハのビリーの友だちはどうだろう?」

「友だちがいたとしても、わたしは知らない」

デリクは身を乗りだした。「アリエル、きみを怖がらせたくないんだが、クライトンはこれまでに何人もの人を傷つけている。当て推量や、根拠のない中傷をしているんじゃない。彼が暴力的な犯罪を重ねてきたことは記録を見ればわかる。もしビリー・デュークのことを排除しなければならない脅威だと考えたとしたら、きみのこともそう考えるはずだ」

「わたし？」甲高い声で言う。「会ったこともないのよ」

「だがきみはビリーとつながっている。ビリーの身元を警察に告げたのはきみだ。クライトンはビリーがきみになにか話したのではないかと危惧しているかもしれない」

アリエルは狼狽してふたりを見つめた。

「アリエル」ジュリーは手を伸ばしてふたたび彼女の手に触れた。「デリクも言ったとおり、あなたを怯えさせたくはないの。でももしクライトンが近づいてきたら、すぐに逃げて警察に通報して」

「警察でなければ、ぼくたちに」デリクは胸ポケットから名刺を取りだして、裏にいくつか番号を書きつけて渡した。「これは全部ぼくの番号、これがジュリー、そしてうちの調査員の携帯番号だ。名前はドッジ。きみのことは知っている。すぐに電話に出るはずだ。きみの力になってくれるだろう」

アリエルは名刺を受け取り、ぎゅっと握りしめた。「ここにひとりでいたくないわ。キャロルに帰ってきてもらう」

「それがいい」デリクは励ますように笑いかけた。「クライトンが接触するつもりだとしたら、すでにしてきていると思ったが」それからジュリーを見た。「ほかになにかあるかい？」

「気をつけてね、アリエル、連絡を絶やさないで。あなたの様子を知りたいの」

どこか恥ずかしそうに、アリエルが言った。「ミスター・ホイーラーに起こったこと、悲しいわ」

「ええ、そうね。ありがとう」

三人は立ちあがってドアに向かった。デリクがテーブルをふり返った。「デートの相手はきみをすっぽかしたのか?」

アリエルがため息をついた。「そうみたい。一時間前に来ることになってたんだけど」

「名前はなんていうんだ? そいつを見つけて、叩きのめしてやろう」

アリエルはくすりと笑い、デリクのやさしい言葉にふたたび頬を染めた。「名前はトニーよ。ほんとうはブルーノだけれど、トニーで通ってる」

「ブルーノなんて名前じゃトニーで通すのも無理ないな」とデリク。「なんて名前だろうと、きみとのデートをふいにするなんて間抜けなやつだよ」

「ありがとう」ますます頬の赤みが強まった。

ふたりはアリエルと握手してから、デリクの車に向かって歩道を歩きはじめた。「かわいい子だ。感じがいい」デリクは言った。「かわいそうに、殺人と傷害事件に巻き込まれて。彼女にはなんの関係もないのに」

「わたしもそう思う。そのうえ、デートをすっぽかされたなんて」

「ひどいやつだ」

「ドアが開いた瞬間に様子がおかしいと思ったの。それからテーブルを見て――」ジュリーが急に立ち止まり、デリクの腕をつかんだ。「たいへんだわ！」

くるりときびすを返して、家のほうに駆けだした。

「ジュリー？　どうしたんだ？」

「名前よ」ジュリーは叫び返した。「いまわかったの」

「名前？」

「ブルーノ。『見知らぬ乗客』に出てくる殺人犯の名前よ」

「くそ、きみの言うとおりだ」

ジュリーが先に玄関にたどり着き、激しくノックしながらアリエルの名前を叫んだ。ドアを開けたアリエルは、恐怖に目を見開いていた。「こんどはなに？」

「ブルーノだけど」ジュリーは息を切らせながら言った。「彼のラストネームは？」

「アントニーよ。トニーはそこからきてるの」

ジュリーはデリクを見た。「ブルーノ・アントニー」

「どうして？」アリエルが尋ねた。「それがどうしたの？」

「彼はどんな外見をしている、アリエル？」

「彼は……とてもすてきよ。モデルみたいに」

「背が高い？　細身？　ブロンド？　青い目？」

アリエルはうなずいた。

「身なりがいい？　礼儀正しい？」

「どうしてわかるの？」

「それがクライトン・ホイーラーなの」

アリエルは一歩後ずさった。

「いつそいつに会った？」デリクが横から言った。

「数日前の夜」

「どこで？　どうやって？　向こうが近づいてきたのか？」

「ええ。ええと……〈クリスティーズ〉、バーで。彼が……わたしをじっと見てたの。それから近づいてきて、話をはじめて、お酒をおごってくれた」コーヒーを飲みにいこうと誘っておきながら、置き去りにされたことを話した。「ほかの女性と行ってしまったと駐車係に言われたわ」

「わたしのことね」ジュリーがデリクに向かって言い、それからふたたびアリエルに向けて言った。「あの晩、わたしがあなたの命を救ったのかもしれない」

「だからそのあとおれの家に来たとき、あいつはあんなに怒っていたんだろう」とデリク。

「きみがアリエルに対する計画をふいにしたからだ」

アリエルが泣きそうな声で言った。「わたしに対する計画？」

デリクは彼女を守るように、肩に手を置いた。「今夜きみが見つかってほんとうによかったよ」

「ええ、ほんとうに」ジュリーもため息を漏らした。アリエルはふたりほど安堵できなかった。「どうして彼はわたしを傷つけたいの？」

「なぜかあいつは、おそらくビリーからだと思うが、警察にビリーの身元を通報したのがきみだと知ったんだ。それにきみもビリーが自慢したがりだと言っていただろう。きっとクライトンは、きみの気持ちを取り戻そうとしたビリーが、金持ちの男と共謀し、そいつの伯父さんを殺したと得意顔でしゃべったのではないかと心配したんだろう」

「あたしの気持ちを取り戻すために？」

「きみを裏切って未亡人と浮気したことがばれたからね」

アリエルはとまどった顔でふたりを代わるがわる見た。「ビリーが裏切ったのはわたしじゃないのよ。彼はわたしの恋人じゃない。キャロルの恋人だったの」

27

「キャロル・マホーニーさん?」

彼女の顔は──半分しか見えなかったが──驚きと警戒が混ざりあっていた。視線を彼の背後に投げかけている。「はい?」

クライトンはほほ笑んだ。「ああ、よかった。きみを見つけるのにどれほど苦労したか」

チェーンロックが許す範囲までドアが開かれた。クライトンは、ネブラスカで行なわれたビリーの裁判を報じた新聞で、彼女の写真を見ていた。

「どなた?」

「失礼」ふたたび笑顔をみせた。「ピーター・ジャクソンです」アカデミー賞受賞歴のある映画監督の名前だが、知らないほうに賭けた。「〈アトランタ・ジャーナル〉の特集記者です」

泣いてむくんでいた顔に敵意が浮かんだ。「記者とは話したくないんだけど」

ドアを閉められる前に、クライトンが言った。「アリエルからきみが記者に対してひどく敏感になっていると聞いた。きっと目の前でドアを閉められるだろうって」

キャロルは手を止めた。「アリエルと話したの？」

「直接会ってじゃない。電話でね」親友の名を出したことが功を奏したが、彼女の潤んだ瞳にはまだためらいが残っていた。「そうだ、きみが彼女に電話をかけてぼくのことを確認するまで待ってるよ」はったりだった。彼女が逡巡するあいだ、クライトンはこう思っていた。誰かが車で通りかかって姿を見られる前に、早くなかに入れてくれ。

「今夜はアリエルの邪魔をしたくないの。男の人をディナーに招いてるから」

クライトンは笑った。「そうか。だから電話で息をはずませてたんだな」

「まだ出会ったばかりで、ドキドキしてるのよ」

おれは天才か？「じゃあ、そんなときにぼくと話してくれるなんて、ラッキーだったね。きっとぼくの必死さが伝わったんだろう」

「ビリーのことを聞きたいんでしょ？」

「ビリー・デュークは今日の特ダネだからね。よりによって、被害者の愛人宅で死ぬとは」

気を悪くしたようだった。「あなたはビリーを知らないからよ」

「そうだ。だからきみにいくつか訊きたいんだ。きみが知っているビリーを教えてほしい」

「彼のことは話したくないの。あんな目に遭うのはもうこりごり」

「オマハであったようなこと？」

「知ってるの？」

クライトンは悲しげな笑みを浮かべた。「調べなければならなかったんだ、キャロル。それがぼくの仕事だからね」

「じゃあ申し訳ないけれど、ミスター……」

「ジャクソンだ。ピーターと呼んでくれ」

「いい人みたいね、ピーター、それにここまで運転してきてわたしを見つけるのはたいへんだったこともわかる。でもコメントはしたくないの」ふたたびドアを閉めようとした。もちろん足を入れて、ドアとやわなチェーンを壊すこともできるが、それはいま望んでいることではない。押し入った形跡は残さないほうがいい。

キャロルの死体は数日後に見つかり、犯人は不明のままになるだろう。キャロルはいまのところ彼が車で乗りつけていないことに気づいていない。車は道路から見えないよう、茂みのなかに停めてきた。このコテージは、これからクライトンがしようとしていることにうってつけだ。もし彼が危険にさらされた女の映画を撮ろうと思ったら、ここをロケ地に選ぶだろう。人里離れていて、はっきりした住所もなく、もっとも近い家でも半マイル離れている。

「きみが話したくないのはわかるよ」クライトンはドアを閉められる前にあわてて言った。「オマハで起こったことを考えれば、誰もきみを責められない。でもぼくは公平な警告をしておきたいんだ。同僚がビリーについて書いた記事が明日の一面に載ることになってる。きみのことも出てくる。草稿を読んだけれど、きみには嬉しくないことも書いてある。同僚は奥さんに逃げられてから、正真正銘の女嫌いになったみたいでさ」

声を低くした同情的な口調で、クライトンは続けた。「ぼくの記事ではきみとビリーとの関係に別の角度から光をあてるつもりだ。きみを売春婦のように書くつもりは――」

「ほかの記者はわたしを売春婦呼ばわりしてるの？」

クライトンはどうしようもないというように肩をすくめた。「やつは間抜けだ。ぼくが事実をはっきり正してやる。でもきみが話してくれなくちゃ無理だ」

キャロルはドアの隙間から、クライトンの頭のてっぺんからつま先までじっくり見た。彼女の警戒心がゆるんでいくのがわかる。「裏のポーチでワインを飲んでいたの。一緒にどう？」

彼はにやりと笑い、向きを変えて、建物の脇に向かって歩きはじめた。気が変わってアリエルに電話して確かめたりしなければ、うまくいきそうだ。

なんと皮肉な運命だろう。キャロル・マホーニーはビリー・デュークという殺人容疑者の手から逃れてきたのに、身元不明の人間に動機も不明のまま殺されるのだ。

地元の警官は、犯人は彼女の職場であるスポーツバーの客のひとりだと見当をつけるに違いない。彼女は夜な夜な大きなおっぱいを二サイズは小さいTシャツに押し込み、チキンウィングやビールジョッキののったトレイを頭上高くに持ちあげて、鼻の下が伸びた酔客たちに思うぞんぶん見せつけている。

いいチップをもらうために、客をじらして、からかっている。

そのうちのひとりがじらされるのにうんざりしたのだという結論に至るはずだ。

恐怖映画を見たことのある者なら、尻軽女は死ぬ運命にあるのを知っている。バッドガールの死亡率は、身持ちのいい女にくらべて圧倒的に高い。『ハロウィン』に出てきたジェイミー・リー・カーティスのふしだらな友人しかり、『ミスター・グッドバーを探して』のダイアン・キートンしかり。例を挙げればきりがない。

一度は放っておこうと考えた。ほんとうだ。本気でこのことは放っておいて、キャロル・マホーニーを生かしておこうと思ったのだ。

だが、そうすると問題が生じることになる。まずは、ビリーに言ったとおり、彼女は見すごせない残務だった。もしビリーが自分の携帯から、キャロルがアリエルと住んでいる家に何度も電話をかけていたのだとすれば、ほかにどんなに愚かなことをしでかしているかわかったものではない。クライトンはアリエルに、ビリーにほだされてキャロルの居所を教えたかどうかを訊ける立場にはなかった。だが、アリエルが教えたと考えざるをえない。おそらく、ビリーは携帯電話で何日にもわたってキャロルに洗いざらいしゃべっていただろう。ことによると何週間かもしれない。携帯電話の問題だけは解決している。ストーン・マウンテン・レイクの底に沈んでいるはずだ。ナマズに呑み込まれていなければの話だが。

第二に、ビリーに彼女を殺すと約束した。ビリーは死んでしまったが、彼は相棒であり、クライトンは約束を果たす義理を感じていた。

第三に、そうしたかった。

これまでに何人もの人間を傷つけてきて、そのたびにえもいわれぬ快楽を味わってきたが、それを圧倒したのがあのだらしない未亡人の体から命が消えるまで首を絞めつづけた経験だった。とてつもない快感《ファッキング》だった。いや、それは正確ではない。ファックよりもずっとよかったからだ。食べ物も酒も、ドラッグも、注文仕立ての服も、車も、セックスも、なにものもあの恍惚感とはくらべものにならなかった。この至上の喜びは、他人の命を奪い、その人間の神として運命の支配者になることによってのみ、もたらされるのだろう。

　あの未亡人が事切れてから、クライトンはあのスリルをもう一度味わいたいと思ってきた。ポール伯父さんは勘定に入らない。ビリーもだめだ。死ぬところを見られなかったからだ。あの高揚感に達するには、みずからの手を使う必要がある。

　最後に、キャロルはビリーに不利な証言をして、彼を裏切ったのだから、その責めを負わせずにすませるわけにはいかない。

〈クリスティーズ〉で一緒にいるところを誰かが覚えているかもしれないので、アリエルは生かしておくことになるだろう。ルームメイトが殺されたと知ったら、あの娘はさぞ悲しむだろう。キャロルに対する友情は明らかだ。あらゆる手段を使って彼女をオマハから引っぱりだした。キャロルをこれ以上かかわらせないために、これまでビリーのいやがらせに耐えていたのだ。

　もちろんアリエルは、キャロルが殺されたこととクライトンを結びつけない。二度も自分をすっぽかしたのがブルーノ・アントニーではなく、誰あろうクライトン・ホイーラーだと知られたとしても、説明は用意してある。ホイーラー・エンタープライズと関係しているのを知られるのがいやで、知らない女には偽名を使うことにしているというものだ。本名を知った瞬間、女たちは自分を放さなくなる。彼女たちは一族の財産を狙うヒルになり変わる。だから出会ったばかりの女に本名を明かすことはめったにない。

もしこの事実を知ったアリエルが警察に届けでたとしても、クライトンには彼女と会ったのは二度とも偶然だったというもっともらしい言い訳がある。アップルマティーニで酔っ払った彼女が、以前犯罪者と知りあいだったと漏らしていた気がするが――まさか！――それがビリー・デューク、伯父さんを冷酷に殺した犯人だと思うわけがない。そんな偶然がどれくらいあると思いますか？

警察はそんな偶然があるとは考えにくいと思うかもしれないが、偶然でないとは証明できない。アリエルとは二回、同じバーでたまたま会っただけ。電話をしたこともないし、彼女のほうからもない。そう、デートの約束をして、そのあと気が変わっただけだ。もちろん、すっぽかすなんて最低だ。だが、デートの約束を破ったり、さらには心を打ち砕いたからといって、犯罪にはならない。

それに、ポール伯父さんを殺害した犯人と間接的にでもつながりがあったと知ったいまでは……直感を信じて約束を反故にして、ほんとうによかったと思う。

家の脇を進むあいだに、こうした考えが頭のなかを駆けめぐっていた。キャロルは網戸のある裏のポーチで、まるで尿のような色をしたワインをふつうのコップに注いで待っていた。

クライトンは家の基礎から数ヤード離れたところに芝生が生えており、そのあいだの土が湿っているのに目を留めた。まるで足跡を残せと言わんばかりだ。予防策を講じていないわけではない。ネブラスカに行ったときに買った靴をはいてきた。目ざわりで、完璧な衣類のコレクションを台無しにするしろものだが、たとえ足跡を採られても〈ウォルマート〉にたどり着き、アトランタよりも大きなエリアに分布する何十万もの人間が同じ靴を買っていることがわかるだけだ。支払いはキャッシュでした。

今夜のうちに忘れずに処分すること。この醜いものを惜しむ気持ちはさらさらない。

クライトンは芝生の際で立ち止まり、ワインに向かって顎をしゃくった。「今日どのくらい飲んだんだい？」

「まだ足りないわ」

「飲みすぎじゃないか。今夜は仕事に行かなかっただろう。アリエルが教えてくれたバーに行ってみたんだ」事実、服の上からトラックスーツを着て、ジョギング途中にふくらはぎが痙攣したふりをして三十分バーで粘ったのだ。それでも彼女の姿が見つからなかったため、探偵のまねごとをして、彼女がいる友人の家を探した。

あとはアリエルから聞いた話が役に立った。

わたしは行ったことないんだけど、田舎道のつきあたりらしいわ。ほんとうにすてきなところで、古いんだけど、趣があるそうよ。藤の蔓があって、南側をすっぽりおおってるんですって。その子のおばあさんの家かなにかだったと思うわ。

助かったよ、アリエル。

キャロルは彼がすでに予想していた答えを言った。「今日は休むって電話したの」

「誰も責められないさ」

「アリエルは責めるわ。今夜はお酒を売り歩く気分じゃないと言ったんだけど、彼女は仕事に行けって。自分はビリーのことを頭から締めだしたから、わたしにもそうしろって。あの子のほうが立ち直りが早いのね、きっと。とにかくアリエルは、今日わたしが仕事に出てると思ってる。でもどうしても行けなかった」

クライトンはあたりを見まわして、その様子を頭に入れた。実行場所を決める。三十ヤード離れたあたりにある木立を指さした。「敷地はあそこまでかい?」

「境界線がどこにあるかよく知らないの。裏に小川があるわ。それにむかしのアメリカ先住民の墓地も」

「散歩しよう」

「散歩？　もう暗いわ」

「だからいいのさ。月が出てくる」にこやかに笑いかけながら、クライトンは手を差しだした。「外に出たほうがいいよ。ずっと家に閉じこもってたんだろう？　ビリーに対する複雑な思いを整理しようとして？　彼を憎んでいるが、一度は心を許した男だから、あんなふうに死んだことを気の毒に思わずにはいられないんだ」

キャロルは首をすくめた。「まさにそんなところ」

「きみが泣いていたことはすぐにわかったよ。慰めになるかどうかわからないけど、ぼくが聞いたところによれば、彼は涙のひと粒にも値しない男だ。特にきみの涙にはね。さあ。新鮮な空気を吸ったほうがいい」

そして、彼女はおれのものになる。

キャロルは留め金を外し、網戸を押し開けた。ショートパンツとTシャツという恰好だ。素足で、爪は濃い赤紫色に塗られている。クライトンは脚に賞賛のまなざしを送った。「アリエルから、バーに入ったらすぐにきみがわかると聞いてた。目の保養だってね。大げさに言っているんだと思ったけど、そうじゃなかったな」

キャロルは照れくさそうなしぐさをした。「ありがとう」

ちょうどそのとき、家のなかからグロリア・ゲイナーの「恋のサバイバル」が流れだした。キャロルは足を止めてふり返った。「わたしの携帯だわ」

クソ！

そう思ったと同時に、別の電話が鳴りだした。「家の電話も。誰かがわたしと話したがってる」

「あの野郎！」クライトンが言った。

その剣幕にびっくりして、キャロルがふり返った。「誰？」

「同僚だよ。ぼくと同じ情報源にたどり着いたんだ。先にきみを捜しだせたのが不思議なくらいさ」

「もう記事を書いてしまったんなら、どうしてわたしを捜す必要があるの？」

「それがやつのやり方なのさ。正確であろうとなかろうと、まず好きなように記事を書く。

それから記事の対象者に反論させる。もちろん大衆は先に活字になったものを信じる」怒りをぶちまけながら尋ねた。「電話に出たいかい?」

キャロルはしばしためらったのち、きっぱりとかぶりを振り、木立に向かって決然と歩きはじめた。「いいえ。その人、最低の男みたいね」

クライトンは手を伸ばし、キャロルは手を取られるにまかせた。

もう片方の手で、クライトンはネクタイをゆるめた。

「キンブル刑事?」

「ミズ・ラトレッジ?」キンブルの声には驚きと緊張と不快感が入り混じっていた。「どこにいるんです?」

ジュリーは助手席に坐っていた。アリエルは後部座席で泣いたり祈ったり、半狂乱の状態で携帯電話のボタンを押しつづけている。デリクは猛スピードで運転していた。

「話を聞いてください、お願いです、刑事さん」ジュリーが言った。「若い女性が危機にあるんです」

「あなたの逮捕状を取りました、ミズ・ラトレッジ」

「デリクとわたしはアリエル・ウィリアムズと一緒にいます」

「アリエル――」

「いま彼女のルームメイトのいるアセンズに向かっています」

「キャロル・マホーニーね」刑事が応じた。

「わたしたちが止めなければ、クライトン・ホイーラーに殺されます」

短い沈黙ののち、キンブルの声が聞こえた。「車を停めて」サンフォードに言ったのだろう。「なにを言ってるんです、ミズ・ラトレッジ？　クライトン・ホイーラーとアリエル・ウィリアムズのルームメイトになんの関係があるんです？　どうやってアリエルを見つけたんですか、それに——」

「そんなことは後回しだ」スピーカーで話を聞いていたデリクが割って入った。「その若い女性の命が危険にさらされているんだ。アセンズ警察に電話してくれ、クラーク郡保安官事務所にも。誰かを……アリエル、キャロルの職場はどこだ？」

　アリエルはしゃくりあげながら答えた。「レ……レ……レッド……」

「〈レッド・ドッグ〉？」

「〈レッド・ドッグ〉」アリエルがうなずいた。

「〈レッド・ドッグ〉だ」デリクがロバータ・キンブルに聞こえるように大きな声で言った。

「スポーツバーだ。地元の警官ならみんな知ってる。そこにパトカーをやってくれ。警察の保護が必要なんだ。彼女と一緒にいるよう頼んでくれ」

「きみたちふたりはいったいなにを言ってるんだ？」サンフォードの声が井戸の底から響いてくるように聞こえた。彼もスピーカーでやりとりを聞いていた。「あなたの車に全部署緊急手配《APB》をかけることもできるんですよ、ミスター・ミッチェル」

脅し文句は右から左に消えた。「すればいいさ。時間の無駄なだけでなく、今夜その娘が死んだらあんたは墓場まで罪悪感を背負っていくことになるがな」

「なぜホイーラーがキャロル・マホーニーを殺そうとするの?」キンブルが尋ねた。

「キャロルには、彼と死んだビリー・デュークを結びつけることができるかもしれないからです」とジュリーが答えた。それからアリエルをふり返った。「つながった?」

「携帯に何度もかけてるのに、電話に出ないの。でも仕事のときはいつも出ないから。休憩時間にかけなおしてくれるの。それかメールで」

「送ってみた?」

「八回くらい。返事はまだ。バッテリーが切れたのかも。わたしたちお互いそれには気をつけているんだけど」

「キャロルがいる家の電話は知らない?」

アリエルはあわててボタンを押しはじめた。

こう話しているあいだにも、キンブルとサンフォードが代わるがわる質問と要求を浴びせつづけてきたが、すべて無視された。

こんどはデリクがどなり返した。「誰かをそのバーによこしてくれるつもりはあるのかないのか、どっちなんだ?」

「ないわ」とキンブル。「その理由があると判断できるまではね」

「理由なら説明しました」ジュリーが言い返した。

「あなたはクライトン・ホイーラーに偏見をおもちだ、ミズ・ラトレッジ」サンフォードの声だった。

デリクのほうを見て、ジュリーが言った。「あの映画のあらすじを話すわ」

「映画？　いま映画と言ったの？」キンブルが電話に向かってどなった。「なんの映画？」

「時間の無駄だ」デリクはジュリーにだけ聞こえるように言った。「それになんの役にも立たない。あのふたりのいまの状態では」続いて声を張りあげた。「せめていまクライトン・ホイーラーがどこにいるか確認してもらえないか？」

「なんのために？」

「どこに死体を捨てたか訊いてくれ」

「死体って？」

「あんたたちがばかなことを言いあっているあいだに殺された女の子のさ」それからジュリーに言った。「電話を切れ」ジュリーはそうした。「しばらく考える時間をやって、出方を待とう」

「家の電話にも出ないわ」アリエルが後部座席から言った。「五回もかけたのよ。そのたびに留守番電話が応答した。さっき死体って言ったけど、どういうこと？」震える声で尋ねた。

「違う、アリエル、あれは警察に腰をあげさせるために揺さぶりをかけただけだ」だがジュリーに視線を移すと、彼女もキャロル・マホーニーの身を案じているのがわかった。

デリクの電話が鳴った。「ドッジだ」ジュリーに言った。

アリエルの家から車に駆け戻るあいだに、デリクはドッジに電話をした。いますぐアセンズに向かってくれと頼み、高速道路に乗ったら詳しい説明をするのでかけなおせと言ってあった。

デリクは二度めの呼び出し音で電話に出た。「いまどこにいる?」

「あと二十分の地点だ」

「どうやってそんなに速くそこまで行ったんだ?」

「法を犯したのさ。九十マイル近く出して、ローレンスビルの赤信号を全部突っ切った。着いたらどこに向かえばいい?」

「〈レッド・ドッグ〉だ。バーで――」

「知ってる。試合のあった日に行ったことがある」

「キャロル・マホーニーを捜してくれ。キャロル・マホーニーだ。そこのウェイトレスなんだ。ちょっと待ってくれ」バックミラーでアリエルを見ながら、ドッジに聞こえるようにルームメイトの外見を説明してくれと頼んだ。

「小柄。黒っぽい髪。茶色い目。美人。大きなおっぱい」

「聞こえたか?」

「大きなおっぱい」

「きっとおまえのことを怖がるだろうから、感じよくしろよ」

「おれはいつも感じがいいぞ」

「アリエルに頼まれて動いていると言うんだ。できれば彼女をひとりにして、目を離すな。アリエルと話したいと言ったら、おれに電話しろ」

「これはどういうことだ？」

「おれたちはクライトン・ホイーラーが彼女を殺すつもりだと考えている。でもそれは言うんじゃないぞ」

「あんたはいまどこだ？」

「あんたの後ろだが、ローレンスビルのすべての赤信号は通りすぎた」

「あとで電話する」ドッジはそう言って、電話を切った。

ジュリーがふいに口を開いた。「わたし、アセンズ市警に電話するわ」

「それでとっ捕まるのか？」

「アリエルに話してもらう。友だちと連絡がとれなくて心配だから、誰か様子を見にいってほしいと言えばいいわ」

「最後に話してからたった数時間だ。警察にもそう言われるぞ」

「でも警察は確認しなければならないでしょう？」

「やってみる価値はあるな」デリクは言ったが、さほど期待していない口ぶりだった。

ジュリーは番号案内でアセンズ市警の代表番号を訊いた。

「なあ」ジュリーが電話をかけはじめるとデリクが言った。「さっきからきみはずっと電話を使っている。アトランタ市警がおれたちの居所をつかんでもおかしくない」

「覚悟のうえよ」電話をアリエルに渡しながら答えた。「キャロルがビリー・デュークの元彼女だと言うのよ。彼の名前は知ってるはずだから」

アリエルはおびえた口調で涙ながらに説明した。ところどころヒステリックな声が交じり、ジュリーにはそれが吉と出るか凶と出るかわからなかった。五分後アリエルは電話を切った。「大学のクラブが新入生の勧誘合戦をやってて、町じゅうがいま大騒ぎなんだって。みんな今夜は出払ってるけど、手の空いた警官を見つけて、キャロルの様子を見にバーに行かせるって言ってたわ」

ジュリーがデリクを見た。「ほかにできることがある?」

「誰かがなにか言ってくるまで待つしかないな」

「アセンズまであとどれくらい?」

デリクは床までアクセルを踏み込んだ。

キンブル刑事は電話を閉じて、通話を終えた。「シャロン・ホイーラーによると、クライトンは両親と昼食を食べたあと、デートがあると言って出かけたそうよ。相手は知らなかった。彼女も父親もそれ以来話していないそうで。わたしたちが電話した理由を知りたがって、なにかできることはないかと言ってたわ。それにどう答えたかは、聞いてのとおりよ」

「いくつか確認事項がありまして」サンフォードが聞いたとおりに言った。

「いくつか確認事項がありまして」

「印象は?」

「いまの電話で不安になったみたい」とキンブル。「今日新しい遺言を知らされたそうなの。泣きだして、クライトンに〝ポールの裏切り〟を伝えるのが恐ろしいと言ってたわ。彼女がそう言ったのよ」

「クライトンはまだ知らないのか?」

キンブルは肩をすくめ、警察無線のマイクを持ちあげた。「誰かにクライトンのコンドミニアムに行ってもらいましょう。彼がいるか、車が駐車場にあるか見てもらえばいい」それから通信指令係と話して、至急報告がほしいと頼んだ。

それが終わると、サンフォードが言った。「あの映画についての発言だが。ジュリー・ラトレッジが言いかけたろ。ミッチェルがさえぎった」

「ええ、あれはなんだったの?」

サンフォードは、一発逆転を狙ったロングパス《ヘイル・メアリー・パス》を受け止めるべくウォーミングアップするように右腕を伸ばしてほぐしはじめた。「はじめてクライトンに質問しにいったときのことを覚えてるか?」

「ハウスキーパーが甘い紅茶と手作りのマカロンを出してくれたわね」

「覚えているのはそれか?」

「次の日その分のカロリーを消費しなければならなかったの。あなたはなにを覚えてる?」

「ホイーラー・エンタープライズでどんな仕事をしているのか訊いた。するとやつは、〝ぼくは世界の王様だ！〟と言いやがった」

「それは覚えてる。腕を振りまわしながら叫んでたわね」

「ああ。『タイタニック』のレオナルド・ディカプリオばりにな。うちの子どもたちはあの映画を何度もくり返し観てる。えらく気に入ってな。おれはいつも、何度観たって結末は変わらない、と言ってからかってるんだ。船は必ず沈むんだと」

「わたしはただのいやなやつだと思った」キンブルは言った。「薄給の警官ふたりを相手に、一族の企業にしがみつく必要はないんだと強弁するなんて」

「おれもそう思った。だが、妙な言い方だよな。映画の台詞をもちだすなんて」

「なにか意味があるのかしら？」

「さあな」

通信指令係がクライトン・ホイーラーのコンドミニアムに到着したパトロール警官のチャンネルを割り込ませた。「ポルシェは駐車スペースにあります」

「そう」キンブルはがっかりして言った。

「ランドローバーもです」

「ランドローバーも持ってるの？」

「それにSUVも。でもそのスペースは空です。自分がここに到着したとき、同じ建物に住む住人が駐車場にいました。彼女によると、ホイーラーは黄土色の縁取りのあるネイビーブルーのSUVを持ってるそうです。彼女には全部同じに見えるんで、型やモデルはわからないそうですが。でもそれがここにないし、呼び鈴にも返事がありません」

キンブルは礼を言い、そのまま残ってクライトンが帰ってきたら知らせるよう頼んだ。それからサンフォードを見て言った。「デリク・ミッチェルって切れ者よね?」

「めちゃくちゃな。だからおれたちから嫌われるんだ。それにあの男のやることは手抜かりがない」

「じゃあ誰かに神経を逆撫でされたからって、突拍子もない申し立てをしないわよね」

「ビジネスに差しさわるからな」

「やっかいなことに首を突っ込んだりしないわよね。ただし――」

「自分が絶対に正しいと確信していれば別だ」サンフォードが彼女の考えを読んで言った。

「だが彼女のためなら首を突っ込むかもしれない」

「彼女というのはジュリー・ラトレッジ?」

「いやな予感《バイブ》がする。きみも感じるか?」

キンブルは目を見開いてみせた。「もしバイブというのが、地殻で起きるプレート移動のようなものだとしたら、答えはイエスよ。それに彼の犬のことで通報を受けた警官がいたでしょ?」

「ああ」

「彼から今日の午後メールが来たの。あの晩、ジュリー・ラトレッジがミッチェルの家にいたことを知ってるかって。重要なことかどうかわからなかったから――」

「聞いてないぞ」

「今日はいろいろあったから、いままで忘れてた」

サンフォードはうなり声をあげた。「そうか、あのふたりはできてるんだな」

「でしょうね」

「だとしても……」

「デリク・ミッチェルに抜かりはない」

「おれもそう考えてたところだ。もしあの男が、クライトン・ホイーラーが誰かの脅威になると言うんなら——」

「そうね」キンブルはふたたびマイクを手に取って、アセンズ市警に連絡するよう指令係に頼んだ。「かまうことないわ」相手の言葉を聞きながら、サンフォードに向かって言った。「ばかを見るのは、はじめてじゃないもの。あなたもね」

サンフォードは無言で着脱式のサイレンを車の屋根にのせ、アクセルを踏み込み、アセンズに向かって走りはじめた。

28

デリクの電話が鳴った。手際よく開いてスピーカーにする。ドッジの声が聞こえた。「ここにはいない」

「なんだって？」

「耳栓でもしてるのか？」

「誰かと出かけたのか？」

後部座席でアリエルが悲鳴をあげた。「あいつに捕まったのよ。絶対にそう」

「今日は仕事に出てきてない」とドッジが続けた。「ほかのウェイトレスに聞いたら、具合が悪いから休むと電話があったらしい。みなカンカンだ。代わりが見つからなくててんやわんやだと。新入生の勧誘合戦の週で、めちゃめちゃ忙しいのにってさ。店はすし詰めの状態だ。今夜アセンズであそこにいない人間は、キャロル・マホーニーだけだろう。だがいないのは確かだ」

「じゃあ家のほうに向かってくれ。アリエル」デリクは後ろをちらりと見た。アリエルはお腹を押さえて体を前後に揺らしていた。「アリエル」さっきより強い口調で呼んだ。

彼女が頭を上げて、バックミラーでデリクを見た。

「キャロルはどこに泊まってるんだ?」

「友だちの家よ」

デリクは声を荒らげないよう必死に自分を抑えた。「それはわかってるが、住所は?」

アリエルはジュリーに視線を移し、泣きそうな声で言った。「知らないわ。行ったこともないし、キャロルから住所なんて聞いてない」

電話のスピーカーを通して、ドッジがFではじまるさまざまな言葉をくり返しつぶやくのが聞こえてきた。

ジュリーが言った。「アリエル、なにか思いだせない? 通りの名前とか、町のどのあたりだとか。キャンパスの近くかしら?」

「いいえ。外れのほうだと思う。そんな印象を受けたことがあるから。裏に森があるって言ってた。壁の一面は藤の蔓でおおわれてるって」

「それでジョージア州の家の半分に絞られたな」ドッジが言った。

アリエルが泣きだした。

それを聞いて、ドッジが罵り声をあげた。短い間をおいて、彼が言った。「おれに考えがある。あとで電話する」

ドッジはごった返した店内をかき分け、さっき話をしたウェイトレスを見つけた。「キャロルはどこに泊まってんだ?」

「サバナの家よ」

「場所は知ってるか?」

彼女は知らないと答えた。声は聞こえなかったが、唇の動きを読んだのだ。

「マネージャーはどこだ?」

「なに?」

ドッジは彼女のいくつもピアスがついた耳元に口を近づけた。「マネージャーを指さしてくれ」

チップの稼ぎどきに邪魔の入ったことにいらだちながら、彼女はつま先立ちになって店内を見まわし、カウンターのほうを指さした。「野球帽を反対にかぶってる人よ。ブルドッグズのTシャツの」

ドッジは頭を下げて礼を示し、ひとりの女子学生を口説いている男ふたりを押しのけて近づいていった。カウンターまで来ると、身を乗りだして三十代とおぼしき男に声をかけた。

「あんたがマネージャーか?」と声を張りあげる。

「ああ。なにか用か?」

「男が何人か、倉庫を空にしてたぞ」

「盗みか?」

「知らせたほうがいいと思ってな」

「クソ！」

彼はビールを客のほうにすべらせ、ほかのバーテンダーにあとを頼むと、奥に向かって駆けだし、スウィングドアの向こうに消えた。ドッジはあとを追った。マネージャーは倉庫の真ん中で腰に手をあて、あたりを見まわしながら困惑のていで立ちつくしていた。

「サバナというウェイトレスがいるだろう。自宅の住所を教えてくれ」

「なんだって？ あんた頭がおかしいのか？ あんた、誰だ？」

ドッジはにじり寄り、相手の右腕をつかむと、親指を引っぱって手首に届くほどにそらせた。「おれは、サバナの住所を教えなければ、おまえの親指を折ろうとしてる男だ。猶予は二秒。一・五秒になった」

「ちゃんと靴をはいてくればよかった」キャロルが言った。「変なものを踏みそうで怖い」

「坐らないか？ あそこに木が倒れてる」

「きっと虫がいるわ。蛇だっているかも」

文句の多い女だ、とクライトンは思った。ビリーはこの女のどこがよかったのだろう。明らかなもの以外に。つまり胸。

「戻りましょう」彼女が言った。「暗くてなにも見えないし、なんだか気味が悪い。あの墓地やなんかが」

「まだビリーとのことを聞いてないよ」

「ワインを飲みながら話すわ」

「いま話して」

キャロルが立ち止まって彼を見た。月明かりのなかで、彼女の顔に不安がよぎるのが見えた。それをぎこちない笑顔で隠そうとする。「ポーチのほうがずっと快適だわ。いいチーズも買ってあるの」

クライトンは無理に笑顔を返した。「それはいいな。先に行ってくれ」

キャロルの笑顔が大きくなった。きびすを返し、家のほうに向かって歩きはじめた。

あとに続いたクライトンは、手を伸ばしてカラーの下からネクタイを抜いた。「キャロル?」

「ん?」

「忘れるといけないから言っておくけど、今夜はとても楽しかったよ」

「わかったぞ。ダブニー・ロード沿い、町の南を走る高速四四一号線から入ったとこだ」デリクの電話のスピーカーを通してドッジの声が流れた。「どこかわかるか?」

「その高速道路は知っている。環状線の内側か外側か?」

「外側だが、それほど離れちゃいない。GPSをセットした」

デリクはハンドルを握っているため、ジュリーがドッジの早口の説明を書き留めた。「先に行っててくれ」デリクが言った。「いま環状線に乗ったところ、進入ランプに入ってまだ二分だ」

「了解」

デリクは電話を切った。「アリエル、家の番号にもう一度かけてくれ」アリエルはなにも言わずに従った。ジュリーを見ると、デリク自身と同じように、そこに到着したときなにを目にすることになるのだろうと怯えているのがわかった。

手のなかの電話が鳴って、ジュリーは飛びあがった。「はい?」

「ジュリー?」

ミズ・ラトレッジではなく、ジュリー。ロバータ・キンブルの口調がさっきとは違っている。「はい?」

「アセンズ市警と連絡をとったわ。〈レッド・ドッグ〉を訪ねた警察官がマネージャーから聞いたところによると、キャロル・マホーニーの情報を無理やり聞きだしていった男がいるそうよ」

「それはドッジだ」デリクが向こうに聞こえるように言った。「キャロル・マホーニーが泊まっている家の住所がわからなくて、必死だったんだ。ドッジのことだから、かわいらしくお願いしますと言えなかったんだろう」

サンフォードが言った。「きみたちはそこに向かっているのか? その家に?」

阻止される前に、ジュリーがまくしたてた。「アリエルは友だちのことをとても心配しているんです。無事かどうか確かめたくて」

「よく聞くんだ」サンフォードがどすの利いた声で言った。「これは警察の領分だということを忘れるな」

「最初に電話したとき、あなた方が取りあわなかったことを忘れないで」ジュリーが怒りを込めて言った。

「アセンズ市警の到着を待って」ロバータ・キンブルが割って入った。「家にパトカーを派遣したわ。保安官事務所にも知らせてある」

「わたしたちのほうが早いわ」ジュリーは電話を切った。前方の、小さな家のポーチの明かりのなかにドッジが立っているのが見えた。目を凝らしていると、彼がドアに肩を押しつけ、壊してなかに入っていった。

デリクはタイヤをきしませて車を停めた。三人はドアを開けるや転げ落ちるようにして降りた。踏み段を駆けあがってポーチに立った。ドッジがドアのところで出迎えた。「ここにはいない」

「争った形跡は？」

「それもない。裏のポーチにコップがひとつあった」

「キャロルの車があるわ」とアリエル。「ここにいるはずよ」

アリエルはドッジの脇をすり抜け、キャロルの名前を連呼しながら、家のなかを捜しだした。

アリエルが声の届かないところに行ってしまうと、ドッジが低い声で話しはじめた。「怯えたあの娘があんたらにつかみかかるといけないから黙ってたが、今日バーのマネージャーにここの住所を聞いたのはおれだけじゃないらしい」

「クライトン?」

「マネージャーの話だと、外国語学部の職員と名乗る男が、サバナの自宅の住所を確認したいと言って電話してきたそうだ。マネージャーは遅蒔きながら騙されたことを知ったわけだ。少しも疑わなかったらしい」

アリエルは走ってリビングルームに戻ってきた。あと一歩で、ドッジが恐れていたヒステリー状態に陥りそうな形相だ。「ここにはいないわ。どこに行っちゃったの? あの男はなにをしたの?」

ジュリーが彼女の肩をつかんだ。「裏に森があるって言ってなかった?」

「ちくしょう!」キンブルが叫んだ。

サンフォードが片側のタイヤを浮かせて角を曲がった。「なんだ?」

「警官が家に到着したわ」

「誰もいないのか?」

「みんないるのよ」キンブルが答えた。「キャロル・マホーニーの車。ほかに二台」

「SUVか?」

「いいえ。デリクと彼の助手のよ。ナンバーを照会したって。でもその家から四分の一マイル離れたやぶのなかに、黄土色の縁取りのあるブルーのSUVが乗り捨ててあると通報があったそうなの」

サンフォードは罵り、キンブルもそれにならった。ふたりは最初から見誤っていたのだ。もしキャロル・マホーニーがクライトン・ホイーラーの手にかかって死んだら、自分たちに責任がかかってくる。

サンフォードが言った。「せめてミッチェルとミズ・ラトレッジがリンチするのを、地元の警察が阻止してくれるといいんだが」

「わたしは車があると言ったのよ。人の姿はない」

「なんだって?」

「家は空っぽなの」

「やつらはいったいどこにいるんだ?」

四人は、家と木立のあいだの空き地を走った。月が出ていてありがたかったものの、デリクがはいているのは革靴で、地面は平らではなかった。ただ体は鍛えてある。一方ドッジは、息を切らせていた。ふたりとも女性たちよりは先を走っているものの、ジュリーもアリエルも家のなかで待つようにと言ったのに聞かなかった。さほど遅れをとることなく、デリクとドッジについてきていた。

「銃はあるか?」ドッジが叫んだ。

「いや」

「心がけが悪いな、弁護士先生。つねに携帯しとけ」

デリクが後ろをふり返ると、ドッジがジャケットの下から拳銃を抜き取った。彼は武器を隠して携帯する許可を持っていた。

「あいつを捕まえたとして」ドッジがあえぎながら言った。「銃もなくてどうするつもりだ?」

デリクは木立まで来ても、足をゆるめなかった。森の奥を目指して突っ走った。

クライトンは、『プリティ・ウーマン』のジュリア・ロバーツの台詞を引用してから、キャロルの首にネクタイをまわし、ぐっと引っぱって締めあげた。

キャロルはひっという声をあげたが、すぐに苦しそうにもがく音に変わった。膝が崩れ、あわてて両手を喉元にやる。クライトンはさらにネクタイを引っぱり、うなじのところで締めあげると、まるで水を絞りだすようにねじりつづけた。キャロルは激しくもがき、裸足のかかとを地面に食い込ませた。

キャロルはネクタイと激しく格闘し、やがて頭の後ろに手を伸ばしてクライトンの顔や手を引っかこうとした。クライトンはそれを予期していた。片手を彼女の後頭部にあてて顔面を木の幹に叩きつけると、キャロルの意識が遠のき、両手がぐったりと脇に垂れた。

だがまだ殺すつもりはなかった。それでは簡単すぎる。反応を引きだすべく、ネクタイをさらにねじりあげた。『フレンジー』のネクタイ殺人鬼は、被害者と向かいあわせになっていた。首を絞めるあいだ、顔を見ていなければならない。きっと楽しいだろうに、それには状況が異なっている。クライトンはキャロル・マホーニーの首を絞めながらレイプしてもいない。あのシーンを正確に再現するには時間と場所が適しているとはいえなかった。

それに悲鳴が聞きたかった。サラ・ウォーカーやアリスン・ペリーが処女の肉を引き裂かれたときにあげたような悲鳴が。ジェリー・ボスコムが自分の切り落とされた小指をシャワールームの床の血だまりのなかに見つけたときにあげたような悲鳴が。あのやせっぽっちの少年が大声でわめいたのは、痛みのせいではなく目にした光景の恐ろしさのせいだったのではないか。だが、どちらにしても思いだすだけでぞくぞくした。

もちろん、空気がなければ悲鳴はあげられないけれど、せめてすすり泣く声くらい聞きたかった。あの未亡人がスーパーマーケットの駐車場で漏らしたように。

「キャロル！」

その叫び声は遠くから聞こえてきたが、たちまちクライトンの体が凍りついた。もうろうとした状態からキャロルの意識も目覚めた。うめき声をあげ、身をよじってクライトンから逃れようとはかない努力をはじめた。

「キャロル！」

こんどは別の声だ。ジュリーの声。ジュリー？　いったい……？

物音がしてふり向くと、デリク・ミッチェルの拳が顎をとらえた。すさまじい衝撃で後ろに投げだされ、手からネクタイがすべり落ちた。

ミッチェルに地面に押しつけられ、馬乗りになられた。「この殺人鬼野郎」

拳が顎、左耳の真下あたりにめり込み、痛みが頭骨まで鋭く走った。

「デリク?」

ジュリー? またか? ほんとうにやっかいな女だ。ビリーに殺させるべきだった。

「ここだ!」

ふたりの声が錯綜している。クライトンには聞きわけるのがむずかしくなっていた。

ミッチェルがしゃべっている。「いまのはおまえが傷つけ、罪を逃げおおした子どもたちの分だ。これはポール・ホイーラーからのあいさつだ」

ふたたび顎に一撃を食らい、クライトンは舌を嚙み、その拍子に歯にひびが入った。

「そしてこれは、これはマギーの分だ」

拳が飛んでくるのが見えたが、それを止める気力は残っていなかった。

顔の骨が粉々になる音が聞こえる。痛みは遅れてやってきたが、杭打ち機で砕かれたような衝撃で、気を失いかけた。デリク・ミッチェルが胸に手をつき、体からおりようとしているのがわかった。だがそのとき、ミッチェルが驚いて叫ぶ声が聞こえた。「ジュリー! だめだ! やめろ!」

クライトンは目をこじ開けた。ジュリーが自分を見おろすように立ち、両手で拳銃を握って、銃口をこちらに向けていた。これまで耳にしたこともない冷ややかな声で、彼女がこうつぶやくのが聞こえた。「〝楽しませてちょうだい〟（『ダーティハリー』の台詞）」

そして、彼女は引き金を引いた。


「手にあてとけよ」ドッジがデリクに氷嚢を渡した。

礼を言う代わりにうなずくと、デリクは腫れて血だらけになった関節にあてた。

ドッジは三十分前にタバコを吸いにいき、さっき戻ったところだった。氷嚢だけでなく、三杯のコーヒーの入ったスターバックスの袋を抱えていた。ジュリーとデリクにひとつずつ渡し、最後のカップを自分で取った。

三人はアセンズ地域病院の救急治療室にいた。クライトンとキャロルは別々の救急車で運び込まれた。制服警官と保安官事務所の助手たちが仕事をしているふりをしてあたりをうろついているが、実際は自動販売機で買ったコーヒーを飲んだり、医療スタッフの邪魔をしていた。刑事たちはサンフォードとキンブルを中心になにやら協議している。

ドッジがコーヒーをがぶりと飲んだ。「まだ診てもらってないのか？」

「こいつか？」デリクは指を曲げたり伸ばしたりした。「大丈夫だ。骨は折れていない」

「あんたがあいつを殴る姿が想像できんよ」

「自業自得さ、一発じゃすまなかった」

「一発じゃすまなかった」ドッジがいたずらっぽい目つきでジュリーを見た。

デリクがうなるように言った。「いったいなにを考えていたんだ、ドッジ、ジュリーに銃を渡すとは?」

「あれ以上走ったら倒れるのは目に見えてた。銃も持たずに、あんたのあとから彼女を突撃させたくなくてな」ドッジは賞賛の笑みをジュリーに向けた。「ダーティハリーを気取るなんて、やるもんだな」

「クライトンにわたしが撃つつもりだと思わせたかっただけよ」ジュリーが静かに答えた。ポールから護身用としてベッドの下にリボルバーを隠しておくように言われたとき、正確に撃てるように練習すべきだとも助言されていた。

クライトンは拳銃から生じた発射音で悲鳴をあげた。ジュリーは地面に向けて引き金を引いたが、彼が衝撃を感じるように頭すれすれのところを狙った。ポール・ホイーラーが人生の最後の瞬間に感じた恐怖を思い知らせるように。

ドッジが刑事たちのほうを見た。「連中はあんたたちを逮捕するとかほざいてんのか?」

デリクはかぶりを振った。「たぶん管轄争いだろ」

「まだ質問もしにきていないわ」デリクの隣に坐っていたジュリーは、彼のズボンの膝から土や草を払いながら言った。「クライトンがなかなか降参しなかったから、警察が来るまでわたしとデリクとで押さえ込まなければならなかったとさっき言っておいたわ」

ドッジが忍び笑いを漏らした。「押さえ込む? ものは言いようだな」

「アリエルが後押ししてくれたわ」

「ホイーラーが救急車に乗せられるところを見たが、頬骨が陥没してたぞ」

「いま手術室よ」

「今後はこれまでのようなかわいらしいご面相というわけにはいかんだろうな」ドッジは鼻を鳴らした。「それに下着を替えてやらなきゃならなかったろう」あたりを見まわす。「アリエルはどこだ?」

「キャロルのところよ」ジュリーが答えた。「キャロルは診察してもらったわ。痣になって喉もしばらくは痛むだろうけれど、数日で元気になるそうよ。アリエルはキャロルが病室に移されたら、ひと晩泊まっていっていいという許可をもらったの。ふたりともまだ震えが止まらないみたい」

「あと数秒遅かったら、手遅れだった」デリクが言った。「クライトンを捕まえたとしても、キャロルは死んでいた」

「でもそうはならなかった」ジュリーは彼の太腿をさすりながら言った。

デリクは横を向いて彼女にほほ笑みかけ、それからコーヒーに口をつけながら入り口のほうに顎をしゃくった。「お出ましだ」

ダグとシャロン・ホイーラーが、ジュリーの知らない男を伴って自動ドアを入ってきた。すぐに彼女に気づくと、ふたりはまっすぐに近づいてきた。ダグは毅然としていた。一方シャロンはぼろぼろで、平静を失いかけている。髪の乱れた彼女を見るのははじめてだった。今夜のシャロンは憔悴しきっている。

「大物を連れてきたな」デリクが小声で大物と言った男は、サンフォードやキンブル、アセンズ市警の面々がいるほうへ近づいた。

「弁護士なの?」ジュリーが尋ねた。

「というより、反キリスト者だな」ドッジがぶつぶつ言った。「タバコを吸ってくる」

ホイーラー夫妻は、脇を通りすぎて出口へ向かうドッジには目もくれなかった。ジュリーが立ちあがってふたりを迎えた。デリクも腰をあげた。

「こんなの嘘に決まってますわ!」シャロンが金切り声をあげ、待合室にいた全員がふり返った。

ダグは妻に腕をまわして引き寄せつつ、ジュリーの顔から目を離さなかった。彼女の名前を呼び、質問を浴びせた。

「クライトンはまだ手術室です」ジュリーが答えた。「怪我をして――」

「あの子はめちゃめちゃに殴られたのよ!」シャロンは叫んで、デリクをにらみつけた。

「息子さんは若い女性を絞め殺そうとしていました、ミセス・ホイーラー」デリクが言った。

彼が淡々と対処するのを見て、ジュリーは好ましく思った。気遣いすら感じさせた。

「もしわたしが止めなければ」デリクは言い添えた。「彼女を殺していたでしょう」

シャロンは夫に倒れかかった。デリクはあわてて脇によけ、ダグが妻を椅子に坐らせるのに手を貸した。シャロンが両手で顔をおおい、すすり泣きだした。ダグはそんな妻に身を寄せ、やさしく背中を叩きながら耳元でささやくと、体を起こしてジュリーとデリクに向きなおった。

「クライトンのためにできることをするつもりだ」ふたりから反論されると思っているような口ぶりで言うと、サンフォードとキンブルに挑みかかっている弁護士に目をやった。刑事たちのほうも一歩も引かない構えだった。

ジュリーに視線を戻したとき、ダグの目――ポールと同じ目――に浮かんだ苦痛は計り知れないほどだった。ジュリーは自然と彼に心を寄り添わせた。「お気の毒です、ダグ」その声はしわがれていた。「心からそう思っています」

「わかっているよ」ダグはどうしようもないというしぐさをした。「クライトンは……悲劇だ。だがわたしの息子に変わりはない。父親として、できるかぎりのことをしなければ」

「それが親というものです。子どもを放りだすことはできません」

ダグはしばらく彼女の顔に見入っていた。「ポールがきみにしたように。実の娘であるきみに」

エピローグ

「絵をかけるのを手伝ってもらいたいんだ」

「まだかけていなかったの？」

「まずはペンキを塗らないといけなかったから」

「何色？」

「前と同じ」

「そう。あの絵が立てかけてあったとき、壁によく映えていたわ」

「そうかな？」

「寝室に飾りたいんでしょ」

「きみがもっとほかにいい場所を見つけてくれれば別だけど」

「喜んで見せていただくわ。いつうかがえばいいか、都合のいい日を教えてちょうだい」

「わかった」

アセンズの長い夜から二週間たった土曜日の朝のことだった。

まさか彼が現われるとは思っていなかった。ジュリーはジーンズとタンクトップの上にエプロンという恰好でドアを開け、彼のほうも土曜の朝にふさわしい恰好だった。

敷居をはさんで向かいあうふたりの会話は、そこで途切れた。彼に会いたくてたまらない気持ちを抑えて、ジュリーはこれまで連絡をとらずにきた。もう一度会うとしたら、彼のほうから動いてもらいたかった。エプロンで手を拭きながら、心臓の高鳴りを感じていた。

「コーヒーが淹れたてよ」家のなかを示して、キッチンに招き入れた。「料理をしていたの」

「そうだと思った」彼がエプロンを指さした。

「鶏肉のワイン煮《コック・オ・バン》。コーヒーはいかが?」

「いただくよ」

カップにコーヒーを注ぐと、肌が触れあわないようにして渡した。

彼がこんろのほうを見た。「よだれが出そうなにおいだ」

「ケイトのお母さんのためにつくっているの。今夜バンコ（サイコロを使って行なうゲーム）の集まりがあるらしくて、なにか特別なものをふるまいたいっておっしゃるから」

「わざわざ手間をかけるなんてやさしいな」

「手間じゃなくて、楽しんでいるの。料理はセラピーのようなものだから」

「セラピーが必要なのか?」

ジュリーは軽く笑って、自分のカップにコーヒーを注ぎ足した。「坐って」

ふたりはビストロテーブルをはさんで坐り、黙ってコーヒーを飲んだ。ふたりして目のやり場に困っているようだった。ジュリーが沈黙を破った。「壁を塗りなおしたってことは、これからもあの家に住むのね。引っ越しはせずに」

彼がけげんそうな顔をした。

ジュリーが言葉を続けた。「マギーがいなければ二度と同じ家だと思えないと言っていたから、引っ越すのかと思っていたわ」

「これからもマギーのことは忘れられないだろう。どの部屋にも彼女の思い出がある。だが引っ越しても、自分を痛めつけるだけだ。おれはあの家が好きだ。それにクライトン・ホイーラーにおれの人生にそんな影響を及ぼさせるわけにはいかない」

「引っ越さないと聞いて嬉しいわ。すてきなところだもの」

「ありがとう。絵を飾りにきてくれたら、家じゅうを案内するよ」

「楽しみにしているわ」

ふたたび気詰まりな沈黙が続いた。

やがてジュリーが言った。「ロバータが電話してきて——」

「いつからロバータになったんだい？」

「そう呼んでって言うんだもの。とにかく彼女が電話してきて言うには、クライトンは話ができるようになったとたん、病院のベッドで五時間しゃべりつづけたそうよ。ビデオですべて録画したと言っていたわ」

デリクがうなずいた。「おれもその調書をもらった。やつは——誇らしげに、これっぽっちの良心の呵責もなく——洗いざらいぶちまけた。誰も知らなかった罪までも」

「彼が殺したと言っていた、ふたりの女の子の死体は見つかったのかしら？」

「昨日発見されたよ。まさにやつがあると言った場所から」

ジュリーは悲しげに首を振った。「少なくともこれでご家族には、彼女たちになにがあったのかわかったわけね」

「クライトンは、ポールがきみと結婚するのを恐れていた。それで子どもでも生まれれば、ポールの後継ぎの座が奪われるからな。サンフォードによると、いったんしゃべりだしたら最後、やつのエゴは舌を制御できなくなったらしい。弁護士は顔を真っ赤にして怒っていたようだが、クライトンは自分がどんなに切れ者か自慢したがったんだ。要するに、完全に壊れてるのさ」

「ロバータがキャロル・マホーニーの殺害方法をまねた映画を観たいと言うから、『フレンジー』のDVDを渡したわ。返却不要だと言って。あのシーン……」ジュリーは鳥肌の立った腕をこすり、静かに言い添えた。「あなたはあの若いお嬢さんの命の恩人ね、デリク」

「気づいたのはきみで、おれじゃない。もし『見知らぬ乗客』を観て、きみがピンときていなかったら――」

「わたしはまだ第一容疑者だったでしょうね」

「そしてキャロル・マホーニーは死んでいた。たぶんアリエルもだ。クライトンは彼女を殺すつもりはなかったと言っているが、きっと味をしめてやっていただろう。とにかくあのふたりの女性の命を救ったのはきみさ」

「どうかしら……」ジュリーは幸運な状況によってもたらされた結果を自分の手柄にしたくなかった。「ひとつわからないのは、ビリー・デュークがうちに証拠品を隠した理由よ」

「おれの推理を聞きたい？」

「お願い」

「クライトンは、ビリーとのあらゆるつながりを断とうとしていた。おそらくビリーもクライトンとのつながりを断ちたくて、きみに罪をかぶせようとしたんだ」

「だからあの袋をわたしに残して、逃げようとした」

「そのとおり」

「わたしは彼がポールを撃つのを見ていた。彼は平然と引き金を引いたわ。でもクライトンに無理強いされていなければ、誰も殺さなかったはずよ。だから本質的には、彼もクライトンの被害者なの。ひどい死に方だった。一生忘れられない」

「おれたちが忘れられないことはたくさんある」

ふたりの視線がしばし絡みあった。先に目をそらしたのはジュリーだった。顔を横に向けたまま言った。「ジェイソン・コナーのニュースだけど……。あなたの言うとおりだったわね」

そのニュースはこの数日間の話題をさらっていた。激情に駆られて二重殺人を犯したのはジェイソンの十二歳の妹で、数年にわたり義父に性的虐待を受けていたのだ。母親は恐怖心から、そしてそれ以上におそらくは無関心のせいで、夫の行為を黙認していた。ジェイソンは以前から妹が虐待されているのではないかと疑っていたが、いつも彼がいないときに行なわれていたうえ、妹は屈辱感と、報復されることへの恐怖から、兄に言いだせないでいた。ある日学校から帰ったジェイソンは、ふたりの死体の隣に坐り込んでいる妹を発見した。手にナイフを握り、血にまみれ、茫然自失のていだった。ジェイソンは妹の体をきれいにしたあと、その罪をかぶった。妹を守れなかったことに負い目を感じ、罰を受けなければならないと考えたのだ。彼は収監されたが、親戚にゆだねられた妹は、そこで事実を告白した。

「わたしが彼のことでどうこう言う立場にはないけれど」ジュリーは言った。「謝罪させて」

「おれの依頼人はたいていが有罪なんだ、ジュリー。なかにはこれっぽっちの取り柄もない社会のクズのような人間もいる。そんなやつらのために闘うのは、彼らにも弁護を受ける憲法で認められた権利があるからだ。金持ちで社会的に影響のある人間もいるが、やつらもやっぱり有罪だ。彼らにもまた弁護を受ける権利がある。

だがときには、ジェイソンのようにまぎれもなく無実の人間もいる。それがおれが弁護士になったきっかけだし、この仕事を続ける理由だよ。ごくまれに、濡れ衣を着せられて、せっぱ詰まった状況のなか、自分を支え、自分を信じ、自分のために闘ってくれる人間を求めている人がいる」

「もう二度とあなたを仕事のことで問いつめたりしないわ。約束する」ジュリーは深いため息をついた。「でもあなたのほうは、問いつめたいでしょうね」

デリクはコーヒーカップを下に置いた。「ポール・ホイーラーはきみの父親だった、恋人ではなく」

ジュリーは小さく肩をすくめた。「ハイスクールを卒業した夏、母はいとこたちと連れだって、ビーチで過ごすことにしたの。そこで開かれたダンスパーティでポールと出会った。ふたりは十七歳で、季節は夏真っ盛り、月明かりの海岸、ストロベリーワイン。わかるでしょう。わたしができちゃったのよ」

「ホイーラーは知らなかったのか?」

「知っていたわ。母が連絡して、妊娠を知らせたから。父は、わたしを育ててくれたほうだけれど、何年も前から母のことが好きで、母が結婚できる年齢になるのを待っていた。母は彼にも打ち明けたわ。父はそれでも結婚したいと言い、母も彼を心から愛したの。そんなふたりの関係を目のあたりにして、ポールは親権を放棄した。娘のわたしのためには、それがいちばんだと思ったからよ。彼は大学に進もうとしていて、もちろん未婚だった。父は母と結婚したい、赤ん坊は自分のものだと言った。それでポールは潔くわたしの人生から姿を消した。

彼は経済的な援助を申しでたけれど、母と父は丁重にそれを断わった。ポールはふたりの意思を尊重しつつも、もしわたしか母になにか困ったことがあったらいつでも連絡すると約束させた。母は一度もしなかった。そう、わたしがパリで困難にみまわれるまでは」

こんろのタイマーがチンと音を立てた。ジュリーは立ちあがり、オーブン用のミトンをはめると、頑丈な厚手の鍋をこんろから外した。戻ってきて椅子に坐り、ミトンを外した。

「母は病気でわたしを例のゴタゴタから救いだすことができなかった。だからポールを呼んだの。連絡をしなくなって何年もたっていたけれど、彼はすぐに駆けつけた。そして母はアンリのことを話した。母が知っていたことを、ということだけれど。心配させたくなくて、愚かにも自分で引き起こしてしまった事態の多くは話していなかったから。ポールはすべてを放りだして、あなたが言ったとおり、わたしを助けるために飛んできてくれた」

デリクは思案顔でジュリーを見つめた。「アメリカの大富豪が突然現われて、きみの父親だと名乗ったとき、どう思った？」

「憤慨したと思うでしょう？　あなたが父親？　いままでどこでなにをしていたのって。でもポールはとても親切だった。彼はただただ母を敬愛していた。少女だったころも、大人の女性になってからも。父のことも、愛情深くて度量の広いたぐいまれな男性だと手放しで褒めてくれた。そういう私利私欲のない、無償の愛はめったにあるものじゃないって、わたしがそういう男性に愛されて育ったことを喜んでくれた」

ジュリーはそこで弱々しい笑みを浮かべた。「ポールの存在を知ったことで、わたしの人生は根本から揺さぶられたわけだけれど、彼を嫌いになることはできなかった。ポールは会ってすぐ、アンリのしたことや、そのためにわたしが受けた苦痛は許せないけれど、わたしの手助けをする機会が与えられて嬉しいと言ってくれた。これまでは別々の人生を歩いてきた、でも娘のことを忘れたことは一度もない、失われた時間を埋めあわせしたいと。苦境から救いだすだけでなく、わたしのことを知り、これまでは許されなかった関係を築きたいって言ってくれた」

「でもきみを娘だと認知しなかった」

「わたしがさせなかった」

「なぜ?」

「まずは父のためよ。それからポールの奥さんのメアリーの気持ちを考えたから。彼女はポールを心から愛していた。子どもができなかったメアリーの前で、ポールにわたしを娘だと認知させたくなかったの」

「彼は奥さんにきみのことを打ち明けていたのか?」

「ええ。ふたりのあいだには隠しごとなどなかったから。ポールが言っていたけれど、メアリーは折りに触れて、わたしに連絡を取り、自分たちと行き来できるようにしてほしいと迫っていたそうよ。でも、いま言ったような理由から、ポールはそうしなかった。もしポールがパリに来たとき彼女がまだ生きていたら、そしてもし母も生きていたら、わたしたちも認知について違う答えを出していたかもしれない。でも当面は、わたしたちの関係をはっきりさせずに、人には好きなように思わせておいたほうがいいという結論に達したの」

「人がどう思っていたかわかっていたんだろう?」

「どうでもいい人たちからの軽蔑と引き替えに、わたしは大切な人と二年を過ごすことができた。とてもすばらしい時間だったのよ、デリク。わたしを育ててくれたふたりからなにも奪うことなく、わたしとポールは失われた時間を埋めあわせることができた。彼はわたしを愛し、わたしも彼を愛した」

「ダグもきみのことを知らなかったのか？」

「ポールの弁護士が遺言の絡みで話すまではね。いまは知ってもらってよかったと思っているわ」

「きみを家族として受け入れるだろうか？」

「どうかしら。もし受け入れてくれたとしても、血縁関係にあることを秘密にしようとするでしょうね。でも、彼とシャロンが多少なりと受け入れてくれたら嬉しい。いずれふたりは鉄格子の向こうにいるクライトンのことで支えが必要になる。これまで友人だった人たちは彼らから離れ、ふたりで彼のことに向きあわなければならない。なんとかして力になりたいの。ふたりさえいやでなければ」

　デリクはコーヒーカップの持ち手をいじるだけで、口に運ばなかった。やがて言った。

「話してくれればよかったんだ、ジュリー」

　ジュリーはテーブル越しに手を伸ばし、彼の手を包み込んだ。「ホテルの外で車を停めてキスしたあの夜、あと少しで言いそうになったのよ」

「きみは、〝こんなことをしないで〟と言った」

「だって拷問と同じだったから。アンリのあと、男性との交際はなかったの。ポールと一緒にいた時間、恋人を探そうとは思わなかった。ポールからは恋人をつくれと言われていたけれど。わたしを愛してくれる誰かと幸せそうにしているところを見たいって。孫ができたら喜んだでしょうね」悲しげな笑みで言い添えた。

「でもアンリとのことでわたしは疲れてしまった。それにたいていの男は、裕福でハンサムな年上の男性との〝友情〟を理解してくれそうになかった。だからわたしのその部分は長いあいだ失われていたの。あの飛行機での夜まで」そこでデリクをちらりと見て、すぐに目をそらした。「キスを避けたのは、いくらあなたが欲しくても、あなたがわたしのことを次の男に乗り替えようとしている財産目当ての女だと考えているとわかったからよ。ポールのベッドからあなたのベッドに直行する女だとね」

「そんなひどいこと考えていなかったぞ」

「でもだいたいそんなところだったでしょ?」

彼は面目なさそうに肩をすくめた。「だから朝、自分に敬意を示してほしくてよそよそしくしたんだな」

ジュリーはほほ笑んだ。「ありていだけど、そのとおりよ」

「じゃあなぜあの晩、話してくれなかったんだ? ほかのときにでも? どうしておれに最悪のことを考えさせつづけたんだ?」

「最初はあなたを信頼できなかったから」

「で、そのあとは?」

「あなたを信頼するようになったときには、そのことを話さなかったために、ますますわたしが信頼できない人間に見えるようになっていたからよ。あなたがすでにそう思っていた以上にね」

「それをどう考えようと、きみを欲しいと思う気持ちは変わらなかったろう。でもきみがポールの恋人でなく娘だったことを嬉しいと思っているかどうか尋ねられたら、答えはイエスだ。間違いなく」

「あなたが嬉しいと知って、わたしも嬉しいわ」

しばしためらったのち、デリクは切りだした。「金のことは？」

「もともと手をつける気はなかったの。寄付しようと思って」

「立派な考えだが、現実的になれよ、ジュリー。とてつもない大金だぞ。寄付するにしたって、時間がかかる」

「時間ならたっぷりあるわ」そして懇願するように彼を見た。「お願い、これをあなたの問題にしないで。誓って言うけれど、わたしの問題でもないんだから」

デリクはジュリーの顔をじっと見て、本気だと見てとると、表情をやわらげた。「ドッジが借金を申し込もうとしてる」

「あら、わたしのこと好きになってくれたのかしら？」

「ああ、そうだ」ぐっと声を低めて、こう言い添えた。「おれもだ」

「わたしもあなたが好きよ」しわがれた声でジュリーが言った。「とても。いままでどこにいたの？」

「救急治療室を出てから？　考えていた」

「わたしたちのことを?」

「騙されていたことを、おれとおれのエゴがどう感じているか」

「あなたを騙すために隠しごとをしていたんじゃないのよ、デリク。ポールや母、父、メアリー・ホイーラーの全員をスキャンダルから守るためだった」

「ああ、それがおれとおれのエゴが至った結論のひとつだ」

「ほかは?」

「出会ったとき、きみはポール・ホイーラーの娘で相続人だった。きみにはじめて触れたときそれを知っていても、なにひとつ変わっていなかっただろうということだ」

「変わっていなかった?」

デリクはうなずいた。

「あなたはそれでも……?」

「ああ、そうだよ。なにをどうしたって、トイレまできみのあとをついていくのは止められなかった」

彼は立ちあがってテーブルの脇をまわってきた。ジュリーを椅子から立たせ、腰にゆったりと腕をまわした。おれは本物のばか野郎だということだ」

に振ったら、「最後に至った結論は、ちっぽけなプライドのために長く続く幸せを棒に振ったら、おれは本物のばか野郎だということだ」

「長く続く?」

「今日からはじめよう。いまこのときから」

デリクの唇が彼女の唇にそっと触れたのを合図に、ふたりは激しく抱きあい、むさぼるように互いの唇を奪った。

デリクはようやく顔を上げると、言った。「これが知りたかったことのすべてだ。こまかな部分はおいおい調整すればいい」

かがみ込んでふたたび唇を重ねようとすると、ジュリーが顔を引いた。「ひとつだけ」

デリクは彼女の首筋に鼻をこすりつけながらエプロンの紐をほどき、タンクトップの下に手をすべり込ませた。「手短に頼むよ」

「子どもたちがわたしたちのなれそめを知りたがったら……」

彼は喉の奥で小さく笑った。「なにか考えておかないとな」

訳者あとがき

サンドラ・ブラウンのファンのみなさま、お待たせしました。今年もサンドラのサスペンスをお届けする季節が巡ってきました。ファンのみなさまならご存じのとおり、近年のサンドラは一年に一作のペースで本格サスペンス長篇を発表し、日本では、それをほぼ一年遅れで追いかけるかっこうになっています。

そして、今回たまたま興味を持って手にとってくださったみなさま、ありがとうございます。お値段も少々高めのぶ厚い本ですが、ご納得いただけたのではないでしょうか？ジャンルにかかわらず、どぎつさを売りものにする作家も少なくありませんが、サンドラの場合はあくまで王道。年齢制限なしの映画のようなもので、綿密な取材にもとづく舞台設定と、血の通ったキャラクター、それに起伏に富んだドラマチックな展開で、読者を安心して物語の世界に浸らせてくれます。

今回の作品の舞台は、合衆国の南東部に位置するジョージア州の州都、アトランタ。アトランタは、ジョージア州のみならず、南部全体の商業・経済のかなめとして現在も成長を続けています。古くはチェロキー族の住む地であり、南北戦争時は南軍の鉄道交通・軍需品供給の中心地であり、『風と共に去りぬ』の原作者マーガレット・ミッチェルの出身地でもあります。

さて、そんなアトランタにあって、ひとりの男が殺されるところから、この作品ははじまります。被害者はポール・ホイーラー、五十二歳。建築資材の製造・販売会社ホイーラー・エンタープライズの社長として、五百人ほどの社員を率いていた彼は、地元アトランタ経済界の〝非公式な王〟であり、また慈善事業に熱心な人物としても有名です。その人物が殺された。場所が毎週若い恋人との逢瀬に使っていたホテルのエレベーターのなか。殺されたときにその恋人が一緒だったというのですから、当然のことながら事件は世間の注目が集まります。

犯人がエレベーターに乗りあわせた客の貴金属を奪って逃走したため、当初は強盗殺人と見なされますが、強盗目的ではなくポールの殺害が本来の目的だと信じて疑っていない人物がひとりだけ——それがポールの若い愛人として事件発生時に現場に居あわせたジュリー・ラトレッジでした。

ジュリーはアトランタの目抜き通りピーチツリー・ストリートに画廊を持つ、美しく知的な女性です。かつて留学先のパリでフランス人画家と結婚して離婚した経験があり、その後ポールと交際して二年になります。そのジュリーが最初から事件の黒幕ではないかと疑っていたのが、ポールの甥のクライトン・ホイーラーでした。

子どものいないポールの、遺産相続人であるクライトンは、裕福な家庭のひとり息子として、自由気ままに生きています。高価な衣類に身を包み、高級車に乗り、時間があればコーチをつけてテニスの練習。そして誰もが認めるハンサムな男。また、ホイーラー・エンタープライズ社の要職にもついています。けれど、その情熱のかぎりを傾けているのは映画。古今東西の映画を収集し、それを整理したり、観たりすることに無上の喜びを感じています。

ジュリーは、そのクライトンが、事業に精を出せとうるさいポールを消したのではないか、いや、そうにちがいないと考えます。けれど、証拠はありません。そしてクライトンには犯行時にれっきとしたアリバイがあり、監視カメラに映っていたあやしい人物も、彼ではありませんでした。このままでは強盗殺人事件として犯人の見つからないまま迷宮入りしてしまうかもしれない。

なんとしてもクライトンに裁きを受けさせたいジュリーは、思い切った行動に出ます。ひとつはマスコミを使って、自分は強盗殺人事件だとは思っていないと世間に伝えること。そしてもうひとつは、このままではクライトンの弁護にあたるであろう優秀な弁護士に弁護の機会を与えないことです。思いつめたジュリーは、その弁護士、デリク・ミッチェルが休暇でパリに出かけていることを突き止めます。そして、みずから絵の買い付けという口実でパリに飛び、彼が乗るパリ発のアトランタ便に乗り込み……。

いかにも犯人らしい人物が最初から登場しますが、小説としてのおもしろさは、しだいに明らかになっていく背景のほうにあります。最初から犯人だと思った人物がほんとうに犯人なのか？　もしそうなら、どうやって、なぜそこまでするのか？　そして、あまりに一途なジュリーの行動が外から見るとどこかちぐはぐで、信用がおけないのは、なぜなのか？

映画好きのクライトンの暗い情熱によってほかの登場人物たちが右往左往するこの作品には、映画がたくさん出てきます。なかでもクライトンのお気に入りとしてプロットに深く関係があるのが、サスペンスの巨匠ヒッチコックの『見知らぬ乗客』という、共同脚色にレイモンド・チャンドラーと、ツェンツィ・オルモンドが名を連ねる一九五一年制作の白黒映画です。訳者もパトリシア・ハイスミスの原作は読んだことがあったのですが、映画のほうは未見でした。いい機会だと思って観てみたのですが、やはりヒッチコックですね。刺激的なものを見慣れたいまのわたしたちにしてみると、少しのどかな雰囲気はありますけれど、ひとカットひとカットに工夫と計算があって、映像のおもしろさ、美しさだけでも一見の価値があります。

サンドラも映画好きなのだろうか？　と疑問に思っていたら、つい最近、アメリカ最大の書店チェーン〈バーンズ・アンド・ノーブル〉の企画で実現した読者とサンドラのチャットのなかに、その答えがありました。サンドラによると、家族そろって映画が好きで、お気に入りの映画については、すべての場面をそらで言えるようになるまでくり返し観るとのこと。クライトンというキャラクターはそんな経験から誕生したそうです。かねてより、サンドラの作品はイメージの喚起力が強く、くっきりとカットのように浮かびあがってくる場面があると思っていましたが、そんなところにその秘密があるかもしれません。

そのわりにと言ったらいいのか、作品自体が映像的で完成されているからなのか、彼女の作品は『その腕に抱かれて（原題 French Silk）』が一九九八年にABC放送でドラマ化されたのみで、ほとんど映像化されていませんが、今年の十一月には、アメリカのケーブルテレビ局ライフタイム・テレビジョンで『火焔（原題 Smoke Screen）』がオンエアされる予定です。これ、日本でも放送されるといいのですが。

さて、本国アメリカで二〇一〇年八月、つまり今年の夏刊行されたばかりの次作『Tough Customer』の紹介を少々。な、なんと、主人公はドッジ・ハンリー――今回デリク・ミッチェルの法律事務所の調査員として登場するヘビースモーカーです。デリクからスカウトされて、警官から調査員に転身したドッジは、住所不明、過去不明、情報の入手方法不明、デリクの仕事をしていないときになにをしているかもわからない秘密主義の人物です。そのくせ妙に世慣れていて、頼りになり、どうやらなかなかの女たらしらしい。そのドッジがむかしの恋人キャロライン・キングからある依頼を受けたところから物語がはじまります。むかしの女の依頼など受けたくないけれど、ことは、娘にかかわること。そう、いまだ会ったことのない娘ベリーに。

同じ人物でおもしろい話を書ける自信がないとして、これまでシリーズ作品の執筆に消極的だったサンドラにとっては、二十五年ぶりのシリーズとなります。サンドラが自身のサイトで語っているとおり、ドッジのことを知りたくなったからこそ彼を主人公にして一作書くことに決めたそうですが、個性的すぎるドッジを主人公にしたらなにをしでかすかわかりません。そこに助っ人として登場するのがテキサスの田舎町の保安官助手スキー・ナイランドです。ドッジはスキーと組んでストーカーを追いますが、この数年ベリーを悩ましてきたストーカーの行動はしだいに過激化していき……。どうやら少しだけのようですが、本作のジュリーとデリクも登場するもよう。

どうぞ、お楽しみに！

二〇一〇年十月

林　啓恵

サンドラが選んだおすすめ本

その腕に抱かれて

サンドラ・ブラウン　秋月しのぶ・訳

有名なテレビ伝道師が射殺された。容疑者の筆頭は、被害者から糾弾されていた下着会社オーナーのクレア。事件を担当する検事補キャシディは不覚にも彼女に惹かれていくが……。サンドラの最高傑作の一つと称されている一作。

愛はゆるやかに熱く

サンドラ・ブラウン　秋月しのぶ・訳

養父が倒れたと聞き、懐かしの地に戻ってきたスカイラー。そこには彼女を裏切った義妹夫婦や、養父の愛人の息子キャッシュなど濃密な人間関係が待っていた。やがて衝撃的な事件が起き……。作者が愛する南部を舞台にした物語。

集英社文庫

殺意《さつい》の試写状《ししゃじょう》

2010年11月25日　第1刷　　定価はカバーに表示してあります。

著　者　サンドラ・ブラウン
訳　者　林《はやし》　啓恵《ひろえ》
発行者　加藤　潤
発行所　株式会社　集英社
東京都千代田区一ツ橋2-5-10　〒101-8050
電話　03-3230-6094（編集）
03-3230-6393（販売）
03-3230-6080（読者係）
印　刷　中央精版印刷株式会社　株式会社美松堂
製　本　中央精版印刷株式会社

フォーマットデザイン　アリヤマデザインストア　　マークデザイン　居山浩二

造本には十分注意しておりますが、乱丁・落丁（本のページ順序の間違いや抜け落ち）の場合はお取り替え致します。購入された書店名を明記して小社読者係宛にお送り下さい。送料は小社負担でお取り替え致します。但し、古書店で購入したものについてはお取り替え出来ません。

ISBN978-4-08-760614-0 C0197